CONTE *verlag*

Galgentod *auf der* Teufelsburg

Elke Schwab

CONTE *krimi*

Personen und Handlungen in diesem Kriminalroman sind frei erfunden. Jedwede Ähnlichkeit mit realen Begebenheiten und lebenden oder verstorbenen Personen ist rein zufällig und nicht beabsichtigt.

Bibliografische Information der Deutschen Nationalbibliothek
Die Deutsche Nationalbibliothek verzeichnet diese Publikation in der Deutschen Nationalbibliografie; detaillierte bibliografische Daten sind im Internet über http://dnb.d-nb.de abrufbar.

ISBN 978-3-941657-39-7

Am Ludwigsberg 80-84
66113 Saarbrücken
Tel: (0681) 41624-28
Fax: (0681) 41624-44
E-Mail: info@conte-verlag.de
Verlagsinformationen im Internet unter www.conte-verlag.de

Umschlag und Satz: Markus Dawo
Umschlagfoto: Stefan Wirtz
Druck und Bindung: PRISMA Verlagsdruckerei GmbH, Saarbrücken

Prolog

Er hatte einen Fehler gemacht. Heftig schüttelte er seinen Kopf, um sich selbst einzureden, dass alles ganz normal sei. Und doch spürte er, wie die Angst in ihm hochkroch. Große Angst. Es war die Neugier gewesen, die ihn zu dieser unchristlichen Zeit hierher getrieben hatte. Und gegen seine Neugier war er machtlos. Das Haus kam ihm groß und furchterregend vor. Ein Ort, an dem er sich normalerweise sicher fühlte. Aber jetzt war er allein.

Wann hatte es so etwas schon mal in diesen Mauern gegeben? Immerzu herrschte hier große Betriebsamkeit. Hinzu kam die Tatsache, dass Mitternacht war. In der Ferne hörte er eine Kirchturmuhr zwölf Mal schlagen.

Drohend laut schallten seine einsamen Schritte zwischen den hohen Wänden. Noch nie waren ihm bisher die vielen verwinkelten Ecken aufgefallen. Ecken, in denen sich jemand verstecken konnte. Verstecken, um ihm aufzulauern.

Seine Nackenhaare stellten sich auf.

Warum hatte er alle Vorsicht über Bord geworfen?

Weil die Versuchung, einen Menschen nach all den Jahren wiederzusehen, einfach zu groß für ihn war. Und gerade dieser Mensch! Ein Schüler, dessen Anwesenheit in dieser Schule für ihn immer eine Herausforderung gewesen war. Die Chance, sich jetzt an dessen Versagen zu weiden, wollte er sich einfach nicht entgehen lassen. Denn, dass gerade dieser Schüler ihn sehen wollte, mit ihm sprechen wollte – mit dem Lehrer, dem er damals nie etwas zu sagen hatte –, stachelte seinen Ehrgeiz an. Das war es ihm wert.

Plötzlich ging das Licht aus.

Er zuckte zusammen. Sein Herz begann zu rasen. Vorbei der Mut, der ihn gerade noch beflügelt hatte.

Ein Schatten verschwand in dem kleinen engen Flur zu seiner Linken. »Bist du das?«, rief er. Seine Stimme überschlug sich vor Angst. Keine Antwort.

Trieb hier jemand ein übles Spiel mit ihm?

»Hallo!«

Nichts.

Er suchte den Lichtschalter und legte ihn um. Alles leuchtete im grellen Licht der Neonröhren. Erleichtert atmete er tief durch. Im Dunkeln sah man Gespenster. Er bildete da wohl keine Ausnahme.

Langsam schlich er weiter durch die große Halle. Er richtete seinen Blick nach oben, nach links, nach rechts. Alles war ihm vertraut. Das war seine Wirkungsstätte. Schon seit dreißig Jahren arbeitete er hier. Hier fühlte er sich nicht nur wohl, hier fühlte er sich zuhause.

Licht aus! Alles rabenschwarz.

Er wartete, bis sich seine Augen an die Dunkelheit gewöhnt hatten – bis sich sein Puls wieder beruhigt hatte. Erst dann wagte er sich, vorsichtig – einen Schritt nach dem anderen – auf den nächsten Lichtschalter zuzugehen. Erleichtert klappte er den Schalter um. Das Licht ging an – aber unmittelbar danach wieder aus.

Sofort wurden seine Hände feucht.

Wieder legte er den Schalter um. Dasselbe geschah.

Immer hastiger drückte er auf den Schalter, bis sich kein Licht mehr einschalten ließ. Die Stromversorgung war abgeschaltet.

Seine Hände zitterten.

Seine Augen erfassten in der Dunkelheit den schmalen Seitengang. Schon wieder glaubte er, dort eine Bewegung auszumachen. »Was soll dieses Spielchen?«, rief er in seiner Not. »Ich dachte, ich treffe mich hier mit einem erwachsenen Mann.«

Keine Reaktion.

Er konnte in der Dunkelheit den Weg zum Ausgang erkennen. Er lag am entgegengesetzten Ende. Schwaches Licht der Straßenlaternen fiel durch die Glastüren ins Innere. Er konnte den Bereich gut sehen – jeden Winkel, jede Ecke, jede Tür. Es war dort auch ohne elektrisches Licht hell genug. Er überlegte. Immer den Blick auf den Ausgang gerichtet. War er wirklich an dem Punkt angekommen, über eine feige Flucht nachzudenken? Er schüttelte sich.

Er wusste doch, wer sein Gegner war. Niemand anderer als ein Schwachkopf. Früher ein Schwachkopf, heute ein Schwachkopf. Solche Menschen änderten sich nicht. Beherzt von diesem Gedanken trat er aus seiner Ecke heraus.

»Stell dich mir wie ein Mann!«, forderte er auf. »Oder bist du das in all den Jahren immer noch nicht geworden?«

Ein leises Kichern ertönte.

Nun war es um seinen Mut geschehen. Mit vorsichtigen Schritten steuerte er den Ausgang an, wobei er unauffällig beschleunigte. Inzwischen war er davon überzeugt, dass er sich getäuscht hatte und ein Fremder im Schutz der Dunkelheit auf ihn lauerte.

So war es ganz bestimmt.

Je länger er darüber nachdachte, desto mehr glaubte er daran. Dieses Versteckspiel sprach dafür, dass er einem Verrückten aufgesessen war. Die Türen eines großen Schulgebäudes offen vorzufinden, ließ eine verirrte Seele schon mal auf dumme Gedanken kommen. Denn welchen Grund sollte sein ehemaliger Schüler haben, ein derart übles Spielchen mit ihm zu treiben? Heute, nach so langer Zeit?

Also sah er zu, dass er verschwand.

Der Ausgang kam immer näher. Seine Augen hafteten an der Glastür. Nur noch zehn Meter, neun, acht, sieben, sechs …

Plötzlich wurde es dunkel.

Ein Schatten tauchte vor ihm auf.

Er stoppte, taumelte einige Schritte rückwärts.

Erschrocken schaute er hoch, doch im gleichen Augenblick blendete ihn das grelle Licht einer Taschenlampe. Alles flimmerte vor seinen Augen.

Eine bekannte Stimme schallte ihm hämisch entgegen: »Wie sagst du immer so schön: Du solltest dich mal selbst sehen …«

Darauf folgte ein Lachen, das ihm die Haare zu Berge stehen ließ. Zu spät bemerkte er die Schlinge, die sich um seinen Hals legte.

Kapitel 1

Fred Recktenwald stand auf und schaute aus dem Fenster. Die Sonne war schon aufgegangen, ein schöner Anblick. Der Sommer war für ihn die schönste Jahreszeit, weil er seinen Weg zur Arbeit bei Tageslicht zurücklegen konnte. Einen Führerschein besaß er schon lange nicht mehr, seit die Polizei ihn betrunken beim Autofahren erwischt hatte. Der Gedanke an einen Idiotentest, oder was man heutzutage alles machen musste, um den Führerschein zurückzubekommen, schreckte ihn einfach ab. Die Angst, das Ergebnis würde am Ende lauten, dass er ein Vollidiot sei, hielt ihn davon ab. Viel zu oft war er in der Schule als Versager beschimpft worden. Diese Demütigungen hatten Spuren in ihm hinterlassen, hatten sein Selbstwertgefühl geschwächt. Lieber verzichtete er auf den Führerschein und ging zu Fuß.

Er zog sich seinen Anzug an, den er immer trug, wenn er zur Arbeit ging. Es war sein Lieblingsanzug, um nicht sagen zu müssen, dass es sein einziger Anzug war. Er war schon aus der Mode gekommen. Aber das störte Fred nicht. Die graue Farbe passte gut zu seinen grauen Haaren. Und die etwas breiteren weißen Streifen betonten seine schlanke Figur.

Er verließ sein Häuschen, das sein ganzer Stolz war. Schon seit Jahren wohnte er in dieser kleinen Behausung, die nur notdürftig eingerichtet war. Ein Telefon gab es hier nicht. Auch kein Kabelfernsehen, weshalb er nur das erste, zweite und dritte Programm über seine alte Antenne auf dem Dach sehen konnte. Dafür lag das Haus ganz versteckt – mitten im Dorf Picard bei Saarlouis. Von keiner Straßenseite aus war es zu sehen. Es duckte sich geschickt zwischen die vielen Bäume und Sträucher, die es umgaben. Das machte für Fred seinen besonderen Reiz aus. Er lebte inmitten der Dorfleute, ohne dass diese etwas davon mitbekamen.

Zufrieden durchquerte er den langen, urwüchsigen Garten, passierte das von Hecken zugewucherte Gartentörchen und gelangte in eine kleine, unüberschaubare Einbuchtung, die ihn zur Dorfstraße führte. So konnte niemand sehen, wo er gerade herkam. Einige Passanten begegneten ihm, die er natürlich höflich grüßte.

Manchmal wollten sie mit ihm plaudern. Aber er schaffte es jedes Mal, sie mit dem sehr überzeugenden Argument abzuwimmeln, er müsse schleunigst zur Arbeit. Er wollte keine Gespräche, wusste nicht, was er ihnen erzählen sollte. Außerdem war es noch nie in seinem Sinne gewesen, über sich selbst zu sprechen. Denn was gäbe es da schon Interessantes zu berichten.

Sein obligatorischer erster Gang führte ihn zum Nachbarhaus zu seiner Linken, wo die Tageszeitung im Zeitungsrohr schon auf ihn wartete. Die zog er heraus, klemmte sie unter seinen Arm und der Arbeitstag konnte beginnen.

Ein langer Marsch stand ihm bevor, denn der Weg zur Teufelsburg war weit. Er überquerte einige Straßen, bis er auf die Felder gelangte, die ihn zu seinem Ziel führten.

So nach und nach erwachte der neue Tag. Greifvögel zogen hoch am Himmel ihre Bahnen, ein Bussard stieß gelegentlich seinen schrillen Ruf aus. Schwalben besiedelten die Stromleitungen und zwitscherten fröhlich. Vereinzelt kamen Rehe aus dem Dickicht, um in der Sonne zu grasen. In der Ferne krähte ein Hahn. Spaziergänger eroberten die Feldwirtschaftswege und führten ihre munteren Hunde Gassi. Fred zog die frische Morgenluft ganz tief ein. Ein Gefühl von Glückseligkeit bemächtigte sich seiner. Selten hatte er diese Zufriedenheit in seinem bisherigen Leben gespürt. Was wohl der Grund für sein Hochgefühl war?

Sein Weg zog sich lang hin. Aber Fred war es gewöhnt, weit zu laufen. Er gelangte in ein kleines Waldstück. Dort lag alles im dunklen Schatten. Ein leiser Wind raschelte durch die Bäume. Der Duft des Waldbodens stieg in seine Nase. Was für ein Lebensgefühl. Er liebte die Gerüche der Natur, liebte es, sich wie ein Teil von ihr zu fühlen. Der lange Marsch tat ihm gut. Dabei konnte er nachdenken. So, wie er jetzt über seinen Arbeitsplatz nachdachte, die Teufelsburg.

Die Ruine war im frühen Mittelalter entdeckt, mehrmals zerstört und wieder aufgebaut worden, bis sie im siebzehnten Jahrhundert dem Zerfall überlassen worden war. Zum Glück für Fred hatten in den Sechzigerjahren einige Interessenten eine Fördergemeinschaft für die Teufelsburg gegründet. Seitdem wurde die Burg restauriert und originalgetreu nachgebaut, was durch Tourismus bezahlt werden sollte. Und

Fred war der Touristenführer. Kein Job, der ihm ein Vermögen einbrachte. Dafür ein Job, der ihm das gute Gefühl gab, etwas Sinnvolles aus seinem Leben zu machen. Er kannte die Geschichte dieser Burg in- und auswendig, plapperte sie vielen Schulklassen, die ihre Klassenfahrt dorthin machten, rauf und runter und erfreute sich an den erstaunten Gesichtern der Kinder. Die Kleinen bewunderten ihn für seine Schlauheit, weil er das alles wusste. Eine Bewunderung, die Fred genoss, die ihm das Gefühl gab, kein Versager zu sein. Denn, wenn er sein Leben überdachte, war ihm selten Anerkennung entgegengebracht worden. Im Gegenteil. Schon in der Schule hatte es angefangen. Auch nach seinem überstürzten Schulabgang sollte diese Häme nicht enden. Als ihm die Arbeit als Touristenführer auf der Teufelsburg angeboten worden war, hatte er sich in Sicherheit gewähnt. War der Überzeugung gewesen, dort etwas für sein Selbstwertgefühl tun zu können. Doch dann stand eines Tages sein früherer Deutschlehrer Bertram Andernach vor ihm und beschämte ihn vor der ganzen Schulklasse, die er damals zur Teufelsburg begleitet hatte. Fred wäre am liebsten im Boden versunken. Dabei hatte er diesen unverhofften Besuch sich selbst zu verdanken. Fred hatte den Helden spielen wollen, hatte einen Auftritt in der Schule hingelegt, mit dem er Bertram Andernach beeindrucken wollte. Doch erreicht hatte er nur, dass dieser sich wieder an Fred erinnerte. Sehr zu Freds Leidwesen.

Er hob den Blick und riss sich aus den trüben Gedanken.

Seine Augen erfassten inmitten der üppigen Vegetation sein Ziel. Das alte Mauerwerk der Teufelsburg stach braun zwischen dem saftigen Grün hervor. Sein Weg führte von Südosten auf die Burg zu. Von dort fiel sein Blick auf die äußere Verteidigungsmauer mit ihrem gut erhaltenen Wehrturm. Dahinter verbargen sich die ehemalige Waffenkammer, ein Aufenthaltsraum und Schlafräume. Dazu die ehemaligen Vorratsräume, die heute als Museum dienten – auch ein Teil seiner Arbeitsstätte.

Wenn er über seine Tätigkeit nachdachte, schwoll seine Brust vor Stolz an. Er, Fred Recktenwald, der Museumsdirektor! Das klang beeindruckend. Und nicht nur das: Fred fühlte sich bei dem Gedanken richtig gut, dass er es war, der das Museum führte. Er konnte zu jedem einzelnen Fundstück sämtliche wissenswerte Details aufführen. Darin war er perfekt. Er hatte Zeit genug gehabt, alles auswendig zu lernen. Da war es eigentlich egal, dass er nicht wirklich ein Museumsdirektor war, sondern lediglich eine Aushilfe, die vereinzelten Besuchern Rede und Antwort stand.

Aber heute konnte ihn so schnell nichts mehr aus der Bahn werfen. Heute sah er sich als Museumsdirektor. Wer konnte ihm widersprechen?

Der Deutschlehrer Bertram Andernach jedenfalls nicht mehr.

Seine Schritte wurden immer beschwingter, je näher er der Teufelsburg kam. Der letzte, steile Anstieg konnte ihm an diesem Tag nichts anhaben. Das Bild des Deutschlehrers mit heruntergelassener Hose verlieh ihm Flügel.

Wie hatte der überhebliche Kerl immer gesagt: Du solltest dich mal selbst sehen.

Fred lachte laut auf.

Die Zurschaustellung war gelungen.

Nur mit dem kleinen Unterschied, dass diesmal der Deutschlehrer selbst zur Schau gestellt wurde. Wie schade, dass Bertram Andernach diese Schande nicht bewusst erleben würde. Denn vermutlich schmorte er bereits in der Hölle.

Kapitel 2

Es war schon viel zu warm für diese frühe Stunde. Diese Hitze machte ihn fertig. Ernst Plebe schleppte seinen massigen Körper über den Zugangsweg auf das braune Schulgebäude zu. Sein Blaumann heizte ihm ein, aber er musste ihn tragen. Denn daran befanden sich etliche Taschen, in denen er sämtliche Werkzeuge verstauen konnte. So vermied er es, für jede Reparatur weite Wege zum Werkzeugkeller zurücklegen zu müssen. Er suchte lange an seinem Schlüsselbund, bis er den richtigen Schlüssel fand, um das Max-Planck-Gymnasium aufzusperren. Am Türschloss legte er den kleiner Schnapper zurück, damit die Türen nicht fest einrasten konnten. Anschließend öffnete er die Glastür weit, damit die abgestandene Luft der Nacht entweichen konnte. Direkt gegenüber lag die nächste Tür, die zum Innenhof führte. Dort passte derselbe Schlüssel. Er entsicherte ebenfalls den Schnapper und stellte die Tür weit auf, um Durchzug zu erzeugen. Sein nächster Gang galt dem gelben Gebäude am Ende des Hofes. Ärgerlicherweise musste er dafür an der verlockenden Kantine vorbeigehen, aus deren geöffneter Tür verführerische Düfte den Hof einhüllten. Hastig schloss er die Tür zu dem gelben Gebäude auf und eilte – magisch angezogen von den Essensgerüchen – zurück zum *Bistro Max-Inn*. Er wusste, dass die gute Seele der Schule, Hilde Probst, schon mit frischen Brötchen und Kaffee auf ihn wartete. Das war für Plebe ein Muss. Ohne ein gutes Frühstück zusammen mit Hilde Probst brauchte er gar nicht erst zu versuchen, den Tag zu beginnen. Schon von weitem sah er, dass für ihn auf der kleinen Theke alles gerichtet war. So konnte der Arbeitstag beginnen.

Er nahm seine Brötchen, die mit Wurst und Käse belegt waren, und suchte sich einen Tisch im Inneren des Raums. Ans Fenster wollte er auf keinen Fall, weil dort die Sonne schon früh am Morgen einheizte. Also entschied er sich für einen Platz ganz in der Nähe der Küche. Nach nur wenigen Minuten, die mit Geschirrklappern und Scheppern vergingen, gesellte sich die Köchin zu ihm. Es war für die beiden schon zu einem Ritual geworden. Er aß und trank, sie trank und rauchte. Diese ungestörte Harmonie konnten sie nur in den frühen Morgenstunden genießen. Denn schon bald würde der Schulbetrieb losgehen und dann war es mit der Ruhe vorbei. Zurzeit zwitscherten nur die Vögel um die Wette.

Plebe kaute eine Weile, bis ihm die Geduld verging. »Diese Vögel machen einen Lärm, dass es mich wundert, wie einer so etwas schön finden kann.« Hilde Probst lachte und antwortete: »Du bist nur neidisch, weil die Vögel bessere Laune haben als du.«

Verdutzt schaute Plebe die Köchin an. Wenn er es sich genau überlegte, hatte sie Recht.

Die ersten Schüler trafen ein. Sie waren es, denen es spielend gelang, den Lärm der Vögel zu übertönen. Schon wieder hatte Plebe einen Grund sich zu ärgern. Er war wohl genau das, was man einen Morgenmuffel nannte. Doch an diesem Morgen kam ihm das Geschrei der Schüler besonders laut vor. Darunter mischte sich Kreischen und Lachen, das schon nach Hysterie klang.

»Da stimmt was nicht«, stellte nun auch die Köchin fest. Die beiden ließen ihre Frühstücksutensilien fallen und eilten durch den Hof zum braunen Schulgebäude des Max-Planck-Gymnasiums. Schon an der offenstehenden Glastür erkannte Ernst Plebe, dass etwas passiert sein musste. Aufgeregt betrat er das Gebäude. Dabei hatte er Mühe, an den durcheinanderlaufenden Schülern vorbeizukommen.

»Was ist hier passiert?«, fragte er atemlos.

Ein älterer Schüler antwortete mit einem ironischen Grinsen: »Schauen Sie doch selber nach!«

Plebe versuchte sich nicht über den überheblichen Kerl zu ärgern. Er folgte der Masse der Schüler, die alle in die große Aula drängten. Schon von weitem sah er, was die Aufregung ausgelöst hatte. Ihm wurde schwindelig vor Schreck. Alles hatte er erwartet – nur das nicht.

Mitten in dem großen Lichthof, in einer Höhe von drei Metern hing ein Mann.

Plebe wollte das nicht sehen. Aber er konnte seinen Blick nicht abwenden. Er hatte sich nicht getäuscht. Dort hing Bertram Andernach, der Deutschlehrer.

Er war mausetot, was sein blau angelaufenes Gesicht und die heraushängende Zunge verrieten. Aber das war noch nicht alles. Die Hosen des Deutschlehrers hingen auf seinen Fußknöcheln. Sein Unterkörper war nackt.

Kapitel 3

Das Lied *Vom selben Stern* von der Gruppe *Ich und Ich* bohrte sich laut in Erik Tenes' Ohr. Er wollte nicht wahrhaben, dass die Nacht schon vorbei war. Zu gut hatte er geschlafen, was nicht gerade oft in seinem Leben vorkam. Nach seiner Versetzung von Köln nach Saarbrücken vor sechs Jahren hatte er gehofft mit seinem Leben ins Reine zu kommen. Doch leider war ihm das bisher noch nicht gelungen. Zu schwer lastete seine Vergangenheit auf ihm – eine Zeit, die er einerseits hinter sich lassen, andererseits aber nicht vergessen wollte. Das in Einklang zu bringen, war nicht einfach.

Aber egal wie sehr er das Aufstehen an diesem Morgen in die Länge zog, sein Beruf als Kriminalkommissar ließ ihm keine andere Wahl. Er musste dem Unvermeidlichen ins Auge sehen – in diesem Fall dem Display seines plärrenden Handys. Dort stand der Name seines Vorgesetzten, Jürgen Schnur. Das bedeutete Arbeit.

»Ja«, murmelte er in das kleine Mobiltelefon. Ein Blick nach draußen verriet ihm, dass schon heller Tag war. Die Fenster seiner Stadtwohnung zeigten zur Ostseite. Alles schimmerte hell erleuchtet.

»Aufwachen, Erik«, schallte Schnurs Stimme fröhlich in sein Ohr. »Arbeit wartet auf uns.«

»Warum rufst du mich deshalb an?« Erik verstand hier etwas nicht. Normalerweise fuhren sie von der Dienststelle aus zu einem Tatort. Seit seiner Dienstzeit in Saarbrücken war ihm so ein Anruf noch nicht untergekommen.

»Schön! Ich hatte auch die Absicht, zur Arbeit zu kommen. Ganz ehrlich«, brummte Erik.

»Dieses Mal gibt es eine Planänderung«, klärte Schnur endlich auf. »Komm mich bitte in Völklingen abholen. Dann fahren wir zusammen nach Saarlouis. Dort hat es einen Todesfall gegeben.«

»Klar komme ich dich abholen«, antwortete Erik. »Aber du bist schneller am Tatort, wenn du jetzt schon losfährst.«

»Geht nicht! Mein Auto ist in Reparatur und meine Frau hat das andere mitgenommen.«

»Ach so«, kam es von Erik.

»Und Esther erreiche ich nicht. Weder daheim noch auf dem Handy noch auf der Dienststelle«, fügte Schnur an. »Was ist jetzt? Muss ich zu Fuß nach Saarlouis?«

»Quatsch!« Erik schwang seine Beine aus dem Bett. »Ich halte meinen Kopf noch kurz unter kaltes Wasser, dann fahre ich los.«

Er legte die wenigen Meter zum Bad zurück. Eine kalte Dusche und er fühlte sich sofort besser. Eilig schlüpfte er in Jeans und T-Shirt. Ein Schuh lag ihm so im Weg, dass er fast darüber gestolpert wäre. Den zog er an und suchte nach dem zweiten. Dabei fühlte er sich wie *Der große Blonde mit dem schwarzen Schuh*, denn die schwarzen Turnschuhe gehörten zu seinen Lieblingsschuhen. Wäre er nicht so in Eile, könnte er darüber lachen. Doch gerade weil die Zeit knapp war, fand er das Gegenstück nicht. Also zog er den Turnschuh wieder aus und entschied sich notgedrungen für seine weißen Leinenschuhe. Sein Handy steckte er in die Hosentasche, wühlte im Chaos nach seinen Autoschlüsseln und den Wohnungsschlüsseln, bevor er in den Korridor stürmte. Ein harter Aufprall ließ ihn erschrocken zusammenfahren.

Er war mit einer jungen Frau zusammengestoßen, die er noch nie in diesem Haus gesehen hatte. Sie wäre ihm aufgefallen. Ihre schwarzen Haare wirkten struppig, dazu blitzten ihre dunklen Augen frech. Sie trug ein bauchfreies Top, das ein Piercing am Bauchnabel freigab, und kurze Hüftjeans, auf der Eriks Blick länger hängenblieb als er sollte.

Im Treppenhaus waren deutlich Schritte zu hören. Kam jemand herauf? Oder ging jemand hinunter?, überlegte Erik. Rasch hob er seinen Blick hoch ins Gesicht seines Gegenübers, um die Peinlichkeit zu beenden.

»Da habe ich aber einen stürmischen Nachbarn«, flötete die Frau mit einer Stimme, die Erik noch mehr betörte.

Er musste zur Arbeit. Das durfte er nicht vergessen.

Hastig entschuldigte er sich, als aus den Tiefen des Flurs eine Männerstimme rief: »Mirna, wo bleibst du?«

»Ich komme schon!«

Mit einem Augenzwinkern verabschiedete sich Mirna von Erik und lief auf die Treppen zu. Wie hypnotisiert starrte Erik ihr hinterher, bis sie aus seinem Blickfeld verschwunden war. Er drehte sich zu seiner Wohnungstür um. Sie war zugezogen. Den Schlüssel dazu fand er gerade nicht. Aber das war nicht wichtig. Jetzt musste er die verlorene

Zeit aufholen, um rechtzeitig bei seinem Vorgesetzten in Völklingen anzukommen.

Mit dem Fahrstuhl fuhr er hinunter, eilte auf den Parkplatz und steuerte seinen Wagen an, einen BMW 318i, seine neueste Errungenschaft. Grau metallic blinkte ihm das Auto entgegen, als wollte es ihn begrüßen. Der Wagen war für ihn so etwas wie ein Statussymbol. Im Gegensatz zu seiner Ein-Zimmer-Wohnung gab ihm dieses Auto ein besseres Selbstwertgefühl. Stolz erfüllte ihn, wenn er einstieg und den Duft einsog, das Markenzeichen neuer Autos. Der Motor summte leise, verriet nichts von seinen hundertdreiundvierzig Pferdestärken, die das Auto zur Rakete werden lassen konnten. Mit diesem Hochgefühl steuerte er durch die dicht befahrenen Straßen von Saarbrücken auf die Autobahn zu, die nach Völklingen führte. Wie immer war die A620 verstopft, sodass er sich zügeln und langsam fahren musste.

Kapitel 4

»Ein toter Lehrer im Max-Planck-Gymnasium erwartet uns.« So lautete Jürgen Schnurs Begrüßung, als er in den Wagen einstieg. Erik pfiff erstaunt durch die Zähne.

»Stimmt! So ähnlich habe ich auch reagiert«, meinte Schnur zustimmend. »Mich beschleicht nämlich das Gefühl, dass wir einen äußerst ungünstigen Start in dieser Mordsache hinlegen werden.«

»Warum?«

»Weil der Tatort eine Schule ist, wo viele Schüler sind.«

Sie erreichten Saarlouis. Schnur gab Erik genaue Anweisungen, wie er fahren musste.

Ihr Ziel war schon deutlich zu erkennen, auch ohne einen Blick auf das Schulgebäude zu erhaschen. Autos standen kreuz und quer über der Pavillonstraße bis zum Merziger Ring und zum Choisyring. Hupen und Schimpfen ertönten. Ein Verkehrspolizist regelte den Verkehr, was bei den aufgebrachten Menschen zum reinsten Spießrutenlauf wurde. Als Erik mit seinem BMW angerollt kam und den Blinker Richtung Schule setzte, wurde der Polizist sofort ungehalten und rief: »Können Sie keine Schilder lesen? Geradeaus. Der Weg zur Schule ist gesperrt.«

»Wir sind von der Kriminalpolizei und müssen zum Tatort«, erklärte Erik und suchte hastig nach seinem Ausweis in der Hemdtasche.

»Auf die Schippe nehmen kann ich mich selbst«, entgegnete der Polizist mit einem verächtlichen Blick auf das funkelnagelneue Auto. »Fahren Sie weiter!«

Jetzt wurde es Schnur zu bunt. Er hielt dem Kollegen seinen Ausweis unter die Nase und brummte: »Ich gebe Ihnen mal eine alte Weisheit mit auf den Weg: Erst glotzen, dann motzen!«

Der Polizist schaute ganz verdattert auf den Ausweis, änderte sofort seine ablehnende Haltung und ließ die beiden Kriminalbeamten durchfahren.

Je näher sie dem Tatort kamen, desto lauter hörten sie den Lärm, den die Schüler veranstalteten. Auf den letzten Metern sahen sie erst das ganze Ausmaß des Chaos. Wenige Lehrer mussten sich mit Massen von Schülern im Alter von elf bis zwanzig Jahren herumschlagen. Die

Stimmung reichte von ängstlich über weinerlich bis schadenfroh und aggressiv.

»Sollen wir da wirklich aussteigen?«, fragte Erik.

Schnur schnaubte freudlos und grummelte: »Ich schätze, wir haben keine andere Wahl.«

Das Schulgebäude, ein brauner Plattenbau, war von einer Schar von Polizisten abgesperrt worden, damit das Team der Spurensicherung und der Gerichtsmediziner am Tatort arbeiten konnten. Für die Kriminalkommissare hatten die Kollegen vor dem Eingang zum Gebäude eine Gasse freigelegt, die sie nur unter größter Mühe freihalten konnten. Das Gedränge unter den älteren Schülern und den vielen Schaulustigen, die sich dazugesellt hatten, sah bedrohlich aus.

Erleichtert atmeten Erik Tenes und Jürgen Schnur auf, als sie im Innern des Gebäudes angekommen waren. Kaum fiel die gläserne Tür zu, wurde aus dem ohrenbetäubenden Lärm eine leise Geräuschkulisse.

Theo Barthels trat auf die Beiden zu und sagte zur Begrüßung: »Hätte ich das gewusst, wäre ich schon Anfang des Jahres in Rente gegangen.«

Schnur klopfte dem langjährigen Kollegen auf die Schulter und meinte: »Ach was! Du liebst doch die Herausforderung. Nur deshalb wolltest du bis zur letzten Minute bei uns bleiben.«

Barthels fühlte sich sofort geschmeichelt. Trotzdem wand er sich ein wenig unter dem Lob und erklärte seine Bedenken: »Bevor wir diesen Tatort sichern konnten, haben Hunderte von Schülern ihre Spuren hinterlassen. Das alles auszuwerten geht vermutlich noch über meine Rente hinaus.«

»Dann zeig uns mal, was du für uns hast«, forderte Schnur auf.

Sie durchquerten einen schmalen Korridor, der auf eine große, hohe und breite Aula zuführte. Die Farbe Orange dominierte in dem quadratischen Innenhof. Daneben stachen die Farben Grau und Rot ab. Die Stahlträger waren alle in Anthrazit gehalten. Kunstvoll arrangierte Palmen und Gummibäume in allen Größen lockerten das Gesamtbild ein wenig auf. Doch der Anblick des Toten, der in der Mitte von der hohen Decke herunterhing, wirkte schockierend. Das Seil schlang sich um seinen Hals, reichte über eine Querstrebe unterhalb des Glaskuppeldachs und war seitlich an einem der starken Pfosten festgeknotet. Der Unterkörper des Lehrers war nackt; die Hose hing auf den Knöcheln.

Die Hände waren auf dem Rücken zusammengebunden. Das Gesicht des Toten zeigte deutlich, dass er durch Ersticken gestorben war und nicht durch Genickbruch. Die Augen quollen heraus, ebenso die blau angelaufene Zunge.

»Der Mann heißt Bertram Andernach und war hier an der Schule Oberstudienrat für die Fächer Deutsch und Politik«, klärte Barthels auf.

Eine Weile standen alle Polizeibeamten nur da und bestaunten die Zurschaustellung des Toten, bis Schnur sich räusperte und meinte: »Selbstmord können wir wohl ausschließen. Er wird sich wohl kaum selbst wie an einem Flaschenzug in diese Höhe gezogen haben.«

»Noch dazu mit auf dem Rücken gefesselten Händen und runtergelassenen Hosen«, ergänzte Erik.

»Hier wurde auf keinen Fall versucht, uns einen Selbstmord aufzutischen.«

»Wir haben es mit einem Mörder zu tun, der für klare Verhältnisse sorgt«, bemerkte Erik dazu.

»Dann wollen wir mal zusehen, dass wir das auch schaffen und den Kerl drankriegen«, murrte Schnur. »So viel Kaltschnäuzigkeit verdirbt mir die Laune.«

»Sollen wir mit der Arbeit beginnen?«, fragte Barthels.

»Habt ihr schon Polizeifotos gemacht?«, vergewisserte sich Schnur zuerst.

Die Gesichter, die er als Antwort zu sehen bekam, verstand er nicht.

»Na ja! Wir habe unsere Fotos gemacht, wie immer«, rückte Barthels endlich mit der Sprache heraus. »Aber von diesem Toten wird es mehr Fotos geben als von *Madonna* auf Konzertreise.«

»Hä?«

»Viele der Schüler haben gefilmt und fotografiert. Der Hausmeister konnte sie nur mit Mühe davon abhalten, die Knoten zu öffnen und den Toten herunterzulassen.«

»Das hört sich wirklich übel an«, gestand Schnur. »Warum lässt der Hausmeister die Kinder so dicht an den Toten?«

»Weil die Kinder den Toten vor dem Hausmeister gefunden haben …«

»Scheiße! Warum muss ich mit meinen schlechten Vorahnungen immer Recht haben?«, schimpfte Schnur und fügte brummend an: »Ich glaube, ich muss den Herrn mal an seine Pflichten erinnern.«

»Dem geht es nicht so gut.« Barthels lachte. »Die Schüler stecken so einen Anblick besser weg als der Hausmeister. Er sitzt im Bistro auf dem Schulhof. Dort erholt er sich von dem Schreck.«

Der Hof wimmelte von jungen Menschen. Der Lärm war ohrenbetäubend. Jürgen Schnur schob sich durch die Menge, wobei ihn fragende Blicke trafen. Erik folgte ihm und beobachtete das Schauspiel. Diese jungen Leute wirkten auf ihn aufgeklärter, als er selbst es zu seiner Schulzeit gewesen war. Sie schwangen Handys und große Reden. Jeder versuchte im Mittelpunkt zu stehen. Die Tatsache, dass hier ein Lehrer getötet worden war, schien keinen sonderlich zu treffen.

Wenn Erik über seine eigene Schulzeit nachdachte, konnte er sich an keinen einzigen Lehrer erinnern, der ihm oder seinen Schulkameraden sympathisch gewesen wäre. Daran hatte sich wohl nicht viel geändert. Oder wie sonst konnte er sich das pietätlose Verhalten der Schüler erklären?

Sie gelangten an das *Bistro Max-Inn.* Dort war die Tür verschlossen. Drin saßen nur zwei ältere Menschen, eine Frau und ein Mann.

Jürgen Schnur hielt seinen Ausweis an die Glasscheibe. Daraufhin öffnete ihm die Frau, die sich als Hilde Probst vorstellte.

Der Raum wirkte kahl und kalt. Die Wände waren gelb, die Theke verschwand hinter einer Glasscheibe und Kunststofftische und -stühle dienten mehr der Zweckmäßigkeit als der Gemütlichkeit. Die wenigen Blumen, die vor der Glasscheibe der Theke standen, wirkten deplatziert. Der Hausmeister saß zusammengekauert an einem der großen Tische in der Nähe der Theke und trank Wasser. Sein Gesicht war gerötet, seine Haut schweißnass.

Schnurs erste Wut auf den Mann verflüchtigte sich bei diesem Anblick. Und nicht nur das. Er bekam Angst um den Hausmeister, der aussah, als stünde er kurz vor einem Schlaganfall.

»Geht es Ihnen gut?«, fragte er zur Einleitung.

»Nein! Tut mir leid. Aber das war zu viel für meine Nerven«, gestand der massige Mann. »Es ist nicht nur der Anblick von Bertram Andernach, der mir zu schaffen macht. Die Schüler haben sich benommen wie auf einem Jahrmarkt. Diese Scheiß-Handys, dieses Scheiß-Internet. Ich konnte sie nur mit Mühe davon abhalten, den Lehrer herunterzuholen.«

»Warum kamen die Schüler so nah an den Toten heran?«

Jetzt wurde es peinlich. Das Gesicht des Hausmeisters lief dunkelrot an, als er antwortete: »Ich hatte einfach nur aufgesperrt, bin durch die kleine Vorhalle zur gegenüberliegenden Tür, die ich ebenfalls wie jeden Morgen aufgesperrt habe, um dann meinen Kaffee zusammen mit der Köchin zu trinken. Wie jeden Morgen.«

»Gehört es nicht zu den Aufgaben eines Hausmeisters, einen Kontrollgang durch die Schule zu machen?«

Diese Frage traf genau in das Nervenzentrum des Hausmeisters. In Sturzbächen brach ihm der Schweiß aus. Da half ihm auch sein Taschentuch nichts mehr, um sich abzutrocknen.

»Am Freitag war alles in Ordnung gewesen«, stammelte er.

»Dazwischen liegt ein ganzes Wochenende«, klärte Schnur auf. »Das sind zwei Tage, in denen hier niemand nach dem Rechten gesehen hat.«

»Was soll schon passieren?«, versuchte Ernst Plebe aufzubegehren. Doch seine Energie reichte dafür nicht aus. Wieder sackte er in sich zusammen und gestand: »Ich habe einen Fehler gemacht. Ich weiß.«

»Ihr Fehler kostet uns wertvolle Spuren. Diese vielen Schüler erschweren unsere Arbeit erheblich.«

Ernst Plebe wusste nicht, was der dazu noch sagen sollte. Zerknirscht schaute er den Hauptkommissar an.

»Bertram Andernach heißt der Tote.« Damit wechselte Schnur das Thema. Sehr zur Erleichterung des Hausmeisters, der hörbar aufatmete. »War er beliebt unter den Schülern?«

»Ich glaube, mit diesen Fragen sollten Sie sich besser an die Lehrerkollegen wenden. Oder an die Schüler selbst«, gab der Hausmeister zu verstehen. »Ich bin nur der Hausmeister. Mir sagt hier keiner was.«

»Das werden wir auch tun.« Schnur nickte. »Und Sie sollten zum Arzt gehen.«

Kapitel 5

Der Schulhof glich einem Massenspektakel. Überall Schülerinnen und Schüler, deren Aufregung sich durch lautes Reden, Lachen und Kreischen ausdrückte. Als Erik Tenes und Jürgen Schnur aus dem *Bistro Max-Inn* heraustraten, herrschte für kurze Zeit eine ungewöhnliche Stille. Sie alle schienen in diesem Augenblick eine sensationelle Enthüllung zu erwarten. Doch als die beiden Polizeibeamten sich schweigend ihren Weg durch die Menge bahnten und auf das braune Schulgebäude zusteuerten, setzte das Stimmengewirr wieder ein.

»Da kommt eine Menge Arbeit auf uns zu«, raunte Schnur.

»Du willst doch nicht behaupten, dass diese Schüler alle ihre Spuren an dem Toten hinterlassen haben?«, fragte Erik verwirrt über Schnurs schlechte Laune.

»Ich hoffe, dass der Hausmeister noch rechtzeitig eingreifen konnte. Aber nachdem ich den Mann kennengelernt habe, habe ich daran meine Zweifel«, antwortete Schnur. Abrupt blieb er stehen, so dass Erik ihm fast aufgelaufen wäre.

»Was sehen meine trüben Augen?«, fragte er rhetorisch.

Erik schaute in die gleiche Richtung und erkannte dort die Kollegen Esther Weis und Anton Grewe, die mit Zeugen sprachen. Kollegen von anderen Abteilungen leisteten ihnen Gesellschaft, was Schnur dazu verleitete zu sagen: »Es hat sich wohl schon herumgesprochen, dass wir hier mit einer Katastrophe konfrontiert sind.«

»So bekommen wir das Chaos schneller in den Griff«, merkte Erik dazu an.

»Stimmt! Das einzige, was mich daran stört, ist die Tatsache, dass Dieter Forseti diese Leute angefordert haben muss.« Schnurs Miene wirkte wütend. »Ich höre jetzt schon seine Kommentare.«

Erik schwieg sich zu dem Thema aus. Für ihn war es eine Erleichterung gewesen, als Forseti zum Kriminalrat und Schnur zum Kommissariatsleiter aufgestiegen war. Nur leider hatte dadurch Schnur das Vergnügen mit Forseti ganz auf seiner Seite, worum ihn niemand beneidete. Also gab es nichts für Erik, was er hätte dazu anmerken können, ohne zu heucheln.

Plötzlich hörte er eine Stimme dicht an seinem Ohr. »Das gibt es doch gar nicht!«

Erschrocken schaute sich Erik um und sah direkt in das Gesicht der jungen Frau, die ihm erst am Morgen im Hausflur in Saarbrücken begegnet war. »Mirna?«, fragte er.

»Du bist Bulle! Das ist ja mal heiß«, sprach sie ganz laut, so dass alle es hören konnten. »Und meinen Namen kennst du auch schon. Ganz schön clever!«

Dicht hinter ihr stand ein junger Mann, der sie nicht nur genau beobachtete, sondern auch mit seinem Handy herumfuchtelte. Das war Eriks Wohnungsnachbar Yannik Hoffmann. Ihn erkannte er sofort.

Schon spürte er eine Hand an seinem Gesäß. Hastig wehrte er sie ab und fragte: »Was tust du hier? Bist du Schülerin an dieser Schule?«

»Ja und nein«, gab sie geheimnisvoll zurück, hielt ihm beide Handgelenke entgegen und flötete: »Bin ich jetzt verhaftet?«

»Wenn du so weitermachst, ja«, knurrte Erik.

»Oh wie süß! Das ist doch genau das, was ich will.«

Jürgen Schnur beobachtete die Szene. Hastig entfernte Erik sich von Mirna und steuerte auf seinen Vorgesetzten zu.

»Wer war das?«

»Keine Ahnung!«

»Was heißt hier keine Ahnung?«, hakte Schnur nach.

»Das heißt, dass ich diese Frau nicht kenne.«

»So, wie die dich angemacht hat?«, widersprach Schnur. »Antworte mir bitte ehrlich! Ich bin kein verblödeter alter Trottel, seit ich zum Dienststellenleiter befördert worden bin.«

Erik gab nach und berichtete, wo seine erste und bisher einzige Begegnung mit Mirna stattgefunden hatte.

»Und warum ist sie hier?«

Als Erik mit den Schultern zuckte, wurde der Vorgesetzte ungehalten: »Kommt dir diese Frage nicht zufällig bei dem Gedanken, dass sie zur gleichen Zeit wie du das Haus verlassen hat und dann auch am Tatort anzutreffen ist?«

Erik überlegte eine Weile, bis er endlich kapierte, was Schnur meinte. »Du denkst, sie wusste schon vor uns von dem Mord?«

»Klar! Du wirst sie jetzt danach fragen!«

Erik drehte sich um und wollte sie ansteuern. Doch sie war nicht mehr zu sehen. Durch seine Größe überragte er einen großen Teil der Schüler, sodass es ein Leichtes für ihn war, über die Köpfe hinweg nach ihr zu suchen. Doch das einzige, was er sich einhandelte, waren schmerzende Füße. In der Eile trampelten die Schüler ohne Rücksicht auf Verluste. Da waren Leinenschuhe bestimmt nicht die beste Wahl, erkannte Erik griesgrämig. Aber Mirna sah er nirgends.

Er eilte hinter Schnur her, der das Schulgebäude inzwischen erreicht hatte, und erklärte: »Sie ist weg.«

»Die hat sich mal schnell verdrückt«, erkannte Schnur. »Sollten wir schon eine erste Verdächtige unter diesen vielen Schülern gefunden haben?«

Kapitel 6

»Bist du total übergeschnappt?«, schrie Yannik Hoffmann und riss Mirna am Arm durch die Menge von Schülern, bis sie hinter dem gelben Schulgebäude angelangt waren.

»Nee! Aber du! Was soll das, mich über den Hof zu schleppen?« Mirna wehrte sich und riss ihren Arm los.

»Der Typ ist Bulle«, brachte Yannik als Erklärung hervor. Seine Erregung war so groß, dass sich seine Stimme überschlug.

»Ja und?«

»Und du baggerst den noch an! Ich fass es einfach nicht.«

»Ist doch geil! Besser einen Bullen als einen ewigen Studenten, der nichts rafft.«

»Kapierst du denn nicht?«

»Was ist los mit dir?«, fragte Mirna überrascht. »Warum hast du so Schiss vor einem Bullen?«

»Das, was wir vorhaben, wird der wohl kaum gut finden.«

»Das müssen wir ihm nicht gerade unter die Nase binden«, kam es schlau von Mirna zurück.

»Dann mach ihn nicht noch an. Wenn deine Hormone verrückt spielen, könntest du dich verplappern.«

Die Ohrfeige sah Yannik nicht kommen. Verdattert starrte er Mirna an.

»Ich weiß schon, was ich tue.«

»Klar«, fand Yannik seine Stimme wieder. »Du bist schlauer als dieser Erik Tenes. Du bist auch nur beim Abi durchgefallen. Mit dem Ergebnis kannst du es mit jedem Bullen aufnehmen.«

»Jetzt wirst du unfair!«

»Wie du mir, so ich dir.«

»Ist dir nicht mal der Gedanke gekommen, dass gerade ein Bulle für uns nützlich sein kann?«, versuchte es Mirna eben anders.

Yannik schaute sie fragend an, worauf sie erklärte: »Durch ihn bleiben wir immer auf den Laufenden, was unseren baumelnden Deutschlehrer betrifft.«

»Du tust nicht nur so, du bist wirklich so naiv«, stöhnte Yannik.

»Glaubst du allen Ernstes, dass er dir brühwarm von seinen Ermittlungen erzählt?«

Mirna fuhr mit ihrer Hand in die Tasche ihrer kurzen Hüftjeans. Da spürte sie ihn. Den Schlüssel. Der könnte ihr noch so manche Information einbringen. »Lass mich nur machen«, meinte sie grinsend. Der Schlüssel fühlte sich gut zwischen ihren Fingern an. Vorfreude keimte in ihr auf.

»Lass den Quatsch!«, befahl Yannik. »Du hast bis jetzt nichts auf die Reihe gekriegt, dann wird dir das bei diesem Bullen auch nicht gelingen.«

»Aber du bist derjenige, der alles beherrscht und immer alles zu Ende bringt.« Mirnas Gesicht lief rot an vor Zorn. »Wo wärst du heute, wenn deine Eltern dich nicht regelmäßig gut bezahlen würden? Als Student bist du jedenfalls eine Niete. Wie viele Semester hast du schon und immer noch nichts gepeilt?«

»Gleichstand!« Yannik gab sich geschlagen.

Aber Mirna war noch nicht fertig. »Außerdem wohnst du seit einem halbem Jahr neben diesem Typ und weißt noch nicht einmal, dass er Bulle ist.«

»Wenn er eine geile Braut wäre, wüsste ich mehr.«

Mirna überlegte kurz, dann fragte sie in einem besänftigten Tonfall: »Von deinem Fenster aus kannst du doch in seine Wohnung rein sehen – ob gewollt oder ungewollt. Schließlich liegen die Fenster zu euren Wohnungen im rechten Winkel zueinander. Oder?«

Yannik ahnte schon, was sie wissen wollte.

»Was hast du bei ihm beobachtet? Hat er eine Freundin? Oder mehrere? Treibt er es bunt? Oder was macht er?«

»Ich sehe ihn selten in seiner Wohnung. Und wenn er mal zuhause ist, ist er allein.«

»Allein?« Mirnas Augen leuchteten auf.

Yannik nickte resigniert.

»Geil! So ein Typ ist allein!«

»Ich wusste nicht, dass du auf alte Männer stehst«, murrte Yannik. »Schau mich an! Ich bin jung und knackig. Da hast du mehr davon.«

»Erik ist doch nicht alt«, widersprach Mirna. »Der ist genau im richtigen Alter für mich. Die Reife, die der ausstrahlt … Das ist es, was ich brauche.«

»Mirna Voss!«, schallte es plötzlich laut an Mirnas Ohr. »Du immer noch hier? Ich dachte, du hast es schon wieder versiebt.«

Lara Ferringer aus der Oberstufe stand hinter ihnen. Ihre platinblonden Haare reichten ihr bis zum Po, den ein spärlicher Stofffetzen nur dürftig bedeckte.

»Du doch auch! Oder habe ich etwas falsch verstanden?«, feixte Mirna.

»Ich genehmige mir noch einen zweiten Versuch.« Lara lachte aufgesetzt. »Aber du? Ich dachte, du hättest längst aufgegeben. Warum überrascht es mich nicht, dass du ausgerechnet heute hier bist?«

»Hey, Puppe! Bleib geschmeidig«, spottete Mirna. »Warum sollte ich an einem Tag, an dem endlich mal was Aufregendes in dieser Schule passiert, nicht hier sein.« Mit einer Hand fuhr sie sich lasziv durch ihre strubbeligen schwarzen Haare, um nicht in Lara Ferringers Schatten stehen zu müssen. »Ich überlege nämlich ernsthaft, einen neuen Versuch zu wagen. Was oder wer steht mir jetzt noch im Weg?«

Die beiden Frauen warfen sich Blicke wie Giftpfeile zu. Während Mirna ein selbstgefälliges Grinsen aufsetzte, tat Lara Ferringer so, als würde sie ernsthaft über die Frage nachdenken, bis sie sagte: »Mathilde Graufuchs.«

»Stimmt! Die Alte gibt es auch noch«, erkannte Mirna. Sie überlegte eine Weile und fügte an: »Aber glaub mir. An der soll es nicht liegen.«

Kapitel 7

Der Tote lag inzwischen auf dem Boden. Der Gerichtsmediziner beugte sich über ihn, um ihn zu untersuchen. Schnur und Erik traten hinzu. Es war mucksmäuschenstill. Esther stand an einer Tafel voller Plakate und erweckte den Eindruck, als würde sie interessiert lesen. Es dauerte eine Weile, bis Schnur sie dort erblickte.

»Schön ein Lebenszeichen von dir zu sehen«, begrüßte er seine Mitarbeiterin.

Alle Blicke richtete sich auf die blonde Kommissarin, deren Gesicht rot anlief. »Was soll das heißen?«, fragte sie empört.

»Ich habe dich heute Morgen nirgends erreicht«, erklärte Schnur. »Da brauche ich einmal einen fahrbaren Untersatz, um zum Tatort zu gelangen, dann erreiche ich dich nicht.«

»Ich hatte einen Platten«, wehrte sich Esther.

»Am Auto oder am Handy?«

»Jetzt wirst du unfair«, protestierte Esther. »Vermutlich war ich gerade in einem Funkloch. Ich hatte nicht auf mein Handy geachtet.«

»Das ist aber seltsam. Gerade in solchen Momenten soll das Handy doch eine Hilfe sein.«

»Ich hatte Hilfe in Form eines freundlichen Menschen«, entgegnete Esther.

Schnur beschloss, das Thema zu wechseln. Also fragte er: »Hast du hier schon etwas in Erfahrung bringen können?«

Esther zögerte einen Augenblick, vergewisserte sich, dass diese Frage keine Fangfrage war, bevor sie antwortete: »Nur, dass der Schulleiter in seinem Büro sitzt, schwitzt und auf dich wartet. Sein Büro liegt im zweiten Stock. Dort.« Sie zeigte in eine Richtung, in der Schnur lediglich die bunten Platten der Balustrade sehen konnte. »Die Schüler, die ihn gefunden haben, sind nicht wirklich eine Hilfe für uns. Es waren einfach zu viele. Sie gehören zur Oberstufe, also zu den älteren, was es für uns noch schwieriger macht.«

»Warum das?« Schnur stutzte.

»Na ja. Die waren nicht wirklich geschockt, sondern eher aufsässig, wollten keine Fragen beantworten und haben sich einfach aus dem Staub gemacht«, antwortete Esther.

»Wer war bei dir, als du versucht hast, mit ihnen zu sprechen?«

Esther schaute sich um, bis sie einen Mann mit wilden schwarzen Locken erblickte. »Anton Grewe«, antwortete sie.

»Wo ist Horst Hollmann?«, fragte Schnur. »Wir sind zurzeit unterbesetzt, da können wir uns keine weiteren Ausfälle erlauben.«

»Horst Hollmann ist im Rahmen seiner Übernahmeausschreibung zum Kriminaldienst dabei, seinen Durchlauf bei den verschiedenen Abteilungen zu machen. Seine derzeitige Abteilung ist *Entführung, Erpressung, Geiselnahme*. Seit heute.«

»So ein Mist! Gerade jetzt, wo wir Leute brauchen.«

»Dafür hat uns Kriminalrat Forseti schon mit Leuten versorgt.«

»Danke, dass du mich daran erinnerst.« Schnur verzog das Gesicht zu einer Grimasse.

Er richtete seinen Blick wieder auf den Toten, was auch nicht gerade dazu beitrug, seine Laune zu verbessern. Der Unterkörper war mit einem Tuch zugedeckt worden. Der Gerichtsmediziner Dr. Thomas Wolbert richtete sich gerade auf, nachdem er seine vorläufige Untersuchung beendet hatte.

»Wie lange ist Bertram Andernach schon tot?«, fragte Schnur.

»Ich würde sagen, zwischen sechs und acht Stunden«, antwortete Wolbert nach einigem Zögern.

»Ist er an der Strangulation gestorben? Oder war er schon vorher tot?«

»Die Frage habe ich befürchtet. Dazu will ich erst etwas sagen, wenn ich ihn genau untersucht habe«, wich der Gerichtsmediziner aus.

»Aber einen Hinweis wirst du doch haben«, drängte Schnur weiter.

Wolbert zögerte, bevor er zugab: »Ich möchte mich nicht vorschnell festlegen.«

»Es wäre aber sehr hilfreich für uns. Umso schneller könnten wir mit den Ermittlungen beginnen.«

»Ich würde sagen, er wurde lebendig aufgehängt.«

Kapitel 8

Der Bus wackelte immer bedrohlicher. Doch das alles schien Mathilde Graufuchs nicht wahrzunehmen. Die Schüler brüllten immer lauter, ihre Hyperaktivität steigerte sich mit jedem Meter, den sie sich der Teufelsburg in Felsberg näherten.

Mathilde Graufuchs sah nur immer wieder das grässliche Bild von Bertram Andernach. Wie er da hing. Mit heruntergelassenen Hosen. Große Scham überkam sie. Sie konnte sich nicht dagegen wehren. Bertram Andernach, der korrekte Lehrer, immer rechtschaffen und fleißig. Ein Mann, der noch für die guten alten Werte stand – Werte, die in der heutigen Zeit im Morast der Zügellosigkeit, der Grenzenlosigkeit und Ausschweifungen völlig untergingen. Bertram Andernach hatte der Generation angehört, die noch wusste, was im Leben zählte: Ordnung und Disziplin. Die Generation, der Mathilde Graufuchs ebenfalls angehörte. Auch sie gab sich jede erdenkliche Mühe, die Jugendlichen von Moral und Pflichtbewusstsein zu überzeugen. Zusammen mit Kollegen wie Bertram Andernach hatte sie sich immer stark gefühlt, hatte in ihrem Lehrauftrag eine Chance gesehen. Doch wie ging es jetzt weiter? Nach dem, was in der Schule passiert war? Mit aller Heftigkeit trat der Anblick des Toten vor Mathilde Graufuchs' Augen. Bertram Andernach in einer erniedrigenden Pose. Ein Mann, der immer alles für die Etikette getan hatte.

Ihr Atem ging schwer. Sie hatte alle Mühe, ihre Gefühle zu unterdrücken. Zum Glück war es ihr trotz katastrophaler Zustände in der Schule gelungen, ihre Klasse voller elfjähriger Kinder in den Schulbus zu dirigieren, bevor sie Gelegenheit bekommen hatten, dieses furchtbare Bild des toten Lehrers mitanzusehen. Der Schulausflug für diesen Tag hätte nicht besser geplant werden können.

Sie verstand nicht, warum der Lehrer schutzlos den Blicken der vielen Schüler ausgesetzt worden war. Vermutlich war der Hausmeister seiner Pflicht nicht nachgekommen – die Kontrolle aller Gebäude vor Schulbeginn. Dieser Ernst Plebe! Ein Schnauben ging über ihre Lippen. Der hatte ohnehin nur zwei Dinge im Kopf: die Köchin und das Essen. Eine geschickte Kombination, das musste Mathilde Graufuchs ihm lassen.

Aber es gehörte mehr dazu, Hausmeistertätigkeiten gewissenhaft zu erledigen. Nämlich Verantwortungsgefühl. Und darüber verfügte Ernst Plebe offensichtlich nicht. Vermutlich war er im Rahmen dieser Ein-Euro-Jobs eingestellt worden.

»Wir sind da. Bitte aussteigen!«, ertönte es über den Lautsprecher im Bus. Mathilde Graufuchs schaute erschrocken auf. Sie waren tatsächlich schon am Ziel.

»Wo ist die Teufelsburg?«, riefen die Kinder ganz außer sich.

»Ich kann ja gar nichts sehen!«

»Müssen wir noch weit laufen?«

Mathilde Graufuchs stieß einen spitzen Schrei aus. Augenblicklich war alles still.

»Jeder auf seinen Platz!«

In Sekundenschnelle huschten die Kinder auf ihre Sitzplätze. Mathilde Graufuchs ging nach vorne zum Busfahrer, um mit ihm den weiteren Tagesablauf zu besprechen. Erst anschließend durften die ungeduldigen Kinder aussteigen.

Doch auch draußen gewährte die strenge Lehrerin ihnen keine Freiheiten. Mathilde Graufuchs' Nerven waren zum Zerreißen gespannt. Aber die Pflicht ging vor, sagte sie sich immer wieder. Das Lehrprogramm hatte Vorrang. Die Kinder mussten zur Disziplin erzogen werden.

»Wir gehen jetzt in Reih und Glied in diese Richtung!« Sie zeigte auf einen Waldweg, der außer Bäumen und Sträuchern keine Besonderheiten aufwies.

Der Marsch ging los. Schon nach der ersten Kurve trafen sie auf einen Holzschuppen. Die Kinder eroberten den Verschlag, doch er war leer. Enttäuscht setzten sie ihren Weg fort. Schon nach der nächsten Kurve sahen sie sie.

Die Teufelsburg … oder das, was noch davon übrig war.

Ein großes schmiedeeisernes Gittertor versperrte den Weg. Links daneben führte ein kleiner Eingang zum Kassenhäuschen. Dort meldete sich Mathilde Graufuchs mit ihrer Klasse an.

An der Kasse saß ein Mann, dessen Namensschild ihn als Fred Recktenwald auswies.

Mathilde Graufuchs schaute in sein Gesicht. Er trug seine grauen Haare viel zu lang. Sie fielen ihm in die Augen, sodass sie ihn nicht richtig erkennen konnte. Und doch überkam sie das Gefühl, diesen Mann zu kennen.

»Machen Sie die Führung?«, fragte sie.

»Ja!«

Damit war der erste Dialog beendet.

Die Schulklasse hatte sich bereits an der Lehrerin vorbeigedrängelt und rannte wild schreiend auf die alte Burgruine zu. Die Sonne stand hoch am Himmel. Es versprach, ein heißer Tag zu werden. Mathilde Graufuchs schnaufte und fächelte sich Luft zu. Sie spürte Fred Recktenwalds prüfende Blicke nicht.

Kapitel 9

Bunte Farben sprangen sie von den Wänden an. Dazu große Augen von Tierköpfen, umgeben von Menschen, Gesichtern, Häusern und Blumen. *Chagall.*

Erst bei genauem Hinsehen erkannte Schnur, dass es Reproduktionen waren.

»*Ich und das Dorf*«, zitierte der Kriminalkommissar zur Begrüßung.

Der Schulleiter Dr. Norbert Franzen hob seinen schmächtigen Körper aus dem bequemen Stuhl, um die beiden Herren zu begrüßen. »Ein Kriminalkommissar mit Allgemeinbildung – mit Allgemeinbildung«, näselte er in einem Tonfall, der in Erik sofort Antipathie auslöste.

»Ich bewundere die Kunst von Chagall«, gab Schnur zu. »Aber deshalb sind wir nicht hier.«

»Das dachte ich mir schon – das dachte ich mir schon!« Dr. Franzen bot den Kommissaren die Plätze vor seinem Schreibtisch an.

»Wir benötigen Informationen über den Lehrer Bertram Andernach«, begann Schnur.

»Bertram Andernach«, plapperte der Schulleiter nach. »Ein guter Mann!«

»Wie lange war Bertram Andernach schon an dieser Schule beschäftigt?«

»War – wie Sie das sagen! Wie Sie das sagen!« Dr. Norbert Franzen schüttelte verständnislos seinen Kopf. »Schon seit dreißig Jahren. Ohne ihn ist diese Schule kaum denkbar, so viel hat er schon geleistet. Und jetzt dieses Ende … – dieses Ende …« Eine pietätvolle Pause entstand.

Schnur spürte, dass der Schulleiter zu zart besaitet war, um ein solches Verbrechen in seinem dienstlichen Umfeld verkraften zu können. Der hagere Mann zappelte unruhig auf seinem Stuhl. Seine blasse Gesichtsfarbe wich einem ungesunden Grau. Um einen Notfall zu vermeiden, ließ Schnur dem Mann etwas Zeit. Als er glaubte, großzügig genug gewesen zu sein, fragte er weiter: »Wer hat einen Schlüssel zu dem Schulgebäude?«

Dr. Franzen überlegte eine Weile, bis er aufzählte: »Der Hausmeister und ich! Der Hausmeister und ich – ja.«

»Und wie ist Bertram Andernach heute Nacht in das Gebäude gelangt?«

Wieder entstand eine Pause. Dieses Mal zerrte sie jedoch an Schnurs Geduld. Vor ihm lag jede Menge Arbeit. Da war es nicht gerade förderlich, auf jede Antwort mehrere Minuten warten zu müssen.

»Er hatte auch einen Schlüssel. Das fällt mir jetzt wieder ein. Er hatte auch einen Schlüssel«, berichtigte Dr. Franzen seine vorherige Aussage. »Die Lehrer, die sozusagen schon zum Inventar dieser Schule gehören, genießen großes Vertrauen – großes Vertrauen. So kam es, dass ich Bertram Andernach einen Schlüssel für die Schule gegeben habe.«

»Und wem noch?«

»Denjenigen, die auch schon lange hier sind – lange hier sind.«

»Können Sie mir sagen, welche Kollegen schon lange hier arbeiten?« Schnurs Beherrschung schwankte. Die Wiederholungen gingen ihm auf die Nerven.

»Nicht mehr viele – nicht mehr viele«, antwortete der Schulleiter. Er wirkte von Frage zu Frage erschöpfter. »Ich könnte sie an einer Hand aufzählen. An einer Hand.«

»Wir brauchen von diesen Lehrern die Personalakten«, stellte Schnur klar.

Dr. Franzen zählte auf, als hätte er Schnurs Anliegen nicht gehört: »Da wären Frau Mathilde Graufuchs, die Geschichtslehrerin, Herr Günter Laug, Mathematik, Herr Manfred Dobler, der Englischlehrer und ich – ja, ja, der Englischlehrer, mein Stellvertreter, Dr. Otto Bellhaus und ich.«

»Und diese Kollegen haben alle einen Schlüssel zum Schulgebäude?«

Dr. Franzen nickte erschöpft.

»Also, wir brauchen die Akten dieser Kollegen, die sie gerade aufgezählt haben«, wiederholte Schnur – dieses Mal etwas eindringlicher. Dr. Franzen wich zurück, als habe er Angst vor dem Kriminalbeamten.

»Wie ist das Arbeitsklima zwischen den Lehrerkollegen?«, funkte Erik dazwischen.

»Sehr gut! Sehr gut!«, kam es im Brustton der Überzeugung.

Umso überzeugter waren die beiden Kriminalbeamten, gerade an diesem Punkt nachhaken zu müssen.

»In welchen Jahrgangsstufen hat Bertram Andernach unterrichtet?«, fragte Erik weiter.

»Er unterrichtet in allen Jahrgangsstufen in den Sekundarstufen I und II. Als Oberstudienrat betreut er die Schüler von Beginn bis Abitur – von Beginn bis Abitur.« Dabei nickte der Schulleiter immer wieder, als wollte er seine Aussage unterstreichen.

»Und wie verstand er sich mit seinen Schülern?«

»Glauben Sie ernsthaft, ein Schüler dieser Schule oder ein Kollege wäre zu dieser grausamen Tat fähig? Glauben Sie das ernsthaft? Zu dieser grausamen Tat?« Endlich erwachte der Schulleiter aus seiner Lethargie. Bisher hatte er den Eindruck hinterlassen, gar nicht zu erkennen, worauf die Fragen der beiden Kriminalbeamten hinausliefen. Doch sein plötzlicher Ausbruch endete so schnell, wie er angefangen hatte. Der hagere Mann sackte in sich zusammen und atmete schwer.

»Wir glauben noch gar nichts«, erklärte Schnur. »Wir müssen erst die Daten und Fakten besorgen, die uns etwas über den Lehrer und seine Tätigkeit sagen.«

»Stimmt!«, lenkte Dr. Franzen ein. »Stimmt! Was brauchen Sie?«

»Die Namen sämtlicher Schüler und Lehrer dieser Schule. Außerdem benötige ich eine Auflistung aller Schüler, die Bertram Andernach unterrichtet hat, und in welchen Fächern. Dazu die Benotungen, seine Bewertungen und sämtliche Korrespondenz, die mit ihm geführt wurde.«

Dr. Norbert Franzens Kopf begann zu wackeln, während er sich Jürgen Schnurs Bitte anhörte, die immer länger wurde.

»Außerdem brauchen wir eine Auflistung von Schülern, die die Schule vorzeitig abgebrochen haben.« Diese Anweisung kam von Erik, der dafür einen anerkennenden Blick von Schnur erhielt. »Und warum sie die Schule abgebrochen haben.«

»Meine Sekretärin wird Ihnen alles zur Verfügung stellen.«

Dr. Norbert Franzen wirkte sichtlich erleichtert, als Schnur und Erik sein Büro verließen.

Sie gelangten auf einen balkonartigen Gang im zweiten Stock, der im Carré führte und von einer Brüstung eingerahmt wurde, die aus grauen Stahlträgern und orangefarbenen Platten bestand. Von dort konnten sie den gesamten Lichthof überblicken. Ein gläserner Fahrstuhl war gegenüber an der Außenseite des Geländers angebaut und ragte in die quadratische Aula hinein. Bunte Tafeln schmückten den großen Vorhof. Gemälde und andere Kunstobjekte prangten mit großen Grünpflanzen um die Wette. Lediglich die Kollegen der Spurensicherung, die mit ihren astronautenähnlichen Anzügen jede Ecke inspizierten, waren Beleg des schweren Verbrechens.

Kapitel 10

Überall, wo er hinsah, waren Schüler – laute, tobende, schreiende Schüler. Die ganze Schule hielt sich auf den Außenplätzen auf. Auf dem Schulhof, dem Weg zu den Sporthallen, dem Sportplatz, überall. Unentschlossen stand er am Rand des Schulhofs und ließ die Bilder der Schüler auf sich einwirken. Dabei kamen Erinnerungen hoch, die er lieber verdrängt hätte. Seine eigene Schulzeit war nämlich keine Zeit, an die er gern zurückdachte. Immer hatte man ihn als Schwächling beschimpft, weil er kleiner und schmächtiger als seine Klassenkameraden war. Auch Sport hatte ihm nie gelegen. Seine Stärke waren die Zahlen, das Rechnen, die unendlichen Möglichkeiten, was er alles damit anstellen konnte. Lange hatte es gedauert, bis irgendein Lehrer sein Talent bemerkte. Von diesem Tag an sollte sich sein Leben entscheidend verändern. Vom Weichei zum Einstein mutiert, fühlte er sich zwar nicht mehr erniedrigt oder beleidigt. Dafür blieb er nach wie vor ein Einzelgänger. Mit einem Schwächling wollte sich niemand abgeben, weil das Schande bedeutet hätte. Und ein Genie wollte auch niemand in seiner Nähe haben, weil dann die eigene Unfähigkeit zu deutlich geworden wäre.

Also war Günter Laug allein geblieben.

Sein bester Freund war schon seit sehr vielen Jahren der Alkohol. Auf den konnte er sich verlassen. Der würde ihn niemals im Stich lassen. Das einzige Problem mit dieser Freundschaft bestand darin, dass niemand davon wissen durfte. Sein Plan, unbemerkt in die Turnhalle zu gelangen, wurde durch die vielen Schüler auf dem Gelände vereitelt. Also gab es für ihn nur eine Lösung, und zwar so offensichtlich auf die hintere Halle zuzusteuern, dass niemand einen Gedanken daran verschwendete, er könnte etwas Verbotenes im Schilde führen. Denn, was hatte ein Mathematiklehrer in einer Turnhalle zu suchen?

Verstohlen schaute er sich um und begegnete dem Blick des Englischlehrers Manfred Dobler. Dieser Besserwisser hatte ihm gerade noch gefehlt. Jetzt musste er sich erst einmal eine Stunde lang Doblers Glanzleistungen anhören, bevor er seinen Plan umsetzen konnte.

»Hast du das gesehen? Hammer! Was?« Die Augen des kleinen Mannes leuchteten mit seiner Glatze um die Wette.

Laug verdrehte die Augen und murrte: »Kannst du dich nicht wie ein erwachsener Mann ausdrücken?«

»Hey!« Dobler stieß Laug an die Schulter, die genau auf seiner Augenhöhe war. »Man muss bei den Schülern heutzutage *up-to-date* sein.«

»Du müsstest dich mal selbst sehen. Dann würde dir dein *Up-to-date*-Gefasel im Hals stecken bleiben.«

»Meine Güte! Hast wohl noch nicht deine Dröhnung für heute bekommen!«

Laug stutzte. Dieser Angriff traf in unerwartet. Er dachte, er wäre immer so vorsichtig. Ab sofort musste er sich mehr zurücknehmen und seine Pausen sichtbar für alle auf dem Schulhof verbringen. Aber nicht heute. Heute war so ein Tag, an dem man sich keine Selbstkasteiung antun sollte.

»Was willst du loswerden?«, brummte er unwillig, in der Hoffnung, auf diese Weise das Gespräch schnell hinter sich zu bringen.

»Das war die Hölle heute Morgen«, begann Dobler. »So was passiert, wenn der Hausmeister seine Arbeit nicht richtig macht. Der Dicke wird jetzt sein Fett wegbekommen. Das geschieht ihm gerade mal recht.«

Günter Laug nickte geistesabwesend.

Der Gedanke war ihm auch schon gekommen. Oder genauer gesagt die Befürchtung. Denn Ernst Plebe war wichtig für Laug. Er mochte und brauchte den Dicken. Plebe war der einzige, mit dem Laug regelmäßig in den hinteren Räumen der Turnhalle einen hob. Dort hatte der Hausmeister einen geheimen Kühlschrank, in dem immer genügend Bier bereitstand. Für einen Euro verkaufte er die Flasche. Dabei handelte es sich sogar um Halbliterflaschen. Da war noch was drin. Die waren nicht schneller leer, als man sie geöffnet hatte.

»Da wird sich der Dicke mal umsehen, wenn er seinen Job verliert«, hörte er gerade Dobler sagen. »So einer findet nirgends mehr Arbeit.«

»Nun mal langsam mit den jungen Pferden. So schnell fliegt hier keiner raus«, bremste Laug den Redefluss seines Gegenübers.

»Das war aber eine Pflichtvernachlässigung im höchsten Ausmaß. Wenn das kein Entlassungsgrund ist«, sprach Dobler weiter. »Ich war dabei, als die Schüler den Toten entdeckt haben. Zum Glück. Ich konnte das Schlimmste gerade noch verhindern. Ein paar der älteren Schüler wollten die Leiche von Bertram Andernach abseilen. Und weiß Gott, was dann alles passiert wäre.«

»Wie? Du willst mir sagen, dass du eine Horde wild gewordener Schüler bändigen konntest?«

»Genau das! Es war nicht einfach, aber ich habe gekämpft wie ein Stier und mich am Ende durchgesetzt!« Dobler wuchs nach seinem letzten Satz bestimmt zwei Zentimeter.

»Dann muss ich mich vor dir ehrfürchtig verbeugen«, gab Laug sarkastisch zurück. »So viel Heldentum muss gebührend geachtet werden.«

»Was soll das heißen? Zweifelst du an meinen Worten?«

»Genau das! Schau dich doch an! Wie willst du Schüler abwehren, die einen halben Meter größer sind als du?«

»Idiot«, schimpfte Dobler. »Trink dein Bier, dann wirst du verträglicher.«

Genau das hatte Laug jetzt vor. Ohne ein weiteres Wort drehte er sich um und setzte den Weg zur hinteren Turnhalle fort.

Der futuristische Neubau lachte ihn schon von weitem an – vielmehr das, was sich darin verbarg. Sein Durst siegte auch über seine Vorsicht, unbemerkt dort anzukommen. Zielstrebig trat er auf die Tür zu, sperrte auf und ging hinein. Die Ruhe, die ihm in Inneren entgegenschlug, war eine Wohltat. Schnell eilte er durch den langen, schmalen Gang, der zu seinem Leidwesen an der äußeren Glaswand zum Sportplatz entlang verlief, so dass die Schüler ihn beobachten konnten. Die Sonne verstärkte die Hitze unter dem Glas. Laug schwitzte. Lag es an dem Gefühl, beobachtet zu werden oder daran, dass die Sonne so unbarmherzig brannte?

Er war froh, endlich in den dunklen Räumen untertauchen zu können, wo ihn niemand mehr sah. Dort steuerte er das Kämmerchen an, in dem er sich regelmäßig mit dem Hausmeister traf.

Außer heute.

Was soll's, dachte sich Günter Laug, nahm die erste Flasche aus dem Kühlschrank und trank sie in großen Schlucken leer. Sofort fühlte er sich besser. Der Schock über den grässlichen Anblick des Kollegen rückte endlich in weite Ferne.

Kapitel 11

Jürgen Schnur und Erik Tenes trafen vor den Kollegen im großen Sitzungssaal ein. Sie setzten sich ans Kopfende, nahmen die wenigen Papiere, die vom Sekretariat über den Mordfall zusammengestellt worden waren, und warteten.

In die Stille fragte Schnur: »Hat Anke sich schon bei dir gemeldet?«

Mit dieser Frage traf er voll ins Schwarze. Erik spürte, wie alle seine Emotionen, die er in letzter Zeit zu verdrängen versucht hatte, wieder hochkamen. Anke Deister, die Kollegin, die mit ihm im Team arbeitete, die für Erik mehr war als nur eine Arbeitskollegin. Sie ermittelte in Frankreich, ohne ihn daran teilhaben zu lassen. Arbeitete dort mit einem *Commandant* aus Straßburg zusammen, was in Erik eine heftige Eifersucht auslöste, über die er nicht sprechen wollte. Zu viele alte Wunden könnten aufgerissen werden.

»Nein«, gab Erik zu.

»Das verstehe ich nicht«, wunderte sich Schnur. »Ich dachte immer, ihr beiden versteht euch.«

»Dachte ich auch«, grummelte Erik und bemühte sich, seine wahren Gefühle vor seinem Vorgesetzten zu verbergen.

Doch Schnur wusste es bereits. Er war ein Fuchs. Ihm konnte Erik so schnell nichts vormachen.

»Das ist natürlich ungeschickt, denn ich habe darauf gebaut, dass Anke dich immer auf dem Laufenden hält, was in Frankreich passiert.«

Erik schluckte schwer. Genügte es nicht, dass er selbst enttäuscht war? Musste Schnur noch zusätzlich seine Enttäuschung über ihn ausdrücken? Seit Ankes Fortgang nach Frankreich fühlte sich Erik innerlich zerrissen. Die Frage, was er falsch gemacht hatte, quälte ihn. Von Anke hatte er nicht den geringsten Hinweis bekommen, was sie zu diesen Ermittlungen ins Ausland getrieben hatte.

Ein Klopfen an der Tür unterbrach die unangenehme Situation. Erleichtert schaute Erik auf und sah eine fremde Frau den Raum betreten. Zu seinem Erstaunen reagierte Schnur auf sie, als würde er sie schon lange kennen. Damit schien für den Augenblick das leidvolle Gespräch vergessen.

»Andrea Westrich«, rief Schnur aus, erhob sich und ging auf die Frau zu. Sie war groß und kräftig. Ihre dunklen Haare wurden von einigen grauen Strähnen durchzogen. Große, mandelförmige Augen strahlten Ruhe und Zuversicht aus.

Erik beobachtete sie von seinem Platz aus und musste sich eingestehen, dass ihm diese Frau auf Anhieb sympathisch war.

»Ja, inzwischen heiße ich tatsächlich wieder Westrich«, erklärte die Frau lachend.

»Was soll das heißen?«

»Ich war mal verheiratet und bin zu meinem Ehemann nach Berlin gezogen. Bestimmt zehn Jahre habe ich es mit ihm in der großen Stadt ausgehalten. Dann wurde meine Ehe glücklich geschieden, ich nahm meinen Mädchennamen wieder an und bin ins Saarland zurückgekehrt«, erklärte die Frau mit warmer, herzlicher Stimme.

»Tja! Wir Saarländer können einfach nicht von unserem kleinen Bundesland lassen.«

»Meine Tochter ist bei ihrem Vater in Berlin geblieben«, fügte Andrea an. Ihre Stimme bekam dabei einen wehmütigen Klang. »In Berlin geboren, fühlte sie sich wohl wie eine echte Berlinerin.«

Schnur nickte nur, weil er nicht wusste, was er dazu sagen sollte.

»Was ist aus deinen großen Plänen geworden?«, fragte Andrea, um die peinliche Stille schnell wieder zu unterbrechen. »Wolltest du nicht mal zum FBI nach Quantico?«

Erik schaute interessiert auf.

Schnurs Gesicht rötete sich, als er antwortete: »Ja ja! Unsere Träume … Sie haben zumindest den Vorteil, dass wir das Beste aus unserer Situation machen. Jetzt bin ich Dienststellenleiter und damit auch zufrieden.«

»Was macht deine Familie?«

»Meine Tochter studiert in Tübingen – nicht weit genug weg von zuhause. Jedes Wochenende kommt sie und sorgt für Streit. Mein Sohn ist ein totaler Technik-Freak. Ständig drückt er mir etwas Neues aufs Auge.« Dabei zog Schnur ein Mobiltelefon aus seiner Hemdtasche. »Hier, so ein Gerät mit Touch-Screen! Und Apps! Ich habe nicht den leisesten Schimmer, was ich damit machen soll.«

»Telefonieren?«, überlegte Andrea.

»Danke für den Tipp!«

»Du hast dich nicht verändert.« Andrea lachte.

»Und du hoffentlich auch nicht«, entgegnete Schnur. »Arbeitest du jetzt in meiner Abteilung oder wurdest du mir nur für die *SokoLehrer* zugeteilt?«

»Meinem Antrag, in deine Abteilung zu kommen, wurde sofort stattgegeben. Es sieht so aus, als gebe es bei dir die große Massenflucht.« Andrea grinste verschmitzt.

»Nichts ist so schlimm, wie es aussieht«, wehrte sich Schnur. »Ein Kollege ist mit seinem Durchlauf durch die Abteilungen noch nicht fertig. Ein anderer hat sich selbst seinen Rausschmiss besorgt. Und Anke Deister arbeitet zurzeit im Ausland.«

»Oh!«

Das Gespräch der beiden wurde durch die Ankunft der anderen Kollegen unterbrochen. Es dauerte nicht lange, schon waren alle Plätze in dem großen Saal besetzt und weitere Stühle wurden hereingetragen.

Staatsanwältin Ann-Kathrin Reichert betrat in Begleitung von Kriminalrat Dieter Forseti den Saal ganz zum Schluss. Gemeinsam setzten sie sich in die Menge hinein, eine Geste, die von allen mit Erstaunen beobachtet wurde.

Schnur beherrschte sich, weil ihm die das Verhalten seiner Mitarbeiter nicht entging. Ann-Kathrin war in eine angeregte Unterhaltung mit Forseti vertieft, weshalb sie davon nichts mitbekam.

»Liebe Kollegen! Für alle diejenigen unter uns, die unsere neue Mitarbeiterin noch nicht kennen, stelle ich sie hiermit vor«, begann Schnur die Besprechung, wobei er Mühe hatte, seinen Tonfall neutral klingen zu lassen. Dabei wusste er selbst nicht so genau, was ihn mehr ärgerte: die offen zur Schau getragene Innigkeit zwischen Ann-Kathrin und Forseti oder das Verhalten seiner Leute. Er war sich so sicher gewesen, dass ihr privater Kontakt ein Geheimnis sei. Vermutlich hatte er vergessen, was seine Leute von Berufs wegen machten. Doch bevor er seine Rede vergaß, berichtete er hastig dasselbe, was Andrea vor wenigen Minuten ihm erzählt hatte. Mit einem gebührenden Klopfen auf die Tischplatte wurde sie begrüßt.

Dann begann er mit dem dienstlichen Teil: »Wir haben hier einen Todesfall, der uns eine Menge abverlangen wird. Es gibt nämlich die vermutlich größte Anzahl an Verdächtigen, seit wir Mordfälle aufklären.«

»Was wir dem Hausmeister zu verdanken haben«, gab Esther zum Besten.

»Der gute Mann war nicht auf die Idee gekommen, dass sich nachts Lehrer im Schulgebäude aufhalten könnten.« Damit riss Schnur das Gespräch wieder an sich. »Was mich nämlich zu der Frage führt: Was hat ein Deutschlehrer in der Nacht von Sonntag auf Montag zwischen Mitternacht und zwei Uhr im Schulgebäude zu suchen?«

»Ein Stelldichein mit einer Geliebten?«, spekulierte Andrea.

»Gibt es etwas, was wir über den Deutschlehrer Bertram Andernach wissen?«, fragte Forseti.

»Nein«, antwortete Schnur und fügte an: »Deshalb sitzen wir hier. Wir müssen alles über den Toten herausfinden. Seine Lebensumstände, seine Freunde, seine Feinde, seine Arbeitsmethoden und auch die Möglichkeit, ob er eine Liaison mit einer Kollegin hatte. Das würde erklären, was er zu dieser Zeit in der Schule zu suchen hatte.«

Überall raschelten die Blätter. Die Kollegen schrieben eifrig mit.

»Zurzeit wird die Leiche des Deutschlehrers obduziert«, sprach Schnur nach einer kurzen Pause weiter. »Aber vorweg hat uns der Gerichtsmediziner schon gesagt, dass Bertram Andernach noch gelebt hat, als er am Strick hochgezogen wurde.«

Ein erstauntes Murmeln entstand.

»Das bedeutet eine besondere Grausamkeit«, stellte die Staatsanwältin fest. »Und das schließt wohl einige Verdächtige aus.«

»Richtig«, stimmte Schnur zu. »Ich halte die Schüler im Alter zwischen elf und vierzehn Jahren nicht für fähig einen erwachsenen Mann auf diese Art und Weise zu töten. Erstens könnte sich der Lehrer gegen sie wehren, und zweitens traue ich Gymnasialschülern in dem Alter eine solche Grausamkeit nicht zu.«

»Fünfzehnjährigen aber schon?«, hielt Anton dagegen.

»Keine Ahnung«, gestand Schnur. »Mein Sohn war mit fünfzehn total harmlos. Meine Tochter hatte in dem Alter schon mehr Biss als ihr Bruder.«

»Also knöpfen wir uns die Schülerinnen vor«, schlussfolgerte Erik.

Ein amüsiertes Raunen ging durch die Menge.

»Du wirst dich um den männerverschlingenden Vamp kümmern, diese Mirna«, gab Schnur zu verstehen.

Sofort waren alle Kollegen hellwach.

»Wow! So einen Auftrag hätte ich auch gern!«
»Was bist du doch für ein Glückspilz!«
»Manometer Erik! Schaffst du das allein oder brauchst du tatkräftige Unterstützung?«
Es war Forseti, der es glänzend verstand, die gute Stimmung abzutöten. Mit strenger Stimme sprach er: »Es gibt hier nicht den geringsten Anlass zum Scherzen. Nicht nur, dass es pietätlos ist. Sondern weil hier wohl niemand das wirkliche Ausmaß dieses Falles begreift.«
Alle starrten ihn entgeistert an.
»Hat jemand von euch schon mal ins Internet geschaut?«
»Dazu hatten wir noch keine Zeit«, gab Schnur zu verstehen.
»Die Zeit wäre aber sinnvoll gewesen, denn *Youtube* und *Clipfish.de* sind inzwischen voll mit Aufnahmen des erhängten Lehrers.«
Damit löste Forseti großes Staunen aus. Nur Schnur konnte sich dem aufgeregten Treiben der Mitarbeiter nicht anschließen. Viel zu groß war sein Ärger über sein Versäumnis. Das kam davon, dass er sich mit dem Internet nicht auskannte.
Trotzig fragte er: »Was ändert das an unserer Arbeit?«
»Das ändert wohl die Prioritäten«, antwortete Forseti. »Wir alle kennen das *postmortale Persönlichkeitsrecht*. Das betrifft die Fortwirkung des Persönlichkeitsschutzes über den Tod hinaus.«
»Soweit ich weiß, endet die Rechtswirkung des Persönlichkeitsrechts mit dem Tod eines Menschen«, hielt Schnur dagegen.
»Es gibt ein Gesetz, das sogenannte Urheberrechtsgesetz in Form des Urheberpersönlichkeitsrechts«, schaltete sich die Staatsanwältin in das Gespräch sein. »Das besagt, dass besondere Persönlichkeitsrechte auch über den Tod hinaus wirken können. In unserem Fall ergibt sich ein möglicher Achtungsanspruch, weil der Lehrer eine Person des öffentlichen Lebens war, der seinen Schülern und auch ehemaligen Schülern in Erinnerung bleiben wird.«
»Was heißt das für uns?«, fragte Schnur.
»Bis jetzt nichts«, antwortete Ann-Kathrin. »Gegen die Verletzung dieser Art von postmortalem Persönlichkeitsrecht können nämlich nur Angehörige vorgehen.«
»Hatte der Lehrer Angehörige?«, fragte Forseti.
»Er war zweimal geschieden und hatte keine Kinder. Beide Ehefrauen sind inzwischen wieder verheiratet«, antwortete Schnur.

»Können wir nur hoffen, dass diese Damen sich nicht beschweren«, kam es zynisch von Forseti. »Solche eklatanten Versäumnisse an einem Tatort dürfen nicht passieren.«

Schnur spürte seinen alten Zorn in sich aufwallen. Sein Blick traf auf Ann-Kathrin, die eine Augenbraue hochzog, eine Geste, die Schnur inzwischen verstand. Sie würde einen offenen Streit vor versammelter Mannschaft nicht gutheißen, sollte das bedeuten. Also bemühte er sich, sein Adrenalin herunterzufahren und antwortete so lässig, wie es ihm nur möglich war: »Wir wurden erst informiert, als der Schaden schon angerichtet war. Also können Sie uns kein eklatantes Versäumnis vorwerfen.«

Die Stimmung war geladen. Keiner der Anwesenden wusste, in welche Richtung er schauen sollte. Umso erleichterter waren alle, als Schnur die Besprechung in ruhigerem Tonfall weiterführte: »Wir haben vom Schulleiter sämtliche Schüler der Schule aufgelistet bekommen. Zusammen mit den Schuljahrgängen, Benotungen und sonstigen Einträgen. Von den Lehrern haben wir die Personalakten. Meine Anweisung an euch lautet, alle diese Akten durchzusehen.«

Stöhnen war die Antwort, doch Schnur ließ sich nicht aufhalten: »Ich weiß, ich weiß! Das ist eine langweilige und trockene Arbeit. Gehört aber dazu. Denn, sollte Andernach sich tatsächlich einen Feind in der Schule geschaffen haben, finden wir ihn nur durch Akteneinsicht.«

Stille statt Zustimmung.

»Ich sehe, wir sind uns einig«, erkannte Schnur.

»Gibt es eigentlich etwas, was wir schon an Fakten haben?«, fragte Forseti in die frustrierte Runde.

»Nur den Todeszeitpunkt und die Todesart, wenn auch noch nicht offiziell«, gestand Schnur.

»Dann stehen Zeugenbefragungen im näheren Umfeld der Schule an.«

Schnur schaute auf seinen Vorgesetzten und sah, wie er sich mit der Staatsanwältin absprach. Mürrisch antwortete er darauf: »Das wird nicht so einfach. Dort wohnen keine Leute in unmittelbarer Nachbarschaft.«

Esther fuhr hoch und rief: »Aber dafür gibt es direkt gegenüber eine Fahrschule!«

»Ja und?«

»Nachtfahrten«, antwortete Esther, als habe sie damit den Jackpot geknackt.

»Nachtfahrten?«, wiederholte Schnur begriffsstutzig.

»Ja! Um zur Führerscheinprüfung zugelassen zu werden, müssen die Schüler eine bestimmte Anzahl an Nachtfahrten absolvieren. Am besten fragen wir dort an, ob zu der Zeit, als Bertram Andernach getötet wurde, zufällig jemand in der Fahrschule war.«

»Esther, du bist klasse«, lobte Schnur. »Auf die Idee wäre ich nicht gekommen. Da der Geistesblitz von dir kommt, darfst du dich darum kümmern.«

Zufrieden lehnte sich Esther zurück.

»Anton wird dich begleiten«, fügte Schnur an. »Und Erik wird ab sofort mit Andrea zusammenarbeiten.«

Schnur erhob sich von seinem Platz und bemerkte abschließend: »Ich habe mir die delikateste Aufgabe vorbehalten – nämlich den Besuch beim Gerichtsmediziner.«

Kapitel 12

Ein Haus sah aus wie das andere. Erik hatte Mühe zu erkennen, in welchem die Wohnung lag, die er suchte. Die Reduktion der Bauweise dieser Häuser auf das Wesentliche und die Verwendung von Baustoffen wie Spannbeton, Stahl und Glas gaben ihnen einen trostlosen Anstrich. Der Verzicht auf Dekoration und die Verwendung einheitlicher Materialien förderte ein uniformes Erscheinungsbild der Gebäude, was viel Wohnraum für geringen Bauaufwand ergab. Zum Glück stachen ihm die Hausnummern groß und deutlich entgegen. Das ersparte ihm langes Suchen. Die Deutschherrenstraße in Saarbrücken gefiel ihm nicht sonderlich. Aber er wollte nicht kritisieren, denn die Brauerstraße, in der seine Wohnung lag, gehörte wegen des Drogenhilfezentrums auch nicht gerade zu den gehobenen Wohngebieten Saarbrückens.

Da war es. Und ein Parkplatz direkt davor. Was wollte er mehr?

Er stellte seinen schicken BMW ab, stieg aus und schaute sich ein wenig um, bevor er sein Schmuckstück allein dieser rauen Welt überließ. Dann klingelte er auf den Klingelknopf, der die fünfte Etage anzeigte. Ein Summen, Erik trat ein.

Die Freude sollte nicht enden, denn einen Fahrstuhl gab es nicht. Also lief er die fünf Treppen. Zum Glück hatte er darin schon Übung. Seine eigene Wohnung lag ebenfalls im fünften Stock.

Bernhard Diez staunte nicht schlecht, als er seinen ehemaligen Arbeitskollegen schnaufend auf seine Wohnung zukommen sah.

»Du? Willst du dich an meinem Unglück weiden?«

»Blödsinn«, wehrte Erik ab. »Ich will deinen Rat als Fachmann.«

»Komm mir nicht so! Schleimen zieht bei mir nicht.«

»Na gut«, lenkte Erik ein. »Dann will ich eben den Verfall deines beschissenen Daseins bewundern. Gefällt dir die Antwort besser?«

»Ja! Das klingt wenigstens ehrlicher!«

Seit seiner Suspendierung vom Polizeidienst hatte Bernhards Sarkasmus noch zugenommen. Doch Erik kannte ihn besser, weshalb er diese Spitzen einfach überging. Er betrat eine kleine aufgeräumte Wohnung. Eine merkwürdige Uniform hing an einem Schrank, sonst gab es nichts zu sehen, was Fragen aufwerfen könnte.

»Was ist das?«

»Mein neuer Arbeitsanzug«, antwortete Bernhard. »Ich arbeite als Nachtwächter bei einer Saarbrücker Wach- und Schließgesellschaft.«

Erik grinste.

»Irgendwas muss ich ja tun«, grummelte Bernhard. »Täglich Richterin Barbara Salesch im Fernsehen angucken ist nicht mein Ding. Und ein bisschen Geld zum Leben brauche ich auch noch.«

»Ich sage ja gar nichts.«

»Das ist es ja. Würdest du was sagen, wüsste ich wenigstens, was du denkst.«

Erik überlegte kurz, bevor er antwortete: »Ich finde es gut, dass du das machst. So kommst du nicht aus der Übung. Schnur ist nämlich immer noch an deiner Sache dran. Er will dich wieder haben und tut alles, damit das Verfahren zu deinen Gunsten entschieden wird.«

»Echt?« Bernhard war so erstaunt, dass ihm keine spitze Bemerkung dazu einfiel. »Der gute Jürgen Schnur. Irgendwie schade, dass nicht er Kriminalrat ist.«

»Stimmt. Schnur ist das Beste, was uns passieren konnte.«

»Aber darum bist du bestimmt nicht zu mir gekommen. Oder doch?«

»Nein. Es geht um den Mord an dem Deutschlehrer in Saarlouis.«

Bernhard lachte. »Das habe ich mir gedacht. Der Fall ist so berühmt, dass es niemanden gibt, der nicht davon weiß.«

»Hast du schon bei *Youtube* reingeschaut?«

»Nein.«

»Dann tu das bitte«, bat Erik. »Ich will dir nämlich was zeigen.«

»Warum machst du das nicht selbst?«, fragte Bernhard, während er seinen Computer einschaltete und den Internetbrowser öffnete.

»Mein privater Rechner ist hinüber – hab mein Geld lieber in ein neues Auto statt in einen neuen Rechner investiert. Und auf der Dienststelle wollte ich nicht, weil ich jetzt so eine nette Mutti im Nacken sitzen habe. Ich wollte mir dir darüber reden.«

»Welche Mutti hast du im Nacken sitzen?« Bernhard konnte sich ein Grinsen nicht verkneifen.

»Andrea Westrich heißt sie. Eigentlich ist sie ganz nett. Sie muss früher schon mal bei uns gearbeitet haben. Kennst du sie?«

Bernhard überlegte eine Weile, bis er sich erinnerte: »Ich habe den Namen schon mal gehört. Mehr aber nicht.«

Der Bildschirm zeigte die *Youtube*-Seite an. Verschiedene Bilder wurden mit dem Hinweis auf ein Video angezeigt. Immer war es das des erhängten Lehrers.

»Das ist ja furchtbar«, stöhnte Erik. »Was ist nur aus den Menschen geworden?«

»Willst du es jetzt sehen? Oder willst du lieber über den Zerfall unserer Moral philosophieren?«, fragte Bernhard.

»Ich will es mir natürlich ansehen«, gestand Erik.

»Also bist du auch nicht besser!« Bernhard grinste. »Ich wundere mich nur, dass die Kollegen diese Videos noch nicht gesperrt haben.«

»Das werden sie bald tun. Deshalb will ich es dir vorher schnell noch zeigen.«

Bernhard loggte sich bei *Youtube* ein, was Erik die Frage entlockte: »Sag nur, du hast ein Konto bei *Youtube*?«

»Klar! Ich muss doch wissen, was auf der Welt los ist.«

»Und diese Lehrerfilme sind geschützt?« Erik staunte.

»Ja! Schau was unter dem Lehrer-Video steht: ›Dieses Video beziehungsweise diese Gruppe enthält möglicherweise Inhalte, die für einige Nutzer unangemessen sein können, und wurde daher von der *Youtube*-Community gemeldet. Damit du dieses Video oder diese Gruppe anzeigen kannst, musst du bestätigen, dass du mindestens 18 Jahre alt bist, indem du dich anmeldest oder ein Konto erstellst.‹«

Nachdem sich Bernhard eingeloggt hatte, konnten sie sich die vielen Videos ansehen, die inzwischen eingestellt worden waren.

»Meine Güte! Im Internet sind die Kids fleißig«, stöhnte Erik, als er die Auswahl sah. Aber das Video war immer das gleiche. Der Lehrer wurde von allen Seiten gezeigt und dazu die aufgeregten Schüler und Lehrer und der Tumult, der um den Erhängten entstanden war. Jüngere Schüler rannten weinend davon, Ältere profilierten sich mit coolen Sprüchen, die alle auf den Videos zu verstehen waren. Ein junger Mann versuchte, den Knoten zu öffnen, der den Erhängten in unerreichbarer Höhe hielt, während ein Lehrer mit Glatze ihn daran hinderte.

Und dann kam sie.

Groß, schön, schwarzhaarig, mit frechem Blick und ein Handy in der Hand, mit dem sie offensichtlich filmte.

Erik zuckte zusammen, als er das sah.

»Scheiße«, fluchte er. »Als ich mit Mirna zusammengestoßen bin, hat sie schon mehr gewusst als ich.«

»Zusammengestoßen?« Bernhard grinste anzüglich. »Mit der würde ich auch gern mal zusammenstoßen.«

»Nicht so!« Erik berichtete ihm von der ersten Begegnung mit Mirna. »Und jetzt soll ich ausgerechnet diese Frau aufspüren und feststellen, ob sie mehr über das Verbrechen weiß.«

»Ein gefährlicher Auftrag.« Bernhard pfiff durch die Zähne und schaute wieder auf den Bildschirm. »Ich weiß zufällig, dass die Wach- und Schließgesellschaft in Saarbrücken noch Leute sucht.«

»Sehr tröstlich«, murrte Erik.

Es war deutlich zu sehen, wie Mirna selbst einen Film von dem erhängten Lehrer machte. Dabei schwenkte sie zu den Schülern, die gegen den kahlköpfigen Lehrer ankämpften. Darunter erkannte Erik seinen Nachbarn Yannik Hoffmann.

»Naja«, lenkte Bernhard ein. »Schnur hat dir nicht umsonst diese Andrea als Begleitschutz zugeteilt. Du solltest schlauer sein als ich und sie mitnehmen, wenn du zu dieser Mirna fährst. Ich dachte damals, ich könnte es allein mit drei Frauen von dem Kaliber aufnehmen. Wo es mich hingeführt hat, siehst du ja.«

Kapitel 13

Mathilde Graufuchs! Sie hatte sich nicht verändert. Seit dreißig Jahren sah sie schon so alt und verbittert aus.

Fred Recktenwald bekam die Erinnerung an seine Begegnung mit dieser Frau nicht aus dem Kopf. Dreißig lange Jahre hatte er nichts von ihr gehört oder gesehen. Dann tauchte sie plötzlich mit einer Schulklasse auf der Teufelsburg auf. Dazu noch an einem Tag, an dem alle Schüler des Max-Planck-Gymnasiums frei haben sollten.

Aber nein! Der alten Hexe war es wieder einmal gelungen, Kinder um ihr Vergnügen zu bringen. Irgendwie hatte sie es geschafft, die Schüler von dem toten Lehrer fernzuhalten und sie in den Schulbus zu locken, bevor die Kleinen erfahren konnten, dass an diesem Tag eigentlich schulfrei war. Typisch.

Aber warum regte er sich auf?

Sie hatte ihn nicht erkannt – hatte ihn einfach aus dem Gedächtnis gestrichen, wie damals, als es um seine Versetzung ging. Es wäre ein leichtes für sie gewesen, Fred Recktenwald zum Abschluss der Mittleren Reife zu verhelfen. Nur einige Nachhilfestunden. Aber Mathilde Graufuchs hatte ihn ausgelacht und gemeint, mit ihm wolle sie nicht ihre Zeit verplempern. *Fred Recktenwald sollte jeder schleunigst aus dem Gedächtnis streichen.* Das waren ihre Worte gewesen.

Und so hatte er das Gymnasium ohne Abschluss verlassen.

Mathilde Graufuchs hatte sich schon immer für etwas Besseres gehalten. Vor allen Dingen damals, als Fred Recktenwald ihr Schüler war und wieder einmal etwas nicht wusste.

Nur an diesem Tag nicht.

Mit überzeugender Selbstsicherheit trug Fred Recktenwald sein Wissen vor: »Die Teufelsburg wurde als Kampfburg zur Verteidigung gebaut. Hier seht ihr einen Turm, der nach Westen zeigt. Demnach wurde dieser Turm auch Westturm genannt. Er wurde mit einer Schleuderschießscharte ausgestattet, eine damals sehr wirksame Waffe, um den Feind von der Burg fernzuhalten.« Staunen ging durch die Menge der Schüler. »Auffallend ist, dass dieser Turm schon im Fundament keine Mauern aufzeigt. Es wird vermutet, dass durch den Bau der Verbindungsstraße der größte Teil des Turms vernichtet worden ist, was bedeutet, dass diese Verbindungsstraße später gebaut worden ist.« Fred empfand sich selbst als sehr professionell, während er all seine Kenntnisse vortrug. Und die Schüler zollten ihm gebührenden Respekt, was ihm guttat, während Mathilde Graufuchs neben ihm kochte vor Wut.

»Was ist eine Verbindungsstraße?«, fragte ein Junge.

»Diese Verbindungsstraße sollte damals die beiden Burgteile sowie die verlängerte Talzufahrt innerhalb des Burggeländes miteinander verbinden.«

»Heißt das, dass diese Verbindungsstraße nicht aus der Burg herausführte?«

»Genau das.«

»Woran kann man das feststellen?«

»Ganz einfach: Diese Straße hat keine Wehr- und Abwehranlagen, um das Burggelände vor Eindringlingen zu schützen. Sie ist also ungeschützt. Weiterhin passiert die Verbindungsstraße die Zisterne, die wohl kaum außerhalb des Burggeländes gelegen haben kann, weil das die zentrale Wasserversorgung für alle auf der Burg lebenden Menschen war. Hinzu kommt, dass der Wehrturm eine direkte Verbindung zu dieser Straße hat, was nicht möglich wäre, würde diese Straße nach draußen führen.«

Keine Antwort war er den Kindern schuldig geblieben. Und doch hatte Fred Recktenwald gespürt, wie Mathilde Graufuchs ihn beobachtet – ja belauert hatte. Ständig war sie auf der Suche nach etwas, um ihn zu kompromittieren. Wenn sie nichts fand, erfand sie einfach etwas, womit sie ihn bei seinem Vortrag pausenlos unterbrach. Sogar die Geschichte der Teufelsburg wollte sie besser kennen als er.

Aber das würde er niemals zulassen. Zu sicher war er sich inzwischen, dass er es besser wusste, weil er alles auswendig gelernt hatte.

Er hatte ihr widersprochen, was ihm vor dreißig Jahren im Gymnasium nicht eingefallen wäre. Vielleicht hatte sie ihn deshalb nicht erkannt.

Oder hatte ihre Methode, ihn aus dem Gedächtnis zu streichen, tatsächlich funktioniert?

Seine Füße trugen ihn beschwingt nach Hause. Es war ein guter Tag. Erst der Deutschlehrer mit heruntergelassener Hose. Dann die

Geschichtslehrerin mit vor Staunen offenstehendem Mund. Diese Bilder wollte Fred im Gedächtnis behalten.

Er passierte Picards Neubeugebiete in der *Gisinger Straße* und *Auf der Kleinwies*, bis er von der Rückseite an sein Grundstück gelangte. Undurchdringliche Hecken rahmten sein Haus ein, so dass es auch von dieser Seite nicht zu sehen war. Nur er wusste, wo er zwischen den dornigen Ästen hindurchschlüpfen musste, um sein Haus zu erreichen. Wie ein Dieb sicherte er sich ab, dass ihn niemand beobachtete. Erst dann verschwand er blitzschnell im grünen Dickicht. Es machte ihm jedes Mal kindlichen Spaß, sein Eigenheim über diesen Weg zu betreten. Er liebte es, unerkannt zu leben. Und dieses alte Haus, das er von der Stadt Saarlouis für einen geringen Preis gemietet hatte, bot sich geradezu dafür an. Niemand kümmerte sich um diese Ruine, weil vermutlich niemand im Dorf wusste, dass sie noch existierte.

In Picard aufgewachsen, wusste er genau, wie neugierig die Leute sein konnten. Deshalb war ihm jedes Mittel recht, so unerkannt wie möglich dort zu leben. Und wo ging das besser als in diesem versteckten Häuschen, das sogar die Stadt Saarlouis vergessen hätte, wäre er nicht auf sie zugegangen, um es für wenig Geld zu mieten. Als Kind war er oft zusammen mit Linus Kalkbrenner zu dem verlassenen Haus gegangen. Sie hatten es das Hexenhaus genannt und sich stets davon magisch angezogen gefühlt. Und diese Anziehungskraft übte das Haus heute noch aus. Fred konnte sich das nicht erklären. Aber das störte ihn nicht. Er schätzte sich einfach nur glücklich, heute in diesem Haus wohnen zu können.

Er stieg die wenigen Stufen zu seiner Veranda hoch, die notdürftig mit dicker Pappe eingerahmt war. Sein Refugium ließ an Luxus zu wünschen übrig. Die Toilette bestand noch aus dem klassischen Donnerbalken. Immer wenn er auf seiner verfallenen Veranda saß, fiel sein Blick auf den stillen Ort. Mehr Sicht gaben die Bäume und Sträucher nicht frei, weil sie von Jahr zu Jahr dichter zusammenwuchsen. Aber das störte ihn nicht. Im Gegenteil. Sie vermittelten ihm das Gefühl von Geborgenheit und Sicherheit.

Zufrieden betrat er seine Haushälfte. Die andere Hälfte hielt er für Linus frei. Der Gedanke erfüllte Fred mit Glückseligkeit. Er liebte es, wenn er anderen auch eine Freude machen konnte. Linus war in der Schulzeit sein Schutzengel gewesen. Er hatte ihn immer vor den

Anfeindungen der anderen zu bewahren versucht. So etwas vergaß Fred nicht. Niemals. Obwohl Linus schon vor langer Zeit weggezogen war, weil er in Rüsselsheim eine Arbeit gefunden hatte – er hielt für ihn die andere Haushälfte bereit.

Linus hatte die Angewohnheit, sporadisch immer mal wieder bei ihm aufzutauchen. Und seit die Opelwerke in Rüsselsheim ihn entlassen hatten, kam er noch häufiger, wenn auch griesgrämiger und mürrischer. Das änderte aber nichts daran, dass er bei Fred stets willkommen war.

Neugierig warf er einen Blick nach nebenan. Dort lag alles still und verlassen. Zuhause war er also nicht. Schade. Fred wollte ihn so viel fragen.

Seine untere Etage war schön aufgeräumt. Den alten Küchenschrank aus Kirschbaumholz hatte er mit Holzpolitur ordentlich gepflegt, er sah wie neu aus. Die Vorbesitzer hatten alles achtlos zurückgelassen und dem Verfall preisgegeben. Fred wusste das zu schätzen, denn nur so kam er zu einem möblierten Haus. Also steckte er viel Liebe und Mühe in die Pflege der alten Möbel. Sogar Parkettboden lag im hinteren Raum. Den hatte er so gut es ging repariert. Auch wenn vereinzelte Holzdielen sich nach oben wölbten, war er mit seinem Ergebnis hochzufrieden.

Er ließ sich auf der Couch nieder und blätterte in der Zeitung. Kein Wort stand dort über den toten Lehrer – eine Tatsache, die ihn aufheiterte. Bertram Andernach war noch nicht einmal eine Sonderausgabe wert. Als nächstes wagte er den Versuch, ob das Fernsehen mehr über den toten Lehrer zu berichten wusste. Er schaltete den alten Flimmerkasten ein, dessen Empfang durch die viel zu alte Antenne auf dem Hausdach schlecht war. Das Bild war abwechselnd in Farbe und Schwarzweiß. Die Bildqualität war ihm aber egal, weil sein Interesse an Fernsehen nicht über die Nachrichten hinausging.

Dort handelten sämtliche Berichte vom Max-Planck-Gymnasium und dem toten Lehrer. Sogar der Erhängte wurde gezeigt, ein Foto, das Fred erschreckte. Durch die Lautsprecher des Fernsehers ertönte: Die Polizei tappt im Dunkeln.

Die Aussage gefiel Fred.

Kapitel 14

»Was sollte das, in meiner Besprechung Forseti den Rücken zu stärken?«, ertönte Schnurs Stimme laut und deutlich aus seinem Büro.

Esther wollte gerade anklopfen und mit ihrer tollen Neuigkeit reinplatzen. Doch diese Worte ließen sie stoppen. Der Zeitpunkt war wohl nicht günstig.

»Habe ich es immer noch nötig, mich von dem Hessen in die Schranken weisen zu lassen?«

Schnurs Wut drang deutlich bis in den Flur hindurch.

Nur wer war der Angesprochene?

Gegen jede Vernunft blieb Esther stehen und lauschte.

»Oder bin ich der einzige, der nicht kapiert, was los ist?«

»Was soll das heißen?«

Das war eindeutig die Stimme der Staatsanwältin Ann-Kathrin.

Esther grinste. Hatten die beiden schon ihren ersten Ehekrach?

»Dass dich vermutlich mit Forseti mehr verbindet, als ich mitbekomme«, präzisierte Schnur seine Aussage.

»Du hast nicht das Recht, Anforderungen an mich zu stellen.«

Das klang böse. Esther wollte nun doch nicht mehr weiter lauschen.

»Du bist derjenige, der verheiratet ist. Ich habe bis jetzt nicht die geringste Andeutung einer Scheidung von dir zu hören bekommen. Also rate ich dir, keine Bedingungen ...«

»Hallöchen«, platzte Esther mit gleichzeitigem heftigem Anklopfen in Schnurs Büro.

Zwei hochrote Gesichter mit vier böse funkelnden Augen fixierten sie, dass sie schon befürchtete, zu Stein zu erstarren.

»Ist dir mal der Gedanke gekommen, dass man hier nicht zu jeder Zeit einfach so reinplatzen kann?«, fragte Schnur ungehalten.

»Ich habe eine wichtige Neuigkeit in unserem Fall«, erklärte Esther und tat dabei so ahnungslos wie möglich. »Bisher wolltest du immer auf dem neusten Stand der Dinge sein. Hat sich daran etwas geändert?«

»Nein. Du hast Recht«, lenkte Schnur ein. »Was hast du herausgefunden?«

Die Staatsanwältin blieb beharrlich neben dem Schreibtisch stehen. Auf Schnurs empörten Blick reagierte sie süffisant: »Zufällig arbeite ich am gleichen Fall. Da werde ich mir die neuen Fakten noch anhören, bevor ich gehe.«

»Die Fahrschule gegenüber der Schule hatte letzte Nacht tatsächlich Nachtfahrten durchgeführt«, begann Esther zu berichten. »Die Fahrschüler sind zusammen gekommen und hintereinander gefahren, weshalb es sehr spät wurde. Gegen halb eins sind sie von dem Gelände zu Fuß in die Saarlouiser Altstadt losmarschiert. Dabei ist ihnen jemand aufgefallen, der das Gymnasium im Eiltempo verlassen hat.«

Jürgen Schnur schaute auf seine Uhr und fragte: »Dafür hast du so lange gebraucht?«

Esther schnaubte verächtlich, bevor sie antwortete: »Anton und ich mussten die Fahrschüler erst mal auftreiben. Dabei mussten wir mehrere Adressen anfahren. Das geht nicht so schnell.«

»Okay.« Schnur rieb sich über sein Kinn. »Welche Beschreibung haben wir von dem Mann?«

»Er soll groß und schlank gewesen sein mit grauen Haaren.«

»Das schließt schon mal einen Schüler dieser Schule aus«, erkannte Schnur.

Esther Weis und Ann-Kathrin Reichert nickten zustimmend.

»Mehr gibt es nicht über den Mann zu sagen?«

»Doch.« Esther nickte. »Die Haare seien auffallend zottelig gewesen. Einer sagte, die Frisur hätte ihn an Rod Stewart erinnert, nur grau statt blond.«

»Wo ist Anton?«

»Er schreibt gerade den Bericht«, antwortete Esther.

»Geht vorher zu den Kollegen und schaut nach, was sich bei der Aktendurchsicht inzwischen ergeben hat. Vielleicht finden wir den Mann unter den Angestellten der Schule.«

Esther nickte und verließ Schnurs Zimmer. Ihr Blick fiel in Bernhard Diez' ehemaliges Büro. Andrea Westrich, die Neue, saß dort am Schreibtisch, der überquoll vor lauter Unterlagen. Ein ungewohntes Bild für Esther. Als Bernhard noch in der Abteilung gearbeitet hatte, galt sein Zimmer zu den ordentlichsten. Und jetzt? Andrea würde jeden Chaos-Wettbewerb konkurrenzlos gewinnen.

Als sich die Blicke der beiden Frauen trafen, erklärte Andrea: »Ich versuche etwas über diese Mirna herauszufinden. Das ist nicht so einfach, weil ich außerdem dabei bin, mich hier einzurichten.«

»Rom wurde auch nicht an einem Tag erschaffen«, gab Esther zum Besten. »Also rate ich dir, mach dir keinen Stress. Jürgen beurteilt uns nicht nach dem Aussehen unseres Schreibtisches, sondern nach den Fakten, die wir liefern.«

»Da kann ich weder das eine noch das andere liefern«, erkannte Andrea und schaute traurig über die Berge von Papieren, die sich vor ihr auftürmten.

»Wo ist Erik?«, fragte Esther.

»Er wartet unten auf mich«, antwortete Andrea ausweichend.

Esther erkannte sofort, dass sie nicht wusste, wo Erik steckte. Ihre Loyalität gefiel ihr. Wer wusste schon, ob Anke Deister jemals wieder in den Polizeidienst zurückkehren würde. Da war es gut zu wissen, mit wem sie in Zukunft zusammenarbeiten musste. Und Andrea machte auf Esther einen sympathischen – ja sogar schon fürsorglichen – Eindruck.

»Kann ich dir helfen?«

Andrea verneinte und meinte: »Hier finde ich mich selbst kaum zurecht. Wie solltest du mir da helfen können.«

Schnur eilte an dem Zimmer vorbei.

Andrea und Esther schauten ihm nach.

Er bremste ab und kehrte zurück, als habe er etwas vergessen.

»Wo ist Erik?«, fragte er. »Hat er sich allein auf den Weg zu dieser Mirna gemacht?«

»Nein! Keine Sorge«, beruhigte Andrea sofort. »Er wartet …«

»Keine Spielchen hinter meinem Rücken«, fiel Schnur der Neuen ins Wort. »Ich habe genug Ärger, weil jemand meinte, schlauer zu sein, als die Polizei erlaubt.«

»Ich weiß, was mit Bernhard Diez passiert ist«, sagte Andrea. »Und Erik weiß es mit Sicherheit auch. Glaubst du ernsthaft, dass er ohne Umwege den gleichen Fehler wie sein Kollege machen will?«

Schnur stutze.

Esther ebenso.

Andrea war gerade mal seit ein paar Stunden im Dienst, schon gelang es ihr, den Vorgesetzten zu überraschen.

»Ich will nicht noch einen guten Mann verlieren«, lenkte Schnur ein.

»Und ich erwarte, dass ihr meine Anweisungen befolgt und keinen Wettstreit daraus macht, wer effektiver arbeitet.«

Ohne eine Antwort abzuwarten ging Schnur davon.

»Ich glaube, der Fehltritt von Bernhard Diez hat Jürgen ganz schön zugesetzt«, erkannte Andrea und schaute Esther dabei an.

»Ja.« Esther nickte. »Jürgen konnte ihm nicht helfen, weil Forseti mehr Macht hat und die in solchen Fällen auch einsetzt. Vermutlich deshalb.«

Kapitel 15

Das Treppenhaus gähnte ihm leer und trostlos entgegen. Der Fahrstuhl war ihm gerade vor der Nase weggeschnappt worden. Also musste Erik zu Fuß in den fünften Stock gelangen. Wieder war ein Tag vergangen, ohne dass er es gewagt hätte, sich bei Anke Deister zu melden. Es war die Unsicherheit, die ihn davon abhielt. Erwartete sie überhaupt einen Anruf von ihm? Dachte sie noch an ihn? Im Grunde genommen könnte auch sie sich bei ihm melden. Das bestätigte seine Zweifel, ob Anke jemals etwas für ihn empfunden hatte. Andererseits jedoch spürte er in aller Deutlichkeit, dass er sie mit jedem Tag, den er tatenlos verstreichen ließ, ein bisschen mehr verlor.

Anke und ihr wunderbares Kind Lisa.

Warum wollte es ihm einfach nicht gelingen, diesen Schritt zu machen? Er wusste, wo er sie fand. Doch kaum war der Gedanke ausgedacht, kam der böse Gegenspieler in seinem Kopf, der ihm sagte, dass Anke genauso gut wusste, wo sie ihn fand. Das Handy war eine Erfindung, die große Entfernungen – seien es Kilometer oder Grenzen – überwinden konnte. Und doch stand er vor dem kleinen Mobiltelefon und war unfähig, es zu bedienen.

Erik spürte die innere Zerrissenheit schon wieder in vollem Ausmaß. Für Jürgen war es klar, dass Anke auf ihn wartete. Aber für Erik sahen die Dinge ganz anders aus. Ihre letzten Gespräche waren mehr als unfreundlich verlaufen – bis sie zu dem Punkt gekommen waren, an dem sie sich gar nichts mehr zu sagen hatten.

Jede Stufe fiel ihm schwerer. Dabei trieb er Sport – tat alles, um fit zu bleiben. Leider gab es noch kein geeignetes Training für die Seele. Und genau da lag sein Schwachpunkt. Er grübelte viel zu viel und machte sich damit das Leben nur noch schwerer.

Endlich! Noch ein Treppenabschnitt und er war oben. Vorsorglich nahm er schon mal den Schlüsselbund heraus. Überrascht registrierte er, dass nur noch ein einziger Wohnungsschlüssel daran hing. Hatte er nicht mal zwei davon?

Plötzlich fühlte er sich heftig aus seinen Gedanken gerissen.

Auf dem obersten Treppenabsatz – nur zwei Meter von seiner Wohnungstür entfernt – saß Mirna. Die Frau, die er den ganzen Tag ergebnislos gesucht hatte.

Sie setzte ein Lächeln auf, das in Erik sämtliche Alarmglocken klingeln ließ. Aufreizend erhob sie sich von dem kalten Boden, rieb sich über ihr Hinterteil und streckte dabei Erik ihren gepiercten Bauchnabel entgegen.

Eriks Blick wanderte über ihren spärlich bekleideten Körper. Ihre prallen Brüste schimmerten durch das helle Oberteil, ihre Jeans war so tief herabgezogen, dass sie den Blick auf das Höschen darunter freigab. Schwarz und provozierend lugte es hervor.

Erik atmete tief durch, richtete seinen Blick schnell auf ihr Gesicht, räusperte sich und sagte: »Gut, dass du da bist. Dich habe ich nämlich gesucht.«

»Süß! Und schon hast du mich gefunden«, flötete Mirna. »Was willst du jetzt mit deiner Beute anstellen?«

»Ich brauche deinen Vor- und Nachnamen und deine Anschrift. Und außerdem bitte ich dich, morgen zur Kriminalpolizeiinspektion zu kommen. Du kannst dir bestimmt denken, warum.«

»Nein.« Mirna nahm einen Finger in den Mund und begann daran zu lecken. »Willst du mich verhaften?«

»Nein. Nur Fragen stellen.«

»Das kannst du haben.« Mirnas Augen strahlten Erik an. »Wir gehen in deine Wohnung und dort kannst du alles über mich erfahren, was du willst. Nichts wird dir verborgen bleiben.«

»Wir gehen nicht in meine Wohnung.« Erik bemühte sich um Beherrschung. Zu genau hafteten seine Fehlleistungen in Köln in seinem Gedächtnis. Seine Versetzung nach Saarbrücken war nicht nur freiwillig erfolgt, um Abstand zu seiner Familientragödie zu gewinnen. Nein, er hatte es sich selbst verscherzt, war kopflos in jedes Fettnäpfchen hineingestolpert. Sein Arbeitgeber hatte ihm eine zweite Chance gegeben, indem er Erik die Versetzung an einen anderen Ort anbot. Diese Chance wollte er sich nicht verscherzen. Das war eine aufregende Nacht mit einer verführerischen Frau nicht wert. Auch wenn es ihm schwerfiel, sich selbst von diesem vernünftigen Gedanken zu überzeugen.

»Dann gehen wir in Yanniks Wohnung. Yannik ist nicht zu Hause.«

»Hast du einen Schlüssel zu seiner Wohnung?«, fragte Erik erstaunt.

»Klar! Yannik ist ganz verrückt nach mir. Bei ihm muss ich nicht lange betteln, dass er mich rein lässt.«

»Der Glückliche«, entfuhr es Erik.

Mirna schaute tief in Eriks bernsteinbraune Augen, so tief, dass Erik sich durchleuchtet fühlte. Er wand sich unter ihrem Blick. Zum Glück sprach sie weiter, womit sie diesen Zauber unbewusst beendete: »Weißt du, Yannik ist für mich nur ein Mittel zum Zweck. Durch ihn kann ich auf der Uni Vorlesungen besuchen, ohne immatrikuliert zu sein.«

»Wenn das alles ist.« Erik stieß die angehaltene Luft aus.

»Mein Interesse an Germanistik hat seine Gründe«, tat sie geheimnisvoll.

Erik hoffte, ihr Interesse galt dem Germanistikprofessor und nicht ihm. Nervös fuhr er sich durch seine blonden Haare. Diese Bewegung ließ Mirna laut auflachen. Blitzschnell ging sie auf ihn zu und strich mit beiden Händen über seinen Kopf. »Du hast dich ganz struppig gemacht«, erklärte sie immer noch kichernd. »Lass mich das machen. Dann siehst du erst richtig wild aus.«

Erik hielt ihre beiden Handgelenke umklammert. Ihre Haut fühlte sich warm und weich an, ihre filigranen Gelenke verschwanden unter seinen großen Händen. So schnell, wie er zugepackt hatte, so schnell ließ er sie auch wieder los.

»Dann gib mir wenigstens deinen Personalausweis«, bat er inzwischen weniger entschlossen. »Ich brauche deine Angaben für den Polizeibericht.«

»Wirst du alles aufschreiben, was du mit mir anstellst?«

Eriks Gesicht glühte. Er musste zusehen, dass er so schnell wie möglich in seiner kleinen Wohnung verschwand.

»Deinen Ausweis bitte!«

»Nimm ihn dir!« Mirna hielt ihm ihre rechte Po-Backe hin.

Erst jetzt sah Erik, dass das Höschen darunter ein String war.

»Er ist in meiner linken Po-Tasche«, fügte Mirna überflüssigerweise noch an.

Erik wandte seinen Blick von ihr ab und sagte in einem besonders schroffen Tonfall: »Hör auf mit den Spielchen! Damit erreichst du nichts.«

Mirna zog eine beleidigte Schnute und verschwand plötzlich ohne ein weiteres Wort in der Nachbarwohnung.

Kapitel 16

»Wissen Sie, warum die Teufelsburg diesen Namen bekommen hat?« Mit dieser Frage kam Fred Recktenwald an diesem Morgen endlich an den Teil seines Vortrags, der auch den letzten müden Gast aufweckte.

»Nein!« »Ach!« »Gibt es eine Erklärung für den Namen?«

Das Interesse war geweckt.

Zufrieden begann Fred zu zitieren:

»Boten hatten auf schnaubenden Rossen,
dem Herrn von Felsberg die Nachricht gebracht:
Es hat der Herr von Siersburg beschlossen,
noch eh zu End dieselbige Nacht,
will er sich mit Euch, sollt's Euch nicht bangen,
messen im Zwiekampf vor Wallerfangen,
und so entscheiden den hässlichen Streit,
durch den eine Frau euch Brüder entzweit,
wer im Ritterturnier den andren bezwingt,
Alice von Forbach als Eheweib erringt.«

Die Gruppe an diesem Morgen bestand nur aus älteren Damen. Sie waren leicht zu begeistern von Freds Vortrag, was ihn dazu anspornte, weiter vorzutragen:

»Es riefen die Boten, spornten die Rosse
Und jagten wieder hinaus aus dem Schlosse.
Hinterher grollte des Ritters Fluch:
Vermeldet Graf Siersburg des Felsbergers Kunde,
ich sein Bruder ruf den Teufel zum Bunde.
Webt eurem Herrn schon das Leichentuch.«

Die alten Damen jubelten und klatschten in die Hände.

Diese Führung wurde für Fred ein Leichtes. Das erleichterte ihn, denn seine Gedanken schweiften an diesem Tag ständig ab. Immer wieder dachte er an Bertram Andernach. In der Zeitung stand immer noch nichts darüber, wie weit die Ermittlungen der Polizei schon waren. Das ärgerte ihn. Diese unnötige Geheimhaltung. Sie schürte seine Nervosität.

Wie konnte er an Informationen über den Stand der Polizeiermittlungen kommen?

Die Frage lenkte ihn ständig ab. Seine Nervosität musste er unterdrücken, was ihm nicht leicht fiel. Niemand durfte merken, dass ihn etwas anderes mehr beschäftigte als seine Arbeit.

Sie stiegen auf den Hauptteil der Burg, wo Fred sein nächstes Kapitel anschlug: »Sie werden sehen, welche traumhafte Lage die Teufelsburg hat. Damals strategisch wertvoll – heute ein romantischer Grund, diesen Ort aufzusuchen. Von hier aus sehen Sie die Kirchtürme von Felsberg und Berus. Sie werden lediglich von den Sendetürmen von Europa I überragt. Über die Hügellandschaft, die sich von Felsberg bis zum Warndt erstreckt, können Sie eine weite Aussicht über das Saartal genießen. Sie reicht bei guter Sicht bis zum Hoxberg in Lebach oder bis zum Weltkulturerbe in Völklingen, zum Schlackenberg in Ensdorf, zum Litermont bei Nalbach.« Fred Reckenwald machte eine Drehung und sprach weiter: »Und hier sehen Sie den Limberg in Wallerfangen, wo die ursprüngliche Burg, die *Burg Altfelsberg* ihren Standpunkt hatte.«

Die Begeisterung der Damen wirkte ansteckend. Auch das Wetter spielte mit. Die Sonne stand am azurblauen Himmel. Der Sommer zeigte sich in diesem Jahr von seiner schönsten Seite.

Das war die Jahreszeit, in der Fred seine Arbeit auf der Teufelsburg am meisten genoss – Tourismusführungen unter freiem Himmel. Im leichten Lüftchen, das auf dieser Anhöhe fast immer wehte, erzählte er den Menschen schauerliche Geschichten. Das klang nach Traumjob. Viele sprachen ihn auch darauf an, dass sie ihn beneideten. Das gab ihm ein gutes Gefühl – das Gefühl, etwas erreicht zu haben.

Der Abschied war wie so oft voller Versprechungen wiederzukommen. Meistens taten es die Menschen nicht, denn es gab im Saarland noch mehr zu besichtigen, was Fred missfiel. Für ihn war es wichtig, dass das Interesse an der Teufelsburg weiter anstieg. Denn er wollte diesen Job noch lange behalten.

Er stellte sich auf den Südostturm und schaute dem blauen Bus nach, der die Gruppe der alten Damen die Metzer Straße entlang in Richtung Saarlouis fuhr.

Eine lustige Gruppe. Fred schmunzelte bei der Erinnerung.

Nur eine unter ihnen war ihm von Anfang an ein Dorn im Auge gewesen. Und er hatte sich in dieser Frau nicht getäuscht. Eine hagere Frau mit strengem Gesichtsausdruck – fast hätte er sie mit seiner Geschichtslehrerin verwechselt – war am Ende seines Vortrags auf ihn zugekommen, hatte ihn an den Haare gezogen und gemeint, er könnte mal einen Besuch beim Frisör vertragen.

Fred schüttelte seinen wuscheligen Kopf bei der Erinnerung an diese peinliche Begegnung. Er war stolz auf seine Haare. Obwohl sie schon seit seiner Kinderzeit grau waren, sie wuchsen schnell und ließen ihn wie einen Alt-Hippie aussehen.

Seufzend kehrte er an das Kassenhäuschen zurück und schaltete das Radio ein. Wenn er Glück hatte, erfuhr er in den Nachrichten etwas Neues über den Mord an Bertram Andernach.

Kapitel 17

Leise Verkehrsgeräusche vermischt mit Vogelgezwitscher und warmer Luft drangen durch die geöffneten Fenster in den Sitzungssaal. Viele Polizeibeamte schauten hinaus in das sonnige Wetter. Es fiel ihnen bei diesen warmen Temperaturen schwer, sich auf die die Besprechung zu konzentrieren.

»Ernst Plebe, der Hausmeister des Max-Planck-Gymnasiums hat uns heute Morgen versetzt.« Damit begann Schnur die Besprechung.

»Das macht ihn verdächtig«, erkannte Erik sofort.

»Stimmt.« Jürgen nickte und wandte sich an Esther mit der Frage: »Konntest du eine Phantomzeichnung von dem Mann anfertigen lassen, den die Fahrschüler in der Nacht von Sonntag auf Montag an der Schule gesehen haben?«

»Nein. Sie haben sein Gesicht nicht gesehen. Er war zu weit weg und es war dunkel.«

»Könnte es der Hausmeister gewesen sein?«

»Nein. Tut mir leid. Der Mann, den sie gesehen haben, war groß und schlank.«

»Mist«, murrte Schnur. »Es wäre auch zu schön gewesen.«

»Als er durch den Lichtkegel einer Straßenlaterne ging, konnten sie deutlich erkennen, dass der Mann grauhaarig war«, fügte Esther an.

»Na gut! Ab sofort müssen wir alle schlanken, grauhaarigen Männer verdächtigen.« Schnurs Miene verdüsterte sich. Wie so oft, wenn er nicht weiterwusste, fuhr er sich über sein rasiertes Kinn.

Amüsiertes Gemurmel entstand. »Ich hätte da einen Hauptverdächtigen: Dieter Forseti.« »Stimmt!« »Der passt haargenau auf die Beschreibung.« »Brauchen wir nur noch das Motiv.«

»Schön, dass ihr mitdenkt«, mischte sich Schnur lautstark ein. »Aber ich muss euch sagen, dass ihr auf der falschen Spur seid. Ich war gestern beim Gerichtsmediziner. Bertram Andernach starb in der Zeit zwischen Mitternacht und ein Uhr. Zu der Zeit war Forseti in Wiesbaden. Er ist erst am nächsten Morgen ins Saarland zurückgekehrt.«

Damit brachte Schnur sämtliche Kollegen zum Lachen.

»Es besteht aber die Möglichkeit, dass der Hausmeister an dem Verbrechen beteiligt war.« Damit übertönte er die Erheiterung der Kollegen. »Die Grausamkeit, mit der das Verbrechen durchgeführt wurde, könnte darauf schließen lassen, dass nicht nur ein Täter am Werk war.«

»Und dann wartet der Hausmeister, bis alle Schüler den erhängten Lehrer sehen, bevor er eingreift?«, zweifelte Andrea.

»Damit könnte er Spuren beseitigt haben, ohne etwas dafür zu tun«, spekulierte Schnur.

»Für meinen Geschmack sah der Mann am Tag des Leichenfundes viel zu fertig aus«, hielt Erik dagegen.

»Okay! Das war wohl nicht gerade der hellste Moment in meinem Leben«, gab Schnur nach.

Amüsiertes Gemurmel entstand, bis Schnur weitersprach: »In Andernachs Blut waren weder Alkohol noch Drogen, nichts, was zu einer Bewusstseinstrübung geführt hätte. Auch gab es keine Verletzungen, die ihn bewusstlos gemacht hätten. Er wurde auf grausame Weise erhängt, das heißt, er ist langsam erstickt und bekam alles mit.«

»Was hat Bertram Andernach getan, dass er mit so viel Grausamkeit getötet wurde?«, fragte Andrea.

»Das ist die Frage, die ich als nächstes stellen wollte«, bekannte Schnur. »Wenn du so weitermachst, liebe Andrea, werde ich hier überflüssig.«

»Gönn mir doch diesen Geistesblitz.« Andrea zwinkerte ihm zu.

»Also – um beim Thema zu bleiben: Bertram Andernach. Ich habe nach dem Besuch der Gerichtsmedizin sämtliche Unterlagen über ihn besorgt. Und das sind nicht viele«, begann Schnur zu berichten. »Bertram Andernach lebte in einer Dachwohnung in der Saarlouiser Altstadt. Das Team der Spurensicherung ist noch dort. Ich werde ebenfalls dorthin fahren und mich umsehen. »

»Hat er allein gelebt?«

»Ja. Wie wir wissen, war Bertram Andernach zweimal geschieden und seine Ex-Frauen haben wieder geheiratet, sodass auch da kein Motiv zu finden ist«, antwortete Schnur. »Beide Ehen sind kinderlos geblieben. Von einer neuen Lebensgefährtin ist nichts bekannt. Es hat sich auch niemand bei uns gemeldet, um Anspruch auf das Urheberpersönlichkeitsrecht zu stellen, nachdem die enthüllenden Fotos und Filme ins Internet gestellt wurden.«

»Keiner schert sich um ihn«, stellte Andrea erschrocken fest.

»Da fragt man sich, was schlimmer ist ...« Schnur nickte nachdenklich.

»Was hat die heruntergelassene Hose zu bedeuten?« Mit dieser Frage lenkte Anton das Thema wieder auf ihre Arbeit. »Sexualmord?«

»Ich habe diese Frage Frau Dr. Ina Knappe gestellt ...«

»Wer ist das?«, fragten mehrere Beamte gleichzeitig.

»Das ist unsere Profilerin aus Wiesbaden – sie hat bei uns in Saarbrücken als Kriminalpsychologin angefangen und arbeitet jetzt für das Bundeskriminalamt«, antwortete Schnur.

»Und ist die Ex-Frau von Dieter Forseti«, fügte Esther vorlaut an.

»Was hat Dr. Knappe zu den heruntergelassenen Hosen gesagt?«, drängte Andrea auf eine Antwort.

»Sie hat sich die Videos angesehen und ist zu dem Ergebnis gekommen, dass hier kein Sexualmord vorliegt. Sie glaubt vielmehr, dass der Täter Rache verübt hat für eine Bloßstellung, die er selbst durch Bertram Andernach erlebt hat.«

»Das hört sich nun aber doch nach einem Schüler an«, erkannte Anton und rieb sich nervös über seine wuscheligen schwarzen Haare.

»Der grauhaarige Mann spricht aber gegen einen Schüler«, hielt Schnur dagegen.

»Vielleicht ein Lehrer-Kollege«, spekulierte Esther. »Oder der Vater eines Schülers. Oder ein ehemaliger Schüler.«

»Das hört sich nach verdammt viel Arbeit an«, murmelte Erik.

»Erik! Wenn ich mir dein müdes Gesicht so anschaue, fällt mir die Frage nach Mirna wieder ein«, lautete Schnurs Reaktion darauf. »Hast du etwas über sie herausfinden können?«

Erik wand sich unter seinem Blick und antwortete knapp: »Nein.« Auf keinen Fall wollte er von der Begegnung am letzten Abend vor seiner Wohnung berichten. Die Situation war ihm entglitten und dafür schämte er sich. Er hätte den Ausweis einfach aus der Hosentasche ziehen sollen. Der Gedanke beschäftigte ihn, seit er diese Gelegenheit verpasst hatte.

Schnur bemerkte seine Verfassung zum Glück nicht, sondern richtete seine nächste Frage an die anderen Kollegen: »Habt ihr etwas in den Unterlagen, die wir vom Schulleiter bekommen haben, über eine Mirna herausgefunden? Oder sonst etwas, was für uns interessant sein könnte?«

»Eine Mirna haben wir nicht – wir sind aber noch nicht ganz durch. Dafür haben wir für jedes Schuljahr entsprechende Schülervertreter und Schülervertreterinnen. Vielleicht wissen die etwas über Schüler, die vorzeitig die Schule verlassen haben.«

»Die Idee ist gut«, stimmte Schnur zu. »Diese Mirna wird immer interessanter. Sollte sie von der Schule geflogen sein, hat sie den Lehrer, den sie dafür verantwortlich hielt, bestimmt gehasst.«

»Wie soll eine zierliche Person wie Mirna einen lebenden Mann aufhängen?«, fragte Erik zweifelnd.

»Sie hatte bestimmt Hilfe. So wie diese Frau aussieht, liegen ihr die Männer zu Füßen.«

Erik spürte schon wieder Hitze in sein Gesicht steigen. Hoffentlich schaute ihn keiner an.

»Es gilt zu überprüfen, in welchem Verhältnis der Deutschlehrer zu seinen Kollegen stand«, begann Schnur seine Anweisungen aufzuzählen. Einige Kollegen meldeten sich bereit. Dann wandte er sich an Esther und Anton: »Ihr beide werdet euch mit diesen Schülervertretern unterhalten. Erik und Andrea, ihr befragt die Geschichtslehrerin Mathilde Graufuchs. Ich werde von Bertram Andernachs Wohnung weiter zur Schule fahren und mir den Mathelehrer vorknöpfen. Der wirkte gestern nicht ganz nüchtern auf mich. Ich will sehen, in welcher Verfassung Günter Laug heute ist.«

»Und wen nimmst du mit?« Die Frage konnte sich Esther nicht verkneifen.

»Ich gehe allein – ich schaffe das schon, bin schon erwachsen«, kam als Antwort. Auf das Gemurmel fügte er an: »Aber das ist nicht zur Nachahmung empfohlen. Ihr werdet im Team arbeiten, ist das klar?« Dabei warf er einen Blick auf Erik.

Der stürmte hastig aus dem Sitzungssaal.

Andrea hatte Mühe, ihm bei dem Tempo zu folgen. Erst als er in seinem Büro ankam, warf sie die Tür hinter ihm zu und meinte: »Dieses Mal werden wir zusammenarbeiten, wie der Chef es uns aufgetragen hat.«

Erschrocken schaute Erik zurück. Er hatte Andrea nicht bemerkt.

»Gestern war mein erster Tag nach einer langen Dienstpause«, sprach Andrea weiter. »Da verzeihe ich dir, dass du dich einfach allein auf den Weg gemacht hast.«

Erik setzte an, etwas zu entgegnen, doch Andrea war noch nicht fertig: »Keine Sorge! Ich habe hier niemandem etwas gesagt. Ich gehe davon aus, dass wir solche Probleme unter uns lösen können.«

Erleichtert atmete Erik aus. »Ich war nur bei einem ehemaligen Kollegen. Ein Besuch, der längst fällig war.«

»Ich erwarte keine Rechtfertigung. Nur Loyalität.«

Erik griff nach dem Autoschlüssel des Dienstwagens und verließ in Begleitung der neuen Kollegin das Gebäude.

Kapitel 18

Der Schulbetrieb ging weiter. Sämtliche Zimmer waren belegt. Von außen konnten Esther und Anton die Lehrer sprechen hören.

»Mann, bin ich froh, dass ich diese Zeit hinter mir habe«, stöhnte Anton.

Esther beobachtete ihn und grinste. Seine grazilen Bewegungen, die er immer machte, wenn er sich aufregte, gefielen ihr. Anton war ein echter Kumpel. Einen besseren Kollegen konnte sie sich nicht vorstellen. Bei ihm gab es keine falschen Hoffnungen, keine Konkurrenz – nur Freundschaft. Echte Freundschaft.

Sie tippte ihm an die Schulter, damit er sich umdrehte.

Ein großer, kräftiger Lehrer mit pechschwarzen Haaren und Vollbart trat mit einer Miene auf die beiden zu, die sie Schlimmes ahnen ließen.

»Wer sind Sie? Warum spionieren Sie in meiner Schule?«, fragte er mit donnernder Stimme.

Die beiden Polizeibeamten zückten ihre Ausweise, bevor Esther antwortete: »Wir ermitteln im Mordfall Bertram Andernach.«

»Das ist natürlich etwas anderes. Aber Sie müssen verstehen …« Er atmete tief durch. »Dieser Tragödie macht uns alle nervös.«

»Und wer sind Sie?«

»Ich bin Dr. Otto Bellhaus, der stellvertretende Schulleiter. Dr. Franzen hat sich heute Morgen krankgemeldet.«

Sie folgten dem Riesen in einen Raum im ersten Stock, den er als Lehrerzimmer bezeichnete.

»Hier können Sie mit den Lehrern sprechen. Ich werde jeden anweisen, dass dieser Raum der Polizei zur Verfügung steht«, erklärte der Mann und eilte davon.

So schnell, wie er gekommen war, so schnell verschwand er auch wieder.

»Das ist doch mal ein Anfang«, stellte Anton zufrieden fest. »Jetzt werden wir die Schülervertreter einzeln hierherrufen. Ich schlage vor, ich spreche mit Dominik Jost und du mit Lara Ferringer.«

Esther stimmte zu und sah Anton nach, wie er sich auf den Weg machte.

Es dauerte nicht lange, schon kehrte Anton mit Dominik, dem Schulsprecher zurück. Die beiden waren so sehr in ihre Unterhaltung vertieft, dass sie Esthers Anwesenheit nicht bemerkten. Also machte sie sich auf die Suche nach Lara Ferringer, der Sprecherin für die Oberstufe. Die junge Frau aufzutreiben war dabei die leichteste Übung, denn sie stand versteckt im Hof und rauchte. Esther stellte sich daneben und besah sich die Ecke genauer. Es war offensichtlich die Raucherecke, was die vielen Zigarettenkippen überall verstreut auf dem Boden verrieten.

»Shit! Wer sind Sie?«, kreischte die junge Frau sofort los.

Esther zog ihren Polizeiausweis hervor und hielt ihn Lara vor die Nase.

Sofort verstummte Lara.

»Weiß die Schule von diesem Platz?«, fragte Esther die blonde Frau, die in Trotzhaltung eine aufreizende Pose eingenommen hatte. Sie zog an ihrer inzwischen weit zurückgebrannten Zigarette und warf anschließend die glimmende Kippe zu den anderen auf den Boden.

»Nein! Aber irgendwo müssen wir doch rauchen.«

Esther schmunzelte, als sie den leidgeprüften Unterton in der Stimme der jungen Frau mitschwingen hörte. »Ja, ja! Die armen Raucher! Alle sind gegen sie, sogar die Regierung«, feixte sie, wofür sie einen bösen Blick erntete. »Ich habe früher auch geraucht«, bekannte Esther daraufhin. »Bei uns war der Rauchertreff das Klo.«

»Im Sommer ersticken wir in den engen Räumen«, erklärte Lara. Es schien ihr plötzlich zu gefallen, in Esther eine Verbündete zu sehen. Kameradschaftlich bot sie ihr eine Zigarette an, die Esther auch annahm.

»Heute rauche ich nur noch gelegentlich«, erklärte die Polizeibeamtin dazu. »Die Sucht habe ich hinter mir.«

»Sie Glückliche.« Lara zog demonstrativ tief den Rauch ein. »Sie sind bestimmt hier, weil der Deutschlehrer umgebracht wurde.«

»Ja. Wie war Bertram Andernach so?«

»Er war ein Arsch«, antwortete Lara so emotionslos, dass Esther keinen Zweifel an der Antwort hegte. »Hat nur Scheiße gelabert.«

»Was meinst du damit?«

»Finden Sie es cool, jemanden zu dissen, nur weil seine Arbeit gerade mal nicht der Hit war?«

»Hat er das öffentlich gemacht?«

»Logo! Seine Sprüche gegen die Schüler sind voll der Hype, sie sind sogar im Internet festgehalten.«

»Nenn mir doch mal einen!«

»Zum Beispiel: Du brauchst deinen Kopf nicht abzustützen, Hohlkörper schweben frei im Raum.«

Esther rümpfte die Nase.

Lara zitierte weiter: »Oder: Wenn ich dir sagen würde, was ich an dir auszusetzen hätte, würden deine Eltern mich anzeigen. Oder: Geh mal Geld einsammeln, die Rotstifte für deine Klausur bezahl' ich nicht mehr! Wollen Sie noch mehr hören?«

»Das glaub ich jetzt nicht«, zweifelte Esther.

»Das ist kein Hoax! Das ist voll wahr!«

»Und wo sind diese netten Sprüche im Internet nachzulesen?«

»Da gibt es eine Seite, die heißt *spickmich.de*. Dort stehen auch Sprüche von anderen Lehrern drin.«

Esther schnappte nach Luft. Die Zeiten hatten sich geändert. Aber nicht wirklich zum Vorteil. Sie hatte sich früher im stillen Kämmerchen geschämt, wenn der Lehrer unverschämt zu ihr gewesen war. Damals wussten außer ihr noch ihre dreißig Klassenkameraden davon. Aber nicht die ganze Nation, die ins Internet geht.

»Sie wirken echt geschockt.« Lara lachte. »Heute gibt es fast nichts mehr, was nicht ins Internet kommt. Was haben wir denn sonst noch, um uns zu amüsieren?«

»Amüsieren auf anderer Leute Kosten«, präzisierte Esther. »Das ist nicht fair.«

»Ich breche jetzt aber nicht in Tränen aus. Und schon gar nicht, weil Andernach auf vielen Internet-Seiten zu sehen ist, wie er mit runtergelassener Hose aussieht.«

»Was er getan hat, reicht aus, euren Hass so zu schüren?« Esther war fassungslos. »Ich habe meine Lehrer auch nicht leiden können. Aber erhängen und Hose runterziehen wäre uns nicht in den Sinn gekommen.«

»Naja«, lenkte Lara plötzlich ein. »Dafür können Sie uns nicht verantwortlich machen. Von uns sind nur die Videos. Der Hausmeister hat gepennt, nur deshalb sind wir so nah an Andernach herangekommen.«

»Dass er euch gedemütigt hat, ist schlimm«, meinte Esther. »Aber rechtfertigt das wirklich so einen qualvollen Tod?«

Eine Weile herrschte Stille.

»Und die Zurschaustellung hinterher?«

Lara überlegte, wobei Esther nicht erkennen konnte, ob sie über eine Lüge nachdachte oder über eine ehrliche Antwort.

»Der Deutschlehrer gehörte zu den alten Säcken. Die halten immer gern etwas von alten Traditionen vor, wie Zucht und Ordnung. Andernach war da nicht anders. Er ist mit den Jahren immer unerträglicher geworden. Je mehr wir uns verändert haben, umso mehr hat er sich gegen uns gestellt. Ihm hat es so manch ein Schüler zu verdanken, dass er das Abi nicht geschafft hat. Der Tutor, der die Funktion des früheren Klassenlehrers übernimmt, hat Einfluss auf so was. Und wenn er dazu noch das Fach Deutsch unterrichtet, kann er das Weiterkommen seines Schülers schon beeinflussen. Ich war schon immer der Meinung, dass so viel Macht bei Andernach in den falschen Händen war. Es sind nämlich nicht nur die Unfähigen rausgeflogen oder freiwillig gegangen. Sondern auch echt gute Schüler.«

Esther atmete tief ein. Das waren Schilderungen, die sie aus ihrer eigenen Schulzeit auch noch sehr gut kannte. Das klang ganz nach ihren eigenen Lehrern. Also hatte sich in diesem Berufsstand nicht allzu viel verändert – außer, dass heute dafür gemordet wurde.

»Der Respekt ist in der heutigen Zeit wohl verlorengegangen«, meinte Esther. »Früher hatten wir Respekt vor unseren Lehrern. Da wäre niemand auf den Gedanken gekommen, einen von ihnen umzubringen und ihm die Hosen runterzulassen …«

»Das hat sich Andernach selbst zuzuschreiben«, funkte Lara dazwischen. »Ich sagte doch, dass es seine Macke war, seine Schüler zur Schau zu stellen. Er hat keine Gelegenheit ausgelassen, uns vor der ganzen Klasse – manchmal sogar vor der ganzen Schule – zu blamieren, wenn wir uns mal dämlich drangestellt haben.«

»Und wie hat er das gemacht?«

»Ich hatte mal einen Deutschaufsatz total miserabel geschrieben. Bin halt keine große Leuchte in Deutsch.« Lara zuckte mit den Schultern. »Diesen Aufsatz hat er kopiert und als Mahnmal an das schwarze Brett gehängt.«

Esther schnappte nach Luft. Deutlich sah sie in Lara Ferringer eine Verdächtige. War sich die junge Frau überhaupt bewusst, wie belastend ihre Aussage gegen sie selbst war?

Lara spürte den Blick der Polizeibeamtin und lachte laut los mit der Bemerkung: »Hey, ich war's nicht, okay? Ich habe nur ein paar Fotos von Andernach in seiner Glanzstunde gemacht, weil ich die Tat voll geil finde. Mehr aber auch nicht.«

»Schon gut«, beschwichtigte Esther schnell. Trotzdem würde sie diesen Namen vormerken. »Du hast eben angesprochen, dass einige Schüler wegen Bertram Andernach das Gymnasium verlassen mussten.«

Lara nickte.

»Kannst du mir Namen dieser Schüler nennen?«

»Das werde ich nicht tun«, gab Lara zu verstehen. »Ich bin nämlich nicht doof. Ich weiß genau, warum Sie diese Namen wollen. Sie wollen den Schülern, die ohnehin schon genug durchgemacht haben, auch noch mit Verdächtigungen auf die Pelle rücken.«

Da hatte Lara Ferringer recht. Esther erkannte, dass diese hübsche Blondine keineswegs so blond war, wie sie aussah.

»Aber selbst bringst du dich munter in die Schusslinie.« Den Spruch musste Esther loslassen, weil sie sich ärgerte.

»Ich war nicht die Einzige, mit der er diese Zurschaustellung der schlechten Arbeiten gemacht hat. Ich sagte doch: sein Ding war es, jeden zu dissen, der mal 'ne schlechte Arbeit geschrieben hat.«

»Wen hat er noch gedisst?« Esther bemühte sich, in der Sprache der Jugendlichen zu sprechen, damit sie sich nicht uralt neben Lara Ferringer fühlte.

Lara lachte laut auf und fragte: »Sie geben nicht auf, was?«

»Nein. Ich will Andernachs Mörder. Und du hast ein Motiv.«

»Ich habe den alten Sack nicht erhängt. Wie sollte ich das anstellen? Der hätte mich schon k.o. geschlagen, bevor ich überhaupt auf die Idee gekommen wäre.«

»Es gibt Helfer. Und so wie du aussiehst, leidest du nicht an einem Mangel an guten Freunden.«

»Stimmt! Aber wir treffen uns zum Chillen, nicht zum Töten.«

»Dann gibt es die Behinderung der Justiz«, versuchte es Esther weiter, die gerne eine Antwort von dieser Blondine bekommen hätte.

Lara schüttelte den Kopf, zündete sich die nächste Zigarette an und antwortete: »Geritzt, Mann! Sie geben nicht auf, was? Um an ihre Namen zu kommen, lassen Sie sich auf jeden Scheiß ein. Aber nicht mit mir.«

»Meine Güte! Wenn ich in deinem Alter nur halb so schlagfertig gewesen wäre«, murrte Esther. »Da überlege ich doch ernsthaft, wer bei euch das Mitleid verdient hat: die Lehrer oder die Schüler?«

»Pah! Die Lehrer bestimmt nicht.«
»Sind alle Lehrer so wie Bertram Andernach?«
Eine Weile überlegte Lara, bis sie sich entschloss zu antworten: »Nur einige – nicht alle.«
»Wer denn noch?«
»Haben Sie die alte Geschichtslehrerin schon kennengelernt?«
Esther schüttelte den Kopf.
»Mathilde Graufuchs. Sie ist eine ätzende Person – vermutlich total unzufrieden, weil niemand sie haben wollte, und lässt das an ihren Schülern aus.«
»Was tut sie?«
»Angeblich soll sie Pädagogin sein«, Laras Stimme wurde lauter vor Erregung. »Aber immer, wenn jemand wie ich mal ihre Hilfe braucht, weil ich im Unterricht nicht alles verstanden habe, dann kommt sie vor der ganzen Klasse mit ihrem beleidigenden Spruch ›Dich sollte man besser aus dem Gedächtnis streichen‹. Ist das pädagogisch?«
»Nein! Das ist beleidigend«, gab Esther zu und fragte: »Ist sie die nächste, die hängen wird?«
Lara lachte herzhaft, dabei hatte Esther diese Frage nicht als Witz gedacht.
»Und wer noch?«
»Da gibt es den ewig besoffenen Günter Laug. Dem ist alles scheißegal. Vermutlich macht er den Pauker-Job nur, um genug Kohle für seinen Alkohol zu verdienen.«
»Klingt aber nicht so, als würde er damit großen Hass auf sich ziehen«, überlegte Esther laut.
»Naja. Wie fühlen Sie sich, wenn Sie total gleichgültig behandelt werden, egal wie sehr Sie sich anstrengen?«
»Beschissen.«
»Sehen Sie. So fühlen wir uns auch.«
»Aber es gibt doch noch mehr Lehrer, oder?«
»Ja. Den Manfred Dobler – wir nennen ihn gern Dübel, weil er sich jedem anpassen will, dabei passt er eigentlich zu niemandem. Dann haben wir noch Lerch, Otts, Krüger, aber die sind alle wie Lehrer so sind«, zählte Lara auf.
»Wirst du mir jetzt die Namen der Schüler sagen, die durch Bertram Andernach in ihrer schulischen Laufbahn behindert wurden?«

Lara grinste, sagte aber kein Wort mehr.

Esther verabschiedete sich und machte sich auf die Suche nach Anton. Der Kollege verließ im gleichen Augenblick das Lehrerzimmer und kam ihr entgegen.

»Sag mir nicht, du hast nichts erreicht«, forderte Esther auf.

»Das muss ich auch gar nicht, denn ich habe etwas erreicht.« Antons Augen funkelten spitzbübisch.

»Hat Dominik Jost Namen genannt, die uns weiterhelfen?«

»Ja! Er hat ausgepackt, wer diese Mirna wirklich ist.«

Kapitel 19

Das Weiß der Außenfassade blendete in der Sonne. Der stilvolle Strukturputz war in der Helligkeit kaum auszumachen. Dagegen stachen die Haustür aus Nussbaumholz und der Balkon dunkel ab. Eine Zypresse trennte den Hauseingang von der Garagenzufahrt – eine Garage, die problemlos zwei Autos beherbergen konnte.

Erik Tenes schaute noch einmal in seinem Notizblock nach. Die Adresse stimmte. Er staunte, dass eine Geschichtslehrerin sich eine derartig luxuriöse Villa leisten konnte. Andrea wirkte ebenfalls beeindruckt, wie er durch einen prüfenden Seitenblick schnell feststellen konnte.

»Ich lese mal den Namen auf dem Klingelknopf«, schlug er vor.

Dort stand in großen Buchstaben »Mathilde Graufuchs«. Nun gab es keinen Zweifel mehr.

Er klingelte.

Sofort ertönte das Bellen eines kleinen Hundes. Kurze Zeit später konnten sie eine schimpfende Frauenstimme hören. Dann ging die schwere, massive Tür auf.

Mathilde Graufuchs stand vor ihnen wie aus dem Ei gepellt. Ihre grauen Haare waren zu einem Dutt zurückgekämmt, ihr Kostüm saß tadellos. Auf Eriks erstaunten Blick fragte sie schroff: »Wer sind Sie und warum glotzen Sie mich so an?«

Damit brachte sie den Kriminalkommissar sofort auf die Palme. Mit unterdrückter Wut antwortete er: »Wie sind von der Kriminalpolizei und ermitteln im Mordfall Bertram Andernach. Und ich glotze nicht, ich staune nur. Sie haben sich – laut Schulleitung – für heute krankgemeldet. Da wundere ich mich, Sie ausgehfertig vorzufinden.«

»Es geht Sie nichts an, wie ich in meinem eigenen Haus herumlaufe«, kam es spitz zurück. Widerwillig hielt sie die Haustür ein Stück weiter offen, damit die beiden Beamten eintreten konnten.

Das Zimmer, in das sie Andrea und Erik führte, war ein Esszimmer mit massiven Eichenmöbeln. Die Wände zierten echte Ölgemälde. Der Boden war mit braunen Fliesen ausgelegt. Glasvitrinen zeigten edles Porzellan von Villeroy & Boch. Bunte Blumenarrangements blühten an den Fenstern, die die Sicht zur Rückseite des Hauses freigaben. Was die Polizeibeamten dort sahen, ließ sie noch mehr staunen. Ein großer Swimmingpool schimmerte blau in der strahlenden Sonne. Ein Mann war dabei, den Pool zu pflegen.

»Warum kommen Sie in dieser grässlichen Angelegenheit zu mir?«, fragte Mathilde Graufuchs unfreundlich. Sie bot den beiden nicht an, sich zu setzen.

Erik und Andrea taten es trotzdem.

»Wir müssen Ihnen ein paar Fragen stellen.«

»Ich kann Ihnen nicht helfen.«

»Das sehen wir noch.« Erik gab stoische Ruhe vor, dabei brodelte es in ihm.

Plötzlich kam ein kleiner West Highland Terrier mit lautem Gekläffe um die Ecke gesaust, stellte sich vor Andrea und Erik und fletschte seine kleinen Zähne.

»Penelope«, rief Mathilde Graufuchs, sprang von ihrem Platz hoch, packte den Hund und trug ihn aus dem Zimmer.

»Penelope! Odysseus' Ehefrau, die sich durch ihre Treue zu ihrem Mann verewigt hat«, sagte Andrea mit einem Schmunzeln. »Ein schöner Name für einen Hund.«

»Dass Sie sich in griechischer Mythologie auskennen.« Mit diesen Worten kehrte Mathilde Graufuchs ins Zimmer zurück.

»Glauben Sie, nur weil ich Polizeibeamtin bin, wäre ich ungebildet?«, gab Andrea zurück.

Damit brachte sie Mathilde Graufuchs aus dem Konzept. Ohne zu antworten, setzte sie sich den beiden gegenüber und forderte sie auf, mit ihren Fragen zu beginnen.

»Heute wurde der normale Schulbetrieb wieder aufgenommen«, begann Erik. »Warum sind Sie nicht in der Schule? Krank sind Sie ja offensichtlich nicht.«

Mathilde Graufuchs funkelte Erik böse an und antwortete: »Ich schaffe es einfach nicht, heute schon diesen Ort zu betreten. Der Ort ist entweiht. Er ist für etwas Fürchterliches zweckentfremdet worden. Ich weiß nicht, wann ich die Schule je wieder betreten kann. Deshalb werde ich Schulausflüge der jüngeren Klassen vorverlegen und mit ihnen zur Teufelsburg fahren. Dort kann ich ebenfalls meinen Geschichtsunterricht abhalten und muss nicht an den Ort des Verbrechens zurück.«

»Geht das einfach so?«

»Ich werde mit dem Schulleiter darüber sprechen. Aber ich bin mir sicher, dass er mir zustimmen wird. Mein Unterricht ist immer von hoher Qualität – egal, wo ich ihn abhalte.«

»Gut. Das wäre also geklärt. Nun müssen wir aber auf den Tod von Bertram Andernach zurückkommen. Deshalb sind wir hier«, lenkte Erik ein.

»Wie entsetzlich! Egal, was ich tue, ich werde immer wieder daran erinnert. Gestern Abend wollte ich die Nachrichten im Fernsehen schauen, bekam aber nur diese entwürdigenden Bilder zu sehen.« Mathilde schnappte nach Luft. »Der Kollege war stets ordentlich und anständig – immer auf ein gepflegtes Äußeres bedacht und ein strenger Verfechter der Menschenwürde. Und dann passiert gerade ihm so etwas Entwürdigendes.«

Erik und Andrea horchten auf. Diese Worte ließen bei ihnen sofort die Alarmglocken klingeln.

»Würden Sie sagen, dass Bertram Andernach ein Pedant war?«

»Das Wort klingt so negativ. Er war ordentlich und verlangte das Gleiche von seinem Umfeld.«

»Gab es Schüler oder Kollegen, die seine Ansichten nicht teilten?«

Mathilde Graufuchs überlegte eine Weile, fächelte sich Luft zu, obwohl es in dem Haus angenehm kühl war und sagte dann: »Wenn Sie von mir erwarten, dass ich Ihre Arbeit mache, dann haben Sie den Weg hierher umsonst gemacht.«

Erik hatte Mühe, keinen Wutausbruch zu bekommen. Er stand von seinem Stuhl auf und ging ans Fenster. Der Blick auf den Swimmingpool wirkte beruhigend – also ließ er ihn eine lange Zeit darauf haften, bis er sagte: »Sie werden es nicht für möglich halten. Aber die Polizei kann ihre Arbeit selbst machen.«

»Das will ich hoffen«, kam es scharfzüngig zurück. »Dieser Fall gehört aufgeklärt. So eine schreckliche Tat darf nicht ungesühnt bleiben.«

»Dann wird es Ihnen doch nicht allzu viel Mühe machen uns zu sagen, mit welchen Kollegen oder Schülern Ihr verstorbener Kollege Schwierigkeiten hatte.« Dieses Mal übernahm Andrea das Gespräch. Ihrer sanften Stimme gelang es tatsächlich, dass sich die Lehrerin beruhigte. Sie ließ Ihren Blick lange auf der großen Beamtin ruhen. Andreas mandelförmige dunkle Augen erwiderten den Blick, ohne die geringsten Empfindung zu verraten.

»Sie sind gut«, gestand Mathilde Graufuchs zur Überraschung beider. »Ihr diplomatisches Geschick wäre in anderen Berufen sinnvoller als bei der unterprivilegierten Polizeiarbeit. Bei den Subkulturen unserer Gesellschaft ist Ihre Fähigkeit Verschwendung.«

Die Stille, die daraufhin eintrat, war geladen. Niemand wagte sich zu atmen, bis Andrea die Situation entschärfte: »Ich glaube, hier liegt ein Missverständnis vor. Kriminalkommissar oder Kriminalkommissarin ist eine Amtsbezeichnung von Polizeivollzugsbeamten der deutschen Polizei in der Laufbahn des gehobenen Polizeivollzugsdienstes. Es ist also nicht angebracht, unsere Arbeit zu diskriminieren.«

»Ich spreche nicht von Ihren Dienstgraden.«

»Sondern?«

»Von den Menschen, mit denen Sie sich abgeben müssen.«

»Im Augenblick muss ich mich mit Ihnen abgeben.«

Diese Antwort saß.

Mathilde Graufuchs wurde grau im Gesicht. Sie fächelte sich noch heftiger Luft entgegen, doch es kehrte keine Farbe zurück.

»Wie wäre es, uns jetzt zu sagen, mit welchen Lehrern oder Schülern Ihr verstorbener Kollege Schwierigkeiten hatte?«, erinnerte Andrea an ihre anfangs gestellte Frage.

»Da gibt es leider eine ganze Menge«, gestand Mathilde Graufuchs nach langer Bedenkzeit. »Die jüngeren Kollegen haben seine Lehrmethoden kritisiert. Aber damit konnte niemand an Bertram Andernach heran. Er war von seiner Arbeit so überzeugt, dass Kritik an ihm abprallte.«

»Und Schüler?«

»Da gab es größere Spannungen. Er bestand auf Disziplin, legte großen Wert darauf, dass seine Schüler seinen Maßstäben gerecht wurden, was nicht jedem gelang. Dadurch gab es Schulabgänge, die nicht immer still und leise verliefen.«

»Wie können Schulabgänge denn sonst verlaufen?«

»Es ist das Internet, das uns Lehrern das Leben so schwer macht.« Mathilde Graufuchs atmete heftiger. »Immer wieder wurde er im Internet diffamiert. Die richtigen Namen, die hinter den Verleumdungen steckten, konnten wir nur erahnen. Durch die Möglichkeit, sich ein Pseudonym zuzulegen, können sich die Schüler doch alles erlauben.«

»Nicht ganz. Solche Seiten werden überwacht«, entgegnete Andrea, die durch ihre Tochter über diese Internet-Foren bestens aufgeklärt war.

»Sie müssen es ja wissen.«

Andrea lachte nur. Ihre familiäre Situation ging diese Frau nichts an. Also fragte sie weiter: »Können Sie mir Namen von Schülern nennen, deren Schulabgang besonders dramatisch verlief? Vielleicht Rausschmiss oder Abi versiebt oder so.«

»Das fällt mir auf Anhieb nur eine ein.«

»Und zwar?« Andrea nervte es, dieser Frau alles aus der Nase ziehen zu müssen.

»Mirna Voss.«

Plötzlich stand Erik neben Andrea und starrte die alte Frau an.

»Sagten Sie Mirna Voss?«, hakte er nach.

»Haben Sie etwas an den Ohren? Sie sollten sich vielleicht die Haare mal schneiden lassen.«

»Was war mit ihr geschehen?«, fragte Andrea hastig, damit Erik keine Gelegenheit bekam, auf die freche Anspielung zu reagieren.

»Sie hat das Abitur nicht geschafft. Ihre Intelligenz hat wohl nicht gereicht. Hat aber bei jeder Gelegenheit dem Deutschlehrer die Schuld daran gegeben. Sie hat geschworen, sie würde sich an ihm rächen. Außerdem hat sie es sich nicht nehmen lassen, angebliche Sprüche von Bertram Andernach ins Internet zu setzen.«

»Es muss einen Grund geben, warum sie so reagiert hat«, überlegte Erik laut. »Schlechte Leistungen sieht man ein. Aber so, wie Sie diesen Fall schildern, ist mehr vorgefallen.«

»Mirna kam aus der Gosse und hätte dort auch bleiben sollen.«

»Wie bitte?«

»Sie kennt ihren Vater nicht, ihre Mutter hat sie mit zwölf Jahren sitzen lassen, weil die sich lieber mit Männern amüsierte, und bei der Oma hat Mirna keinerlei Erziehung erfahren, weil die Oma damals schon viel zu alt war. Mirna schlägt ihrer Mutter nach. Und dafür braucht sie kein Abitur.«

»Ach! Entscheidet die Herkunft darüber, ob jemand das Recht auf eine gute Schulbildung hat?« Erik kochte innerlich.

Andrea spürte seine Verfassung und wandte sich schnell an Mathilde Graufuchs mit der Frage: »Hat Bertram Andernach Mirna benachteiligt?«

»Niemals! Das hat sich dieses junge Ding nur selbst ausgedacht.«

»Wir werden das junge Ding danach fragen müssen«, entschied Erik und steuerte die Haustür an.

»Da rate ich Ihnen, vorsichtig zu sein. Dass Mirna gefährlich ist, wusste ich schon immer. Aber wenn ich mir überlege, wie der Kollege enden musste ... Das übertrifft sogar meine Vorstellungen von dem, was ich Mirna zugetraut hätte.«

Kapitel 20

Die Klimaanlage leistete gute Arbeit. Kühle Luft erfüllte das Wageninnere. Die Hitze blieb draußen. Jürgen Schnur fuhr den Dienstwagen gemächlich über die Autobahn nach Saarlouis. Umzusehen brauchte er sich dabei nicht, denn rechts und links der Autobahn A620 gab es nur wenig Schönes. Neben Kühltürmen stachen Hochöfen in die Luft, die wiederum von endlos langen Hallen der Drahtwalzstraße abgelöst wurden, bevor die großen Gewächshäuser von Lisdorf auftauchten.

Dafür bot die Altstadt von Saarlouis einen idyllischen Anblick. Kleinwinkelige alte Häuser aus der Zeit des 19. Jahrhunderts schmiegten sich dicht aneinander. Sie wiesen fast alle die gleiche Struktur auf, die aus schmalen, zweigeschossigen Häuserfronten mit Mansardendach, Gauben und hohen Sprossenfenstern mit Lammellenklappläden bestand. Die Straßen wurden als Silberherzstraße, Weißkreuzstraße oder Alte Brauereistraße ausgewiesen, lagen rechtwinkelig beieinander, was schon als Markenzeichen der Stadt Saarlouis angesehen werden konnte. Einige große Villen, die den Baustil des Historismus unter Verwendung von Renaissance, Barock und Gotik aufwiesen, hoben sich von den kleineren Handwerkerhäusern aus der Festungszeit deutlich ab. Aber eines hatten alle diese Häuser gemeinsam: Sie waren liebevoll restauriert worden, womit sie diesem Teil der Stadt eine besondere Atmosphäre gaben. Sogar ein ehemaliges Kasernengebäude aus dem 19. Jahrhundert war erhalten geblieben. Dort waren inzwischen das Städtische Museum, die Stadtbibliothek und die Polizei der Stadt Saarlouis eingezogen. Der lange, zweigeschossige Bau bildete eine Abgrenzung der Altstadt zum südöstlichen Teil von Saarlouis.

Schnur hatte Glück und fand sofort einen Parkplatz.

Er stieg aus und erblickte ein Bild von Fröhlichkeit und Ausgelassenheit. Bei dem sommerlichen Wetter hatten sämtliche Wirte ihre Terrassen geöffnet. Die Kopfsteinpflasterstraße sah wie ein bunter Jahrmarkt aus. Häuserfronten schimmerten in den Farben Rot, Gelb, Orange, Grau, Weiß. Straßenlampen auf Nostalgie getrimmt setzten dem Gesamtbild das I-Tüpfelchen auf. Laute Musik und Stimmengewirr herrschten in der engen Gasse.

Schnur las von seinem Notizblock ab, dass Bertram Andernach über dem »Charlie« gewohnt hatte. Diese Kneipe stand im Mittelpunkt des bunten Treibens, an der Kreuzung sämtlicher Kopfsteinpflasterstraßen der Altstadt. Das Haus wies eine zusätzliche Etage auf, sodass Bertram Andernachs Wohnung etwas höher und somit auch gleichzeitig weiter entfernt vom Kneipenrummel lag.

Ein enges Treppenhaus führte nach oben. Fahrstuhl gab es keinen. Bis in den dritten Stock musste er laufen. Oben angekommen begrüßte ihn nur noch Barthels, der Chef der Spurensicherung, der auf Schnur gewartet hatte. Die Proben zur Untersuchung waren zusammen mit den Kollegen auf dem Weg nach Saarbrücken ins Labor.

Glänzendes Parkett fiel ihm als erstes auf. Dazu hohe Fenster, die viel Licht hereinließen. Der Lärm der Altstadt war hier oben nur gedämpft zu hören. Weiße Wände und weiße Türen ließen die großen Zimmer noch geräumiger erscheinen. Dazu nur wenige, helle Möbel – ein stilvolles Arrangement, das auf Luxus hinwies.

Bertram Andernach hatte es verstanden zu leben.

»Hier ist nichts zu finden, was uns Aufschluss über den Mord an dem Deutschlehrer geben könnte«, berichtete Barthels. »Die Wohnung ist sauber, aber nicht steril. Also konnten wir problemlos Spuren sichern. Doch wie es aussieht, sind es nur seine eigenen. Mehr nach der Auswertung.«

Schnur nickte und meinte: »Wenn ich ehrlich sein soll, habe ich auch nicht damit gerechnet, dass das Verbrechen hier seinen Anfang genommen hat. Aber wir dürfen keine Möglichkeit auslassen.«

»Stimmt. Ich werde jetzt meinen Leuten nach Saarbrücken folgen und mich ins Labor verkriechen. Du darfst dich ab sofort hier austoben.« Barthels verabschiedete sich und ließ Schnur allein in der luxuriösen Wohnung zurück.

Eine Weile suchte der Kriminalbeamte planlos in Aktenschränken und Bücherregalen, bis er auf Schularbeiten stieß. Die Notizen, die Bertram Andernach an den Rand der Schülertexte gemacht hatte, sahen interessant aus. Neugierig ließ Schnur sich auf einem weichen Flokatiteppich nieder und begann zu lesen.

»Du verstehst selbst nicht, was du da schreibst!«

»Wenn deine Mutter nur halb so viele Wäschestücke zu bügeln hat wie du Fehler machst, bügelt sie bis an ihr Lebensende.«

»Weiter weg vom eigentlichen Thema kann man nicht sein – es sei denn, wir haben schon die Möglichkeit, auf den Mars zu fliegen.«

»Du solltest vielleicht zuerst mal Deutsch lernen, bevor du dich an ›gestaltendes Interpretieren einer Kurzgeschichte‹ heranwagst.«

Jürgen Schnur atmete tief durch. Was er vor sich liegen hatte, war eine endlose Anzahl von Mordmotiven. Diese Arbeit war in der 11. Klasse geschrieben worden, die Schüler im Alter von siebzehn Jahren und aufwärts – also keine Kinder mehr.

Sollte das der übliche Umgangston des Deutschlehrers gewesen sein, bekamen sie wirklich ein Problem. Dann waren alle Schüler verdächtig, die Bertram Andernach unterrichtet hatte.

Kapitel 21

Der Tag versprach ruhig zu werden. Seit die Gruppe älterer Damen die Teufelsburg verlassen hatte, saß Fred Recktenwald tatenlos im Kassenhäuschen und löste Kreuzworträtsel. Die »Hauptstadt von Somalia« mit dem Anfangsbuchstaben »M« bereitete ihm gerade Kopfschmerzen. Ihm war, als läge ihm das Wort auf der Zunge. Aber es wollte nicht heraus.

Das Radio hatte er schon lange ausgeschaltet. Die Moderatoren berichteten nichts mehr über den Mord an Bertram Andernach. Stattdessen sendeten sie Musik, die Fred nicht gefiel. Da lauschte er lieber den Geräuschen der Natur.

Einige Schwalben zwitscherten vergnügt in den Bäumen. Sie verbreiteten gute Laune. Ein Buntspecht stieß gelegentlich seinen spitzen Pfiff aus, worauf ihm ein wütender Falke antwortete. Dazwischen erschallten immer wieder laute Spatzenkonzerte aus den umliegenden Büschen. Auch ein Kuckuck ließ seinen Reviergesang hören. Laut und eintönig schallte er über das Tal.

Das Wort mit »M« wollte ihm nicht einfallen. Also schaute er hoch und versuchte einen Buntspecht oder einen Kuckuck zu erblicken.

Plötzlich schrillte das Telefon auf seinem Schreibtisch.

Fred schrak zusammen. Er hasste Telefone. Sie hatten etwas Heimtückisches – konnten einem auflauern. Das war auch der Grund, warum er kein solches Gerät in seinem Haus hatte. Dort wollte er ungestört und unerkannt leben können. Auch Handys kamen für ihn nicht infrage. Die waren noch schlimmer, denn dadurch war man immer und überall aufzuspüren.

Aber hier war sein Arbeitsplatz. Hier musste er abheben.

»Teufelsburg in Überherrn – Felsberg«, meldete er sich. Dabei unterließ er es, seinen Namen zu nennen, obwohl die Fördergemeinschaft Teufelsburg ihm das aufgetragen hatte.

Bei dieser Anruferin war es auch gar nicht nötig. Sie war keine andere als Mathilde Graufuchs. Und sie wusste genau, wen sie am Apparat hatte.

Fred fühlte sich schlagartig durchleuchtet und durchschaut – genau wie damals in der Schule. Hatte die Geschichtslehrerin herausgefunden, wer er war, und rief deshalb bei ihm an?

Seine innere Erregung legte sich schnell, als er an Mathilde Graufuchs' Worten erkannte, dass sie einen Termin für eine Schulklasse haben wollte. Sein Adrenalinspiegel sank so schnell, wie er angestiegen war. Fred atmete tief durch und hörte sich an, was Mathilde Graufuchs ihm zu sagen hatte: »Ich möchte gern am Donnerstag mit einer weiteren Klasse auf die Teufelsburg kommen. Ich bitte um Nachsehen, dass ich den Termin so kurzfristig haben will. Aber die Umstände an meiner Schule zwingen mich zum Improvisieren.«

Fred lachte in sich hinein. Die Umstände an der Schule, diese Worte hörten sich gut an. Das gab ihm das sichere Gefühl, dass Bertram Andernachs Tod für viel Aufregung an der Schule sorgte. Die Tatsache, solche Erkenntnisse von jemandem direkt aus der betroffenen Schule zu bekommen – von jemandem, der sogar einen persönlichen Bezug zu dem Getöteten hatte, gefiel Fred natürlich.

Inzwischen wusste er aus dem Radio, dass die Polizei noch keinen Schritt weiter gekommen war mit ihren Ermittlungen. Was ihn jedoch beunruhigte, war die Meldung, dass die Kriminalpolizei eine Sonderkommission einberufen hatte, um diesen Fall zu lösen. Damit wollten sie sagen, dass sie nicht eher Ruhe geben würden, bis der Fall aufgeklärt war.

»Sind Sie noch dran?«

Die Frage holte Fred ans Telefon zurück. Er war mit seinen Gedanken abgeschweift, was er nur zu gerne tat, wenn Dinge auf ihn zukamen, die ihm unangenehm waren. Und die Geschichtslehrerin gehörte eindeutig dazu.

»Am Donnerstag ist die Teufelsburg geschlossen«, lehnte er ihren Wunsch mit Schadenfreude ab und fügte weniger freundlich an: »Entweder Sie kommen am Mittwoch, da habe ich am Nachmittag noch einen Termin frei, oder am Freitag.«

»Warum hat die Teufelsburg an einem gewöhnlichen Donnerstag Ruhetag?«

»Weil ich einen Freizeitausgleich bekomme, denn ich arbeite am Wochenende – an dem Sie natürlich auch gern kommen können«, erklärte Fred.

»Sie wissen doch, dass wir am Wochenende keinen Unterricht haben«, korrigierte Mathilde Graufuchs unhöflich. »Also tragen Sie mich bitte für den Mittwochnachmittag ein!«

»Wird gemacht.«

Ohne Gruß legte Mathilde Graufuchs auf.

Fred versuchte, darüber hinwegzusehen. Aber das gelang ihm nicht. Er ärgerte sich über diese Frau. Aber egal, wie sich diese Burgführung entwickeln würde – und egal, ob die alte Hexe ihn bis dahin erkannte oder nicht, er würde ihr zeigen, wie es ist, wenn man aus dem Gedächtnis gestrichen wird.

Fred lachte. Es war das erste Mal, dass ihm diese Floskel à la Mathilde Graufuchs gefiel.

Wie aus heiterem Himmel schoss ihm der Name der Hauptstadt von Somalia durch den Kopf. Konnte es sein, dass die Graufuchs seine grauen Zellen in Schwung brachte?

Ganz stolz schrieb Fred »Mogadischu« in die dafür vorgesehenen Kästchen.

Kapitel 22

Der Anblick des leeren Schulhofes versetzte Jürgen Schnur in Staunen. Alles lag frei und offen da. Der eigentliche Schulhof war mit Tischtennisplatten ausgestattet, womit sich Schüler die Zeit in der Pause besser vertreiben konnte. Direkt daran angeschlossen war ein großer Sportplatz. Das ganze Gebiet lag genau zwischen Saaraltarm und fließender Saar. Zwei Seiten rahmten den Platz mit Bäumen und Sträuchern ein. Dort konnten die Schüler jederzeit das Gelände verlassen.

Mit gemischten Gefühlen dachte Schnur an die Zeit zurück, als er selbst Schüler war Er hatte das Gymnasium Am Stadtgarten in Saarlouis besucht. Dort war der Schulhof ein Innenhof, umgeben von Schulgebäuden – ohne Angebote für die Schüler. Einfach nur ein düsterer Platz. Aber die Trostlosigkeit sollte sich weiter fortsetzen. Zu seiner Zeit waren die Jungen und Mädchen nicht einfach nur in getrennten Klassen untergebracht – nein, viel schlimmer! Sie besuchten getrennte Schulen. Der ganze Schulhof war übersät mit Jungen. Dabei war es für Schnur damals besser so, denn das Profiliergehabe unter den Schülern war auch so schon stark genug ausgeprägt. Ständige Raufereien standen an der Tagesordnung, bei denen Schnur immer schlecht weggekommen war. Sein Interesse hatte nie dem Sport oder dem sinnlosen Kräftemessen gegolten. Er vertiefte sich lieber in Bücher, um sein Wissen zu erweitern. Damals wie heute. Obwohl er ein guter Schüler war, hatte er niemals die Gunst der Lehrer erlangt. Seine Unbeliebtheit bei den Patriarchen hatte ihm so manchen Lebensweg erschwert. Dafür Sympathien unter den Klassenkameraden eingebracht. Über diese Zeit dachte er nur selten nach, weil es keine schöne Zeit war. Er beneidete die jungen Menschen nicht, die heute diesen Weg vor sich hatten.

Ein Junge ging in angeregter Unterhaltung mit einem Mädchen über den Schulhof. Die beiden wirkten vergnügt und lachten viel. Ein Anblick, der damals auf einem Schulhof undenkbar gewesen wäre. Schnur schnaubte über die Spießigkeit, die damals noch in den Köpfen der Menschen geherrscht hatte. Die Mädchen gingen ins Robert-Schuman-Gymnasium – damals das Mädchengymnasium. Das Gymnasium Am Stadtgarten galt als Jungengymnasium. Heute achtete niemand mehr darauf, welches Geschlecht wo unterrichtet wurde. Heute waren die Schulen froh, wenn sie ausgelastet waren. Patriarchalische Traditionen waren ausgestorben. War das das Ergebnis der Achtundsechziger Bewegung?

Unter diese Gedanken mischte sich das Bild des erhängten Lehrers. Schnur staunte darüber, welchen Weg seine Gedanken einschlugen. Vielleicht hatte er dadurch die Antwort auf die Frage gefunden, warum dem Lehrer die Hose heruntergelassen wurde. Als Protest gegen die erzieherische Haltung des Lehrers. Nach dem, was Schnur in Bertram Andernachs Wohnung gesehen hatte, war er nicht zimperlich mit seinen Schülern umgegangen. Seine Methode, den jungen Menschen alte Werte aufzuzwingen, könnte so manch einen verletzt haben.

Der plötzliche Lärm, der sich in Sekundenschnelle auf dem Schulhof ausbreitete, riss Schnur aus seinen Gedanken. Es war große Pause.

Die Schüler tobten mit einer Ausgelassenheit, um die Schnur sie beneidete. Er selbst fühlte sich bei der Hitze wie erschlagen. Schnell stellte er sich auf die Seite, um den jungen Menschen nicht im Weg zu stehen. Ältere versammelten sich in Grüppchen und diskutierten. Andere suchten sich verstohlen ein Plätzchen zum Rauchen. Die Jüngeren eroberten die Tischtennisplatten. Und vereinzelt tauchten Lehrer auf, die alles überwachten.

Es dauerte eine Weile, bis Schnur den Mathelehrer Günter Laug das Gebäude verlassen sah. Er wollte auf ihn zugehen, doch die verstohlenen Blicke, die der Mann um sich warf, hielten den Kriminalkommissar zurück. Er beschloss, Laug zunächst zu beobachten.

Es dauerte nicht lange, schon machte sich der Mathelehrer mit eiligen Schritten auf den Weg zur Sporthalle. Das sah interessant aus. Was wollte ein Lehrer für Mathematik und Physik in der Sporthalle?

Unauffällig folgte ihm Schnur.

Wie ein Dieb schaute sich Laug immer wieder um auf dem Weg zur hintersten Halle, die von außen mit dem tief heruntergezogenen silbrig glitzernden Dach futuristisch aussah. Dort riss er die Tür auf und verfiel in einen Laufschritt. Die gläsernen Wände machten seine Heimlichtuerei schon lächerlich. Schnur konnte genau sehen, in welchen Gang er einbog. Gelassen folgte er ihm. Kaum war die Tür hinter ihm zugefallen, hörte er den Lärm der vielen Schüler nur noch gedämpft. Er schlug den gleichen Weg ein wie Laug und sah sich schon bald hinter einer großen Sporthalle, wo die Sportgeräte durcheinander gestapelt waren. Aber es ging noch weiter. Das sah Schnur an der Tür hinter dem Chaos, die zwar gut versteckt lag, ihm jedoch durch das leise Rumoren dahinter auffiel. Er näherte sich, lauschte, bis er sich ganz sicher war, dass sich dort zwei Männer befanden, die nicht gesehen werden wollten.

Das genügte für seinen Entschluss. Schwungvoll riss er die Tür auf und schaute in die erstaunten Gesichter von Günter Laug und Ernst Plebe, dem Hausmeister.

»Ja, wen haben wir denn hier?«, fragte er fröhlich. »Ihre Frau hat Sie bei uns krankgemeldet, weshalb Sie nicht zur Befragung kommen konnten.«

Ernst Plebes Gesicht lief so rot an, dass Schnur schon wieder einen Hirnschlag befürchtete. Aber das hielt ihn dieses Mal nicht davon ab, seinem Ärger Luft zu machen: »Damit machen Sie sich verdächtig.«

»Verdächtig?«, platzte Ernst Plebe los. »Ich weiß nichts. Was soll ich der Polizei sagen? Sie verschwenden mit mir nur Ihre Zeit.«

»Das zu entscheiden überlassen Sie mal uns«, stellte Schnur klar. »Wenn Sie nichts zu verbergen haben, dann kommen Sie nachher mit mir nach Saarbrücken.«

Wie ein ertapptes Kind wirkte der Hausmeister bei seinen Beteuerungen, den Hauptkommissar zur Kriminalpolizeiinspektion zu begleiten.

»Und jetzt möchte ich mich gern mit Ihnen unterhalten, Herr Laug.«

Der Angesprochene trank in einem Zug sein Bier, reichte dem Hausmeister die leere Flasche und folgte Schnur in die Turnhalle.

»Was möchten Sie wissen?«, fragte der hagere Mann und machte dabei fahrige Bewegungen.

Schnur erkannte in seinem Gesicht die verräterischen geplatzten Äderchen, die auf einen übermäßigen Alkoholkonsum hinwiesen. Das verleitete ihn zu der Frage: »Wie schaffen Sie es, mit Ihrer Trinkerei im Lehramt zu bleiben?«

»Welche Trinkerei? Wenn ich in der Pause mal ein Bier trinke, ist das doch keine Trinkerei«, empörte sich der Mann sofort.

Schnur nickte, weil er diese Reaktion inzwischen auch kannte. Solche Menschen ließen das Thema Alkohol nicht an sich heran. Und es war nicht Schnurs Aufgabe, Laug zu bekehren. Also kam er auf das Thema, weshalb er den Mathematiklehrer aufgesucht hatte: »Laut Dr. Franzen gehören Sie an dieser Schule sozusagen schon zum Inventar. Das heißt, dass Sie schon lange hier arbeiten.«

Laug nickte – sichtlich erleichtert, dass Schnur das Thema gewechselt hatte.

»Bertram Andernach gehörte ebenfalls zu den langjährigen Lehrern dieser Schule.«

Wieder ein Nicken.

»Jetzt frage ich Sie, was können Sie mir über den getöteten Kollegen sagen?«

Eine Weile herrschte Stille, bis Laug sich räusperte und sagte: »Man soll über die Toten nichts Schlechts sagen ...«

»... aber wenn es der Wahrheitsfindung im Falle seines brutalen Mordes dient?«, fiel ihm Schnur ins Wort.

»Bertram Andernach war ein Perfektionist.«

»Ist das schlecht?«

»Bei ihm war es schlecht, denn er nahm am liebsten sich selbst als Maßstab. Keiner konnte es ihm recht machen – ob Lehrer oder Schüler.«

»Das klingt so, als habe er sich mit all seinen Schülern verfeindet und mit seinen Kollegen dazu.« Schnur staunte.

»Einige gibt es immer, die sich beweisen wollen. Einige Schüler haben sich ernsthaft angestrengt, Bertram Andernachs Maßstäben gerecht zu werden. Und diese Schüler haben Bestnoten bekommen.«

»Also war sein Unterrichtsstil effektiv?«

Laug nickte und fügte an: »Ich lehre schon, seit ich an dieser Schule bin, mit anderen Methoden. Während Bertram Andernach den autoritären Unterrichtsstil praktizierte, ziehe ich den ›Laissez-faire-Unterrichtsstil‹ vor.«

»Laissez-faire«, wiederholte Schnur und fügte an: »Bedeutet das nicht, dass der Lehrer den Schüler einfach gewährleisten lässt, was sich in Gleichgültigkeit durch den Lehrer ausdrückt?«

»Nicht so negativ, Herr Kommissar!«

»Hauptkommissar«, korrigierte Schnur.

»Gut. Hauptkommissar. Mit meiner Unterrichtsmethode will ich die Individualität der Schüler fördern. Das nenne ich gute Vorbereitung für das spätere Berufsleben. Bei mir wird nichts diktiert und nichts vorgekaut. Bei mir wird selbständig gehandelt und mitgedacht.«

»Und ich dachte immer eins und eins ergibt zwei«, konnte Schnur dazu nur sagen.

»Da sehen Sie mal wieder.« Günter Laug lachte, wobei sein Gesicht sympathische Züge annahm. »Mathematik ist eine Wissenschaft, die selbst geschaffene abstrakte Strukturen auf ihre Eigenschaften und Muster untersucht. Das grenzt an Kunst und dazu gehört viel Individualismus.«

Kapitel 23

Das Dorf Picard war ein Straßendorf, das sich in einer fast gerade Linie von Osten nach Westen erstreckte. In langsamem Tempo fuhren sie über die gut ausgebaute Dorfstraße und besahen sich die Häuser, die weit von der Straße zurückgesetzt standen. Die älteren davon waren ausnahmslos im Stil der lothringischen Bauernhäuser gehalten. Giebel an Giebel lehnten sie sich aneinander. Dazwischen stachen einige Neubauten hervor, wodurch die Einheitlichkeit unterbrochen wurde.

Ein argentinisches Restaurant entdeckten sie zu ihrer Linken, eine Dorfkneipe zu ihren Rechten, ja sogar einen Boule-Platz – ein deutlicher Hinweis auf die Verbundenheit zum benachbarten Frankreich. Ein Schild zeigte ihnen den Weg zu einem »Taffingsweiher«.

Direkt neben der Dorfkirche stand das Haus, das sie suchten. Es war kein Reihenhaus. Dafür zeigten sich Spuren der Vernachlässigung daran. Die hölzernen Fensterrahmen der kleinen Fenster wirkten porös, die Haustür an der Seite zeigte ebenfalls Spuren von Verwitterung. Der Putz an der Hauswand bröckelte. Die Regenrinnen rosteten. Umgeben war das Haus von dichter Vegetation.

Sie stiegen die wenigen Stufen zur Haustür hoch und drückten auf den alten Klingelknopf. Tatsächlich hörten sie im Innern ein Schrillen. Aber nichts tat sich. Sie klingelten noch mal. Niemand öffnete.

»Sollte eine Schülerin, die das Abitur nicht bestanden hat, allein in solch einem großen Haus wohnen?«, fragte Andrea in die Stille, die sich zwischen den beiden ausgebreitet hatte.

Zum Antworten kam Erik nicht mehr, schon stand eine ältere Frau auf der Bürgersteig und rief: »Wer sind Sie? Und was wollen Sie?«

Andrea trat auf die Dame zu, zeigte ihren Ausweis und beantwortete die Fragen. Mit ihrer Freundlichkeit gelang es ihr in Sekundenschnelle, das Misstrauen aus dem Gesicht der Frau zu zaubern.

»Ach. Und ich dachte schon, hier wollte jemand auskundschaften«, gestand sie.

»Gehört dieses Haus Mirna Voss?«

»Eigentlich gehört es ihrer Oma. Aber die ist seit einigen Monaten im

Pflegeheim untergebracht.« Mit einem bedauerlichen Nicken fügte sie an: »Alzheimer.«

»Oh«, entfuhr es Andrea. »Das heißt also, Mirna lebt in diesem großen Haus ganz allein?«

»Ja. Und das macht mir Sorgen.«

»Sorgen?«, wiederholte Andrea stutzig.

»Mirna ist ein junges hübsches Ding, das in allen Menschen das Gute sieht. Sie lädt jeden in ihr Haus ein, gibt sich mit jedem ab, ohne darauf zu achten, ob die Menschen es auch gut mit ihr meinen.« Die Dorfbewohnerin schüttelte verständnislos den Kopf.

»Warum sollte es jemand nicht gut mit ihr meinen?«

»Bei den Leuten, die sie anschleppt, muss man Angst um sie bekommen.« Eine empörtes Durchatmen, dann fügte sie an: »Fred Recktenwald lauert ihr manchmal auf. Der Mann könnte ihr Vater sein, so alt ist er. Welchen Grund sollte er also haben, sich mit Mirna abzugeben?«

»Wer ist Fred Recktenwald?«

»Der Nachbar.«

Erik und Andrea schauten sich um, konnten jedoch kein Haus in direkter Nachbarschaft sehen.

»Das Haus können Sie von hier aus gar nicht sehen«, erklärte die Frau auf die suchenden Blicke. »Das kommt noch dazu. Fred Recktenwald schleicht im Dorf herum wie ein Geist, versteckt sich in einem Haus, das von keiner Seite aus zu sehen ist. Jeder weiß, wo der Spinner haust. Aber Fred Recktenwald meint tatsächlich, er würde hier unerkannt leben. So verhält sich doch kein Mann mit einem guten Gewissen.«

»Wo ist das Haus?«, hakte Andrea nach.

Die Dorfbewohnerin ging einige Schritte und zeigte auf ein kleines rotgestrichenes, verwittertes Gartentörchen. Daneben hing ein rostiger Briefkasten schief in den Angeln. Alles war von dichtem Grün so zugewachsen, dass es nur zu sehen war, wenn man genau wusste, wo man hinschauen musste. Hinter dem Gartentörchen verlief ein schmaler, unregelmäßiger Plattenweg durch dichtes Gestrüpp hindurch. Aber von einem Haus war inmitten dieser Vegetation nichts zu erkennen.

»Ist Mirna jetzt zufällig bei dem Bewohner dieses unsichtbaren Hauses?«, fragte Andrea, während sie sich fast verrenkte, um etwas ausmachen zu können, was einem Haus ähnelte.

»Nein. Fred arbeitet – wenigstens etwas Gutes, was man ihm nachsagen kann. Und außerdem habe ich Mirna nie bei ihm gesehen. Immer nur Fred bei ihr.«

»Wissen Sie, wo wir Mirna jetzt finden können? Wir brauchen ganz dringend eine Zeugenaussage von ihr.«

Ein bedauerliches Kopfschütteln war die Antwort.

Kapitel 24

Reges Treiben herrschte im Flur der dritten Etage der Kriminalpolizeiinspektion, als Schnur dort eintraf. Von allen Seiten hörte er Stimmen und Telefone klingeln.

»Was ist hier los?« Mit dieser Frage hielt er Esther auf, die gerade aus ihrem Büro trat.

»Wir haben der Presse eine Beschreibung des Mannes gegeben, der in der Tatnacht an der Schule gesehen wurde. Das wurde heute schon in verschiedenen Radiosendern gebracht«, antwortete Esther. »Und jetzt häufen sich die Anrufe mit angeblichen Hinweisen.«

»Welche Beschreibung?« Schnur stutzte. »Warum Presse einschalten?«

»Das hat Forseti angeordnet.« Esther zuckte entschuldigend mit den Schultern und zeigte ihm die Notiz, die sie gerade in der Hand hielt. »Und solche Meldungen bekommen wir jetzt dutzendweise.«

»Nimmt Forseti auch Anrufe entgegen?« Schnurs Laune sank im Bruchteil einer Sekunde. »Vermutlich nicht. Er sitzt sicher und ruhig in seinem Büro. Na, dem werde ich was erzählen.«

»Du ihm?«, hakte Esther nach. »Oder er dir?«

Aber Schnur hörte sie nicht mehr, so schnell eilte er auf Forsetis Büro zu. Er klopfte und stürmte gleichzeitig hinein.

»Warum haben Sie die Presse in unserem Fall eingeschaltet?«, fragte Schnur ohne Einleitung.

»Ach ja. Treten Sie doch ein«, gab Forseti süffisant zurück. »Und auf Ihre Frage kann ich Ihnen nur sagen, dass wir die Möglichkeiten der Presse nutzen müssen, um an diesen grauhaarigen Mann heranzukommen.«

»Indem die Presse die Bevölkerung dazu aufmuntert, uns mit jedem Fantasiegebilde zu belästigen?«

»In anderen Bundesländern wird die Presse schon lange zu Ermittlungszwecken eingeschaltet. Und das sehr erfolgreich. Es wird Zeit, dass das Saarland sich ebenfalls für innovative Arbeitsmethoden öffnet«, setzte Forseti an.

Schnur ließ ihn nicht weiterreden: »Indem wir uns Dinge anhören wie: Mein Untermieter verhält sich in letzter Zeit sehr verdächtig.

Immer, wenn es Nacht wird, färbt er sich die Haare grau. Ist das die große Hilfe, von der Sie sprechen?«

»Natürlich müssen solche Meldungen von den sachdienlichen getrennt werden. Und das wird wohl kein Problem darstellen. Oder glauben Sie, wir gehen jedem Hinweis nach?«

»Nein. Aber ich brauche meine Leute, damit sie mir bei der Laufarbeit helfen. Für Telefondienst haben wir keine Zeit.«

»Ist Ihnen immer noch nicht aufgefallen, dass ich Ihnen bereits einige Kollegen aus anderen Abteilungen zugeteilt habe?«, gab Forseti in scharfem Tonfall zurück. »Über einen Personalmangel können Sie sich also nicht beschweren. Wenn Sie Ermittlungen vor Ort durchführen müssen, können Sie mitnehmen, wen Sie wollen.«

Schnur stutzte. Er hatte erwartet, dass Forseti ihm Steine in den Weg legen wollte. Aber so sah es nicht aus. Im Gegenteil. Forseti setzte seine Position dafür ein, dass Schnur Unterstützung bekam.

Das sollte ihn freuen. Warum tat es das nicht?

Er nickte pflichtschuldig und ging hinaus in den Flur.

Eine Weile stand er unschlüssig da, bis ihm ein guter Einfall kam. Er steuerte sein Büro an, nahm den Telefonhörer in die Hand und wählte die Nummer seines ehemaligen Vorgesetzten Norbert Kullmann. Trotz Pensionierung half Kullmann immer noch fleißig bei der Verbrechensaufklärung. Doch seit einiger Zeit war von ihm weder etwas zu hören noch zu sehen. Schnur vermisste ihn. Nicht nur als Chef, sondern auch als Mensch. Immer, wenn er nicht weiterwusste, konnte ihm Kullmann einen guten Rat geben. Und genau das erhoffte er sich jetzt. Forsetis Verhalten gab ihm Rätsel auf. Kullmann würde aus seiner unerschöpflichen Lebensweisheit bestimmt etwas Hilfreiches beitragen können. Ganz so, wie Schnur den ehemaligen Vorgesetzten und Freund kannte.

Es klingelte durch.

Nach einer Weile meldete sich Martha Kullmann.

»Jürgen Schnur hier.« Weiter kam er nicht.

»Es tut mir wirklich leid«, begann Martha. »Aber mein Mann ist nicht zu erreichen. Er hat Anke nach Frankreich begleitet.«

Schnur fühlte sich wie vor den Kopf geschlagen.

»Und über Handy?«

»Du kannst es ja mal versuchen. Aber man erreicht ihn dort selten. Vielleicht trägt er das Handy nicht immer mit sich.«

Er legte auf und wählte umgehend Kullmanns Handynummer. Doch genau wie Martha es ihm angekündigt hatte, bekam er nur die Mail-Box zu hören. Trotzdem nahm er sich vor, dranzubleiben. Irgendwann würde es ihm gelingen, zu seinem ehemaligen Chef durchzudringen.

Es klopfte an seiner Tür.

Unwirsch stieß er ein »Herein« aus, obwohl ihm gerade nicht nach Besuch war. Sein Versuch, einen nützlichen Rat zu bekommen, war gescheitert, was seine Laune nicht besserte.

Anton und Esther traten ein.

»Habt ihr Neuigkeiten?«, fragte Schnur hastig, damit sie seine schlechte Laune nicht bemerkten.

Esther begann zu berichten und fügte zum Abschluss vielsagend an: »Lara Ferringers Schilderung, wie der Deutschlehrer mit schlechten Arbeiten umging, macht sie selbst verdächtig.«

»Warum?«, horchte Schnur auf.

»Ihre eigene Arbeit hing wochenlang zur Belustigung aller am Schwarzen Brett.«

»Das ist ja ein Ding.« Schnurs Augen leuchteten auf.

»Aber auch Mirna Voss ist dieser Methode zum Opfer gefallen«, meldete sich Anton zu Wort. »Dominik Jost war nicht so zurückhaltend mit den Namen von betroffenen Mitschülern.«

»Was hat er noch berichtet?«, fragte Schnur und grummelte: »Muss ich dir jedes Wort aus der Nase ziehen?«

»Diese Mirna wird für uns immer interessanter«, antwortete Anton schnell. »Denn nicht nur diese Zuschaustellung gibt ihr ein Motiv. Beim Abitur ist sie durchgefallen, was sie dem Deutschlehrer vorwirft.«

Optimismus breitete sich aus, den Schnur jedoch mit seiner nächsten Bemerkung wieder zu vernichten verstand: »Wäre da nicht die Brutalität des Verbrechens.«

»Nur weil sie eine Frau ist, ist sie nicht zu Brutalität fähig?«, fragte Anton spitz und rümpfte die Nase.

»Das meine ich nicht. Nach dem Gespräch mit dem Gerichtsmediziner weiß ich, dass Bertram Andernach neunzig Kilo wog. Er hat noch gelebt, als er aufgehängt wurde. Das heißt, dass es zu einem Kampf gekommen sein muss.«

»Du meinst, dass sie nicht stark genug ist für diese Tat?«

Schnur nickte.

»Dann hatte sie einen Helfer.«

»Wer ist so dämlich und bringt einen Menschen für einen anderen um?«, fragte Schnur.

»Jemand, der dasselbe Motiv hat«, gab Anton zum Besten. »Ich denke da an Lara Ferringer.«

»Diese zarten Dinger machen sich die Hände nicht schmutzig«, widersprach Esther. »Ich glaube vielmehr an jemanden, der unsterblich verliebt ist.«

»Stimmt.« Schnur griff nach seinem Telefon, wählte eine Nummer und wartete. Nach einer Weile machte er ein verdutztes Gesicht und fragte: »Wo ist Erik? Ich dachte, ich hätte seine Nummer gewählt.« Wieder Lauschen, dann sagte er: »Komm bitte in mein Büro!«

Nur wenige Sekunden später trat Andrea ein.

Als sie Esther und Anton sah, wirkte sie sofort verunsichert. »Was ist los?«, fragte sie.

»Ich glaube, ich habe mich in unserer Besprechung nicht klar genug ausgedrückt«, begann Schnur schroff. »Als ich sagte, dass keiner von euch Alleingänge machen soll, meinte ich das auch so.«

»Niemand macht Alleingänge«, wehrte sich Andrea sofort. »Erik sucht nur Akten und schreibt dann den Bericht über unsere Befragung.«

»Und welche Akten braucht er dafür?«

Darauf wusste Andrea keine Antwort.

»Die einzige Akte, die es zu diesem Fall gibt, liegt nämlich hier auf meinem Tisch. Dort werden alle Fakten zusammengetragen«, erklärte Schnur in scharfem Tonfall. »Und Erik ist mir nicht über den Weg gelaufen. Also. Wo ist er?«

»Ich sagte doch, er will den Bericht schreiben«, wich Andrea aus. Inzwischen sah ihr Gesicht blass aus. »Vielleicht musste er sich einen neuen Toner für seinen Drucker besorgen.«

»Unsere Rechner sind alle am zentralen Drucker angeschlossen.«

Jetzt fiel Andrea nichts mehr ein. Schweigend schaute sie Schnur an.

»Was würde denn in dem Bericht stehen, sollte Erik ihn jemals schreiben?«, fragte Schnur nun, um die Kollegin aus ihrer peinlichen Situation zu erlösen.

Andrea erzählte ihrem Vorgesetzten, was sie im Haus von Mathilde Graufuchs und im Dorf Picard erfahren hatten.

»Unsere Erkenntnisse über den Deutschlehrer gehen alle konform«, stellte Schnur daraufhin fest. »Demnach war er nicht gerade ein liebreizender Mensch. Meine Befürchtung bewahrheitet sich: Wir haben die größte Anzahl an Verdächtigen, seit es Verbrechensbekämpfung gibt. Denn so wie es aussieht, hatte an dieser Schule fast jeder ein Motiv, ihn zu töten.«

»Mit Mirna Voss haben wir die erste Hauptverdächtige«, erinnerte Anton. »Wenn sie die Tat nicht allein begangen hat, müssen wir nur herausfinden, wer ihr so hörig ist, dass er ihr dabei helfen würde.«

»Fred Recktenwald«, rief Andrea aufgeregt.

»Wer ist das?«

»Ein Bekannter von Mirna. Die Dorfbewohnerin sprach von ihm.«

»Wir kommen der Sache immer näher«, jubelte Anton.

»Ihr seid um euren Optimismus zu beneiden«, meinte Schnur grinsend. »Zuerst sollten wir aber in Erfahrung bringen, wer dieser Fred Recktenwald ist.«

»Vielleicht der grauhaarige Mann, der in der Nacht vor der Schule gesehen wurde.«

Alle stimmten freudig zu, als sei dieser Tatbestand schon bewiesen.

»Wisst ihr, was Wunschdenken ist?«

Alle starrten Schnur nur an. Seine Frage überraschte sie.

»Dann beantworte ich die Frage selbst: Wunschdenken ist die Überschätzung der Wahrscheinlichkeit angenehmer bzw. die Unterschätzung der Wahrscheinlichkeit unangenehmer Ereignisse.«

»Was ist los mit dir?«, fragte Andrea. »Du bist doch sonst nicht so schwarzseherisch veranlagt.«

Lautes Klopfen ertönte.

Damit konnte sich Schnur um eine Antwort auf Andreas Frage drücken. Erwartungsvoll schaute er auf die Tür. Dieses Mal stand ein Mitarbeiter der *SokoLehrer* im Türrahmen und hielt einen Bericht in Händen.

»Was haben Sie Interessantes für uns?«

Der Mann reichte ihm wortlos das Papier und verschwand.

Mürrisch murmelte Schnur: »Alles muss ich selbst lesen.« Dabei überflog er die Zeilen.

Andrea, Esther und Anton verharrten neugierig auf ihren Plätzen und warteten ab, bis Schnur endlich zu ihnen aufschaute und mitteilte, was dort stand: »Das Fabrikat des Strickes ist ermittelt und auch, wo genau man diesen Strick kaufen kann.«

Ein eintöniges »Aha« drang an Schnurs Ohren.

»Was vielleicht interessanter ist: Das Labor hat Fremd-DNA am Toten gefunden.«

»Das klingt wirklich gut.«

»Sie stammt von einem Mann – nicht von einer Frau«, zitierte Schnur weiter. »Und zwar fand man Hautpartikel am Strick. Fingerabdrücke gab es keine. Dafür Faserreste, die von Handschuhen stammen könnten. Die Hautpartikel wurden also von anderen Körperteilen übertragen.«

»Vermutlich beim Kampf. Der Strick wurde dem Täter entrissen. Dabei könnte er an seinen Unterarmen entlang geschrammt sein«, überlegte Andrea laut.

»Hoffentlich«, schnaubte Esther. »Unterarme können wir sehen – gerade bei diesem Wetter. Wenn er sich aber am Bein oder am Bauch verletzt hat …«

»Dann hätte er sich aber nur spärlich bekleidet mit dem Lehrer getroffen«, hielt Andrea dagegen.

»T-Shirt und kurze Hose im Sommer. Ist doch nichts Außergewöhnliches.«

»Bitte keinen Zickenkrieg«, mischte sich Schnur ein.

Sofort kehrte Stille ein.

Schnur schaute prüfend in die Runde, rieb sich über das Kinn und bestimmte: »Dann sage ich euch, was ihr jetzt zu tun habt: Versucht herauszufinden, wann dieser Strick wo gekauft wurde und wenn möglich von wem. Dann nehmt ihr die DNA des Käufers und vergleicht sie mit diesem DNA-Ergebnis – schon ist der Fall gelöst.«

»So einfach ist das?«

»Wenn es so einfach wäre, wären wir arbeitslos«, murrte Schnur. »Trotzdem sollten wir nichts unversucht lassen.«

Kapitel 25

Die Größe des Universitätsgeländes erstaunte Erik Tenes. So hatte er sich das nicht vorgestellt. Saarbrücken war für ihn im Vergleich zu Köln eine Kleinstadt. Diese Uni allein wies schon die Größe eines Dorfes auf. Er fuhr auf den Parkplatz, stellte den Motor ab und überlegte, was er jetzt tun sollte. Sein Plan war, dort hinein zu marschieren und nach einer Germanistikvorlesung zu fragen, um dort Mirna aufzutreiben. Aber auf diesem großen Gelände würde das nicht so einfach werden. Entmutigt stieg er aus und ging auf den Eingang zu.

Plötzlich hörte er laute Stimmen.

Er schaute sich suchend um. Auf der anderen Straßenseite sah er zunächst nur Bäume und Sträucher. Dann hörte er es wieder. Zwei Menschen stritten sich. Erst bei genauem Hinsehen erkannte er einen Mann, der eine Frau gegen ihren Willen festhielt. Die Frau war Mirna. Der Mann war groß und kräftig, Seine blonden Haare leuchteten in der Sonne. Er hielt sie am Arm fest. Mirna schimpfte und versuchte sich loszureißen. Doch gegen diesen Kraftprotz hatte sie keine Chance.

»Lassen Sie die Frau los!«, rief Erik – ganz der Polizist. Immer die Pflicht am Bürger im Kopf. Erst als es heraus war, ärgerte er sich. Er hätte doch lauschen können. Vielleicht wäre das Streitthema der beiden interessant geworden.

Doch jetzt war es zu spät.

Zwei Augenpaare blickten ihn an. Einträchtig standen sie nebeneinander, als habe der Streit niemals stattgefunden.

Was wurde hier gespielt?

Erik fühlte sich auf den Arm genommen.

Hastig versuchte er sich das Aussehen des Fremden einzuprägen. Das Gesicht des Mannes war schmal, seine blonden Haare buschig, seine Figur muskulös. Er überragte Mirna um eine Kopflänge.

Mit schnellen Schritten überquerte Erik die Straße. Schon rannte der Fremde los. Er sprang in einen Wagen, der zwischen Bäumen und Sträuchern so versteckt stand, dass Erik ihn nicht hatte sehen können. Mit Vollgas fuhr er davon. Erst auf der Straße konnte Erik den Wagen als einen roten Opel Corsa ausmachen, dessen Motorleistung weit überstrapaziert wurde.

Erik schaute dem Auto nach in der Hoffnung, das Nummernschild lesen zu können. Doch er hatte Mirna vergessen. Plötzlich tauchte sie hinter ihm auf und lenkte ihn ab, in dem sie ihm ins Ohr hauchte: »Du bist mein Lebensretter.«

So gelang es Erik nicht, die Nummer zu lesen. Er hatte lediglich erkennen können, dass das Auto weder von Saarlouis noch von Saarbrücken stammte. Mehr nicht. Stattdessen sah er in Mirnas amüsiertes Gesicht.

Er ließ sich nicht gern vorführen. Aber genauso fühlte er sich jetzt.

»Wer war das?«, fragte er in schroffem Tonfall.

»Ein Freund.«

»Ein Freund?« Eriks Stimme überschlug sich. »Ist der nicht ein bisschen zu alt, um dein Freund zu sein?«

»Ich stehe auf ältere Männer«, gestand Mirna. Schon stand sie ganz dicht vor Erik und streckte ihre Hand nach ihm aus.

Erik schob sie weg und murrte: »Lass das! Ich bin auch zu alt für dich.«

»Ach was! Zu alt. So ein Blödsinn. Du bist genau im richtigen Alter.«

»Mirna! Hör bitte mit den Spielchen auf und erzähl mir, wer dieser Mann war.«

»Spielverderber«, murrte die junge Frau, zog sich zurück und antwortete endlich auf Eriks Frage: »Das war einer der Professoren dieser Uni!«

»Wie bitte?« Erik stutzte. »Du studierst doch gar nicht.«

»Eben.« Mirna lachte kokett. »Also kann ich mit den Professoren anstellen, was ich will.«

Erik ärgerte sich über das junge Ding, das ihn mit Freude an der Nase herumführte. In einem Ton, der unfreundlicher nicht sein konnte, sagte er: »Ich nehme dich jetzt mit zur Kriminalpolizeiinspektion. Dort müssen wir einige Fragen zum Tod von Bertram Andernach klären.«

»Ich habe mir unser Wiedersehen schöner vorgestellt.« Mirna verzog ihren Mund zu einer Schnute.

»Das nennt man Pech«, stellte Erik bissig klar. »Ich bin nämlich hier in meiner Funktion als Polizeibeamter.«

»Das kannst du mal schnell vergessen«, begehrte Mirna auf. »Welche Fragen soll ich euch beantworten?«

»Das erfährst du, wenn ich sie dir stelle.«

Erik wollte sie am Arm packen, doch im gleichen Augenblick schrie Mirna laut auf. Erschrocken ließ Erik den Arm los.

»Mirna! Was ist los?«, erschallte plötzlich eine Stimme von der anderen Straßenseite.

Erik fühlte sich wie in einem schlechten Film. Was geschah hier? Der Schutzengel stellte sich als Yannik Hoffmann heraus, sein Nachbar. Und die Gerettete sollte nun vor Erik gerettet werden, der sich Minuten zuvor noch selbst als heroischer Lebensretter gefühlt hatte.

»Was tust du denn hier?«, fragten Erik und Yannik gleichzeitig.

»Du zuerst!«, forderte Erik auf.

»Ich komme gerade aus meiner Vorlesung und wollte nach Hause fahren. Da habe ich euch gesehen«, berichtete Yannik. »Von der anderen Straßenseite sah es so aus, als wollte jemand Mirna Gewalt antun.«

»Ich will Mirna in mein Büro mitnehmen«, erklärte Erik. »Sie muss eine Aussage zum Tod des Deutschlehrers machen. Aber Mirna hat wohl andere Pläne.«

Yanniks Gesicht wurde blass. Er starrte Mirna an, als sei sie die Mörderin. »Was hat sie getan?«

»Hey! Was soll das? Ihr redet hier über mich, als sei ich nicht dabei«, funkte Mirna wütend dazwischen. »Ich habe nichts getan, du Schwachkopf«, fuhr sie mit ihrem nächsten Satz den erschrockenen Yannik an. »Ich bin eben eine wichtige Zeugin.«

Demonstrativ hakte sie sich bei Erik ein und schlug mit ihm den Weg zu seinem Auto ein.

Erik gab seine Überraschung nicht zu, sondern spielte Mirnas falsches Spiel einfach mit. Das war ihm in diesem Augenblick lieber, als am Ende wie ein Verlierer dazustehen.

Erst als sie eingestiegen waren, fragte Erik: »Ich freue mich ja darüber, dass du deiner Mitwirkungspflicht nachkommen willst. Nur, was hat deinen Sinneswandel ausgelöst?«

»Ganz einfach. Ich möchte lieber bei dir sein«, flötete Mirna ganz dicht an seinem Ohr.

Vor Schreck murkste Erik beim Anlassen den Motor seines Wagens ab.

»Mirna, unterlass bitte deine Annäherungsversuche. Ich bin zu alt für solche Scherze.«

Damit entlockte er Mirna ein schallendes Lachen, dass es in seinen

Ohren schmerzte. Soviel zu seiner Autorität. An dieser Frau prallte einfach alles ab.

Wieder versuchte er, sein neues Auto zu starten. Dieses Mal gelang es ihm. Leise und zufrieden schnurrte der starke Motor.

»Ich liebe alte Männer, die mein Vater sein könnten«, hörte Erik trotz *Apologize*, das Lied, das Timbaland gerade in voller Lautstärke im Radio plärrte. »Liegt wohl daran, dass ich keinen Vater hatte.« Erwartungsvoll schaute sie Erik an, als könnte er ihr eine Bestätigung dafür geben.

Doch der konzentrierte sich auf die Straßen, auf denen viel Verkehr herrschte. Diese Ablenkung kam ihm recht. So kam er umhin, sich auf ein Gespräch mit Mirna einzulassen. Als das Gebäude der Kriminalpolizeiinspektion in Sicht kam, fühlte er sich erleichtert. Er stellte seinen Wagen ab und steuerte zusammen mit Mirna die dritte Etage an, in der sein Büro lag. Dort traf er auf die nächste Überraschung. Kaum fiel die Tür zum Gang hinter ihm zu, ertönten Pfiffe von allen Seiten. Er sah nur in belustigte Gesichter und ahnte, was los war. Mirnas Anblick konnte schon auf abwegige Gedanken bringen.

Der einzige, der sich dieser guten Stimmung nicht anpassen konnte, war Jürgen Schnur. Er trat auf den Flur und forderte Mirna auf, dort auf ihn zu warten, während er mit Erik in dessen Zimmer verschwand.

»Habe ich es nicht ausdrücklich gesagt, dass ich keine Alleingänge will?«, fragte Schnur in schroffem Tonfall. »Was glaubst du eigentlich, wer ich für dich bin? Ein Kumpel, den man nicht ernst nehmen muss?«

Erik wusste nicht, was er sagen sollte.

»Ich bin dein Vorgesetzter. Ich erwarte von dir, dass du meinen Anweisungen folgst.«

»Ich verstehe dich nicht«, gestand Erik. »Ich habe Mirna Voss zur Befragung mitgebracht.«

»Ja, das hast du getan – und zwar im Alleingang. Genau das, was Andreas Hübner damals getan hat – und dabei erschossen wurde. Genau das, was Bernhard Diez getan hat und deshalb jetzt Nachtwache bei irgendeiner kleinen Firma schiebt. Verstehst du nicht? Deshalb sind wir jetzt auf Hilfe aus anderen Abteilungen angewiesen. Und wer besorgt die uns? Forseti! Der Mann, der nichts auslässt, um mich an meine Verfehlungen als Dienststellenleiter zu erinnern.«

Erik schluckte. Er begann allmählich Schnurs Entrüstung zu verstehen.

»Esther konnte ich damals noch helfen. Aber das hält mir Forseti immer dann vor, wenn einer meiner Mitarbeiter vor lauter überbordender Intelligenz glaubt, mir etwas beweisen zu müssen«, sprach Schnur weiter. »Bernhard Diez konnte ich nicht mehr helfen – das habe ich leider zu verantworten. Andreas Hübner fiel damals noch in den Zuständigkeitsbereich von Norbert Kullmann.«

Erik erkannte seinen Fehler. Zerknirscht schaute er Schnur an, der daraufhin weitersprach: »Und glaub nicht, dass mir irgendwer irgendwas gesteckt hätte. Ich bin ganz allein hinter deinen Alleingang gekommen.«

Nun schaute Erik verwundert drein.

Schnur lachte und erklärte: »Dir Andrea zuzuteilen, war wohl ein Fehler. Die gute Frau hält zu dir – egal, was du tust. Sie hat dir schon zweimal den Rücken freigehalten. Womit hast du dir in der kurzen Zeit eurer Zusammenarbeit so viel Loyalität verdient?«

Erik verstand und antwortete mit einen Räuspern: »Ich entschuldige mich. Ich war übereifrig und habe dabei vergessen, was ich anrichte.«

»Das ist schon mal ein Anfang.«

»Darf ich jetzt die Befragung von Mirna Voss durchführen?«

»Nein. Das wird Andrea tun. Du darfst höchstens dabei sein«, bestimmte Schnur.

Kapitel 26

Der erste Schock traf Andrea und Erik, als sie in das verrauchte Vernehmungszimmer traten.

»Hier ist Rauchen verboten«, rief Andrea aus. »Außerdem haben wir hier keinen Aschenbecher. Wo haben Sie die Asche entsorgt?«

»Hör auf, mich vollzutexten«, murrte Mirna. »Ich höre doch nicht zu.«

Erik fühlte sich sofort dazu veranlasst, unter dem Tisch nachzuschauen. Dort lag die Sauerei. Aber er sagte kein Wort.

Andrea schraubte ihren Ärger runter, weil sie sich die Befragung nicht verderben wollte. So viel Aufmüpfigkeit schon gleich zur Begrüßung sah nach einem schlechten Start aus. Sie ließ sich Mirna gegenüber nieder und begann vorzutragen: »Also, Sie sind Mirna Voss, geboren am siebzehnten Juni neunzehnhundertachtundachtzig in Saarlouis. Mutter Irina Voss. Vater unbekannt. Wohnhaft in Saarlouis-Picard, Dorfstraße 38.«

Mirna nickte gelangweilt und spielte mit ihrer Zigarettenschachtel.

»Und Sie werden hier nicht mehr rauchen, solange Sie in unserem Gebäude sind. Haben wir uns verstanden?« Diese Anmerkung konnte sich Andrea nicht verkneifen. Die Respektlosigkeit der Jugend ging ihr auf die Nerven. Vermutlich reagierte sie deshalb so überempfindlich, weil ihre eigene Tochter kein Deut besser war.

»Sie waren eine Schülerin von Bertram Andernach. Ist das richtig?«

Mirna nickte.

»Bertram Andernach war Ihr Tutor und gleichzeitig Ihr Deutschlehrer. Stimmt das?«

Wieder ein Nicken.

»Und Sie sind bei der Abiturprüfung durchgefallen. Warum?«

»Warum?« Mirna stutzte.

Andrea schaute die junge Frau eine Weile an, bevor sie meinte: »Als Tutor und gleichzeitig als Deutschlehrer hatte Bertram Andernach einen großen Einfluss auf Ihr Weiterkommen. Sehe ich das richtig?«

Mirna erwachte endlich aus ihrer Lethargie und brüllte: »Klar! Und diese Macht hat er ausgenützt.«

»Soll heißen?«

»Dass der Typ mich mit den Punktzahlen auf ganz unfaire Weise gedrückt hat. Ich hatte nie eine Chance bei dem«, sprudelte es aus Mirna heraus. »Dabei habe ich mich in Deutsch echt angestrengt – habe nichts dem Zufall überlassen. Aber Bertram Andernach konnte mich nicht leiden.«

»Wenn Sie sich in Deutsch so angestrengt haben, wie kommt es dann, dass er Ihre Aufsätze zur Belustigung aller ans Schwarze Brett gehängt hat?«

»Vielleicht waren die Aufsätze nicht so gelungen.« Mirna zuckte mit den Schultern.

»Dann tut es richtig weh, was?«

»Klar! Das nennt man pädagogisch.« Mirna schnaubte verächtlich.

»Sie haben allen Grund dazu, böse auf ihn zu sein.«

»Ja. Aber dafür bringe ich keinen Menschen um.«

»Nein.« Andrea nickte bedächtig, schaute auf ihre Unterlagen und fügte an: »Dafür haben Sie Freunde, die Ihnen den Gefallen tun.«

Mirnas Mund blieb vor Erstaunen offen. Es dauerte lange, bis sie endlich sagte: »Habt ihr Bullen alle solche Ideen?«

»Mirna«, mischte sich Erik ein. »Bleiben Sie bitte sachlich. Mit Frechheiten kommen Sie hier nicht weiter.«

Mirna fixierte ihn böse, doch sie besann sich. Sie lehnte sich in ihrem Stuhl zurück, verschränkte die Arme vor der Brust und murrte: »Ich schaffe das Abi auch ohne einen dafür umbringen zu lassen.«

»Das glaube ich Ihnen«, meinte Andrea. »Sie wirken auf mich intelligent. Deshalb staune ich, wie es möglich sein kann, dass Sie durchgefallen sind. Da drängt sich mir der Gedanke geradezu auf, dass es bei Ihnen nicht mit rechten Dingen zugegangen ist.«

Mirnas Bick bekam ein Leuchten. Sie lehnte sich nach vorne und meinte in einem freundschaftlichen Ton: »Sie gefallen mir. Genau das Gleiche haben meine Freunde auch zu mir gesagt. Es ist wirklich so, dass Bertram Andernach seine Macht an mir ausgespielt hat. Und dagegen konnte ich nichts tun.«

»Aber jetzt.«

»Klar! Jetzt habe ich die Chance, es endlich zu schaffen. Ein Störfaktor ist weg.«

Erik und Andrea wechselten einen Blick, den Mirna nicht bemerkte.

Die junge Frau fühlte sich sichtlich wohl in ihrer Rolle, denn sie spielte gedankenverloren mit ihren schwarzen Haaren.

»Einer?«, fragte Erik.

»Klar. Es war nicht nur der Deutschlehrer, der mir das Abi versaut hat.«

»Wer noch?«, fragten Erik und Andrea wie aus einem Mund.

»Die alte Hexe Mathilde Graufuchs zum Beispiel.«

»Ist sie die nächste?«

»Wenn es nach mir ginge – logo.« Mirna lachte.

Schon wieder entstand eine peinliche Pause. Mirna tat nichts, um sich in ein besseres Licht zu rücken. Das Gegenteil war der Fall. Sie machte sich mit jeden Satz verdächtiger.

»Wir waren in Saarlouis-Picard – an Ihrem Haus«, sprach Andrea endlich weiter. »Dort erzählte uns eine Frau, Fred Recktenwald wäre ein guter Freund von Ihnen.«

Mirna zuckte nur mit den Schultern.

»Stimmt das?«

»Fred ist ein Spinner.«

»Oh.« Andrea stutzte. »Sind Sie mit ihm befreundet?«

»Nein. Mit so einem kann ich nicht befreundet sein. Er lebt wie ein Geist in Picard – schon, seit ich mich erinnern kann«, antwortete Mirna. »Sein Haus steht direkt neben meinem, was aber niemand weiß, weil man das Haus nicht sieht. Und immer, wenn er aus seinem verwilderten Garten herauskommt, schaut er nach, ob ich zu Hause bin. Vermutlich, weil ich die einzige im Dorf bin, die mit ihm redet.«

»Warum reden die anderen Dorfleute nicht mit Fred Recktenwald?«

»Weil er einen leichten Schatten hat. Er fantasiert gern herum, erzählt Geschichten, die unmöglich stimmen können. Manchmal kommt er mir vor wie ein kleines Kind, das mit seinen Lügenmärchen angeben will, weil er im wirklichen Leben total versagt hat.«

»Das sind harte Worte«, stellte Erik fest. »Das klingt so, als wären Sie mächtig sauer auf ihn.«

»So ähnlich …« Mirna zögerte kurz, bevor sie zugab: »Ja. Er hat sich in mein Leben eingemischt, womit er alles nur noch schlimmer gemacht hat. Er ist halt ein Idiot und soll mich in Ruhe lassen. Ich versuche ihm das ständig zu sagen, aber er kapiert das nicht.«

»Wie sieht Fred Recktenwald aus?«

Nun lachte Mirna erst einmal herzhaft, bevor sie sagte: »Keine Ahnung! Meinen Sie, ich hätte mir den Typ genauer angeschaut?«

»Sie kennen ihn schon lange und wissen nicht wie er aussieht? Wie geht das?«

»Er sieht für sein Alter total unauffällig aus – kein Hingucker. Groß ist er und schlank – eher dünn. Meistens läuft er mit einem Nadelstreifenanzug durch die Gegend. Vermutlich der einzige, den er hat. Darin fühlt er sich gut.«

»Wie alt ist Fred Recktenwald?«

»Ziemlich alt – vierzig.«

Erik rümpfte die Nase, als er anfügte: »Und wer war der blonde Mann mit dem roten Opel Corsa, der Sie vorhin am Unigelände belästigt hat?«

»Der hat mich nicht belästigt. Und ich habe dir doch schon gesagt, dass das einer der Profs war. Ich hatte vor, mich mal zu erkundigen, was mich auf der Uni erwartet, sobald ich das Abi geschafft habe.«

»Kein Prof lässt sich auf eine potenzielle Studentin ein, die beim ersten Versuch, das Abi zu schaffen, durchgefallen ist«, hielt Erik dagegen.

»Dieser Typ aber schon.«

»Sagen Sie mir seinen Namen.«

»Er ist verheiratet – du verstehst ...« Wieder dieses anzügliche Grinsen. »Und außerdem ist er für euch überhaupt nicht interessant. Der Typ kommt nicht von hier, wie du schon an seiner Autonummer erkannt hast.«

Erik spürte, dass Mirna an diesem Punkt dicht machte. Was ihn auch beschäftigte, war die Frage, warum ihn dieser Zwischenfall interessierte. Ging es ihm wirklich um den Fall oder um dieses lästige und unerklärliche Gefühl der Eifersucht, das an ihm nagte?

»Okay, Mirna. Sie können gehen«, mischte sich Andrea schnell ein, als sie merkte, dass das Gespräch keine nützlichen Informationen mehr hergab.

»Und wie komme ich nach Hause?«

»Laufen«, antwortete Andrea so schnell, dass Erik keine Gelegenheit bekam, ihr die Heimfahrt anzubieten.

»Bis nach Picard?«

»Nein. Bis in die Brauerstraße in Saarbrücken. Da treiben Sie sich ja auch oft genug herum.«

Mürrisch verließ Mirna das Zimmer.

Kaum war die Tür ins Schloss gefallen, fragte Andrea erbost: »Warum hast du mit keinem Wort erwähnt, wo diese Mirna die Asche und die Zigarettenkippen entsorgt hat?«

Erik erschrak über den Ton, sagte aber nichts.

»Durch Zufall ist mein Blick auf die Sauerei gefallen«, fügte Andrea noch an, doch ihr Wutausbruch wurde durch das Eintreten des Dienststellenleiters unterbrochen.

»Ich habe euer Gespräch mitverfolgt«, bekannte Jürgen Schnur, verfiel jedoch in einen heftigen Hustenanfall. »Scheiße! Die ist euch ja mächtig auf der Nase herumgetanzt.«

»So weit waren wir auch schon«, gab Andrea mürrisch zu.

Schnur beruhigte sich wieder und sprach weiter: »Sie ist noch nicht aus dem Kreis der Verdächtigen ausgeschieden.«

»Aus dem Kreis der Verdächtigen?« Andrea musste ein Lachen unterdrücken. »Das klingt aber imposant. Wie viele Verdächtige haben wir denn?«

»Wir haben inzwischen herausgefunden, dass einige Schüler den Machtspielchen von Bertram Andernach zum Opfer gefallen sind. Zum Beispiel die Schülervertreterin der Oberstufe Lara Ferringer. Ebenso der Schulsprecher Dominik Jost.«

Jetzt war es an Andrea zu staunen.

»Nach der Durchsicht der Unterlagen hat ein Kollege der *SokoLehrer* festgestellt, dass die beiden Schulsprecher eine Verlängerung einlegen müssen, bevor sie die Abi-Prüfung machen können, was sie den Fächern Deutsch, Geschichte und Mathe verdanken.« Er wühlte in den Papieren, die er mitgebracht hatte, bis er gefunden hatte, was er suchte, und rief aus: »Wusste ich's doch, dass hier etwas nicht übereinstimmt! Esther und Anton haben mir von ihren Vernehmungen berichtet, aber kein Wort darüber verloren, dass die beiden durchgefallen sind. Also haben Lara Ferringer und Dominik Jost unabhängig voneinander diesen kleinen, aber äußerst wichtigen Sachverhalt verschwiegen. Das macht sie zu Verdächtigen.«

Kapitel 27

Sonnenstrahlen fielen auf sein Gesicht. Fred Recktenwald lachte. Die kitzelten in seiner Nase, dass er niesen musste.

Einen besseren Wecker gab es nicht.

Er streckte sich, seine übliche Morgengymnastik, zog sich an und ging die alte, knarrende Holztreppe nach unten. Auf seiner baufälligen Veranda herrschte kühler Schatten. Sie lag zur Westseite, bekäme also die Sonne erst am späten Nachtmittag ab, wenn sie es schaffen würde, durch die dichten Bäume und Sträucher hindurch zu scheinen.

Fred zog sich seine Anzugjacke an, weil er fröstelte.

Langsam streifte er durch seinen langen Garten, der in dieser Jahreszeit am schönsten aussah. Alles blühte in voller Pracht. Das Laub an den Bäumen schimmerte in allen Grüntönen. Die Hecken waren so dicht, dass er Mühe hatte, vorbeizukommen, ohne mit seiner Anzugjacke daran hängenzubleiben. Auf der Dorfstraße führte ihn sein obligatorischer erster Gang wie immer zum Nachbarhaus, in dem Mirna Voss wohnte. Seit sie ihre Großmutter im Altenheim untergebracht hatte, war sie nur noch selten zuhause. Oder wich sie ihm aus, seit er versucht hatte, ihr tollkühn zu helfen? Er hatte sich in ihr Leben eingemischt, weil er es nicht ertragen konnte, wie sie unter den Schikanen ihrer Lehrer litt. Aber damit hatte er alles nur verschlimmert. Er bereute schon lange, was er getan hatte.

Zum Glück hatte Mirna die Zeitung nicht abbestellt, denn sie steckte wie jeden Morgen im dafür vorgesehenen Zeitungsrohr. Er zog sie heraus und wollte losmarschieren, als ihm die Schlagzeile auffiel: »Wer hat den grauhaarigen Mann gesehen?«

Vor Schreck fiel ihm die Tageszeitung auf den Boden. Hastig bückte er sich danach, als er eine neugierige Stimme hörte: »Geht es dir nicht gut, Fred?«

»Doch, doch! Alles bestens«, antwortete er und winkte der Dame freundlich zu, damit sie nicht auf den Gedanken kam, noch weiter nachzuhaken. Mit hastigen Schritten bog er in den kleinen Seitenweg ab, der ihn zum Neubaugebiet führte. Er wusste, dass die alte Dame ihm bei dem Tempo nicht folgen konnte.

Zu gerne würde er den Bericht zu Ende lesen. Aber der Drang, aus Picard herauszukommen, war größer. Er überquerte die stark befahrene Metzer Straße und eilte auf den Feldweg zu. Seine Neugier trieb ihn so stark an, dass er den ganzen Weg im Laufschritt zurücklegte. Als er den kleinen Wald am Rand des Ortes Beaumarais erreichte, fand er endlich eine Gelegenheit, die Zeitung aufzuschlagen.

Der Artikel sprang jeden Leser förmlich an. Die Polizei suchte nach einem Mann mit grauen Haaren, der in der Mordnacht an der Schule gesehen worden war.

Fred musste sich setzen. Er schwitzte, obwohl es noch gar nicht so heiß war.

Wer hatte ihn gesehen? Er war doch so vorsichtig gewesen.

Er überflog den ganzen Artikel. Anschließend rieb er sich über seinen Kopf. Haare färben war der erste Gedanke, der ihm dabei kam. Aber das funktionierte bei ihm nicht. Wie oft hatte er es schon versucht. Seine Haare nahmen keine Farbe richtig an. Das Grau blieb hartnäckig.

Blieb nur noch eine Perücke tragen.

Aber … Er überlegte fieberhaft. Würde er sich damit nicht erst recht verdächtig machen?

Mit Entsetzen fiel ihm ein, dass an diesem Tag ausgerechnet seine ehemalige Geschichtslehrerin Mathilde Graufuchs mit einer Schulklasse kommen wollte. Ob sie in ihm den Mann erkennen würde, der von der Polizei gesucht wurde? Seine Gedanken überschlugen sich, bis ihm die Erkenntnis kam, dass Mathilde Graufuchs ihn nicht mit dem Mord an Bertram Andernach in Verbindung brachte. Denn sonst würde sie bestimmt keine Schulklasse von elfjährigen Kindern in seinen Vortrag schleppen. Die alte Hexe hielt sich für schlau, weil sie der Schule, in der ihr Kollege getötet worden war, aus dem Weg ging. Wenn sie wüsste …

Er lachte erleichtert auf und zerwühlte sich seine grauen Haare. Endlich wusste er, was zu tun war. Was konnte ihm schon passieren?

Er setzte seinen Weg fort. Sein Arbeitsplatz rückte immer näher, ein Anblick, der ihm guttat. Die alte Ruine hatte einen Langzeitarbeitslosen wieder ins Arbeitsleben integriert. Das sollte eigentlich auch ein Bestandteil seines Vortrages werden – die Geschichte der Teufelsburg, die er Tag für Tag seinen Gästen erzählte. Für ihn war sie schon ein Teil seiner eigenen geworden.

Der letzte Anstieg war steil. Er schnaufte laut nach Luft, die immer knapper wurde. Erst auf den letzten Metern fiel ihm ein, dass sich eine Gruppe aus Trier angemeldet hatte. Wenn das mal kein Glücksfall war. Als hätte er es schon immer gewusst, dass die Teufelsburg sein Schicksal war. Denn diese Leute hatten die Saarbrücker Zeitung bestimmt nicht gelesen.

Allerdings hatte sich die Gruppe schon zur frühen Stunde angemeldet. Er musste einen Zahn zulegen, obwohl ihm das an diesem steilen Berg nicht leicht fiel.

Kapitel 28

Laute Stimmen schlugen Erik entgegen, als er das Büro betrat.

»Was ist jetzt schon wieder los?«, fragte er Andrea.

»Jürgen hat einige Lehrer und Schüler zum DNA-Test vorgeladen. Sie sind alle freiwillig gekommen, was kein gutes Zeichen ist«, antwortete Andrea. »Deshalb warne ich dich. Unser Chef ist nicht gut drauf.«

Erik lachte und steuerte sein Zimmer an.

Dort schlugen ihm stickige Hitze und schlechte Luft entgegen. Er riss das Fenster weit auf und ließ sich auf seinen Stuhl plumpsen, der unter seinem Gewicht verdächtig knarrte. Den Lärm hatte er draußen gelassen. Nur gedämpft hörte er die Stimmen der Schüler, die sich alle ausgelassen anhörten. Die Unbekümmertheit gab ihm das Gefühl, dass sich niemand von ihnen große Gedanken um den Tod von Bertram Andernach machte. Was war der Lehrer für ein Mensch gewesen, wenn ihm niemand nachtrauerte?

Plötzlich wurde Erik von heftiger Schwermut ergriffen. Er schaute sich um. Die schlechte Luft, die Unordnung, die Stille – er fühlte sich allein.

Anke Deister fehlte ihm.

Die Erkenntnis traf ihn unerwartet heftig.

Anke, die Kollegin, die für ihn vielmehr war, eine Freundin, eine Gleichgesinnte.

Er rieb sich über die Augen und sah sie in einer Deutlichkeit vor sich, als würde sie vor seinem Schreibtisch stehen. Er hörte ihr herzhaftes Lachen, das ihn immer wieder mitreißen konnte, hörte ihre energische Stimme, die ihn beeindruckte. Er sah ihre dunklen Haare, die in der Sonne rot glänzten. Sah sie in ihren legeren Pullovern und Jeans und hörte sie sich dabei über ihre eigene Garderobe beklagen, als hätte ihr ein anderer gesagt, was sie anziehen soll. Ankes heimlicher Wunsch, eleganter zu sein, ein Bestreben, das Erik nicht an ihr verstand. Für ihn war sie elegant, schön – für ihn besaß sie alle positiven Attribute – für ihn konnte Anke gar nicht attraktiver werden.

Viele Abende hatten sie zusammen verbracht, hatten über Fälle diskutiert oder auch schon mal über private Dinge. Er hatte jede Minute mit ihr zusammen genossen. Mit ihr und ihrer Tochter Lisa. Doch dann wollte sie eine Weile im Ausland ermitteln, wollte neue Berufserfahrungen sammeln, als wäre dieser Schritt entscheidend für ihre Karriere. Kaum hatte sie den Entschluss gefasst, war sie verschwunden.

Ohne sich von ihm zu verabschieden.

Warum hatte sie das getan?

Hatte er mehr in ihre Freundschaft hinein interpretiert als sie?

Seit seine Frau in Köln mit dem Auto tödlich verunglückt war, hatte er zum ersten Mal wieder so etwas wie Liebe gespürt. Hatte sich gewagt, Gefühle wieder zuzulassen. Anke war die Frau, die sein Herz berührte.

Und gerade sie war es, die ihn einfach im Regen stehen gelassen hatte.

Er schüttelte den Kopf, musste diese Gedanken loswerden. Da war ihm das plötzliche Hereinplatzen seines Vorgesetzten gerade recht.

»Erinnerst du dich noch an die *Youtube*-Filme?«, fragte Schnur zur Begrüßung.

Erik nickte. Nur zu gut hatte er diese Bilder noch in seinem Kopf.

»Dort waren außer den Lehrern und Schülern keine Leute zu sehen, die nicht in eine Schule gehören.«

Erik nickte.

»Außer?«

»Mirna Voss«, antwortete Erik.

»Nein. Sie gehört gewissermaßen dazu.« Schnur schüttelte den Kopf. »Ich meine Yannik Hoffmann.«

»Ihn habe ich nicht gesehen«, gestand Erik.

»Er ist auf einem der Videos zu sehen. Und zwar, wie er selbst filmt.« Schnur setzte sich auf den Stuhl vor dem Schreibtisch. »Und was sagt uns das?«

»Dass er verdächtig ist?«

»Richtig. Denn er ist mit guter Filmausrüstung dort aufgetaucht. Und du hast selbst mitbekommen, dass er zusammen mit Mirna Voss übereilt losgefahren ist, als wir noch nichts davon wussten. Also war er schon lange vor uns darüber informiert, was an der Schule los ist.«

»Wäre er der Mörder mit der Absicht, seine eigene Tat zu filmen, wäre er in der Nähe des Tatortes geblieben und nicht nach Saarbrücken gefahren«, hielt Erik dagegen.

»Eben nicht. Wann konnte er seine eigene Tat besser filmen, als zu dem Zeitpunkt, als alle gefilmt haben? Hätte er schon in der Nacht einen Film gemacht, hätte er ihn für sich behalten müssen. Aber so konnte er filmen und es überall zeigen, ohne etwas zu befürchten.«

Erik überlegte kurz und musste zugeben, dass diese Theorie gut klang.

»Diese vielen DNA-Tests, die wir hier durchführen, sind vermutlich vergebliche Liebesmüh«, sprach Schnur weiter. »Jeder, der lachend und singend zu diesem Test kommt, hat nichts zu verbergen. Wir werden Yannik Hoffmann vorladen. Mal sehen, wie er reagiert.«

Schnur verließ das Büro.

Erik schaute ihm überrascht nach. Schnur hatte ihm keinerlei Anweisungen gegeben, was er jetzt tun sollte. Doch das Schrillen des Telefons lenkte ihn ab.

Es war Andrea aus dem Nachbarzimmer. »Manfred Dobler, der Englischlehrer, ist nicht zum DNA-Test gekommen«, sprach die Kollegin mit ihrer angenehmen Stimme durch den Äther.

»Darum rufst du mich vom Nachbarzimmer aus an?«

»Mir war der Weg einfach zu weit.«

Erik hörte die Ironie aus ihrer Stimme heraus und musste in sich hinein grinsen. Andrea war zwar die älteste Kollegin unter ihnen, steckte dafür aber voller Witz und Charme. Sie gefiel ihm mit jedem Tag besser.

»Dobler wurde auf dem Video in einer missverständlichen Situation gesehen. Und ausgerechnet er kommt nicht«, sprach sie weiter.

»Ich habe das Video auch gesehen und fand nichts daran missverständlich.«

»Da gehen wohl die Meinungen auseinander«, kam es gelassen von Andrea zurück. »Außerdem ist Dr. Norbert Franzen, der Schulleiter, ebenfalls nicht gekommen.«

Erik erinnerte sich an den hageren Mann, der alles immer doppelt sagte.

»Der hat Bertram Andernach bestimmt nicht umgebracht«, musste er dazu anmerken.

»Also widersetzen wir uns unserem Vorgesetzten, weil wir es besser wissen?«

»Hat Schnur gesagt, was wir jetzt tun sollen?« Damit wäre Eriks Frage von vor wenigen Minuten beantwortet.

»Zur Schule fahren, die DNA-Proben dort nehmen und mit beiden sprechen.«

Kapitel 29

»Es riefen die Boten, spornten die Rosse
und jagten wieder hinaus aus dem Schlosse.
Hinterher rollte des Ritters Fluch:
Bruder ruf den Teufel zum Bunde.
Webt eurem Herrn schon das Leichentuch.
Kaum war der Rufe im Winde verhallt,
trat in die Burg als finstre Gestalt
Der ›Junger Jörge mit dem Hinkebein‹
Präsentiert dem Ritter den Schein.«

Die Kinder amüsierten sich über das Gedicht, das Fred Recktenwald ihnen vortrug. Nur Mathilde Graufuchs bedachte ihn mit einem Blick, der töten könnte.

»Mehr hast du uns nicht über die Teufelsburg zu sagen?«

»Ich wüsste nicht, dass wir beim ›Du‹ sind«, begehrte Fred auf.

»Aber ich. Im Gegensatz zu dir leide ich nämlich nicht an Gedächtnisschwund.«

Fred stöhnte leise. Die Alte hatte ihn erkannt. Trotzdem ließ er es sich nicht nehmen, ihr etwas Boshaftes an den Kopf zu werfen: »Damals schon. Sie hatten nämlich die Eigenschaft, ihre Schüler einfach aus dem Gedächtnis zu streichen.«

Mathilde Graufuchs funkelte ihn böse an, doch bevor sie etwas darauf erwidern konnte, rief ein kleines vorlautes Mädchen mit roten Locken: »Geht der Vortrag noch weiter?«

Fred bückte sich zu der Kleinen hinunter und antwortete: »Natürlich. Würde eure Lehrerin mich lassen, würd ich euch auch noch den Rest erzählen.«

Damit gelang es ihm, Mathilde Graufuchs für eine Weile im Zaum zu halten. Er berichtete weiter über die Teufelsburg: »Die Burg ALTFELSBERG hatte ursprünglich auf dem Hansenberg gestanden – das ist das heutige Wallerfangen. Sie wurde erstmals am 18.10.1179 erwähnt. Außer Verteidigungsaufgaben diente sie der Stadt Wallerfangen bei Angriffen als Fliehburg. Des Weiteren oblag ihr die Sicherheit der Verkehrswege. Durch kriegerische Auseinandersetzungen zwischen dem Erzbischof und Kurfürsten Balduin von Trier und dem Wildgrafen Johann von Daun wurde die Burg Altfelsberg im Jahre 1341 restlos zerstört.«

Die Kinder starrten ihn mit offenen Mündern an. Das waren Augenblicke, die Fred genoss. Denn in den Augen der Kinder war er ein Genie, weil er so viel auswendig wusste.

Als nächstes ging Fred zur Burgeinteilung über. Dafür steuerte er mit der Schulklasse die alte äußere Mauer an, deren gegenüberliegende Seite seltsame Steinformen aufwies. »Hier war früher ein Pferdestall. Diese Formen sind Zeitzeugen für alte Pferdetränken mit Zulaufrinnen zur Wasserquelle, die damals zwischen den beiden Burgteilen, der Vorburg und der Hauptburg lag. Heute ist diese Quelle längst versiegt«, erklärte Fred. »Und hier gab es früher eine Schmiede.« Er ging einige Schritte weiter: »An dieser Stelle befanden sich Schlachtraum und Backraum und direkt daneben ein Raum, wo sich die Bediensteten aufgehalten haben, wenn sie mal nicht arbeiten mussten.«

Weiter gingen sie in das alte Gemäuer hinein. Die vielen dunklen Ecken und Winkel stellten sich schnell als schmale Gänge heraus, die alle auf den großen Platz unter freiem Himmel führten, der von einem Turm flankiert wurde.

»Wir befinden uns hier auf der Hauptburg, die für die Verteidigung zum Tal hin geeignet war. Wenn ihr euch mal genau umseht, werdet ihr staunen, was ihr von hier aus alles überblicken könnt. Erzählt mir doch mal, welche Orte ihr von hier aus sehen könnt!«

»Da ist Wallerfangen«, rief ein Junge.

»Da ist Picard!«

»Ich sehe bis nach Saarlouis.«

»Kannst du auch unsere Schule sehen?«

»Nee! Besser nicht! Es ist gerade so schön. Heute Morgen frei, dafür heute Mittag auf einer alten Burg herumspazieren. So könnte der Unterricht immer aussehen.«

»Recht hast du! Also suchen wir die Schule lieber nicht. Dafür kann ich die Ensdorfer Grube sehen.«

»Und ich die Völklinger Hütte.«

»Da ist die Dillinger Hütte.«

»Da ist Oberlimberg.«

So ging es eine ganze Weile weiter.

Es bereitete Fred Spaß, den Kindern dabei zuzusehen, wie sie mit Begeisterung alles um sich herum aufnahmen. Doch leider sollte der schöne Moment ein jähes Ende finden, als er Mathilde Graufuchs' schrille Stimme hörte: »Willst du die Kinder ewig sich selbst überlassen?«

»Darin kennen Sie sich besser aus«, konterte Fred bissig. »Ich will ihnen genug Gelegenheit geben, dass sie erkennen, welch ein strategischer Ort für die Teufelsburg ausgesucht worden ist«, antwortete Fred.

»Ach! Bist du hier der Pädagoge oder ich?« Mathilde Graufuchs funkelte Fred böse an.

Fred tat so, als müsste er nachdenken, bevor er sagte: »Von uns ist keiner Pädagoge. Weder Sie noch ich.«

Kapitel 30

Die braune Fassade des Schulgebäudes schimmerte trüb in der hochstehenden Nachmittagssonne. Unerträgliche Hitze staute sich im Eingangsbereich, dessen gegenüberliegende Türen aus Glas bestanden. Der Schulhof spendete auch keine Erleichterung. Alles lag windgeschützt.

Von den Schülern war nichts zu sehen. Auch nicht von den Lehrern. Doch die vielen Autos auf dem Parkplatz verrieten, dass sich noch jemand im Gebäude befand.

»Was machen wir jetzt?«, fragte Andrea, während sie ihre langen Haare ohne Haargummi zu einem kunstvollen Knoten zurückband.

»Wir suchen das Büro des Schulleiters auf«, schlug Erik vor. »Wenn wir dort fertig sind, wird jedes weitere Gespräch zur Erholung.«

Andrea warf ihm einen fragenden Blick zu, worauf Erik geheimnisvoll meinte: »Du wirst gleich sehen … besser gesagt hören, was ich meine.«

Sie betraten den großen Lichthof und entschieden sich dafür, die Treppen hochzulaufen. Der Gedanke, bei diesen Temperaturen in einem gläsernen Aufzug stecken zu bleiben, schreckte sie ab.

Die Tür zum Büro des Schulleiters war geschlossen.

Erik klopfte an.

Es dauerte eine Ewigkeit, bis ein leises »Herein! So kommen Sie doch herein!« ertönte.

Unverwechselbar Dr. Norbert Franzen.

Er saß mit Anzug und Krawatte hinter dem Schreibtisch. Lediglich der Ventilator davor deutete darauf hin, dass auch für ihn ein heißer Sommertag war. Denn er wirkte frisch und tadellos, kein Schweißfleck, kein verrutschtes Haar.

»Haben Sie den Täter endlich gefasst? Gefasst?«, fragte er zur Begrüßung.

»Ich muss Sie enttäuschen. Wir kommen im Rahmen unserer Ermittlungen«, klärte Erik auf.

Dr. Franzen wirkte so enttäuscht, als habe er ernsthaft angenommen, das Verbrechen sei in der Kürze der Zeit aufgeklärt.

Erst als Erik auf sein eigentliches Anliegen zu sprechen kam, nämlich eine Probe für die DNA-Analyse von ihm zu nehmen, wurde das Gespräch unangenehm.

»Sie vergessen, wen Sie vor sich haben! Wen Sie vor sich haben, junger Mann!«

Den jungen Mann hörte Erik natürlich gerne, den könnte er sogar noch öfter hören. Nur der Tonfall störte ihn.

»Wir haben die Anweisung von unserem Vorgesetzten bekommen, von Ihnen Material für die DNA-Untersuchung zu besorgen, damit wir Spuren, die womöglich von Ihnen stammen, im Untersuchungsverfahren ausschließen können.«

Im Gegensatz zu dem Schulleiter sah Erik plötzlich sehr verschwitzt aus. Das Gespräch gefiel ihm nicht. Dr. Norbert Franzens oberlehrerhaftes Gebaren ließ Erik unwillkürlich an seine eigene Schulzeit denken. Und darauf könnte er verzichten.

»Und warum kommt der Vorgesetzte nicht selbst? Der Vorgesetzte nicht selbst?«

»Weil er mitten in den Ermittlungen steckt.«

»Gehört Ihre unverschämte Bitte nicht zufällig auch zu den Ermittlungen? Zu den Ermittlungen?«

»Doch. Aber es lag uns fern, uns der Anweisung unseres Vorgesetzten zu widersetzen.«, ertönte Andreas ruhige, melodische Stimme. Dabei fixierte sie den hageren Mann mit ihren großen, mandelförmigen Augen.

Dr. Franzen räusperte sich und stimmte dem DNA-Test tatsächlich zu.

Erik und Andrea schauten sich erstaunt an. Beide hatten nach dem Beginn dieser Unterhaltung mit größeren Schwierigkeiten gerechnet. Umso erleichterter fühlte sich Erik, als er das Büro verlassen konnte.

»Ich sehe in Dr. Franzen eher ein Opfer als einen Täter«, bemerkte Andrea, als sie in den obersten Gang der Aula traten. Auf Eriks fragenden Blick fügte sie an: »Seine Wiederholungen treiben auch den geduldigsten Menschen in den Wahnsinn. Wer weiß, wie viele Anschläge er schon überlebt hat.«

Jetzt verstand Erik und lachte.

Sie schauten über die Brüstung auf die Aula hinab, die gerade von den Schülern erobert wurde. Das sah nach Pause aus.

»Wir müssen uns beeilen, sonst entwischt uns der Englischlehrer«, rief Andrea, um den Lärm zu übertönen.

Sie liefen die Treppe hinunter und stürzten sich in die Menge. Dort blieb ihnen nichts anderes übrig, als sich mit der Masse in Richtung Ausgang treiben zu lassen. Doch das Glück meinte es gut mit ihnen. Im Schatten eines Baumes stand ein kleiner gedrungener, kahlköpfiger Mann, den sie nach den Videos bei *Youtube* als Manfred Dobler identifizierten.

Als er die beiden auf sich zukommen sah, schaute er sich nervös nach einem Fluchtweg um. Doch hinter ihm befand sich der Fahrradparkplatz, der überfüllt war mit Schülern, die gerade ihre Räder absperrten. Direkt neben ihm lag das Bistro.

»Wir sind von der Kriminalpolizei und müssen mit Ihnen sprechen«, rief Erik dem nervösen Lehrer entgegen.

Als Manfred Dobler diese Worte hörte, atmete er erleichtert aus.

»Was glaubten Sie denn, wer wir sind?«, fragte Andrea amüsiert.

»Sie glauben ja gar nicht, welche Hirngespinste in der Schule kursieren, seit ein Kollege umgebracht worden ist«, erklärte der Mann.

»Wir hatten Sie gebeten, zu uns ins Büro zu kommen, um eine Probe für den DNA-Test abzugeben«, erklärte Erik. »Warum sind Sie nicht gekommen?«

»Ich … ich …«, stotterte Dobler. »Der Unterricht.«

»Wenn Sie nichts zu verbergen haben, dann geben Sie uns jetzt und hier ein Probe. Wir müssen Ihre Spuren in unserem Ermittlungsverfahren ausschließen können«, ratterte Erik seinen Standardsatz herunter.

»Ja, natürlich«, willigte Dobler ein. »Sie wissen doch bestimmt, dass ich der Lehrer war, der die Schüler davon abgehalten hat, den Knoten zu öffnen, an dem der Kollege sozusagen hing?«

»Wir wissen nur, dass Sie sich am Montagmorgen mit einigen Schülern angelegt haben«, meinte Erik dazu. »Das haben wir auf den Videos gesehen.«

»Genau das meine ich«, bestätigte Dobler. »Das war der Moment, als die wilde Horde versucht hat, den Knoten zu öffnen. Kaum auszudenken, was dann alles passiert wäre.«

»Und Sie haben das allein verhindert?«

Dobler schien zehn Zentimeter zu wachsen, als er stolz nickte.

»Warum waren Sie der einzige Lehrer am Tatort?«, fragte Andrea.

»Ich weiß es nicht. Ich war vermutlich vor den Kollegen da. Gerade im Sommer komme ich gern etwas früher, um die Schulräume zu lüften«, erklärte Dobler.

»Dazu müssten Sie aber vor den Schülern da sein.«

»Stimmt. Ausgerechnet an dem Morgen waren die Schüler schneller. Es ist wie ein Fluch. Der Hausmeister hat nicht aufgepasst, und ich hatte nur wenige Minuten Verspätung.« Dobler war nicht aus der Ruhe zu bringen.

»Kann jemand die Schüler verständigt haben?«, fragte Andrea. »Die Tatsache, dass sie alle ausgerechnet an diesem Morgen früher in der Schule waren, macht mich stutzig.«

»So habe ich das gar nicht gesehen«, gestand Erik. »Das würde bedeuten ...«

»... dass womöglich ein Schüler hinter der Tat steckt«, vollendete Dobler den Satz.

»Glauben Sie das wirklich?«, hakte Erik nach.

Dobler stutzte, gab aber keine Antwort darauf.

»Dann trauen Sie den Schülern so eine Tat also zu?«, bohrte Erik weiter.

Dobler überlegte eine Weile, bis er sich aufraffte darauf zu antworten: »Nach dem, was sich in der Aula abgespielt hat, als der Deutschlehrer gefunden wurde ... Ich schließe es nicht aus.«

»Das klingt so, als sei diese Schule ein gefährlicher Ort für Lehrer.« Andrea schnaubte.

Dobler nickte.

»Haben Sie keine Angst, es könnte auch Sie erwischen?«

»Nein.« Dobler straffte seine Schultern. »Ich habe mein eigenes Lehrkonzept. Das unterscheidet sich deutlich von den Lehrmethoden, die Bertram Andernach angewandt hat.«

»Welchen Unterrichtsstil praktizieren Sie?«

»Ich praktiziere den demokratischen Stil«, antwortete Dobler stolz.

»Können Sie uns das genauer erklären?«

»Gerne. Dieser Führungsstil dient dazu, Fragen zu stellen und Antworten zu geben, sich eine Meinung zu bilden, Gefühle zu äußern und sich einen Überblick zu verschaffen. Wie schon der Name sagt, gelten die Mehrheitsentscheidungen. Das hat den Vorteil, dass die Leistungsbereitschaft gefördert wird, weil für die Schüler ein hohes Maß an Gestaltungsmöglichkeiten und Entscheidungsfreiheit besteht.«

»Das klingt gut«, gab Erik zu. »Mit dieser Methode sind Sie bestimmt beliebt bei den Schülern.«

»So beliebt, wie ein Lehrer eben sein kann.«

Die Antwort war so gut, dass Erik und Andrea lachen mussten.

Kapitel 31

»Boah! Woher wissen Sie das alles?«, fragte ein Schüler mit leuchtenden Augen, als Fred Recktenwald seinen Vortrag beendet hatte.

»Das ist doch nichts Besonderes, was dieser Mann uns erzählt«, schaltete sich Mathilde Graufuchs sofort ein, als widerstrebe es ihr, dass Fred von ihren Schülern Bewunderung erntete.

»Ich muss mich immer gut über die Teufelsburg informieren, weil viele Touristen kommen und alles von mir erfahren wollen«, antwortete Fred, wobei er versuchte, Mathilde Graufuchs' Bemerkung zu ignorieren. Aber es brodelte in ihm. Er spürte eine große Wut, die er nur mit Mühe und Not vor den Kindern unterdrückte.

»Worüber musst du dich schon informieren?«, kreischte die Alte schon wieder dazwischen.

»Ich bitte Sie, das ›du‹ zu unterlassen. Die Zeiten, als ich noch ein Schüler war, sind lange vorbei«, sprach Fred in einem Tonfall, der ihn selbst überraschte. Was unterdrückte Wut alles fertigbrachte …

»Du glaubst doch nicht im Ernst, dass ich einen Versager wie dich mit Sie anspreche.«

Ein lautes Klappern lenkte alle von dem Streitgespräch ab. Dann hörten sie Schritte, die zwischen den alten Steinmauern verklangen.

»Da ist noch jemand auf der Burg«, stellte Mathilde Graufuchs atemlos vor Schreck fest. »Geh und sieh nach!«, befahl sie Fred wie einem Schuljungen.

»Sie werden es nicht für möglich halten, aber auf der Teufelsburg sind außer mir noch andere beschäftigt.«

»Und warum musste ich mich nach deinem Terminkalender richten, wenn auch andere den Vortrag halten können?«

»Weil ich der einzige Touristenführer bin. Außer mir kann keiner den Vortrag halten. Hier arbeiten noch Archäologen, die weitere Ausgrabungen machen, und Restauratoren, die die Burg instand setzen.«

Fred führte die Schulkasse durch enge, verschlungene Gänge der Teufelsburg und erklärte: »Ich zeige euch noch eine interessante Stelle, bevor ich euch eurer liebenswürdigen Lehrerin überlasse, weil die nächste Gruppe auf mich wartet.«

Ganz begeistert starrten alle auf das große Loch im Boden, das sich vor ihnen offenbarte, als Fred die hölzerne Abdeckung entfernt hatte.

»Dort wurden früher Lebensmittel gekühlt, weil man damals noch keinen Kühlschrank kannte.«

»Ein mittelalterlicher Kühlschrank«, jubelten die Kinder mit großer Begeisterung.

Fred verschloss das Loch wieder und führte seine Gruppe aus den Gemäuern hinaus zur westlichen Außenmauer. Der Schulklasse zeigte er den Weg zum Museum, sperrte dort auf und entschuldigte sich mit den Worten: »Dort könnt ihr euch gerne noch umsehen, auch wenn ich keine Zeit mehr für euch habe.«

»Und du glaubst, dass ich deine Arbeit mache? Pah«, kam es von Mathilde Graufuchs.

Fred ließ sich davon nicht beeindrucken, sondern sprach stoisch weiter: »Alle Ausstellungsstücke sind hinter gepanzertem Glas gesichert. Stehlen kann man hier also nichts.«

Dann ging er fort.

Das Geräusch eines Automotors verriet ihm, dass die nächste Gruppe schon eingetroffen war. Ein Minivan mit Zweibrücker Kennzeichen fuhr vor und mehrere ältere Damen und Herren stiegen lachend aus dem großen Wagen.

»Sie sind bestimmt unser Touristenführer«, rief eine ältere Dame, die von Weitem Mathilde Graufuchs verblüffend ähnlich sah.

Fred nickte und schaute der Gruppe entgegen.

Der Jüngste unter ihnen war bestimmt schon weit über sechzig, stellte er amüsiert fest. Solche Gruppen gefielen ihm am besten. Sie geizten nicht mit Trinkgeld und gaben Fred das Gefühl, intelligent zu sein, weil er auf alle ihre Fragen antworten konnte. Dabei waren es immer dieselben Fragen, die gestellt wurden – demnach also auch dieselben Antworten, die er gab. Aber das musste er seinen Bewunderern nicht unter die Nase reiben.

In seinen Augenwinkeln sah Fred, wie Mathilde Graufuchs mit ihrer Schulklasse in den ehemaligen Vorratskeller mit Kühlgruben hinabstieg, das heutige Museum. Das war gut so. Aus diesen Tiefen heraus würde sie seinen Vortrag nicht hören, den er der neuen Gruppe halten musste.

*

Das kleine Museum glich einer Gruft. Das war Mathilde Graufuchs' erster Gedanke, als sie in den finsteren Keller stieg. Vor ihren Augen erstreckte sich ein schmaler Schlauch mit einer tiefen, gewölbten Decke. Wie sie von einem der Vorträge wusste, hatten sich genau an dieser Stelle die früheren Vorratskeller befunden. Sie konnte den ehemaligen Durchgang zur Küche noch sehen, der mit einem Eisentor verriegelt war. Die Gruben, die zur damaligen Zeit zur Kühlung verderblicher Lebensmittel gebaut worden waren, bestanden lediglich aus Löchern im Boden. Eine einfache, aber effektive Art. Inzwischen waren die meisten davon mit Holzbohlen abgedeckt – besonders hier im heutigen Museum.

Hinter Panzerglaskästen, die an den schrägen Wänden befestigt waren, wurden einzelne Exponate angeleuchtet. Das diffuse Licht schien jede Bewegung vereinzelter Besucher durch große Schatten zu vervielfältigen. Eine Wirkung, die Mathilde Graufuchs erschrecken ließ. Nervös widmete sie ihre Aufmerksamkeit den Wappen ehemaliger Lehensnehmer der Burg. Eine Ritterrüstung in Lebensgröße war nicht hinter Glas verschanzt. Vermutlich war sie zu schwer zum Stehlen. Daneben hingen Reproduktionen alter Waffen an den Wänden. Darunter standen Vitrinen mit den Fundgegenständen, die bei Ausgrabungen zu unterschiedlichsten Zeiten gemacht wurden.

Die Stille in dem Raum tat ihr gut. Sie vermutete, dass die Schüler mit der gleichen Andacht diese antiken Exponate bestaunten.

Keramikgefäße aus dem 14. Jahrhundert standen zur Bewunderung aus, ebenso Münzen, Gürtelschnallen, Schwerter und Äxte aus dem 15. Jahrhundert. Schmiedearbeiten sowie versteinerte Fossile lagen auf den Tischreihen unter dem gesicherten Glas. Zu jedem Stück wurde eine Geschichte erzählt, die bis in die Römerzeit zurückreichte. Diese Fundstücke weckten ihr Interesse. Sie las die Beschreibungen durch und beschloss, ihre Schüler darüber zu belehren. Doch als sie sich umdrehte, um nach ihnen zu rufen, fand sie sich allein in der dunklen Gruft. Deshalb diese Ruhe. Die kleinen Racker waren ihr gar nicht ins Museum gefolgt.

Von draußen hörte sie die monotone Stimme von Fred Recktenwald, der denselben Vortrag herunterleierte, den er erst vor Kurzem ihrer Schulklasse gehalten hatte.

Sie schaute sich in dem gruftähnlichen Raum um. Hier konnten sich die Kinder nicht verstecken. Trotzdem wagte sie einen Blick unter die Tische und hinter die Theke.

Sie war tatsächlich allein. Gänsehaut kroch ihr den Nacken hoch. Schnell beschloss sie, nach draußen zu gehen und ihre Schüler zu suchen.

Mühsam kletterte sie über die unregelmäßigen Stufen, die sie hinausführten. Die Hitze, die ihr trotz später Stunde entgegenschlug, überraschte sie. Das erste, was sie spürte, waren Schnakenbisse, dazu noch einige Mückenstiche. Sie schlug sich selbst ins Gesicht, um die lästigen Viecher loszuwerden. Dann schaute sie sich um, konnte aber keinen ihrer Schüler sehen. Auch die kleine Gruppe von Touristen, die von Fred Recktenwald vor wenigen Minuten noch über die Geschichte der Burg unterrichtet wurde, war nirgends zu sehen.

Hatte sie sich das nur eingebildet? Oder waren die Touristen verzweifelt über den langweiligen Vortrag weggelaufen?

Sie ging an der Westmauer entlang, in der Hoffnung, von diesem Platz aus zum Eingang des Burggeländes zu gelangen. Aber sie hatte Pech. An einer dicken Mauer endete der Weg. Sie musste das ganze Stück wieder zurückgehen.

Warum war plötzlich niemand mehr da?

Sie schaute sich suchend um. Da erblickte sie jemanden hinter der Mauer, die die Reste der früheren Kapelle umrahmte. Heute war dort nur noch ein großer freier Platz, der von einem nachgebauten Turm flankiert wurde.

»Hallo! Sie da«, rief sie.

Keine Antwort. Sie begann, an sich selbst zu zweifeln.

»Fred! Wenn du glaubst, mich mit deinen dummen Spielchen erschrecken zu können, dann wirst du etwas erleben«, keifte sie, um mutiger zu klingen, als sie sich fühlte. Sie marschierte auf die steinerne Treppe zu, die auf das obere Plateau führte.

Ein Rascheln ertönte hinter ihr. Dann ein hämisches Lachen.

»Fred! Hör auf damit! Oder du wirst dir wünschen, niemals geboren worden zu sein!« Mathilde Graufuchs schrie lauter, als sie beabsichtigt hatte. Dieser Kerl machte ihr Angst, was sie niemals zugeben wollte.

Sie erreichte den großen freien Platz.

Dort war niemand.

Sie spürte, wie ihre Knie zu zittern begannen. Hinzu kam die Hitze, die einfach nicht nachlassen wollte. Mathilde Graufuchs warf einen Blick auf ihre Armbanduhr. Sie war stehengeblieben. Das fehlte noch. Sie konnte nicht einschätzen, wie spät es war.

Mit schnellen Schritten steuerte sie den Ausgang auf der anderen Seite an und wollte durch die schmale Mauerspalte, in der sich die steinernen Stufen wanden. Da hörte sie, dass ihr jemand entgegenkam. Dort war es so eng, dass Gegenverkehr unmöglich wäre. Also wartete sie. Doch es kam niemand. Was hatte das schon wieder zu bedeuten?

Wütend stieg sie hinab. Die Mauern kamen an dieser Stelle so dicht auf sie zu, dass sie Platzangst verspürte. Dieser Abstieg war nicht die beste Wahl, erkannte sie jetzt, da es immer dunkler und dunkler wurde.

Plötzlich spürte sie eine Hand an ihrem Arm.

»Au!«, brüllte sie.

Zwischen den dichten Mauerwänden hallte ihr Schrei so laut, dass es in ihren eigenen Ohren schmerzte. »Lass mich los!«

»Nachdem ich dich endlich da habe, wo ich dich schon immer haben wollte?« Der hämische Unterton ließ ihr das Schimpfwort im Halse stecken bleiben.

»Wie? Du findest keine Beleidigung mehr, die du gegen mich ausstoßen könntest?«

Mathilde Graufuchs zitterte an ganzen Leib, als sie spürte, dass sie unsanft nach oben geschoben wurde.

»Ich will nicht wieder nach oben«, krächzte sie.

»Ich will so vieles nicht«, jammerte ihr Gegenüber gekünstelt. »Und in der Schule bekam ich auch nie, was ich wollte. Was können wir da nur machen?«

Als sie wieder in der prallen Sonne ankamen, konnte Mathilde Graufuchs ihren Gegner erst richtig sehen. Ihre Angst schlug sofort in Wut um. »Was fällt dir ein, du Bengel?«, schrie sie aus Leibeskräften.

»Du hast mich das letzte Mal in deinem Leben beleidigt.«

*

Die Schulklasse saß im Bus mit Klimaanlage. Alle sprachen durcheinander, jeder hatte etwas besonders Spannendes erlebt. Die Geräuschkulisse stieg von Minute zu Minute mehr an. Die Aufregung der Kinder tat dem Busfahrer gut. Es gefiel ihm, die jungen Menschen so ausgelassen und fröhlich zu sehen. Trotzdem wunderte er sich, wo die Lehrerin blieb. Es war ihm noch nie passiert, dass der Lehrer oder die Lehrerin einer Klasse abhanden gekommen war. Das wäre das erste Mal. Dabei hatte Mathilde Graufuchs einen sehr integeren Eindruck bei ihm hinterlassen.

Wieder richtete er seinen Blick auf die Schüler. Gerade berichtete einer lautstark, dass es auf der Teufelsburg eine Blutgrube gebe, in der früher Blutrituale ausgeführt worden waren. Er brüstete sich auch damit, diese Blutgrube gefunden zu haben. Mit diesem Thema hatte er natürlich die Aufmerksamkeit sämtlicher Klassenkameraden. Umso abenteuerlicher wurden seine Erzählungen darüber, was er alles in dieser Grube gefunden hatte.

Der Busfahrer riss sich nur schwer von dem Anblick der Schüler los und beobachtete die kleine Gruppe von Touristen, die mit dem Minivan gekommen waren.

Da glaubte er sie zu sehen: Mathilde Graufuchs. In angeregter Unterhaltung stand sie einem Mann gegenüber und erklärte ihm etwas auf ihre typische energische Weise. Dann folgte sie dem Mann und stieg doch tatsächlich in den Minivan ein.

Anschließend sah der Busfahrer, dass der Touristenführer Fred Recktenwald das Tor zur Burg abschloss. Das sah nach Feierabend aus. Die Lehrerin hatte sich einfach ohne ihre Schüler aus dem Staub gemacht.

Also brauchte er auch nicht mehr länger zu warten.

Er startete den Bus.

Auf die erstaunten Gesichter der Schüler erklärte er, wo er Mathilde Graufuchs gesehen hatte. Das gefiel seinen jungen Fahrgästen. Umso ausgelassener tobten sie.

Kapitel 32

Wieder saß Mirna am obersten Treppenabsatz. Wieder stand Erik vor der Frage, wie standhaft er bleiben konnte. Musste sie sich so verführerisch vor ihm räkeln? Das machte es ihm schwer. Schnell rief er sich Bernhard ins Gedächtnis. Sein letztes Treffen mit ihm lag gerade erst einen Tag zurück. Die Erinnerung war noch sehr lebhaft.

Damit gelang es ihm, sich zu beruhigen. Erleichtert atmete er durch.«Yannik hat mir den Schlüssel zu seiner Wohnung abgenommen«, schnurrte sie wie ein süßes Kätzchen, das gestreichelt werden will.

»Was hast du ihm angetan?«, fragte Erik, obwohl es ihn nicht interessierte. Aber irgendetwas musste er sagen, um das Knistern zwischen ihnen aufzulösen.

»Ich habe ihm gesagt, dass du mir besser gefällst als er.«

»Dann kann ich Yannik gut verstehen«, gab Erik mit hochgezogenen Augenbrauen zu verstehen.

»Deshalb habe ich keinen Platz zum Schlafen.«

Erik schnaubte – bewusst uncharmant. Doch das hielt Mirna nicht von ihrem Plan ab.

»Ich werde dich nicht mitnehmen«, erklärte Erik deutlicher.

»Du willst mich doch nicht in diesem kalten Flur schlafen lassen«, empörte sich Mirna.

»Du hast ein eigenes Haus in Picard«, erinnerte Erik. »Also hast du es gar nicht nötig, in Hausfluren herumzulungern.«

»Und wie soll ich jetzt nach Picard kommen?«

Erik sah eine Möglichkeit.

»Ich fahre dich«, schlug er vor.

»Das gefällt mir«, jauchzte Mirna. »Mir dir allein, in deinem schönen Auto, bei leiser Musik, durch die Sommernacht.«

»Oh nein! Ich werde Hardrock auflegen und laut stellen, dabei die Klimaanlage so kühl schalten, dass dir sämtliche Flausen im Hirn erfrieren«, schwor Erik.

Mirna lachte herzhaft über seine krampfhaften Versuche, uncharmant zu sein.

Hastig eilte Erik die Treppe wieder hinunter. Die leichtfüßigen Schritte hinter ihm verdeutlichten ihm, dass seine Aussicht auf einen erholsamen Feierabend dahin war. Im Wagen kam die nächste Überraschung. Mirna zog ihre Sandalen aus und streckte die nackten Füße auf das Armaturenbrett.

Sein neues Armaturenbrett.

Erik bekam große Augen.

»Nimm die Füße runter.«

»Gefallen dir meine Füße nicht?«

»Mein Armaturenbrett gefällt mir besser.«

»Netter Versuch.« Mirnas Lachen klang verboten. Und die Füße nahm sie auch nicht runter.

»Außerdem herrscht in meinem Auto Anschnallpflicht«, beharrte Erik weiter, als er sah, dass Mirna immer noch nicht angeschnallt war, obwohl sie bereits die Stadt durchquert hatten und auf die Autobahn auffuhren.

»Niemals!« Mirna lachte. »Ich fessele mich an kein Auto. Ich lebe autark.«

»Hast du dich in der Schule auch so benommen?«, fragte Erik resigniert.

»Wie denn?«

»Dich allem und jedem widersetzt ...«

»Nur den Lehrern.«

»Also hast du.«

»Klar! Ist bei den alten Spießer auch gar nicht anders möglich. Die können mir sowieso nichts sagen. Wenn die meinen, sie könnten auf Sitte und Anstand herumreiten, dann sollen sie ins Altenheim gehen.« Mirna wackelte mit den Zehen.

»Du hast dich doch bestimmt nicht allein gegen die ... alten Spießer ... aufgelehnt.« Diesen Ausdruck verwendete Erik nur widerwillig.

»Eigentlich doch. Bertram Andernach hatte mich von Anfang an auf dem Kieker. Nur mich, wenn du verstehst. Die anderen hat er in Ruhe gelassen. Mich nie. Da war es egal, was ich gemacht habe.« Plötzlich stieß Mirna laut aus: »Willst du mal meine Deutscharbeiten und die Noten dazu sehen? Dann siehst du, was ich meine. Um den ist es wirklich nicht schade.«

»Wer hat dir dabei geholfen, diesen alten Spießer in der Aula aufzuhängen?«, fragte Erik unbeirrt weiter. Inzwischen waren sie schon am Weltkulturerbe der Völklinger Hütte vorbei. Jetzt würde es nicht mehr lange dauern, bis er seine Beifahrerin endlich los war.

Mirna lachte herzhaft. Doch eine Antwort kam nicht.

»Also wer?«

»Ach, Erik! Die Männer würden ja wirklich alles für mich tun.« Erik spürte ihre Hand an seinem Oberschenkel. Angespannt hielt er die Luft an. Das Gefühl war angenehm. Nur ungern schob er ihre Hand wieder weg. »Aber einen Mord verlange ich nicht von ihnen.«

Erik stieß die angehaltene Luft wieder aus. Die Autobahn war leer um diese Zeit. Ihre Fahrt verlief ruhig. Die Musik im Radio hatte er doch nicht laut aufgedreht. Leise schnurrte Alicia Keys ihren Song *No One* – leise Töne, die sanft in die Sommernacht klangen.

Wieder landete Mirnas Hand auf seinem Oberschenkel. Eine erotische Anspannung lag in der Luft.

Erik schüttelte die Hand ab.

»Ich weiß eine ganze Menge über dich«, drang Mirnas Stimme zart an sein Ohr.

Nun breitete sich Gänsehaut über seinen ganzen Körper aus.

»Du kommst aus Köln. Hast dort drei Brüder. Deine Mutter lebt auch noch.«

Erik hörte ihr nur schweigend zu.

»Auch weiß ich, dass du schon mal verheiratet warst. Aber deine Frau ist tödlich mit dem Auto verunglückt.«

Eriks Gesichtszüge verkrampften sich. Die Knöchel an seinen Händen stachen weiß hervor.

»Außerdem weiß ich, dass du in Köln einen Einsatz versiebt hast.«

Erik fühlte sich peinlich berührt, durchleuchtet. »Woher weißt du das alles?«

»Steht alles im Internet.«

Der gläserne Mensch, schoss es Erik durch den Kopf.

Plötzlich spürte er Mirna ganz nah neben sich. »Komm noch mit zu mir nach Hause«, flötete sie. »Dort können wir uns noch viel besser kennenlernen.«

»Nein, Mirna. Ich werde dich zuhause absetzen und weiter nichts.«

Mirna zog einen Schmollmund, ließ sich jedoch zu Eriks Überraschung auf den Beifahrersitz zurücksinken.

Der Rest der Fahrt verlief schweigend.

Als sie Mirnas Haus in Picard erreichten, atmete Erik innerlich auf. Er hielt an und drehte sich zu ihr um.

Der Kuss kam so schnell, dass er ihn nicht verhindern konnte.

Erschrocken wich er zurück.

Mit einem vergnügten Kichern stieg Mirna aus dem Wagen, warf Erik noch einen Kusshand zu und steuerte die Tür an der Seite ihres Hauses an.

Erik wollte Gas geben, wollte nur noch verschwinden. Doch da sah er eine Männergestalt aus den Hecken springen und Mirna am Arm packen.

Unwillkürlich schnallte er sich ab, sprang aus dem Wagen und sprintete los. Doch der verflixte Kerl verschwand so schnell in der Dunkelheit, wie er gekommen war. Erik konnte nicht erkennen, wohin. Dafür hörte er laut und deutlich Mirnas Lachen. Hatte sie ihn in eine Falle gelockt?

Erschrocken drehte er sich um und fragte: »Wer war das?«

»Fred«, antwortete Mirna.

»Genauer bitte.«

»Fred Recktenwald.«

»Warum lauert er dir in der Dunkelheit auf?«

»Ich weiß es nicht.« Mirna rieb sich über die Arme als fröre sie. »Du hast mich gerettet. Vielleicht ist es das Beste, du bleibst heute Nacht bei mir. Als Beschützer. Wer weiß, ob ich hier nicht in großer Gefahr schwebe …«

Wütend schnaubte Erik, stieg in seinen Wagen und fuhr davon.

Kapitel 33

Else Ganter lehnte sich mit einem Seufzer zurück. Endlich war der Film zu Ende. Warum sie bis zum Ende vor dem Fernseher sitzen geblieben war, wusste sie selbst nicht. Vielleicht lag es an der Müdigkeit. Bei dieser Hitze, die sogar in der Nacht kaum nachlassen wollte, fühlte sie sich ständig müde. Dabei war der Sommer ihre liebste Jahreszeit. Nur dieser Sommer strapazierte sogar ihre Liebe zur Sonne.

Gernot schnarchte auf dem Sofa. Er hatte mal wieder die Hälfte des Films nicht mitbekommen. Was für ein glücklicher Mensch. Er konnte immer schlafen. Ob es heiß war oder kalt. Ob es regnete oder schneite. Sogar bei Vollmond. Gernot war einfach zu beneiden.

Else stand auf, streckte ihre müden alten Knochen und ging durch den Rundbogen in die Küche. Die Tür zur Terrasse stand offen, um Luft hereinzulassen, die gar nicht wehte.

Else liebte das Leben auf der Delt – ein Neubeugebiet in Saarlouis-Picard. Ein Leben lang hatten Gernot und sie dafür gespart, sich später mal diesen Luxus leisten zu können. Das Haus war modern gebaut – die Architekten hatten sich bei der Bauweise selbst übertroffen. Dazu ein großer Garten mit Gartenhaus und kleinem, künstlich angelegten See mit Springbrunnen. Das ständige Plätschern des Wassers konnte Else beruhigen, einlullen, zum Träumen bringen.

Sie trat auf die Tür zu, wollte sich noch ein wenig an den kleinen See setzen und die Ruhe genießen.

Doch was war das?

Bellte die kleine Hündin von nebenan immer noch? Schon vor Stunden war Else das jämmerliche Bellen der Hündin Penelope aufgefallen. Ihre Nachbarin Mathilde Graufuchs sorgte sich normalerweise rührend um ihre Hündin. Doch heute hörte es sich nicht gut an.

Else warf einen Blick über den Gartenzaun. Aber das einzige, was sie von ihrem Standpunkt aus sehen konnte, war der Zaun von Mathilde Graufuchs' Haus. Die Lehrerin liebte das Leben in der Abgeschiedenheit und das machte sie mit ihrem extrahohen Zaun deutlich.

Else war das nur recht. Sie wollte auch keine Nachbarn, die ständig vor ihrer Tür standen. Aber diese Gefahr bestand hier auf der Delt nicht. Hier stand sich jeder selbst am nächsten.

Nur das Bellen der kleinen Hündin machte Else nun doch stutzig.

Sie kehrte ins Haus zurück, steuerte das Sofa im Wohnzimmer an, auf dem Gernot immer noch laut schnarchte. Mit einem heftigen Rütteln gelang es ihr zumindest, dass das Schnarchen aufhörte. Aber aufwachen tat Gernot noch lange nicht.

Else hielt inne, schaut hinab auf ihren schlafenden Mann und dachte nach, was sie tun sollte. Penelopes Bellen hörte sie jetzt bis ins Wohnzimmer. Es klang herzerweichend.

Da stimmte etwas nicht.

Nun rüttelte sie erst richtig heftig an ihrem Mann, dass er aufwachte, gründlich erschrak und vom Sofa fiel. Dabei riss er sämtliche Kissen und Decken mit sich auf den Boden.

»Was soll das, mich zu wecken?«, murrte er schlaftrunken.

»Bei unserer Nachbarin stimmt etwas nicht«, erklärte Else.

»Bei welcher?«

»Bei Mathilde Graufuchs.«

»Was soll der alten Hexe passieren?«, fragte Gernot unfreundlich. »So eine wie die gerät nicht in Gefahr. Die bringt höchstens andere in Gefahr.«

»Ich glaube, jetzt wirst du unfair«, verteidigte Else ihre Nachbarin. »Penelope bellt schon seit Stunden. Das ist nicht normal.«

»Wer ist Penelope?«

»Mathildes Hündin«, antwortete Else und übte sich in Geduld.

»Bei so einem Frauchen muss der arme Hund doch bellen.« Für Gernot war das Thema damit erledigt.

»Dummkopf. Mathilde versorgt ihre Hündin immer gut. Deshalb mache ich mir Sorgen.«

Gernot bettete sich wieder gemütlich auf das Sofa.

»Ich gehe jetzt rüber und schaue nach«, sprach Else weiter.

Keine Reaktion von Gernot. Er war wieder eingeschlafen.

Also ging sie allein.

Das Haus der Nachbarin sah von vorne ganz dunkel aus, als sei niemand zuhause. Das empfand Else bereits als merkwürdig, weil sie genau wusste, dass die Lehrerin abends immer zeitig ins Bett ging. Bei einer der wenigen Unterhaltungen, die sie bisher geführt hatten, war das Thema mal zur Sprache gekommen.

Else ging an der Seite des Hauses vorbei. Der hohe Zaun stand ein kleines Stück von der Hauswand entfernt. Der Spalt genügte, um sich hindurch zu quetschen. Die Versuchung war groß. Else schaute sich wie eine Diebin um. Niemand da.

Schwups, stand sie auf dem fremden Grundstück.

Zum ersten Mal sah Else, wie es hinter dem blickdichten Zaun aussah. Die Größe des Gartens überwältigte sie. Und dazu noch ein Swimmingpool. Als Lehrerin musste man wirklich viel Geld verdienen. Else ging um den Pool herum, bis sie an ein Fenster in Augenhöhe gelangte. Dort schaute sie hinein.

Sofort sah sie, dass der Fernseher lief.

Erschrocken wich sie zurück. Sie hatte vorschnell gehandelt.

Auf dem gleichen Weg, wie sie gekommen war, eilte sie wieder davon.

Auf der Straße empfing sie Gernot mit wütend funkelnden Augen, als sie sich durch den Spalt zwischen Hauswand und Zaun hindurch quetschte.

»Bist du völlig von Sinnen? Sowas nennt man Hausfriedensbruch«, flüsterte er wütend.

Else wagte sich nicht zu widersprechen. Schweigsam ging sie vor ihrem Mann ins Haus und versuchte Penelopes Bellen zu ignorieren. Doch das wollte ihr nicht gelingen. Wie eine Tigerin im Käfig durchstreifte sie ihr Haus, blieb immer wieder an der Terrassentür stehen und lauschte. Die kleine Hündin bellte ohne Pause.

Warum war sie so erschrocken, als sie den laufenden Fernseher durch die Fensterscheibe gesehen hatte? Jetzt ärgerte sich Else über ihr eigenes dummes Verhalten. Sie hätte genauer hinschauen sollen. Womöglich hatte Mathilde den Fernseher extra für den Hund eingeschaltet. Das wäre doch möglich, überlegte Else. Schließlich gab es auch Leute, die das Radio sogar für ihre Pflanzen laufen ließen.

Statt sich nach ihrer heldenhaften Tat besser zu fühlen, fühlte sie sich noch schlechter. Sie ahnte, dass Mathilde Graufuchs Hilfe brauchte, doch sie hatte alles vermasselt.

Kapitel 34

Die Dunkelheit kroch langsam über das Land. Nach und nach gingen die Lichter der Orte Felsberg, Beaumarais, Picard und Saarlouis an. Der Kirchturm von Felsberg wurde angeleuchtet. Ein Anblick, der eigentlich schön war, der in diesem schrecklichen Augenblick jedoch keine Freude auslöste.

Mathilde Graufuchs konnte sich nicht bewegen. Ihre Arme waren gewaltsam nach hinten gezerrt und an einer Eisenstrebe zusammengebunden worden. Das trieb ihr ein schmerzhaftes Pochen in die Schultern, dessen Heftigkeit immer weiter zunahm. In ihrem Mund steckte etwas Ekelhaftes. Sie hatte Mühe nicht zu würgen. Sie richtete ihre Augen starr auf die Lichter, hoffte, dass jemand sich verbotenerweise in dieser Nacht auf die Teufelsburg schlich und sie fand. Schweiß lief ihr an Brust und Rücken herunter, rann in ihre Unterhose. Sie roch fürchterlich ungepflegt, ein Geruch, der ständig in ihrer Nase hing. Sie ekelte sich vor sich selbst. Die Nachtluft schaffte kaum eine Abkühlung. Die fürchterliche Hitze des Tages hatte auch die Nacht so erwärmt, dass das ständige Schwitzen weiterging. Ihre Kleider waren durchnässt, was in ihr ein Wechselbad zwischen neuem Schweißausbruch und Schüttelfrost auslöste. Das Zittern zog sich mit jedem Mal länger hing. Damit ging gleichzeitig eine Mutlosigkeit einher, die sie auf keinen Fall zulassen durfte. Nicht aufgeben, rief sie sich ins Gedächtnis. Aber es fiel ihr immer schwerer.

Sie rüttelte schon lange nicht mehr an ihren Fesseln. Ihre Handgelenke schmerzten, sie waren bestimmt schon wund gerieben. Auch war der Druck um ihren Hals immer stärker geworden. Ihre Verzweiflung wuchs mit jeder Sekunde, die ihr wie Stunden vorkamen. Sie versuchte, nicht zu weinen, weil sonst ihre Luft, die sie nur durch die Nase einatmen konnte, zu knapp wurde. Und doch entfuhren ihr ständig Schluchzer, die in dem ekelhaften Knebel stecken blieben.

Sie senkte den Kopf. Sofort überfielen sie Schwindelanfälle.

Wie viele Stunden hatten sie schon nichts mehr gegessen – und nichts mehr getrunken?

Mit Schrecken fiel ihr Penelope ein, ihre kleine Hündin. Sie war ganz allein, niemand versorgte sie. Sie würde sich fürchten. Sie hatte ihrer Hündin zwar den Fernseher angelassen, damit sie sich nicht so einsam in dem großen Haus fühlte. Aber was konnte schon ein laufender Fernseher gegen Hunger und Durst ausrichten. Blieb für Mathilde Graufuchs nur die Hoffnung, dass Penelope bellte und damit auf sich aufmerksam machte.

Wieder ein neuer Hoffnungsschimmer!

Penelope.

Mathilde hob ihren Kopf und schaute auf die Lichter der umliegenden Ortschaften.

Else Ganter, ihre Nachbarin, war krankhaft neugierig. Bestimmt würde sie nachsehen, warum ihre Hündin bellte. Mathilde spürte, wie wieder Leben in ihren Körper zurückkehrte. Dieser Gedanke war wie ein Energieschub. Sie würde durchhalten. Und dann würde sie es diesem Taugenichts mal zeigen, der sie mit seinem hämischen Lachen überwältigt und gefesselt hatte. Das sollte der letzte Triumph in seinem Leben gewesen sein.

Kapitel 35

Die Botschaft ließ Erik aufstöhnen. Todmüde und übernächtigt hatte er sich aus seinem bequemen Bett gequält, um rechtzeitig auf der Dienststelle einzutreffen. Und warum? Um sofort wieder den gleichen Weg zu seinem Appartementhaus in der Brauerstraße zurückzufahren.

»Wir werden mit Yannik Hoffmann sprechen«, wies Schnur an und steuerte schon den Ausgang des Büros an, da hatte Erik es noch gar nicht richtig betreten.

»Warum diese Eile?«

»Weil alle DNA-Abgleiche bisher kein Ergebnis gebracht haben. Und der einzige, der in unseren Ermittlungen immer wieder auftaucht, bisher aber nicht getestet wurde, ist Yannik Hoffmann«, erklärte Schnur.

»Ist er verdächtig?«

»Aufwachen, Erik!«, rief Schnur. »Natürlich ist er verdächtig. Hast du schon wieder vergessen, was wir bereits ermittelt haben? Hinzu kommt, dass er auf dem Max-Planck-Gymnasium in Saarlouis zwei Anläufe gebraucht hat, um das Abitur zu schaffen. Er war – du wirst es nicht glauben – ein Schüler von Bertram Andernach.«

»Deshalb bringt er ihn doch nicht erst Jahre später um«, zweifelte Erik.

»Nein. Aber wir wissen ja, wie er zu Mirna steht. Vielleicht hat ihre Erfahrung mit Bertram Andernach in ihm eine Art Flashback ausgelöst.«

»Das klingt für mich nach dem berühmten Strohhalm, wenn man nicht mehr weiter weiß.«

Schnur blieb abrupt stehen, drehte sich um und fragte: »Hast du eine bessere Spur?«

»Nein«, antwortete Erik erschrocken über die Heftigkeit der Reaktion.

»Also! Jetzt werden wir uns die Probe nehmen. Dann sehen wir ja, ob das wirklich ein Strohhalm ist oder ein Volltreffer.«

Das Appartementhaus sah noch genauso aus, wie Erik es vor wenigen Minuten verlassen hatte. Die Yankees verharrten immer noch vor dem Drogenhilfezentrum. Einige versteckten sich in Hecken, andere spritzten sich hemmungslos auf der Straße. Einige Prostituierte machten Feierabend und torkelten in ihr Zuhause, das im gleichen Gebäude wie das Drogenhilfezentrum lag.

Schnur besah sich das Treiben und meinte entmutigt: »Und diese Maßnahme soll Süchtigen helfen, von der Droge wegzukommen?«

Erik zuckte nur mit den Schultern.

Schnur drückte auf den Klingelknopf von Yanniks Wohnung.

Fast im gleichen Augenblick ertönte der Türsummer.

Sie traten aus der trockenen Hitze in ein kühles Treppenhaus. Der Fahrstuhl funktionierte nicht. Unter Schnaufen stiegen sie die Treppen hoch zum fünften Stock.

Dort stand Yannik Hoffmann bereits in der Tür. Seine Augen wurden groß, als er sah, wer ihn besuchte.

»Sie?«

»Ja, wir«, kam es von Schnur, obwohl seine Luft inzwischen knapp war.

»Mirna ist nicht hier«, erklärte Yannik sofort, ohne gefragt worden zu sein. »Das müssten Sie aber wissen.« Dabei fixierte er Erik. »Sie haben sie doch gestern Abend nach Picard gefahren.«

Schnur warf Erik einen fragenden Blick zu.

»Woher wissen Sie das?«, fragte Erik erschrocken. »Nach Mirnas Aussage waren Sie gestern Abend nicht zuhause.«

»Mirna ist eben raffiniert«, entgegnete Yannik. »Natürlich war ich zuhause. Wir hatten uns gestritten – und zwar Ihretwegen.«

Erik wollte nicht darüber sprechen, weil sein Vorgesetzter dabei stand. Doch Yannik nahm darauf keine Rücksicht, sondern berichtete munter weiter: »Sie hat Sie mit Ihrem Auto vorfahren sehen. Sofort ist sie ins Treppenhaus, um Ihnen aufzulauern. Ich konnte nichts dagegen tun.«

»Haben Sie unser Gespräch im Flur belauscht?«

Yannik nickte.

»Und warum haben Sie nicht auf sich aufmerksam gemacht, als ich sie nach Picard fahren wollte?«

»Warum hätte ich das tun sollen?« Yannik klang resigniert. »Mirna hat sich in den Kopf gesetzt, dass sie einen Bullen verführt. Und was sie sich vornimmt, das kriegt sie auch.«

»Das werden wir noch sehen.«

»Wollen wir nicht erst mal reingehen?« Mit dem Vorschlag unterbrach

Schnur das Geplänkel. »Oder sollen alle im Haus mitbekommen, was hier los ist?«

Damit hatte er Yannik schnell überzeugt.

Sie traten in eine kleine, schlauchähnliche Wohnung – Eriks eigenem Appartement nicht unähnlich. Der Balkon zeigte auf die Brauerstraße. Der Lärm der Drogensüchtigen, die gerade in einen Streit verwickelt waren, drang bis in den fünften Stock.

»Wir sind nicht wegen Mirna hier, sondern Ihretwegen«, erklärte Jürgen Schnur, kaum dass die Tür zugefallen war.

»Warum? Ich habe nichts getan.«

»Sie haben von dem Mord an Bertram Andernach schon gewusst, bevor wir am Tatort eingetroffen sind. Und sowas stimmt uns nachdenklich.«

Yanniks Augen wurden groß.

»Wissen Sie, wir haben uns gefragt, wer schon vor uns von einem Mord wissen kann. Und die Antwortet lautet: Der Mörder.«

»So war das nicht«, stammelte Yannik los.

»Dann klären Sie uns bitte auf.«

»Mirna und ich hatten einen Anruf bekommen …«

»Von wem?«

»Das weiß ich nicht mehr.«

»Das finden wir raus – stellen Sie sich mal vor.«

»Okay. Es war Lara Ferringer.«

»Warum tut sie so etwas?«

»Ich glaube, die Mieze ist scharf auf mich.« Yanniks Gesicht lief rot an.

»Klar! Sie kennen sich noch aus gemeinsamen Schulzeiten.«

Jetzt lief Yanniks Gesicht dunkelrot an.

»Sie wissen ja eine ganze Menge über mich«, schnaufte er.

»Natürlich wissen wir eine Menge über Sie – schließlich sind wir die Polizei.«

»Aber …« Yannik versagte die Stimme. »… warum interessiert sich die Polizei ausgerechnet für mich?«

»Ganz einfach: Sie haben das Abi einmal versiebt, weil Sie in Bertram Andernachs Fächern nicht die Mindestpunktzahl erreicht haben.«

»Aber das ist doch Schnee von gestern. Jetzt bin ich sogar schon auf der Uni. Dieser Andernach kann mir gestohlen bleiben.«

»Dann kommt Mirna Voss in Ihr Leben«, sprach Schnur unbeirrt weiter. »Sie lieben diese wunderbare Frau und was geschieht? Sie leben mit Mirna dasselbe noch einmal durch, was Sie vor Jahren selbst mitgemacht haben. Mit Mirna kommt alles noch mal hoch. Das lässt Sie doch bestimmt nicht kalt.«

»Ich habe Bertram Andernach nicht aufgehängt«, wehrte sich Yannik nur noch schwach.

»Wenn das so ist, dann haben Sie bestimmt nichts dagegen, bei uns vorbeizukommen und eine DNA-Probe abzugeben.«

Yannik schüttelte den Kopf.

»Schön. Das wäre also schon mal geklärt«, meinte Schnur und fragte weiter: »Warum ruft Lara Ferringer ausgerechnet Sie an, um Ihnen von dem toten Lehrer zu berichten?«

Yannik dribbelte nervös hin und her und antwortete: »Sie konnte den Andernach nicht leiden, weil er sie erst vor kurzem ziemlich blamiert hatte. Die Sache hatte wohl noch jeder aus der Schule gut im Gedächtnis. Deshalb wollte sie, dass ich ihn so filme und ins Internet stelle – Sie wissen schon, mit runtergelassener Hose. Aber nicht nur mit Handy, sondern mit einer richtigen Kamera, damit die Bilder auch richtig scharf werden und man darauf alles erkennen kann.«

»Okay. Wir werden das überprüfen«, stellte Schnur klar. »Und Sie kommen zu uns zur DNA-Untersuchung. Wenn nicht, dann kommen wir zu Ihnen – und das sieht für Sie nicht gut aus.«

Yannik nickte schwach.

Jürgen Schnur und Erik Tenes verließen die Wohnung und das Appartementhaus. Schnell stiegen sie in den Dienstwagen ein, schalteten die Klimaanlage an und machten sich auf den Rückweg zur Kriminalpolizeiinspektion.

Kaum hatte Erik sich in den Verkehr eingefädelt, da drang ihm die Frage ans Ohr, die er lieber nicht gehört hätte: »Was hat das zu bedeuten, dass du mit Mirna in der Nacht allein durch die Gegend fährst?«

»Ich bin nicht mit Mirna allein durch die Gegend gefahren, sondern habe sie nach Hause gebracht«, korrigierte Erik.

»Warum muss ich dabei an den Gesang der Sirenen denken, denen selbst Odysseus kaum widerstehen konnte?« Damit überging Schnur einfach Eriks Kommentar.

»Das siehst du falsch«, wehrte sich Erik.

»Klar. Seit ich dein Vorgesetzter bin, sehe ich alles falsch«, gab Schnur gelassen zurück.

Erik verstummte. Er durfte Jürgen Schnur nicht unterschätzen. Außerdem wollte er auch die Freundschaft nicht riskieren. Deshalb zog er es vor, nichts zu erwidern.

»Warum hast du Mirna Voss nach Picard gefahren, wo sie doch in der Wohnung neben deiner – bei Yannik Hoffmann wohnt?«

»Sie sagte, sie hätte keinen Schlüssel zu der Wohnung. Also habe ich sie in Picard vor ihrem Haus abgesetzt. Dann bin ich wieder gefahren.«

»Sonst war nichts?«

»Doch«, fiel Erik wieder ein. »Ein Mann hat ihr aufgelauert.«

»Aufgelauert?«

»Ja. Er kam plötzlich aus dem Gestrüpp. Als ich mit ihm sprechen wollte, ist er weggerannt.«

»Das ist mehr als seltsam. Wer war dieser Mann?«

»Nach Mirnas Auskunft war es Fred Recktenwald, ihr Nachbar.«

Schnur überlegte kurz, bevor er sagte: »Der Name taucht in einem der Berichte auf, die Andrea geschrieben hat. Was wissen wir über ihn?«

»Nicht viel«, gestand Erik.

»Dann wirst du ab sofort mehr über Fred Recktenwald herausfinden.«

Kapitel 36

Günter Laug hastete mit trockener Kehle und zittrigen Knien in Richtung Sporthalle. Die Unterrichtsstunde war ihm so schwer gefallen wie noch nie. Er konnte sich einfach nicht konzentrieren. Die Schüler hatten das gemerkt und keine Gelegenheit ungenutzt verstreichen lassen, ihn zu hänseln.

Seit Andernachs Ermordung war seine Kollegin Mathilde Graufuchs nicht mehr zum Dienst erschienen. Angeblich konnte sie sich nicht überwinden, an diesen schrecklichen Ort zurückzukehren. Doch heute war sich Laug nicht mehr so sicher, ob diese Erklärung der Wahrheit entsprach. Womöglich fürchtete sich Mathilde Graufuchs, das nächste Opfer zu sein, wagte sich aber nicht, das vor den Kollegen auszusprechen.

Laug bekam diesen unangenehmen Gedanken nicht mehr aus dem Kopf. Das lag wohl daran, dass Mathilde sich an diesem Morgen nicht abgemeldet hatte. Sie fehlte unentschuldigt. Das entsprach nicht ihren Vorstellungen von Pflichtbewusstsein, die sie jedem predigte, ob er es hören wollte oder nicht.

Laug bemerkte die bösen Blicke der Schüler, die er im Eilschritt passierte. Umso getriebener fühlte er sich – wie ein gehetztes Tier. Ein Bier würde seine Nerven wieder beruhigen. Deshalb durfte ihn jetzt nichts und niemand aufhalten.

»Johnny Walker«, begann einer der Schüler laut zu singen.

Laug kannte das Lied. Es war von Marius Müller-Westernhagen.

»Du bist mein bester Freund«, sangen inzwischen mehrere Stimmen.

»Johnny Walker, du hast mich nie enttäuscht!« Die Stimmen hoben an, wurden immer lauter.

Laug schaute sich um und sah nur hämische Gesichter.

»Johnny Walker – komm her und tröste mich«, ging der Text weiter. Dann brachen sie abrupt ab und lachten so laut, dass es in Laugs Ohren dröhnte.

Oder fürchtete sich Mathilde vor den Schülern? Dieser Gedanke drängte sich ihm nahezu auf. Seit dem Tod des Kollegen war die Stimmung umgeschlagen. Aus Gleichgültigkeit wurde Hass – eine bedrohliche Entwicklung. Die Schüler fühlten sich mächtiger denn je. Sollte wirklich einer von ihnen zu dieser schrecklichen Tat fähig gewesen sein? Der Gedanke machte seinen Durst noch quälender. Er beschleunigte seine Schritte, wagte sich nicht, hochzuschauen. Er war durchschaut. Genau das würden ihm die Gesichter der Schüler sagen. Das war peinlich. Er fühlte sich durchleuchtet, hilflos, nackt. Dabei war er doch immer vorsichtig gewesen.

Was wussten sie noch über ihn?

Sein Verfolgungswahn bekam neues Futter. Wenn Bertram Andernach den Schülern zum Opfer gefallen war – wer war der Nächste?

Er sperrte die Tür zur Sporthalle auf, rannte an der gläsernen Wand vorbei in Richtung Lagerraum, wo der Kühlschrank stand. Seit der Hausmeister nicht mehr zum Dienst erschien, hatte sich Laug aus dem Versteck einen Selbstbedienungsladen gemacht. Solange die Vorräte reichten, brauchte er sich zumindest über Nachschub keine Gedanken zu machen.

Seine Sorge um Mathilde Graufuchs genügte schon. Dabei ging es ihm nicht um die Kollegin, die ihn ständig aufzog, weil er in ihren Augen zu viel trank. Nein. Ihr Fernbleiben verkörperte die Gefahr, die seit dem verhängnisvollen Tag an dieser Schule herrschte.

Täglich wuchs die Anspannung.

Er fühlte sich verfolgt und beobachtet. Egal, was er tat, ihn beschlich ständig das Gefühl, nicht allein zu sein. Auch hier schaute er sich ängstlich um. Diese Turnhalle barg viele Verstecke. Überall standen Turngeräte, hinter denen sich jemand verschanzen konnte. Außerdem lagen mehrere kleine Räume dicht nebeneinander. Sie waren so dunkel und so überfüllt – ideal zum Auflauern.

Sein Herz setzte aus vor Schreck. So etwas durfte er nicht denken, sonst drehte er durch.

Hastig sperrte er die Tür hinter sich ab.

Das gab ihm sofort ein Gefühl der Erlösung. Und dazu noch ein kühles Bier und es gelang ihm wieder, sich zu beruhigen. Zumindest für den Augenblick.

Er suchte die Visitenkarte, die Hauptkommissar Schnur ihm gegeben hatte, und rief mit seinem Handy dessen Nummer an.

Zu seiner Überraschung erreichte er den Hauptkommissar sofort persönlich. Er berichtete ihm vom unentschuldigten Fernbleiben der

Kollegin Mathilde Graufuchs. Die Reaktion des Polizisten fiel anders aus, als er erwartet hatte. Schnur bedankte sich nur und beendete das Gespräch.

Aber was hatte Günter Laug auch erwartet? Dass die Polizei ihm Einblick in ihre Arbeit gewährte? Er lachte über sich selbst, trank sein Bier aus und machte sich auf den Weg zum Schulgebäude. Die nächste Unterrichtsstunde stand ihm bevor. Bei dem Gedanken, welche Klasse er jetzt unterrichten würde, schlich sich ein zufriedenes Schmunzeln über seine Lippen. Die blonde, kecke Lara Ferringer hatte sich auch bei ihrem zweiten Versuch, das Abitur zu schaffen, für seinen Kurs angemeldet. Das schmeichelte ihm natürlich.

Kapitel 37

»Was hast du über Fred Recktenwald herausgefunden?« Mit dieser Frage stürmte Schnur in Eriks Zimmer.

»Eigentlich nichts Auffälliges.«

»Dann möchte ich die unauffälligen Fakten wissen.«

»Fred Recktenwald lebt schon seit Ewigkeiten in Saarlouis-Picard.«

»Was soll das heißen?«

»Dass er als Baby adoptiert worden ist. Seine Adoptivmutter kommt aus Picard.«

»Wissen wir, wer die leiblichen Eltern sind und warum er adoptiert wurde?«

»Das war vor vierzig Jahren«, erklärte Erik schlau, was Schnur ein genervtes Stöhnen entlockte. »Ich kann auch rechnen.«

»Schon gut, schon gut! Wir haben im Saarlouiser Melderegister nachgefragt. Dort ist Fred Recktenwald als Ferdinand Recktenwald eingetragen.«

»Das ist endlich mal eine klare Aussage«, lobte Schnur, »auch wenn es nicht gerade die Antwort ist, die ich erwartet hätte. Also wurde das Kind erst nach der Adoption gemeldet?«

Darauf konnte Erik nur mit den Schultern zucken.

»Darüber muss es etwas auf dem Jugendamt in Saarlouis geben«, insistierte Schnur.

»Nein. Dort haben wir auch nachgefragt. Die haben nichts gefunden. Sie behaupten, dass in der Zwischenzeit Hochwasser gewesen wäre, das alle Akten zerstört hätte.«

»Aha. Hochwasser?« Schnur rieb sich über das Kinn und fügte an: »Okay. Was haben wir noch über Fred Recktenwald?«

»Mit vier Jahren ist er von einem Traktor gefallen und hat sich dabei schwer am Kopf verletzt. Er lag einige Tage im Koma.«

»Ist das für uns wichtig?«

Erik zuckte die Schultern und antwortete: »Damals hieß die Diagnose Schädelfraktur. Ich habe unserem Gerichtsmediziner den alten Krankenhausbericht gezeigt und er meinte, nach heutigen Untersuchungsstandards wäre eine genauere Diagnose möglich.«

»Warum? Ich verstehe nicht, warum die Krankengeschichte für uns von Bedeutung ist.«

»Weil sie etwas über seine Verfassung verraten könnte«, antwortete Erik genauso ungeduldig wie sein Vorgesetzter. »Heute gibt es Begriffe wie Schädel-Hirn-Trauma oder Posttraumatische Störung und Ähnliches. Immerhin hat der Junge sich am Kopf verletzt.«

»Eine alte Kopfverletzung macht Fred Recktenwald zum Verdächtigen?« Schnurs Zweifel wuchsen.

»In dem alten Krankenhausbefund heißt es, Fred Recktenwald habe sich massiv an der Stirn verletzt. Das nennt man nach neuen Erkenntnissen *Frontalhirnsyndrom*«, setzte Erik zu einer genauen Erklärung an. »Nach unserem Gerichtsmediziner gibt es den *Präfrontalen Cortex* und den *Dorsolateralen Cortex*, wobei der Unterschied darin besteht, dass in diesen beiden Fällen unterschiedliche Hirnareale verletzt und zerstört worden sind. Während Menschen mit Dorsolateralem Cortex hauptsächlich Einschränkungen der Intelligenz beklagen, leiden Menschen mit Präfrontalem Cortex an Persönlichkeitsveränderungen wie Unfähigkeit zu Emotionalität, Triebenthemmung, situationsunangemessene Euphorie und Missachtung sozialer Normen. Wenn die Verletzungen die präfrontale Rinde betreffen, kann es passieren, dass sich der Gerechtigkeitssinn ausschaltet. Dabei entstehen Symptome wie Hyperaktivität und Unaufmerksamkeit. Es mangelt dem Betroffenen an den Botenstoffen im Frontallappen, die dafür zuständig sind, Reize zu filtern, Selbststeuerung zu beeinflussen und Motivation und Aufmerksamkeit zu koordinieren. Auf Deutsch heißt das, dass es zu unverhältnismäßigen Aggressionen kommen kann, ausgelöst durch Provokation.«

»Dazu müsste Bertram Andernach also der Provokateur gewesen sein.«

»Genau.«

»Nur wann? Vor vierundzwanzig Jahren, als er noch Fred Recktenwalds Lehrer war? Wohl kaum.«

Erik schnaubte enttäuscht.

»Hast du sonst nichts gefunden, was uns einen Hinweis darauf geben könnte, dass er durch diesen Unfall irgendwelche Beeinträchtigungen erlitten hat?«

»Doch. Zum Beispiel hat er das Max-Planck-Gymnasium besucht, aber die Mittlere Reife nicht geschafft.«

»Das passiert auch Schülern, die nicht auf den Kopf gefallen sind.«

»Dann hat er in keinem Job durchgehalten – ist immer nach kurzer Zeit rausgeflogen.«

»Dafür gibt es Hartz IV«, murrte Schnur. »Und die sind auch nicht alle auf den Kopf gefallen.«

»Ich gebe auf«, gestand Erik. »War halt ein Gedanke, dass da der Hund begraben liegt.«

Schnur erwiderte: »In einem demolierten Kopf?«

»Ja. Persönlichkeitsveränderungen. Neigung zur Gewalt. Oder solche Dinge. Ich kenne mich mit dem menschlichen Gehirn nicht aus. Ein Arzt könnte da mehr sagen.«

»Darauf komme ich zurück, wenn es nötig werden sollte.«

Damit musste sich Erik zufrieden geben.

Schnur rieb sich über sein Kinn. Die ersten roten Barthaare wuchsen schon wieder. Erik schmunzelte bei dem Anblick. Als Schnur seinen Blick bemerkte, fragte er: »Kommt der verräterische Bart wieder durch?«

»Ja. Aber warum sträubst du dich so vehement gegen den Spitznamen *Barbarossa*?«, fragte Erik. »Mich würde so ein Spitzname ehren. Mich nannte man früher *Langer*. Das klingt ja nun wirklich langweilig.«

»Es liegt wohl daran, dass ich diesen Spitznamen in einer Zeit bekam, in der ich mich in der Pubertät befand, mich insgesamt nicht wohl gefühlt habe in meiner Haut und ständig auf der Suche nach Bestätigung war«, antwortete Schnur. »Und dieser Spitzname kam mir wie ein herber Rückschlag vor.«

»Dabei war Barbarossa schon mit dreiunddreißig der Kaiser des Heiligen Römischen Reiches Deutscher Nation.« Erik schüttelte den Kopf. »Du bist bescheiden – nennst den höchsten Adelstitel herben Rückschlag.«

»Das ändert aber nichts daran, dass ich gern mehr über Fred Recktenwald erfahren würde«, lenkte Schnur ab. »Über Barbarossa weiß ich so ziemlich alles, wie du dir wohl denken kannst. Man will ja wissen, mit wem man auf gleiche Stufe gestellt wird.«

Erik lachte und konzentrierte sich wieder auf den dienstlichen Teil ihres Gesprächs. »Über Reckenwald gibt es nur einen Eintrag, und zwar Führerscheinentzug wegen Alkohol. Den Führerschein hat er niemals zurückverlangt.«

»Sehr seltsam.« Schnur rümpfte die Nase. »Heutzutage ohne Führerschein – das kann ich mir gar nicht vorstellen.«

»Das könnte doch auch ein Hinweis auf seine psychische Verfassung sein«, spekulierte Erik. »Ein traumatisierter Mensch hat vermutlich mehr Angst als ein gesunder.«

»Du hättest Gehirnchirurg werden sollen«, wandte Schnur ein.

»Ich denke über eine Umschulung nach«, feixte Erik und las weiter in seinen Notizen: »Er hat eine Weile in Saarlouis in einer Sozialwohnung gelebt, ist vor vier Jahren nach Picard zurückgekehrt. Dort mietet er ein Haus, das nach einem Todesfall der Stadt Saarlouis zugefallen und dort in Vergessenheit geraten war. Dieser Mietvertrag kam auf Recktenwalds Initiative hin zustande.«

»Ich hatte mir mehr erhofft«, gestand Schnur.

»Ich bin ja noch nicht fertig«, murrte Erik. »Recktenwald war nach den vorhin erwähnten gescheiterten Arbeitsversuchen Langzeitarbeitsloser. Doch das Glück hat ihn nicht verlassen. Die Fördergemeinschaft Teufelsburg e.V. aus Überherrn bot ihm eine Stelle als Touristenführer auf der sogenannten Teufelsburg an.« Erik blickte auf und fragte: »Weißt du, was das sein soll?«

»Klar.« Schnur lachte. »Die Teufelsburg ist eine Kampfburg aus dem vierzehnten Jahrhundert, die in den sechziger Jahren durch die Initiative von Ehrenamtlichen wieder freigelegt und nach und nach restauriert wurde. Das wachsende Interesse an der alten Burg hatte zur Folge, dass später die Fördergemeinschaft gegründet wurde.«

»Du kennst dich wie immer gut aus«, gab Erik staunend zu.

»Das liegt wohl daran, dass wir als Kinder immer mit den Fahrrädern bis zur Teufelsburg in Felsberg gefahren sind. Vom Limberg aus konnten wir die Teufelsburg sehen und umgekehrt. Ich habe nur nicht gewusst, dass diese Fördergemeinschaft inzwischen so angewachsen ist, dass sich die Burg sogar schon als Touristenattraktion vermarkten lässt.«

»Hier steht, dass Recktenwald Burgführungen und auch Museumsrundgänge macht. Das hört sich so an, als hätte er sich etabliert. Diese Arbeit macht er angeblich schon seit vier Jahren zuverlässig.«

»Du machst diesen Recktenwald richtig interessant. Wir werden uns mit ihm unterhalten müssen«, schlug Schnur vor.

»Heute leider nicht«, widersprach Erik. »Heute ist dort Ruhetag. Er arbeitet erst morgen wieder.«

»Dann besuchen wir ihn zu Hause.«

Sie verließen das Büro.

Im Flur stellte sich ihnen Andrea in den Weg und sagte: »Eine Frau Else Ganter hat hier angerufen. Sie meldet, dass Mathilde Graufuchs' Hund schon die ganze Nacht und den ganzen Morgen bellt. Das sei nicht normal.«

»Und warum ruft sie uns dafür an?«, fragte Schnur.

»Sie hat die Kollegen in Saarlouis angerufen. Die haben die Meldung weitergegeben, weil wir an dem Lehrermord arbeiten.«

»Ein bellender Hund ist aber kein Indiz dafür, dass Mathilde Graufuchs ermordet wurde.«

»Nein. Aber die Nachbarin ist besorgt. Sie sagt, dass es unüblich für Mathilde Graufuchs sei, ihren Hund so lange allein zurückzulassen.«

»Okay. Begleite uns nach Picard«, schlug Schnur vor. »Dann wollen wir uns das mal genauer anschauen.«

Kapitel 38

Mirna ließ ihren Blick über den braunen Plattenbau des Max-Planck-Gymnasiums wandern und stellte fest, wie fantasielos der Bau aussah. Während sie diese Schule tagtäglich besucht hatte, war ihr das nicht aufgefallen. Viel zu beschäftigt war sie mit den Themen aus dem Unterricht gewesen. Doch in diesem Augenblick fühlte sie sich als Außenstehende, als Beobachterin – ein Gefühl, das ihr nicht behagte, denn sie hatte ihr Ziel nicht erreicht.

Sie betrat das Gebäude und suchte die Aula auf. Die Stille in dem großen Lichthof wurde nur durch leises Murmeln untermalt, das aus den Klassenzimmern drang. Eine Weile ging Mirna auf und ab, schaute ständig nach oben, als hinge der Deutschlehrer immer noch dort.

Des einen Freud, des anderen Leid, dachte sie.

Bertram Andernachs Tod hatte sie dazu bewogen, einen neuen Versuch zu wagen. Es lastete auf ihr, beim Abitur durchgefallen zu sein. Diese Schmach hatte sie den Lehrern zu verdanken, deren eigenen Ziele ihnen schon immer wichtiger waren als die der Schüler, die sie unterrichteten. Andernach hatte es zu seinem Hobby gemacht, Mirna zur Schau zu stellen, hatte auf jeden noch so kleinen Fehler gelauert. Dabei hatte sie hart gearbeitet, hatte nichts dem Zufall überlassen. Doch Andernach hatte immer neue Argumente gefunden, sie zu denunzieren.

Jetzt nicht mehr.

Sie spürte deutlich, wie gut ihre Chancen plötzlich standen, die Prüfung endlich zu packen.

Beschwingt verließ sie die Aula, trat hinaus auf den Schulhof, der während der Unterrichtsstunden riesig wirkte, weil er wie leergefegt war. Der angrenzende Sportplatz war inzwischen fertiggestellt. Ebenso die neue Turnhalle, die durch ihre futuristische Bauweise ins Auge stach. Das Fach Sport hatte Mirna schon lange abgewählt. Sie mochte das Schwitzen nicht. Trotzdem übte die neue Turnhalle einen Reiz auf sie aus. Welche versteckten Winkel es in diesem interessanten Gebäude wohl geben mochte?

Das Läuten unterbrach ihre Gedanken und kündigte die Pause an.

Sofort konzentrierte sich Mirna auf den Ausgang des Schulgebäudes, um nur ja niemanden zu verpassen.

Laras selbstfälliges Grinsen ging ihr schlagartig gegen den Strich. Im Gleichschritt trat die Blondine mit ihrem Mathelehrer auf den Hof. Dabei unterhielten sie sich angeregt. Über was konnte Lara mit Günter Laug wohl reden? Mirna glaubte nicht, was sie da sah. Sie selbst hatte bei ihm eine Gleichgültigkeit erfahren, die ihr heute noch zusetzte. Günter Laug hatte Mirna keine Chance gegeben, sich in Mathe zu bessern, wobei er sie nicht – wie Bertram Andernach – mit Boshaftigkeiten bedachte. Nein, er hatte sie überhaupt nicht beachtet. Die Erinnerung daran stellte Mirnas Vorhaben, das Abitur noch einmal zu wagen, plötzlich in Frage. Würde ihr das Abitur gelingen, nur weil Bertram Andernach tot war?

Günter Laug könnte ihr ebenfalls im Weg sein. Soweit sie wusste, gab es keinen anderen Mathekurs. Sie würde wieder zu dem Alkoholiker zurückkehren müssen.

Sie schnaubte.

Endlich trennten sich die beiden voneinander – oder besser gesagt, ließ Günter Laug die Schülerin gehen.

»Hey, was willst du von dem Versager?« Mit dieser Frage trat sie Lara entgegen. »Ist das eine Mitleidstour, damit er sich nicht selbst erhängt?«

»Jetzt wirst du aber krass«, murrte Lara. »Du bist nur sauer, weil er mich beachtet und dich nicht. Er steht eben auf blond.« Zur Betonung warf sie ihre platinblonde Mähne über die Schultern.

»Wenn du das so sagst ...« Mirna strich sich durch ihre pechschwarzen Haare.

»Was?« Lara stutzte.

»Ach nichts«, wehrte Mirna ab. »Ich wollte dir nur sagen, dass ich einen neuen Versuch starte, mein Abi zu schaffen.«

»Da musst du dich aber anstrengen, solange Mathilde Graufuchs und Günter Laug noch da sind.« Lara lachte verächtlich.

»Die werde ich auch noch von meinen Leistungen überzeugen.«

»Von welchen Leistungen?«

Mirna boxte Lara gegen die Schulter.

Sie suchten sich ein geschütztes Plätzchen im Schatten, wo sie ungestört rauchen konnten. Als die ersten Rauchschwaden in die Luft zogen, berichtete Lara: »Mathilde Graufuchs ist seit Bertram Andernachs Tod nicht mehr zum Unterricht gekommen.«

»Ach!« Mirna staunte. Fast hätte sie sich am Rauch verschluckt.

»Wir schließen schon Wetten ab, dass sie womöglich ganz wegbleibt.« Lara lachte zufrieden. »Das wär doch in deinem Sinn, oder?«

»Nicht nur in meinem Sinn«, korrigierte Mirna. »Du hast bei der Alten auch nicht gerade einen Stein im Brett. Soweit ich weiß, steht Mathilde Graufuchs nicht auf Blondinen.«

»Das kann uns bald egal sein, wenn ich meine Wette gewinne.«

»Du wettest also, dass Mathilde Graufuchs nicht mehr zurückkommt.« Mirna feixte. »Warum sollte sie das tun? Die Alte hat doch sonst nichts, als arme unschuldige Schüler zu quälen.«

»Man munkelt, dass sie Angst hat, diese Schule noch mal zu betreten«, antwortete Lara mit einem süffisanten Grinsen. »Die Alte ist traumatisiert von den runtergelassenen Hosen des Kollegen – dabei war da gar nicht so viel!«

Mirna und Lara stießen ein herzhaftes Lachen aus. Seit langem waren sie wieder einmal einer Meinung.

Kapitel 39

Bei Tageslicht und vollem Verkehr benötigte Erik doppelt so lang für die gleiche Strecke, die er erst am Abend zuvor zurückgelegt hatte. Während er den klimatisierten Dienstwagen über die A620 steuerte, erinnerte er sich mit gemischten Gefühlen an die Fahrt mit Mirna auf dem Beifahrersitz. Er spürte immer deutlicher, dass diese junge Frau zu einer Gefahr für ihn werden konnte. Er sollte mit Jürgen Schnur darüber sprechen. Aber es gelang ihm nicht, sich zu überwinden. Hinzu kam, dass diese Fahrt, die er als geeignet für ein offenes Gespräch unter Männern angesehen hatte, nun in Begleitung von Andrea stattfand. Sie zeigte sich stets loyal ihm gegenüber. Das gefiel ihm an ihr. Aber genügte das auch? Er kannte sie erst seit wenigen Tagen. Also schwieg er.

Schon bald bog er in die Dorfstraße von Picard ein und ließ den Wagen langsam rollen.

»Komisch, dass viele der Häuser so weit von der Straße entfernt stehen«, murmelte Andrea.

»Das war damals leider ein notwendiges Übel für die Bewohner von Picard«, erklärte Schnur. »Im II. Weltkrieg wurde Saarlouis zur Roten Zone erklärt, weil Hitler den Krieg gegen Frankreich im Saarland begann und Saarlouis die am dichtesten besiedelte Stadt war. Er wurden militärische Geschütze aufgefahren, um Saarlouis gegen die Franzosen zu verteidigen. Alle Häuser, die in der Schusslinie standen, mussten abgerissen werden.«

Sie rollten weiter, bis Erik an wild wuchernden Hecken den Wagen abstellte. Sie stiegen aus.

»Wo führst du uns hin?«, fragte Schnur und schaute sich suchend um.

»Das wüsste ich selbst gern«, gestand Erik. »Mirna behauptet, dass Fred Recktenwalds Haus hier irgendwo zwischen den Bäumen stehen soll. Ich kann aber beim besten Willen kein Haus erkennen.«

Glocken begannen zu läuten.

Schnur ging ein Stück die Straße entlang, bis sein Blick auf die kleine Dorfkirche mit ihrem aufgesetzten Giebel fiel, in dem zwei kleine Glocken ihren Lärm veranstalteten. Das Gebäude war ganz in Weiß gehalten und stand auf einer Anhöhe weit zurück versetzt.

»Ist ja nichts Besonderes, dieses Kirche«, stellte Andrea fest.

»Diese Kirche ist vielleicht nichts Besonderes«, merkte Schnur an, »wurde dafür aber auf Initiative der Dorfbewohner gebaut, wofür sie sie mit ihrem eigenen Geld bezahlt hatten.«

»Oh!« Andrea stutzte.

»Damals gab es nur eine Pfarrei mit Kirche in Beaumarais. Die Bewohner von Picard mussten entweder dort zur Messe gehen oder sich selbst um eine Kirche kümmern, weil ihnen das Bistum Trier keine eigene Pfarrei zugestand. Wenn man diese Geschichte hinter der kleinen Kirche sieht, hinterlässt sie wohl wieder einen anderen Eindruck.«

»Stimmt. Aber woher weißt du das alles? Ich dachte, du bist in Wallerfangen aufgewachsen.«

Schnur lachte und antwortete: »Picard gehörte vor dem Krieg zu Wallerfangen. Dadurch ist vermutlich eine große Verbundenheit entstanden. Als Kinder haben wir fast so oft in Picard wie in Wallerfangen gespielt.«

»Ganz schön rumgekommen, was?« Andrea lachte.

Schnur nickte und fügte mit einem Blick auf die Kirche an: »Das Glockengeläut lässt mich wieder daran denken, dass wir als Messdiener gelegentlich die Messe in Picard begleiten mussten.«

»Was hat das mit den Glocken zu tun?«

»In Dörfern wie Picard wird geläutet, wenn einer der Einwohner gestorben ist. Heute geht das automatisch. Damals mussten die Messdiener die kleine Glocke am Altar betätigen.«

»Und du wurdest dazu verdonnert?«

»Manchmal ja«, antwortete Schnur. »Diese Glocke hängt heute noch neben der Sakristei. Sie ist die älteste Glocke im Saarland und stammt aus dem 14. Jahrhundert.«

»Aufregend, so ein Leben als Messdiener«, spottete Andrea.

Schnur versetzte ihr einen leichten Hieb auf die Schulter.

»Du als Messdiener«, schaltete sich Erik in das Gespräch ein. »War das noch vor deiner Zeit als Barbarossa?«

»Ja. Daran sieht man, dass ich eine große Karriere nachweisen kann«, gab Schnur mit einem säuerlichen Grinsen zurück. »Dafür erlaube ich dir, mir den Weg zu Recktenwalds Haus zu zeigen.«

Erik steuerte eine zugewachsene Einfahrt an. Er musste genau hinse-

hen, um das Gartentor zu Recktenwalds Anwesen zu finden. Der rostige Briefkasten gab ihm einen Hinweis.
»Hier ist es«, rief er.
Ungläubig starrte Schnur seinen Mitarbeiter an.
»Doch, doch«, ereiferte sich Erik schnell. »Dieser Briefkasten gehört zu dem Haus.«
»Ein Briefkasten ist noch lange kein Beweis für ein Haus.« Schnur blieb skeptisch.
Erik zog das morsche, schief in den Angeln hängende Holztörchen auf, das direkt neben dem Briefkasten unter einigen Sträuchern versteckt lag. Ein Spalt öffnete sich, durch den die Polizeibeamten hindurchgehen konnten.
»Darf ich bitten?«
Schnur trat mit großen Schritten auf die Vegetation los. Die kleine Steintreppe bemerkte er erst, als er die Stufen hinauf gestolpert und schmerzhaft auf seinen Knien gelandet war.
»Wenn das so weitergeht, werde ich stinkwütend auf Fred Recktenwald, ohne ihn überhaupt zu kennen«, grummelte er.
»Nur weil er sein Anwesen nicht pflegt, muss er nicht gleich ein Mörder sein«, bedachte Andrea schmunzelnd. Insgeheim war sie froh darüber, dass sie Schnur den Vortritt gelassen hatte. Sie selbst hatte diese Treppe auch nicht gesehen.
Zwischen dem dichten Grün konnten sie einen Trampelpfad ausmachen. Sie kämpften sich durch das Gestrüpp, bis sich in tiefstem Schatten ein Haus abzeichnete. Klein und verwittert lag es im Schutz der Vegetation, in der es wie zusammengekauert wirkte. Kletterpflanzen rankten sich daran hoch, hatten schon fast die Fenster im ersten Stock erreicht.
»Ein Hexenhaus«, schwärmte Schnur und stieß ein lautes Lachen aus. »Dass es in Picard noch so etwas gibt, habe ich bisher nicht gewusst.«
»Was redest du da?« Andrea stutzte.
»Ihr solltet lieber zuerst mal nachsehen, ob nicht ein brodelnder Kessel hinter dem Haus steht«, fügte Schnur grinsend an.
Andrea suchte tatsächlich nach einem Seitenweg und fand ihn. Sie stieß Schnur an die Schulter und zeigte ihm ihre Entdeckung.
»Jetzt wird es wirklich spannend.«
Doch dieser Weg erwies sich als Sackgasse. Dornensträucher hielten

die Beamten davon ab, weiter zu gehen. Also kehrten sie um und steuerten die Treppe an, die in der Mitte durch eine Mauer getrennt wurde.

»Auf welcher Seite fangen wir an?«, fragte Schnur.

Erik überholte seinen Vorgesetzten, stieg die Treppe auf der rechten Seite hoch, überquerte eine kleine Terrasse, die notdürftig mit dickem Pappkarton zusammengekleistert war und steuerte die Tür an. Eine Klingel gab es nicht. Also klopfte er.

»Hier hängt eine wunderschöne schmiedeeiserne Glocke«, rief Andrea und zog daran. Ein blechernes Geräusch ertönte, das nur entfernt an eine Glocke erinnerte.

»Die hängt wohl schon länger da«, spekulierte Schnur sofort.

»Tja. Egal, wie die Glocke klingt – oder mein Klopfen. Wenn Recktenwald zuhause wäre, hätte er uns hören müssen«, murrte Erik.

»Dann versuchen wir es mal nebenan«, schlug Schnur vor und stieg auf der linken Seite die Treppe hoch.

»Hier gibt es sogar einen Klingelknopf«, rief er und drückte drauf.

Aber sie bekamen nichts zu hören. Er drückte wieder – kein Läuten – nichts.

»Ein Dummy.« Schnur stieg die Stufen wieder hinunter. Er schaute sich um, konnte aber nur Unrat, zerborstene Holzelemente und Schrott entdecken. Bis seine Augen eine Tür mit einem Herzchen erfassten.

»Was sehe ich da?«, rief er aus. »Fred Recktenwald hat noch ein Plumpsklo.«

»Sowas gibt es doch gar nicht mehr«, stritt Andrea ab.

»Das will ich jetzt aber genau wissen.« Schnur ging auf die Herzchen-Tür zu und öffnete sie. Mit einem lauten Aufstöhnen und einem Naserümpfen warf er sie wieder zu.

»Deine Gesichtsfarbe sagt mir, dass ich mich geirrt habe«, stellte Andrea lachend fest. »Es gibt noch Donnerbalken.«

»So was habe ich schon lange nicht mehr gesehen. Das erinnert mich wieder an meine Jugendzeit. Da sind wir in alle leer stehenden Häuser geklettert, die wir finden konnten. Heute gibt es so etwas kaum noch.«

»Außer hier in Picard«, stellte Erik fest. »Ich habe herausgefunden, dass dieses Haus nach einem Todesfall von der Saarlouiser Stadtverwaltung einfach vergessen worden war. Genauso sieht es aus. Recktenwald hat sich hier eingenistet, ohne etwas daran zu verändern.«

»Jetzt werde ich auf diesen Kerl immer neugieriger«, gab Schnur zu.

»Aber bevor wir hier Wurzeln schlagen, schlage ich vor, dass wir ihn anrufen.« Er warf noch einen letzten Blick auf das skurrile Haus, bevor er den Rückweg zum Dienstwagen antrat. »Er soll zusehen, dass er so schnell wie möglich nach Hause kommt, damit wir ihn befragen können. Sonst müssen wir ihn nach Saarbrücken bestellen.«

»Das würde ich ja gern machen«, meinte Erik.

»Aber?«

»Recktenwald hat weder Telefon noch Handy.«

»Und woher weißt du, dass er heute nicht arbeitet?«

»Ich habe bei der Fördergemeinschaft der Teufelsburg angerufen. Die haben ein Telefon.«

»Okay! Dann können wir hier nichts mehr ausrichten. Also fahren wir zu Mathilde Graufuchs.«

Sie stiegen in den Dienstwagen und fuhren durch das Dorf, bis sie das Wohngebiet »Auf der Delt« erreichten. Dort stiegen sie aus und hörten sofort das Bellen eines kleinen Hundes.

»Tatsächlich«, staunte Andrea. »Man hört den Hund bis auf die Straße.«

Sie steuerte die Haustür an und klingelte. Das Bellen des Hundes wurde aufgeregter. Aber anstelle dieser Haustür wurde eine andere geöffnet – und zwar die des Nachbarhauses.

Eine Frau trat hinaus und fragte: »Wer sind Sie?«

»Wir sind von der Polizei«, erklärte Schnur. »Sind Sie Frau Ganter, die uns gerufen hat?«

Die Frau nickte.

»Haben Sie inzwischen etwas von Frau Mathilde Graufuchs gehört?«

»Nein. Nur den Hund, der inzwischen ganz erbärmlich bellt.«

»Haben Sie eine Handynummer von Frau Graufuchs, die wir anrufen können?«

»Nein. Sie hat kein Handy. Sie hält nichts von diesem neumodischen Zeug.«

»Und ihr Haustelefon?«

»Dort habe ich schon hundertmal angerufen.«

Schnur blickte sich um und sah gerade, wie Erik versuchte, durch einen Spalt im Zaun zum Garten zu gelangen. »Was wird das, wenn es fertig ist?«, fragte er. »Willst du als Polizist vormachen, wie es nicht geht?«

Eriks Gesicht lief rot an. Sofort ließ er von seinem Vorhaben ab.

»Haben Sie Ihre Nachbarin als vermisst gemeldet?«, fragte Schnur weiter.

»Heute Morgen.«

»Sie wissen, dass wir beim Verschwinden von Erwachsenen nicht sofort die Fahndung auslösen, weil mündigen Erwachsenen das Eigenbestimmungsrecht vorbehalten ist. Es sei denn, es gibt Gründe für eine besondere Dringlichkeit.«

»Und was sind für Sie solche Gründe?«, fragte Frau Ganter schnippisch. »Reicht Ihnen der bellende Hund nicht?«

»Nein. Hunde bellen«, erwiderte Schnur. »Hunde bellen auch, wenn der Besitzer in der Nähe ist. Wir können nicht ausschließen, dass Frau Graufuchs sich im Haus aufhält und keinen sehen will.«

»So ein Quatsch.«

»Wie gut kennen Sie ihre Nachbarin?«

Nun zögerte Else Ganter, bevor sie antwortete: »Nicht so gut. Sie ist zurückhaltend. Aber sie ist immer sehr besorgt um ihren Hund.«

»Na gut«, meinte Schnur. »Wir haben noch in der Gegend zu tun. Bevor wir nach Saarbrücken zurückfahren, schauen wir noch mal vorbei. Vermutlich hat sich bis dahin alles als Missverständnis aufgeklärt.«

Else Ganter nickte und kehrte in ihr Haus zurück.

»Und was haben wir noch in dieser Gegend zu tun?«, frage Erik überrascht.

»Zuerst einmal gehen wir essen«, antwortete Schnur auf seinen knurrenden Magen hin. »Und dann will ich zur Teufelsburg fahren. Wenn ich schon mal hier bin, kann ich mir auch ansehen, was sich dort in den letzten Jahren verändert hat.«

Kapitel 40

Langsam ließ Schnur den Dienstwagen auf den Schotterparkplatz rollen. Nur wenige Autos standen dort, was ihm das sichere Gefühl vermittelte, im Restaurant »Zur Linde« auch ohne Vorbestellung einen Platz zu bekommen. Das Gebäude direkt an der Kreuzung Metzer Straße und Überherrner Straße war mit Efeu umrankt, was ihm einen robusten Eindruck verlieh. Doch kaum hatten sie die Tür zu den Gasträumen betreten, wurden sie von unaufdringlichem und behaglichem Komfort eingefangen. Die Temperaturen sanken von der Sommerhitze in angenehme Kühle. Die Wirtin zeigte ihnen einen Tisch in der Ecke, der auf zwei Seiten von großen Fenstern flankiert wurde. Hier fühlten sich die drei Polizeibeamten auf Anhieb wohl.

Die Karte wurde gereicht.

Bei der Auswahl stand für Jürgen Schnur schnell fest, dass er sich etwas gönnen wollte.

Nur Andrea legte ihre Stirn in Falten und grübelte.

»Sag nur, es ist nichts für dich dabei?«, fragte Schnur.

»Doch.« Andrea lachte. »Viel zu viel. Aber ich will abnehmen. Denn meine Speckrollen machen sich im Bikini nicht so toll.«

»Ach Quatsch. Du hast doch keine Speckrollen«, wehrte Schnur ab und taxierte Andreas Figur genau. »Bei dir ist alles am richtigen Platz.«

Andrea errötete, was Erik vom Kopfende des Tisches aus amüsiert beobachtete.

Nachdem sie aus der Karte ihre Wahl getroffen hatten, saßen sie sich stumm gegenüber. Eine Weile schauten sich Erik und Schnur vielsagend an, bis Schnur endlich damit herausrückte, was ihn beschäftigte: »Ein feudales Essen ohne Kullmann – das vermittelt mir schon fast ein schlechtes Gewissen.«

Erik stimmte lachend zu: »Das ist wie Fremdgehen.«

Andrea schaute die beiden Männer überrascht an.

»Ich glaube, ich habe schon Kullmanns Einstellung übernommen, nämlich über der Arbeit das Essen nicht zu vergessen«, erklärte Schnur schmunzelnd.

»Stimmt! Kullmann war schon immer ein Genießer«, stimmte Andrea zu.

»Dann kann es kein Fehler sein, seine Einstellung zu übernehmen«, stellte Erik entschieden fest.

»Warum ist Kullmann nicht mit uns gefahren?«, fragte Andrea. »Ich hätte vermutet, dass er trotz Pension noch weiter fleißig mitmischt.«

»Das tut er auch«, antwortete Schnur. »Nur an anderer Stelle.«

»Wo?«

»Zurzeit ist er in Frankreich und hilft dort Anke Deister.«

»Ich habe davon gehört, dass er eine junge Kommissarin gefördert hat. Ist sie das?«

»Ja.«

»Dann wundert es mich nicht, dass Kullmann bei ihr ist. Ich hatte viele Jahre mit Kullmann zusammengearbeitet«, wandte Andrea ein. »Kullmann ist zwar ein sturer Hund, aber er wusste immer, was das Richtige ist.«

»Ja. Anke wird ihn mehr brauchen als wir.«

Als Vorspeise wurden geräucherte Forellenfilets serviert. Schon der Anblick ließ ihnen das Wasser im Mund zusammenlaufen. Während sie aßen, fiel kein einziges Wort. Doch kaum waren die Teller abgeräumt, meinte Andrea: »Wäre ich vernünftig, würde ich hier mit dem Essen aufhören.«

»Das wäre nicht vernünftig, das wäre masochistisch«, widersprach Schnur.

Darüber musste Andrea herzhaft lachen und anmerken: »Du schaffst es doch tatsächlich, mein schlechtes Gewissen wegen der vielen Kalorien zu vertreiben.«

Doch Erik konnte sich nicht an dem Geplänkel beteiligen. Mit nachdenklicher Miene gestand er: »Unser Gespräch über Kullmann hat mich an etwas erinnert, was ich schon lange wissen wollte, mich aber nie gewagt habe zu fragen.«

»Schieß los«, forderte Schnur auf. »Wenn es ihm in den Ohren klingelt, weiß er, wer über ihn redet.«

»Er war doch ein verdammt guter Ermittler, oder?«

»War?« Schnur stutzte.

»Zu seiner Dienstzeit meinte ich natürlich«, korrigierte Erik hastig.

»Ja. Warum?«

»Weil ich mich frage, warum er es bei seinen Fähigkeiten niemals bis zum Ersten Hauptkommissar geschafft hat.«

Andrea musste über die Frage lachen, aber die Antwort überließ sie Schnur.

»Kullmann gehört zu der Sorte Mensch, die sich für eine bessere Karriere nicht verbiegen.« Schnur schaute Erik genau an, während er das sagte. »Er hatte schon immer seine Prinzipien und da gibt es keine Kompromisse.«

»Er ist mit seinem unerschütterlichen Gerechtigkeitssinn so manch einem auf die Füße getreten«, fügte Andrea an. »Leider auch den Herrschaften im Innenministerium, die die entscheidende Instanz dafür sind, wer vom höheren Dienst in den gehobenen Dienst befördert werden soll.«

»Kullmann war bei keiner dieser Beförderungen dabei«, sprach nun wieder Schnur. »Sein Motto lautete: Was nützt mir ein besseres Gehalt, wenn ich mich dann nicht mehr im Spiegel anschauen kann?«

»Klingt gut.« Erik lachte. »Der Mann wird mir immer sympathischer.«

»Und da kann ich noch eins draufsetzen«, meinte Schnur.

Erik horchte auf.

»Kullmann hat sich nicht ohne Grund für dich entschieden, als wir einen Nachfolger für den Kollegen Nimmsgern gesucht haben.«

»Ach?«

»Wir hatten etliche Bewerbungen auf dem Tisch. Aber es war dein Lebenslauf, der Kullmann dazu veranlasste, dich auszuwählen. Du hast dich mehrmals in die Scheiße geritten, weil du deinen eigenen Standpunkt vertreten hast. Und das hat Kullmann imponiert.«

Erik wurde rot im Gesicht.

»Kullmann sieht in dir einen Mann, der genauso funktioniert wie er selbst.«

»Dann kann ich nur hoffen, dass ich ihn nicht enttäuscht habe.«

»Das hast du nicht«, erklärte Schnur. »Kullmann ist nicht der Typ, der einen mit Lob überhäuft. Aber wenn man Scheiße baut, lässt er einen das gnadenlos spüren.«

Erik atmete tief durch.

»Oder hat er es dich schon mal spüren lassen?«

»Nein.«

»Also.«

Erik fühlte sich geschmeichelt, ja sogar bestätigt – ein Gefühl, das er schon lange nicht mehr erlebt hatte. Er spürte, wie Andrea und sein Vorgesetzter ihn beobachteten. Das war ihm peinlich, denn er befürchtete schon, dass man ihm ansah, was er dachte.

Doch als die »Salmschnitte in Garnelensauce«, »Rumpsteak in Pfefferrahm« und »Lammrücken mit frischen Champignons« serviert wurden, waren sie alle abgelenkt.

Kapitel 41

Der Hals tat ihr weh. Mit jeder Bewegung fühlte sich der Druck stärker an. Die Kieferknochen schmerzten. Ihre Haltung mit hinter dem Rücken gefesselten Händen war so unnatürlich, dass sie glaubte, sämtliche Gelenke wären ausgerenkt. Der Schmerz zog von beiden Schultern über den Nacken und die Schläfen hinauf in den Kopf. Durst quälte sie. Ein entsetzlicher Durst. Mathilde Graufuchs konnte ihre Augen nur mit Mühe offen halten. Die Sonne blendete und knallte erbarmungslos auf sie nieder. Ihre Kleider klebten an ihr, waren viel zu warm, drückten sie innerlich zusammen. Ihre Beine kamen ihr kalt vor. Eiskalt.

Angst kroch langsam in ihr hoch – Panik.

Sie atmete heftiger durch die Nase. Das durfte nicht passieren. Dann würde die Luft zu knapp. Ihr Kopf sank nach vorne, aber das ließen die schmerzenden Kiefergelenke nicht zu. Sie hob ihn wieder an, wurde von der gnadenlosen Sonne geblendet. Ihre Schultern schmerzten wie ausgerenkt. Ihre Hände konnte sie nicht mehr bewegen. Egal, wie sehr sie auch wollte, sie reagierten nicht.

In ihr herrschte Verwirrung, große Verwirrung – so, als befände sie sich in einer finsteren Gewitterwolke. Sie kämpfte innerlich, versuchte, sich einen Weg hindurch zu bahnen, ohne zu ahnen, wo sie war oder wer sie war. Sie lebte gerade im schlimmsten Alptraum. Immer wieder kamen kalte und warme Schichten zur Oberfläche. Die heiße Sommerluft erdrückte sie, ließ sie auseinanderfließen, untergehen, alles versinken. Ihr Blick verschwamm. Alles wurde dunkel. Dann klarte es sich vor ihren Augen auf.

Was sah sie da?

Kinder kamen auf sie zu.

Ihr Herz begann wie wild zu schlagen.

Ihre Schulklasse.

Sie spürte Hoffnung wie noch nie in ihrem Leben.

Ja, das waren gute Kinder. Sie steuerten ihre Lehrerin direkt an.

Nun würde alles wieder gut werden.

Doch warum schauten die Kinder sie nicht an? Sahen sie sie nicht?

Sie konnte ihnen nicht zurufen, ihr Mund war verstopft. Sie konnte ihnen nur zuschauen.

Sie wollte sich bewegen, sich rütteln, strampeln, damit sie sie bemerkten. Aber ihr Körper regte sich nicht. Sie schaffte es nur, den Kopf anzuheben.

Mühsam riss sie ihre Augen auf.

Doch was sah sie?

Die Kinder blieben einen Meter vor ihr stehen, schauten durch sie hindurch und gingen weiter.

Mathilde Graufuchs hing steif und starr da. Sie konnte nichts dagegen tun. Sie schloss ihre Augen vor Verzweiflung. Es dauerte eine Weile, bis sie wieder genug Kraft verspürte, ihre Augen zu öffnen. Doch von den Kindern konnte sie nichts mehr sehen.

Hatte sie sich das alles nur eingebildet?

Ihr Herz schlug wild. Ihr Puls raste. Der Druck in ihrem Kopf wurde immer stärker und stärker, als würde das Gehirn anschwellen und nicht mehr genug Platz in der Hirnschale finden.

Dann wurde alles wieder schwarz.

Sie musste sich übergeben.

Oh wie schrecklich! Sie jammerte, soweit das durch den grässlichen Knebel möglich war.

Ihr Brechreiz wurde immer stärker.

Sie riss die Augen weit auf. Die Schwärze vor ihren Augen wich bunten, schillernden Farben, die sich immer schneller drehten.

Würgereiz setzte ein.

Plötzlich hörte sie den Motor eines Autos.

*

Sie fuhren über eine serpentinenartige Steige hinauf nach Ober-Felsberg. Direkt am Ortseingang befand sich ein Wegweiser, der zur Teufelsburg wies.

Dort bog Erik ab und rumpelte mit dem Audi A 6 über den kleinen Trampelpfad an zerfallenen Holzhütten, kleinen Seitenwegen in Form von Treppenstufen und Felsgestein vorbei, bis ein schmiedeeisernes Tor die Fahrt beendete.

Nur ein kleines gemauertes Häuschen konnten sie von dort sehen.

Ein asphaltierter Weg ging hinter der Absperrung in die Tiefe und machte die Sicht auf einige Reste der Ruine frei. Dahinter erstreckte sich das Tal.

»Tatsächlich«, staunte Schnur. »Die Teufelsburg ist nicht mehr frei zugänglich. Wer hätte das gedacht?«

Er marschierte einen kleinen Seitenpfad entlang.

Andrea und Erik folgten ihm neugierig. Aber alle Wege, die Schnur anvisierte, endeten vor einem hohen Maschendrahtzaun. Es gab keine Möglichkeit, auf das Gelände zu gelangen, ohne sich den Weg freizuschneiden.

»So ein Mist«, fluchte Schnur. »Ich hätte mir diese Ruine wirklich gerne mal wieder angesehen.«

»Wir können morgen auch wieder kommen«, schlug Erik grinsend vor. »Ein kleiner, interner Betriebsausflug, der ganz und gar der Verbrechensaufklärung dient.«

»Guter Vorschlag.« Schnur nickte. »Wenn wir Fred Recktenwald heute nicht antreffen, könnte das sogar passieren.«

Er suchte sich eine andere Stelle aus, von der er sich eine bessere Sicht auf die Ruine erhoffte. Eine Brücke fiel ihm ins Auge, die er noch nicht kannte. Und ein hölzerner Turm, der in Richtung Stadt zeigte. Außerdem sammelte sich eine große Menge Raben über der Burg.

»Das sieht unheimlich aus«, stellte Andrea fest und ließ ihren Blick auf die krächzenden schwarzen Vögel gleiten.

»Stimmt. Wir sollten hier verschwinden«, meinte Erik, seinen Blick zum Himmel gerichtet.

»Okay. Auf dem Heimweg schauen wir noch mal am Haus von Mathilde Graufuchs vorbei«, beschloss Schnur. »Vielleicht hat sich ihr Verschwinden inzwischen als Missverständnis herausgestellt.«

Plötzlich hörten sie einen Schrei.

*

Mathilde Graufuchs erwachte in einem milchigen, weichen Licht. Die geheimnisvollen Erinnerungen an die Kinderschar, die durch sie hindurchgeblickt hatten, hingen immer noch in ihrem Kopf fest. Grässlichen Geruch nahm sie wahr. Es war ihr eigener – sie stank. Ein Grund, sich zu schämen? Nein. Das spielte alles keine Rolle mehr. Sie war halb betäubt, vergiftet, gefangen in einem Netz, aus dem es kein Entrinnen mehr gab. Sie schloss die Augen, oder waren sie die ganze Zeit geschlossen? Hastig versuchte sie, die Augenlider nach oben zu strecken. Verzweifelt kämpfte sie sich ins Bewusstsein zurück.

Das Motorengeräusch! Hatte sie es wirklich gehört? War da wirklich ein Auto gewesen?

Sie wusste es nicht mehr. Sie wusste gar nichts mehr.

Die Schmerzen in ihrem Kopf drohten ihren Schädel zu spalten. Der Hals schnürte sich immer mehr zu. Sie konnte kaum noch atmen, schaffte es nur noch für Sekunden, die Augen zu öffnen, um zu schauen, wann endlich ihre Rettung kam.

Schweißtropfen liefen ihr ins rechte Auge. Sie wollte sie abschütteln. Ihre Kraft reichte nicht aus. Stattdessen zog ein Kribbeln durch ihre Oberarme, strahlte langsam in alle Richtungen aus. Aus dem Kribbeln wurde ein Krampf. Ein schmerzhafter, qualvoller Krampf, der sich über ihre Arme und ihre Schultern bis zu ihrem Hals zog, der sich wie tausend scharfe Glasscherben in ihrem Rachen anfühlte und sich immer fester zusammenzog, sodass jeder Atemzug zur Qual wurde. Sie wollte schreien, aber der Knebel hinderte sie daran. Tränen kullerten, verwischten ihren ohnehin schon eingeschränkten Blick und verstopften die Nase. Erneute Panik breitete sich in ihr aus. Das war das Ende! Das war das Ende!

Musste sie wirklich so armselig sterben?

Sie kniff ihre Augen fest zu, als könnte sie damit die schlimmsten Empfindungen verdrängen.

Da hörte sie etwas. Es war ein Donnern.

Sie öffnete die Augen wieder und hob den Kopf, konnte aber nur milchig blauen Himmel sehen. Kein erlösendes Gewitter.

Die Hitze zerkochte ihren Körper. Ihre Nase brannte. Gallenflüssigkeit stieß ihr auf und durch die Nasenlöcher. Das Brennen wurde immer unerträglicher.

Ihr Hals trocknete aus. Die Glasscherben vermehrten sich, wurden immer größer und schärfer. Durst quälte sie ganz entsetzlich. Der Schmerz in ihrem Kopf nahm zu – stach, hämmerte, bohrte. Es zog sie nach links. Zog ihren ganzen Körper nach links. Sie konnte nichts dagegen tun. Die Fesseln rissen an ihren Handgelenken, der Druck um ihren Hals wurde stärker, ihre Schultern fühlten sich an wie ausgerenkt, aber sie konnte sich nicht aufrichten. Ihr Körper gehorchte ihr nicht mehr.

Sie begann immer heftiger zu zittern. Eine schreckliche Hitzewelle überzog sie, die anschließend in einen Schüttelfrost überging. Ihre Beine spürte sie auch nicht mehr. In ihren Schultern bereitete sich ein Kribbeln aus, das in Kälte überging bis zur total Gefühllosigkeit.

Der Druck in ihrem Kopf wurde immer größer. Schwindelattacken überwältigen sie und zogen sie in einem gewaltigen Strudel aus furchterregenden Bildern von hässlichen Fratzen, die sie anstarrten. Daraus wurde ein Meer aus schwarzen Ameisen, die ihren ganzen Körper überfielen. Dann kam erlösende Schwärze, doch die hielt nicht lange an.

Grelle Blitze schossen durch ihren Kopf und rissen sie aus ihrer Ohnmacht.

Sie hörte etwas.

Es klang so hell wie ein Quietschen.

Nein, es war ein Krachen.

Ihr Kopf sank, ihre Augenlider fielen zu. Neue Bilder stürmten auf sie ein. Böse Kreaturen mit langen Fangarmen wanden sich über den Boden, näherten sich ihr. Sie konnte nicht fliehen, konnte nur zusehen, wie sie näher und näher kamen. Höllenschlunde taten sich vor ihr auf, drohten sie zu verschlucken. Sie hing nur hilflos da und musste mit ansehen, wie das Unheil immer näher auf sie zukam.

Wieder erlöste sie ein Schwindel, der sie in einen undefinierbaren Strudel riss – einen Strudel aus Farben und Lichtern.

Dann hörte sie Stimmen.

Sie waren hier, um sie zu holen.

Aber wer war hier?

Sie konnte nichts sehen.

Es gelang ihr, den Kopf soweit anzuheben, dass sie über den Boden blicken konnte. Dabei riss sie die Augen weit auf, um genauer sehen zu können. Männer kamen auf sie zu. Nur warum waren sie alle schwarz? Und warum waren es so viele? Und warum waren sie so furchtbar schnell?

Der Knebel wurde aus ihrem Mund gerissen.

Endlich!

*

Jürgen Schnur traute seinen Augen nicht. Vor ihm stand ein Junge mit hochrotem Gesicht und zerzausten Haaren.

»Wer bist du?«

»Jonas Weimer.«

»Was tust du hier um diese Zeit?«, frage Schnur »Müsstest du nicht in der Schule sein?«

»Nein. Wir haben frei, weil unsere Geschichtslehrerin nicht gekommen ist«, erklärte der Junge und zeigte auf einen Abhang.

»Mathilde Graufuchs?«, hakte Schnur nach.

»Ja, aber …«

»Die Welt ist klein«, bemerkte Schnur dazu. »Aber warum läufst du hier durch den Wald und schreist herum?«

»Weil Kyra den Hang abgestürzt ist.« Der Junge war den Tränen nahe.

»Wer ist Kyra?«

»Meine Freundin.«

Endlich schauten die drei Beamten auf die Böschung, auf die der Junge ständig wies.

Tatsächlich.

Dort hielt sich ein Mädchen an einer herausragenden Baumwurzel fest. Unter ihr lag nur tiefer Abhang. Über ihr stießen die Raben ihr unheimliches Krächzen aus.

»Meine Güte«, stöhnte Andrea. »Diese Raben sehen aber auch alles.«

»Erik. Du kletterst da runter und hilfst dem Mädchen!«, befahl Schnur.

»Ausgerechnet ich mit meinen neunzig Kilo Lebendgewicht«, murrte Erik. »Dann kracht die Baumwurzel mit Sicherheit.«

»Willst du das Mädchen sich selbst überlassen?«

Murrend legte sich Erik auf den Bauch und robbte den Hang hinunter. Schnur griff nach seinen Füßen, um ihn festzuhalten. Erik streckte seine Arme aus. Er erreichte das Mädchen. Es griff nach seiner Hand, klammerte sich verzweifelt daran fest und ließ sich ganz langsam von Erik nach oben ziehen. Erst als sie sicher auf dem Trampelpfad saß, brach sie in lautes Weinen aus.

Schnur klopfte Erik auf die Schulter und frotzelte: »Wie gut, dass du so lang bist, Langer.«

»Stimmt, Barbarossa«, gab Erik genauso spöttisch zurück und klopfte sich den Sand von Jeans und Hemd. »Dein roter Bart ist einfach noch nicht lang genug, um sich daran hochzuziehen.«

»Wenn du so weitermachst, mache ich dich einen Kopf kürzer«, drohte Schnur. »Dann warst du die längste Zeit ein Langer – dann nenne ich dich Kurzer.«

»Und ich stehle dir deinen Rasierapparat, damit jeder deinen roten Bart sehen kann.«

Andrea belauschte amüsiert das Geplänkel zwischen den beiden.

»Jetzt bringen wir euch beide nach Hause«, kündigte Schnur an.

»Oh je«, stöhnte der Junge. »Von der Polizei nach Hause gefahren zu werden, sieht nicht gut aus.«

»Wäre deine Freundin diesen Abhang hinter gestürzt, würde es noch viel schlechter aussehen.«

Das ließ den Jungen verstummen.

Die Kinder wohnten direkt in der Hauptstraße von Oberfelsberg. Die Polizeibeamten ließen sie aussteigen, warteten ab, bis sie in ihren Häusern verschwunden waren, und fuhren dann wieder die Serpentinen hinunter, ließen Felsberg hinter sich und erreichten das Dorf Picard.

Am Haus von Mathilde Graufuchs fanden sie das gleiche Bild vor. Der Hund war immer noch zu hören. Die Nachbarin trat vor die Tür und konnte nichts Neues berichten.

»Hat Frau Graufuchs Verwandte, die wir anrufen können?«, fragte Schnur.

»Nur eine Schwester«, antwortete Frau Ganter.

»Haben Sie zufällig die Telefonnummer der Schwester?«

Frau Ganter erwiderte: »Ja, sie hat mir diese Nummer mal gegeben für den Notfall.«

Schnur nickte und sagte: »Dann geben Sie sie mir bitte.«

Die Frau eilte ins Haus und kehrte mit einem Notizzettel zurück.

Erik wählte die Nummer und wartete lange Zeit, bis sich endlich jemand meldete. Schon nach kurzer Zeit legte er auf und berichtete: »Die Schwester behauptet, es sei kein Grund zur Sorge, wenn der Hund mal bellt. Mathilde Graufuchs habe die Angewohnheit, ihren kleinen Hund zu züchtigen, indem sie ihn für ein paar Tage ins Bad einsperrt.«

Erstaunte Gesichter starrten Erik an.

»Ich gebe nur wieder, was die Schwester gesagt hat.«

»Dann haben wir ja alles geklärt«, erkannte Schnur. »Mathilde Graufuchs züchtigt ihren Hund, solange sie keine Schüler vor ihrer Nase hat, die sie züchtigen kann.«

»Siehst du, was du mit deiner Einmischung erreicht hast?«, tauchte plötzlich ein Mann mit hochrotem Gesicht auf. Er fasste Else Ganter unsanft am Arm und zog sie ins Haus zurück.

Kapitel 42

Fred Recktenwald hatte seinen freien Tag im Haus verbracht. Den ganzen Tag. Wenn auch nicht freiwillig, denn die Polizei war bei ihm aufgetaucht und hatte nach ihm gesucht. Von seinem Fenster aus hatte er sie beobachtet und sich ins Fäustchen gelacht, weil sie nicht bemerkt hatten, dass er zu Hause war. Sein Freund Linus hätte ihm bestimmt zu diesem Schachzug gratuliert, weil es ihm gelungen war, die Polizei an der Nase herumzuführen. Umso mehr wunderte es ihn, dass er heute Morgen verschlafen hatte. Eigentlich müsste er voller Energie stecken. Aber das Gegenteil war der Fall. Der steile Anstieg zur Teufelsburg erschien ihm unüberwindlich.

Aber es musste sein. Eine Gruppe von älteren Damen hatte sich angemeldet.

Müde gelangte er an das Tor.

Die Damen warteten schon auf ihn. Ihre Reaktionen waren gemischt, von belustigt bis verärgert. Fred entschuldigte sich für seine Verspätung.

Kaum hatte er das Kassenhäuschen geöffnet, alle Formalitäten erledigt, musste er mit seiner Führung beginnen. Eine Tasse Kaffee hätte ihm bestimmt gut getan.

»Die Burg Neuenfelsberg, auch Teufelsburg im Volksmund genannt, wurde unter dem lothringischen Herzog Johann I. erbaut. Sie ist die Nachfolgerin einer älteren Burganlage namens Altenfelsberg, die auf dem gegenüberliegenden Hanseberg in St. Barbara lag.

Diese ältere Burganlage wurde 1341 in einer Fehde zwischen dem Wildgrafen von Daun und dem Trierer Kurfürsten und Erzbischof Balduin von Luxemburg völlig zerstört und später nicht wieder aufgebaut.

Stattdessen ließ der lothringische Herzog um 1350 die Teufelsburg, die erstmalig 1369 urkundlich erwähnt wurde, auf dem Schlossberg bei Felsberg erbauen.«

Langsam gingen sie auf die Ruine zu.

»Wie Sie sehen, liegt die weitläufige Anlage der Teufelsburg mit Vorburg, Halsgraben und Hauptburg auf einem weit ins Saartal vorspringenden Bergsporn, der zu den Ausläufern des lothringischen Hügellandes gehört. Diese strategisch günstige Lage wurde wahrscheinlich schon von den Römern als Befestigungsanlage genutzt.«

»Wo können wir sehen, was Sie uns gerade gesagt haben?«, fragte eine der Damen, die direkt vor der alten Mauer der Burg stand und außer Steinen nichts erkennen konnte.

»Wir steigen jetzt eine kleine Treppe nach oben, erklimmen den Turm und dann werden sie staunen, welche Aussicht man von dort oben hat«, antwortete Fred. Er zeigte auf den Mauerspalt, in dem sich die Steinstufen verbargen, und ließ den Damen den Vortritt.

Langsam stiegen sie hinauf. In der Enge konnten sie nur einzeln hintereinander gehen. Die Kühle zwischen den Steinen tat gut, weshalb sich die Damen mehr Zeit ließen als nötig. Oben angekommen schlug wieder die erbarmungslose Hitze auf sie nieder, obwohl es noch früh am Tag war.

Fred steckte noch zwischen den dicken, alten Mauern, als er von oben einen entsetzlichen Schrei hörte.

Er würde sich gern beeilen, aber eine kräftige Dame vor ihm versperrte ihm den Weg. Erst als sie schnaufend oben ankam, stolperte Fred aufgeregt hinterher. Das erste, was er sah, war eine der Touristinnen, die sich übergab. Dann sah er eine weitere Frau sich das Herz haltend und laut jammernd über den großen Platz rennen.

Dann sah er sie.

Die Leiche.

An einer Eisenstrebe, die aus der Turmwand herausragte, hing sie mit den Händen hinter dem Rücken gefesselt.

Fred starrte erschrocken auf das Bündel, das mal ein Mensch gewesen war.

»Tun Sie doch etwas!«, rief eine der Frauen.

Endlich erwachte er aus seiner Erstarrung. Er eilte zurück zum Kassenhäuschen, wo das Telefon stand. Mit zitternden Händen griff er danach und rief die Polizei.

Die Gruppe von Reiselustigen versammelte sich davor und wartete mit ihm gemeinsam auf das Eintreffen der Polizei.

Kapitel 43

Das erste, was Schnur und Erik sahen, als sie sich an diesem Morgen schon wieder der Teufelsburg näherten, war ein Mann mit grauen Haaren. Es dauerte auch nicht lange, schon wussten sie, wer dieser Mann war: Fred Recktenwald.

Schnur hatte Mühe, seinen Blick von ihm loszureißen. Er konnte es nicht fassen, dass ein sonst so jung und freundlich aussehender Mann von gerade mal vierzig Jahren schon mausgraues Haar hatte.

»Die Leiche liegt oben auf der Burg«, sprach Erik direkt in Schnurs Ohr, damit sein Chef sich daran erinnerte, warum sie hier waren.

»Wie gut, dass ich dich dabei habe«, stellte Schnur schnell fest und folgte dem Kollegen über eine Treppe, die sie durch einen Spalt in der alten Mauer erreichten, nach oben.

Dort trafen sie auf Dr. Thomas Wolbert, den Gerichtsmediziner, und Dr. Ralf Wedick, den Entomologen.

Und auf die Leiche.

Sie hing immer noch an der Eisenstrebe festgebunden.

Die Männer hatten auf Jürgen Schnur gewartet, damit er ihnen grünes Licht gab, die Leiche loszubinden und vom Fundort zu entfernen.

Nur zögernd näherte sich Schnur. Er konnte nur einen blicklosen Schädel erkennen, an dem vertrocknetes, braunes Gewebe hing. Eine Schlinge lag um den Hals der Leiche. Die Augen waren total verschwunden. Der Mund bestand nur aus einem klaffenden Loch.

Keine Zähne.

»Wo sind die Zähne?«, frage Schnur erschrocken.

»Hier«, rief Dr. Wolbert und zeigte auf ein Gebiss, das vor der Leiche auf dem Boden lag.

»Was ist das zwischen den Zähnen?«

»Wir vermuten, ein Knebel«, antwortete der Gerichtsmediziner. »Es ist ein tennisballgroßer Stoffklumpen, der mit Klebeband befestigt war.« Dabei zeigte er auf ein braunes Etwas, das Schnur beim besten Willen nicht als Klebeband erkennen konnte.

»Lag der Knebel samt Klebeband schon auf dem Boden, als die Leiche gefunden wurde?«

»Ja.«

»Wie ist das möglich? Das Opfer ist doch gefesselt – immer noch.«

»Es sieht aus, als sei es abgerissen worden. Nach den Spuren zu urteilen, von den Raben, die vermutlich auch die Augen aus den Höhlen gepickt haben.«

»Klingt echt übel!«

»Wenn wir gerade bei übel sind«, meinte Wolbert mit düsterer Stimme, »dann zeige ich dir, welche Konstruktion der Täter gewählt hat, um auf Nummer Sicher zu gehen, dass das Opfer auch wirklich stirbt.«

Schnur hatte Mühe, sich nicht zu übergeben, als Wolbert die tote Frau umdrehte und dadurch eine Strickkonstruktion auf ihrem Rücken sichtbar machte.

»Was ist das?«, fragte er.

»Sie hat eine Schlinge um den Hals, die mit den Fesseln an den Händen verbunden ist.«

Schnur bekam große Augen.

»Mit jeder Bewegung, die sie gemacht hat, um sich von den Fesseln an den Händen zu befreien, hat sie die Schlinge um ihren Hals enger zugezogen.«

»Also ist sie erstickt?«

»Vermutlich. Genaueres aber … du weißt schon, nach der Autopsie.«

Schnur drehte sich weg und atmete tief durch.

Erik gesellte sich zu ihm und meinte leise: »Du wirst doch wohl nicht …«

»Ich bemühe mich«, knurrte Schnur und schluckte immer heftiger.

»Was ist? Bei deiner Berufserfahrung wirst doch wohl den Anblick einer Leiche wegstecken können.«

»Den Anblick einer Leiche ja – den Anblick dieser Leiche …« Schnur schnaufte, bis er weitersprechen konnte: »Wir haben gestern die Raben gehört und nichts geahnt.«

»Wie hätten wir etwas ahnen können?«, fragte Erik. »Das Gelände der Burg war abgesperrt. Wie konnten wir wissen, dass trotzdem jemand dort war – wenn auch unfreiwillig?«

Schnur ging einige Schritte auf und ab, bis er sich wieder beruhigt hatte. Dann wandte er sich an den Entomologen und fragte: »Sagen uns die Maden etwas darüber, wie lange sie schon tot ist?«

Dr. Wedick warf einen prüfenden Blick auf die Tote und meinte:

»Die Temperaturen sind für Schmeißfliegen günstig, was ich meinen Berechnungen hinzufügen muss. Dazu kommt, dass bei uns immer ein gewisser Grad an Luftfeuchtigkeit herrscht, wodurch die Leiche langsamer austrocknet. Denn sobald eine Mumifizierung stattgefunden hat, haben die Schmeißfliegen keine Chance mehr. Dann kommen die Käfer, zum Beispiel die Speckkäfer, die Totengräberkäfer ...«

»Danke für die anschaulichen Ausführungen«, unterbrach Schnur und fragte hastig weiter: »Können Sie nicht einfach eine Zeitangabe machen?«

»Nein. Dafür habe ich etwas gefunden, was ich genauer untersuchen will.«

»Und was?«

Mit hektischen Bewegungen packte er einen langen Stab aus seiner Tasche, wobei ihm gleichzeitig weitere Utensilien herausfielen und über den Boden kullerten. Hastig sammelte er alles wieder ein und stopfte es in die Tasche zurück.

Schnur übte sich in Geduld, wusste er doch, dass Dr. Wedick für seine Hyperaktivität bekannt war.

Dann zeigte der Entomologe mit dem Stab auf eine Stelle auf der linken Brust, an der noch Gewebe hing, das mumifiziert aussah. Das Ende des langen Stabs traf auf ein kreisrundes Loch. Die Ränder wirkten ausgefranst, als handelte es sich um einen aufgesetzten Schuss.

»Ich verstehe«, murmelte Schnur, ohne das Geringste zu verstehen.

»Ach ja? Sie verstehen etwas von meiner Arbeit?« Diese Frage klang sarkastisch. Dr. Wedicks Lächeln wirkte frostig. Sein knochiges Gesicht mit der langen, krummen Nase bekam dabei etwas Fratzenhaftes. Seine Brille, die er auf der Nasenspitze balancierte, setzte seinem Anblick die Krone auf. »Dann habe ich es hier mit einem echten Genie zu tun. Ich habe dafür nämlich jahrelang studiert.«

Schnur staunte über die Heftigkeit der Reaktion. »Ich habe auf Informationen gehofft«, gab er zu.

»Ich dachte, Sie verstehen.« Dr. Wedick gab seine Trotzhaltung nicht auf.

»Ich verstehe, dass Sie etwas gefunden haben, was Sie untersuchen müssen. Nur wüsste ich gern, was Sie mir jetzt und hier schon darüber sagen können«, erklärte Schnur genauer. Seine Geduld war nicht die Beste. Hinzu kam, dass ihm Dr. Wedicks überempfindliches Verhalten schon lange gegen den Strich ging. Aber er galt als Meister in seinem Fach, weshalb er immer hinzugerufen wurde, wenn eine Leichenliegezeit nur noch durch die Maden bestimmbar war.

»Dieses Loch«, Dr. Wedick zeigte wieder auf das ausgefranste Loch in der linken Brustseite, »könnte durch Käferfraß entstanden sein – oder durch ein Projektil einer Waffe. Das kann ich aber erst genau sagen, wenn ich dieses Loch in meinem Labor untersucht habe.«

»Okay. Dann sollten wir uns damit beeilen, dass die Leiche in Ihr Labor geschafft wird. Von dem Ergebnis hängt es nämlich ab, wie unsere weiteren Ermittlungen aussehen sollen.«

Plötzlich kam Theo Barthels hinter der toten Frau hervorgekrochen.

Schnur erschrak.

»Den habe ich bei ihr gefunden«, merkte Barthels an und winkte mit einem Ausweis.

»Und? Wen haben wir vor uns?«, fragte Schnur neugierig.

Barthels überreichte dem Hauptkommissar den Ausweis, ohne etwas zu sagen.

Schnur las den Namen Mathilde Graufuchs.

Der Name ließ ihn erschrocken zusammenfahren. Wieder richtete er seinen Blick auf die Leiche. Plötzlich bekam sie ein Gesicht, eine Stimme und Eigenschaften.

Von hinten hörte Schnur Schritte. Erschrocken schaute er zurück, um nachzusehen, wer sich dem Tatort näherte. Sein Blick fiel auf Anton und Andrea.

Die Mienen der beiden Neuankömmlinge veränderten sich rasend schnell, je näher sie der Toten kamen. Antons gesunder Teint wechselte in ein ungesundes Grau und Andreas Gesichtsfarbe wurde grün.

»Ist das Mathilde Graufuchs?«, fragte Andrea.

Schnur nickte und wies die beiden an: »Ihr könnt euch gleich auf den Weg zum Haus der Toten machen. Es ist wichtig festzustellen, ob die Täter dort eingedrungen sind. Vielleicht liegt da das Motiv.«

»Das glaubst du jetzt nicht wirklich?«, fragte Andrea mit staunendem Blick. »Zwei Lehrer in einer Woche und dann Einbruch als Motiv?«

»Wir dürfen nichts außer Acht lassen«, reagierte Schnur darauf. Doch Barthels unterbrach ihn, indem er sagte: »Hier habe ich ihren Haustürschlüssel gefunden. Sollte Mathilde Graufuchs einem Raubmord zum Opfer gefallen sein, hat der Täter aber sehr unüberlegt gehandelt.«

»Trotzdem müssen wir in ihrem Haus nachsehen«, stellte Schnur klar.

»Und den Hund müssen wir dort wegnehmen«, erwähnte Andrea. »Der arme kleine Kerl.«

»Ruft im Tierheim an.«

»Nein«, widersprach Andrea, worauf Schnur sie verdutzt ansah. »Den Hund nehme ich.«

»Das soll mir recht sein. Also, macht euch auf den Weg. Der Tatort ist jetzt für die Kollegen der Spurensicherung. Wir stehen hier nur im Weg. Erik und ich werden mit Fred Recktenwald zur Kriminalpolizeiinspektion nach Saarbrücken fahren und ihm einige Fragen stellen.«

Kapitel 44

Seit ihrer Ankunft in Saarbrücken saß Fred Recktenwald still auf dem unbequemen Stuhl des Vernehmungszimmers und wartete. Kein Wort der Klage, kein Anzeichen von Ungeduld.

Schnur beobachtete ihn von der anderen Seite des Spiegels. Er wartete darauf, dass seine Mitarbeiter Informationen über ihn zusammentrugen, damit er wusste, mit wem er es zu tun hatte. Die Tatsache, dass Recktenwald haargenau der Zeugenbeschreibung im Mordfall Bertram Andernach entsprach, ließ ihn vorsichtig werden.

Er hatte inzwischen zwei Morde aufzuklären, wobei er nicht sicher war, ob er auch zwei Mörder suchte. Die Opfer waren beide Lehrer, hatten sich gekannt und waren beide unbeliebt in der Schule. Diese Fakten beunruhigten Schnur. Das Motiv für beide Opfer wäre in der Schule zu finden. Aber Recktenwald hatte seine Schulzeit schon lange hinter sich. Deshalb war es wichtig für Schnur, etwas über sein Leben und seine Familienangehörigen zu erfahren. Vielleicht gab es dort die Verbindung, die der Schlüssel zum Rätsel war.

Alles, was er bisher über Recktenwald wusste, war, dass er vierzig Lenze zählte, zurückgezogen lebte und bei der Fördergemeinschaft Teufelsburg als Touristenführer angestellt war. Dort hatte er nichts erfahren, was ihm weitergeholfen hätte. Lediglich die Erinnerung an sein Zuhause machte Schnur stutzig. Nur wer sich im Dorf auskannte, wusste, dass dort ein Haus stand – und wusste vermutlich auch, wer dort wohnte. Aber mehr über ihn zu erfahren, war unmöglich. Die Unsichtbarkeit, die Unauffälligkeit machten Fred Recktenwald zu einem Mysterium.

Nach einer Weile betrat Andrea das Zimmer.

»Na, was macht der Waisenhund?«, fragte Schnur lächelnd.

»Die kleine Penelope war zu einem zitternden Bündel verkommen. Jetzt ist sie bei meiner Mutter und lässt sich durchfüttern und bemuttern.«

»Dann können wir Penelope von der Liste der Opfer streichen«, erkannte Schnur.

»Zwei Opfer reichen ohnehin«, stimmte Andrea zu. »Ich hoffe, dass wir mit Fred Recktenwald die Fälle aufgeklärt haben. Obwohl ich zugegebenermaßen meine Zweifel habe.«

Sie hielt ihrem Vorgesetzten eine Akte vor die Nase. »Mehr konnten wir in der Kürze der Zeit nicht über ihn herausfinden.«

Schnur blätterte in den wenigen Papieren und bemerkte: »Etwas hätten wir schon: Er war Schüler am Max-Planck-Gymnasium.«

»Und rächt sich 24 Jahre später für die Ungerechtigkeiten der Lehrer?«, zweifelte Andrea.

»Vielleicht sind seine Ahnen Elefanten«, murrte Schnur.

Auf Andreas fragenden Blick fügte er an: »Die vergessen nie.«

Andrea grinste.

»Deshalb will ich Klarheit haben. Wir werden beide jetzt da reingehen und mit Recktenwald sprechen.«

»Du hast recht«, lenkte Andrea ein. »Nie die Hoffnung aufgeben. Vielleicht bricht er zusammen und gesteht uns alles.«

»Und der Osterhase kommt mit dem Nikolaus Hand in Hand hereinspaziert, um uns zu gratulieren.«

»Dein Zynismus in Ehren – ohne ihn hast du mir besser gefallen.«

Sie betraten den Raum

»Warum bin ich hier?«, fragte Recktenwald sofort.

Schnur setzte sich ihm erst einmal gegenüber, bevor er antwortete: »Sie haben die Tote gefunden. Und wer einen solchen Fund macht, wird immer von der Polizei befragt.«

»Ich habe die Tote doch nicht gefunden. Das waren die Damen meiner Touristengruppe«, wehrte Recktenwald ab. Seine Stimme klang klar und deutlich und ohne jegliche Betonung. Ob er sich nun über seinen Aufenthalt in diesem Raum ärgerte oder nicht, war nicht herauszuhören.

Schnur schaute ihn genau an, als er sagte: »Ihr Notruf klang aber anders. Sie haben wortwörtlich gesagt: *Ich habe eine Tote gefunden. Sie liegt auf der Teufelsburg. Kommen Sie schnell.*«

Keine Reaktion von Fred Recktenwald. Seine grauen Haare standen wild vom Kopf ab, ein Anblick, wie Schnur ihn vielleicht von ungepflegten Obdachlosen kannte. Aber dieser Mann hier war nicht ungepflegt, seine Erscheinung war der Inbegriff der Gegensätzlichkeiten. Graue Haare, dazu ein junges Gesicht, ein Anzug, der schon lange aus der Mode gekommen war, in dem Recktenwald aber eine gute Figur machte. Gertenschlank und groß, ohne die geringste Sportlichkeit.

Wäre er imstande, Bertram Andernach an einem Strick hochzuziehen? Dazu gehörten Kraft und Kaltschnäuzigkeit. Und Schnur erkannte in seinem Gegenüber keins von beidem.

»Ich habe mich in der Aufregung wohl falsch ausgedrückt«, brachte Recktenwald zu seiner Entschuldigung vor.

»Sie sprachen aber klar und deutlich von einer Toten – also von einer toten Frau«, präzisierte Schnur. »Also wussten Sie, wer dort hing. Ich habe nämlich in dem, was von der Leiche übriggeblieben ist, keine Frau erkannt.«

Recktenwald stutzte und meinte: »Sie trug einen Rock. Männer tragen für gewöhnlich keine Röcke.«

Widerwillig schaute sich Schnur die Fotos von Mathilde Graufuchs an, die inzwischen der Akte beigefügt worden waren. Er konnte beim besten Willen diese Stofffetzen nicht als Rock identifizieren.

»Ich kann keinen Rock erkennen«, gab er zu und wollte das Foto in Recktenwalds Richtung drehen. Doch der Mann wehrte ab und meinte: »Bitte nicht! Der Anblick oben auf der Teufelsburg war schrecklich genug für mich. Ich werde Alpträume davon kriegen.«

»Richtig. Schrecklich war der Anblick. Und Sie haben sofort eine Frau erkannt«, gab Schnur nun etwas barscher zurück. »Ich habe den Eindruck, dass Sie genau wussten, wen Sie dort gefunden haben.«

»Nein«, widersprach Recktenwald mit einer stoischen Ruhe, dass Schnur nicht mehr wusste, wen er anzweifeln sollte: sich selbst oder sein Gegenüber.

»Wer ist die Tote?«

»Mathilde Graufuchs.«

Recktenwalds Staunen wirkte echt. Daran hatte Schnur keinen Zweifel. Mit weit aufgerissenen Augen starrte der dürre Mann ihn an.

»Sie kennen also Mathilde Graufuchs?« Das war mehr eine Feststellung als eine Frage.

»Ja.«

»Woher?«

»Sie war zweimal mit einer Schulklasse auf der Teufelsburg, um eine Führung von mir machen zu lassen.«

»Vorher kannten Sie Mathilde Graufuchs nicht?« Bei dieser Frage spielte Schnur die Rolle des Advocatus Diaboli, um Recktenwald die Chance zu geben, seine Antwort zu überdenken.

Doch die Chance hatte sich dieser verspielt, denn er schaute den Kriminalkommissar nur verständnislos an.

»Wie in unserer Akte steht, war Mathilde Graufuchs Ihre Lehrerin am Max-Planck-Gymnasium«, halft Schnur ihm auf die Sprünge. »Haben Sie das vergessen?«

Eine Weile geschah nichts, bis Fred Recktenwald sein Gesicht zu einem Grinsen verzog. »Stimmt! Die alte Schachtel – sie war mir damals schon alt vorgekommen.«

»Und das fällt Ihnen erst jetzt ein?«

»Wissen Sie was? Ich habe diese alte Hexe aus meinem Gedächtnis gestrichen«, gab Fred Recktenwald böse zurück. »Das ist nämlich das Einzige, was ich von dieser Alten jemals gelernt habe.«

»Hier steht, dass die Lehrer Bertram Andernach und Mathilde Graufuchs Einträge über Ihre schulischen Leistungen gemacht haben, womit sie Ihnen jegliche Chance auf die Mittlere Reife genommen haben«, präzisierte Schnur. Es gefiel ihm nicht, wie aalglatt sich der Befragte aus allem herauswinden konnte.

»Die Zeit auf dem Gymnasium war meine schrecklichste«, gab Recktenwald locker und gelassen zu. »Meine Mutter war Grundschullehrerin an der Picarder Wackenbergschule. Und sie hat darauf bestanden, mich für das Gymnasium als tauglich hinzustellen. Nur deshalb war ich auf dieser Schule, auf der ich maßlos überfordert war. Die Hauptschule wäre für mich geeigneter gewesen.«

Jetzt zog es Schnur den Boden unter den Füßen weg. Mit wem hatte er es hier zu tun? Welcher Mann gab freiwillig zu, für eine bestimmte Schule zu doof gewesen zu sein?

Auch Andrea bewegte sich unruhig neben ihm auf dem Stuhl. Die Stille, die eingetreten war, nutzte sie zu fragen: »Sie wollen also behaupten, dass die Lehrer damals richtig gehandelt haben, als sie Ihnen das Leben schwermachten?«

Recktenwald starrte die Kommissarin eine Weile an, bis er antwortete: »Das behaupte ich nicht. Die Lehrer haben sich einen Spaß daraus gemacht, mich zu blamieren. Ich habe mich in Grund und Boden geschämt.«

»Wer hat noch an diesen Denunzierungen teilgenommen?«, fragte Schnur.

»Damals waren da noch so alte Lehrer wie Hornbecker, oder Mischke, oder Laug.«

»Günter Laug?«

»Ja. So hieß er.«

Schnur staunte. Dem Alkoholiker Laug hätte er solche Gemeinheiten gar nicht zugetraut. Aber auch Recktenwald führte ihm etwas vor, was ihm fremd war. Seine Menschenkenntnis zeigte in diesem Augenblick erhebliche Schwächen auf, was Schnur nervös machte.

»Und solche Menschen wollen Sie aus dem Gedächtnis gestrichen haben«, meinte er vorwurfsvoll.

»Sie verstehen hier etwas nicht«, entgegnete Recktenwald lächelnd. »Mathilde Graufuchs war der Meinung, dass man Schüler wie mich aus dem Gedächtnis streichen sollte. Sowas nannte man damals wohl noch pädagogische Maßnahme. Aber mich hat es verletzt. Und die einzige Methode, es dieser Alten gleichzutun, war, dass ich sie ebenfalls aus meinem Gedächtnis gestrichen habe.«

»So wirkungsvoll, dass Sie sie wirklich vergessen haben?«

»Wenigstens das ist mir gelungen.«

»Wir finden Bertram Andernach erhängt auf, und einige Tage später Mathilde Graufuchs – ihre genaue Todesursache wissen wir noch nicht. Beide Lehrer haben Ihnen das Leben schwer gemacht. Da drängt sich mir doch der Gedanke auf, dass Sie diese Menschen keineswegs einfach so vergessen haben, wie Sie mir weismachen wollen. Im Gegenteil: Sie haben ein starkes Motiv für den Mord an diesen beiden Lehrern.«

»Ach was«, wehrte Fred Recktenwald ab. »Nach so vielen Jahren? Da wäre mein Leben aber sehr langweilig gewesen, wenn ich mich über vierundzwanzig Jahre nur mit Gedanken an meine Lehrer herumgeschlagen hätte.«

»Soll heißen?«

»Dass ich diese schreckliche Zeit aus meinem Gedächtnis gestrichen habe.«

Schnur erwiderte den Blick des Befragten und fand darin nichts Widersprüchliches. Die Miene wirkte so entspannt, der Tonfall so gleichmütig, dass ihm fast keine andere Wahl blieb, als ihm zu glauben.

Er befand sich in einer Zwickmühle. Solange der Bericht der Gerichtsmedizin ausstand, konnte er keine gezielten Fragen stellen. Er wusste weder, wann Mathilde Graufuchs gestorben war, noch wie. Nun hatte er endlich einen Mann am Haken, der als Verdächtiger in Frage käme, und er konnte nichts tun, außer pokern. Auch der Verdacht der Schusswunde war noch nicht bestätigt. Das Team der Spurensicherung hatte weder Patrone noch Hülse auf der Teufelsburg gefunden, was nicht unbedingt aussagekräftig sein musste. Ein Revolver spuckte keine Hülsen aus. Und das Projektil könnte noch in der Leiche stecken. Verzweifelt rieb er sich über das Kinn.

Er schaute in die Akte, die vor ihm lag und las vor: »Hier steht, dass keine Schusswaffe auf Sie eingetragen ist.«

»Das stimmt.«

»Trotzdem könnten Sie eine Waffe haben. Hier in Grenznähe zu Frankreich ist das kein Problem.«

»Warum sollte ich mir eine illegal besorgen, wenn ich keine Schusswaffen mag?«

Schnur schaute Recktenwald an und stellte fest, dass er ihm auch darin glaubte. Das verwirrte ihn. Es war nicht seine Aufgabe, an das Gute im Menschen zu glauben. Was spielte dieser Mann ihm vor? Oder waren seine Antworten so ehrlich, wie sie sich anhörten?

»Außerdem wurde vermerkt, dass Mathilde Graufuchs mit einem Schulbus am Mittwochnachmittag zur Teufelsburg kam, um dort eine Führung mitzumachen«, las Schnur weiter aus den Akten vor.

Recktenwald nickte.

»Der Schulbus ist sicherlich nicht ohne die Lehrerin weggefahren.«

»Dazu kann ich nichts sagen«, gab Recktenwald zu.

»War nach der Schulklasse von Frau Graufuchs noch jemand auf der Burg?«

»Ja. Eine Gruppe älterer Herrschaften, die mit einem Minivan gekommen sind.«

»Diese Gruppe wurde also nach der Schulgruppe herumgeführt.«

Wieder nickte Fred Recktenwald.

»Das würde ja heißen, dass zu diesem Zeitpunkt die Schulklasse schon wieder fort war.«

Eine Weile herrschte Schweigen. Fred Recktenwald schien ernsthaft nachzudenken, denn seine Stirn legte sich in Falten. »Komischerweise sind beide Busse gleichzeitig losgefahren.«

»Was ist daran komisch?«

»Dass die Schüler nicht mehr auf der Burg waren. Das wäre mir aufgefallen, weil ich ja dort meine Führung gemacht habe.«

»Also saßen die Kinder eine lange Zeit im Bus.« Jetzt erst erkannte Schnur, was Recktenwald meinte. »Das ist wirklich seltsam. Und dann ist der Schulbus gleichzeitig mit dem Minivan losgefahren?«

»Genauso war es.«

Schnur machte sich Notizen. Der Busfahrer musste befragt werden. Dass er da nicht schon früher drauf gekommen war! Wer wusste schon, wofür diese neue Information wichtig sein könnte? Auch die Gruppe im Minivan musste er auftreiben und befragen.

»Vor fünf Jahren wurde Ihnen der Führerschein wegen Alkohol am Steuer eingezogen«, sprach er weiter.

Fred Recktenwald schaute nur teilnahmslos drein.

»Warum haben Sie ihn nicht wieder zurückgeholt? Sie sind mehrere Mal angeschrieben worden, dass Sie ihn wieder abholen können.«

»Ich wollte eben nicht. Wer weiß schon, ob mir so etwas nicht noch mal passiert.«

»Heißt das, dass Sie ein Problem mit Alkohol haben?«

»Nein. Das heißt nur, dass ich schon mal gerne Alkohol trinke. Und ohne Führerschein komme ich gar nicht erst in die Verlegenheit, mich ans Steuer zu setzen.«

»Macht es Ihnen nichts aus, unflexibel zu sein?«

»Nein. Ich gehe gern zu Fuß.« Recktenwald lächelte, was sein Gesicht trotz der grauen Haare jung wirken ließ. »Macht mich das verdächtig, meine Lehrer von früher ermordet zu haben?«

Schnur schaute ihn eine Weile an. Trotz aller Anstrengungen konnte er in diesem Mann keinen grausamen Rächer erkennen. Aber, sah man den Tätern ihre Taten immer an? Fred Recktenwald war die Widersprüchlichkeit in Person: der ideale Verdächtige, weil alle Indizien auf ihn zutrafen, doch dann wieder so ein unbedarfter und sanfter Mensch, der sich auf keine Provokation einließ und auf alles eine plausible Antwort hatte, was ihm eine unerklärliche Unschuld anhaften ließ.

»Wo waren Sie in der Nacht von Sonntag auf Montag – so gegen Mitternacht?«, fragte Schnur anstatt zu antworten.

Fred Recktenwald antwortete ohne zu überlegen: »In meinem Bett und habe geschlafen. Warum?«

»Weil zu dieser Zeit Bertram Andernach ermordet wurde.«

»Dann habe ich wohl kein gutes Alibi.« Fred zuckte mit den Schultern.

»Sie haben genau genommen gar kein Alibi.«

Kapitel 45

Kleine, bunte Blümchen starrten ihn von allen Seiten an – als wollten sie ihn auslachen. In der Morgensonne leuchteten sie noch aufdringlicher. Es wurde höchste Zeit, dass er zumindest mal einen Tapetenwechsel vornahm, überlegte Günter Laug und öffnete seine nächste Bierflasche. An vielen Stellen war sie schon vergilbt, an anderen verblasst. Wie lange zierte diese Tapete schon die Wände? Wenn er es sich genau überlegte, hatte sein Vater sie noch vor seinem Tod angebracht.

Er konnte es nicht glauben.

Eigentlich sah es lächerlich aus, dass ein erwachsener Mann sich mit einem solch kindischen Tapetenmuster umgab. Aber als Junggeselle – oder inzwischen alternder Junggeselle – konnte ihm das egal sein. In sein Leben würde keine Frau mehr treten. Als er noch jünger war, hatte ihm diese Erkenntnis etwas ausgemacht. Heute nicht mehr. Schon lange nicht mehr.

Und wer wusste schon, wie lange er noch lebte?

Andernachs Tod lag nun schon fünf Tage zurück. Und der Tod der Geschichtslehrerin keine vierundzwanzig Stunden.

Die alte Hexe sollte ihm gleichgültig sein. Sie hatte nicht nur die Schüler, sondern auch ihre Kollegen schikaniert. Und an ihm hatte sie sich regelmäßig ausgetobt.

Jetzt war sie tot und er konnte sich nicht darüber freuen.

Das lag wohl daran, wie sie zu Tode gekommen war. Und zu welchem Zeitpunkt. Lief hier ein heimtückischer Mörder herum, der Lehrer abmurkste?

Laug trank in hastigen Schlucken.

Wenn ja, warum? Übte jemand Vergeltung?

Das Bier schmeckte ihm nicht mehr. Mit wankenden Schritten ging er zu dem alten Schrank, der ebenfalls noch aus Zeiten stammte, als seine Mutter hier gelebt und an ihrem Sohn ihre erzieherischen Maßnahmen getestet hatte. Dort suchte er nach einer geeigneten Spirituose. Zum Glück bekam er immer solche exklusiven Geschenke wie Schladerer oder Courvoisier oder was er sonst noch alles in seiner geheimen

Schatztruhe fand. Ein Lächeln breitete sich bei dem Anblick in seinem Gesicht aus. Welchen edlen Tropfen wollte er sich nun gönnen?

Es klingelte an seiner Tür.

Erschrocken verschloss er den Schrank wieder. Sollte er wirklich die Haustür öffnen? Wer wusste schon, wer ihm dort auflauerte?

Zögerlich näherte er sich der Tür. Der Mittelteil bestand aus milchigem Glas. Trotz des unscharfen Bildes, das durchschimmerte, konnte er den Kollegen Manfred Dobler erkennen. Seine Glatze glänzte verräterisch.

Nur widerwillig öffnete Laug die Tür. Der Kollege war ihm lästig. Dobler verstand es, jeden innerhalb kürzester Zeit mit seiner Selbstverherrlichung zu nerven. Seit Bertram Andernachs Tod prahlte er ständig, wie er die wildgewordenen Schüler davon hatte abhalten können, den Knoten zu öffnen, an dem der Kollege hing.

Was wollte er jetzt vorbringen? Mathilde Graufuchs konnte er nicht geholfen haben. Vermutlich wusste Dobler noch nicht einmal, wo die Teufelsburg lag.

»Was verschafft mir die Ehre deines Besuches?«

Ohne zu antworten stürmte der kleine Mann einfach ins Haus, steuerte die Küche an und setzte sich auf den Stuhl, auf dem noch vor wenigen Minuten Günter Laug gesessen hatte.

»Hast du gehört, was mit unserer Kollegin Graufuchs passiert ist?«

»Klar«, murrte Laug. »Die ganze Schule spricht davon.«

»Mann! Du hast heute auch noch keinen daneben geschüttet«, empörte sich der Kollege. »Ich mach uns mal einen Kaffee. Denn ich brauche einen Gesprächspartner mit einem klaren Kopf.«

»Den Kaffee kannst du dir sparen«, murrte Laug. »Glaubst du, ich saufe das ganze Zeug, um nüchtern zu bleiben?«

Dobler ließ sich wieder auf den Stuhl zurücksinken und nickte. »Ich vermute mal, dass es dir so ähnlich geht wie mir.«

»Keine Ahnung. Wie geht es dir denn?«

»Ich habe Angst, ich könnte der Nächste sein, den dieser Geistesgestörte tötet.«

Laug lachte und meinte: »Wir haben alle Scheiße gebaut, was? Und jetzt geht uns der Arsch auf Grundeis.«

»Rede nicht so vulgär!«, mahnte Dobler. »Wenn man dich so hört, käme man nie auf den Gedanken, dass du Studienrat am Gymnasium bist.«

»Vielleicht ist das ganz gut so. Dann findet mich der *Geistesgestörte*, wie du so schön sagst, nicht.« Laugs Stimme troff vor Ironie. »Dabei glaube ich nicht an einen Geistesgestörten, sondern an einen Geistesgegenwärtigen. Vermutlich ein Schüler, der uns mal richtig kennengelernt hat.«

»Ich habe keinen Schüler ungerecht behandelt«, wehrte sich Dobler sofort. »Wer sagt denn, dass ein Schüler hinter diesen grausamen Morden steckt?«

»Wer sonst? Wem treten wir sonst noch auf die Füße?« Laugs Zynismus war nicht mehr zu bremsen.

»Du bist wirklich zu besoffen, um noch klar zu denken«, schimpfte Dobler. »Mein Besuch bei dir war wohl umsonst.«

Laug schaute den glatzköpfigen Mann eine Weile an, bevor er in sachlicherem Ton anmerkte: »Es stimmt, ich bin besoffen. Und das, weil ich genauso viel Angst habe wie du.«

Dobler starrte sein Gegenüber überrascht an. Soviel Offenheit hatte er nicht erwartet.

»Glaubst du, ich merke nicht, was hier passiert?«

Dobler verstand nicht, was Laug damit meinte.

»Ist dir mal aufgefallen, wen es von uns erwischt?«, fragte Laug angesichts des verständnislosen Gesichtes einfach weiter. »Es trifft nur die Kollegen der alten Garde.«

Dobler schnaufte laut und sagte: »Scheiße! Es gibt nicht mehr viele von uns. Nur noch dich und mich.«

»Also steckt ein Schüler hinter diesen Morden, der nur von uns unterrichtet worden sein kann. Und was sagt uns das?«

»Dass der Schüler schon lange Zeit nicht mehr auf unsere Schule geht«, antwortete Dobler.

»Gut erkannt!« Laug öffnete sich eine neue Bierflasche und trank einen guten Schluck. »Und was heißt das für uns?«

»Keine Ahnung.«

»Dass es für die Polizei unmöglich sein wird, diesen Kerl zu fassen.«

Doblers Gesicht wirkte plötzlich eingefallen und grau.

»Überleg doch mal«, bohrte Laug weiter an Doblers Nerven. »Wie viele Schüler hat es auf unserer Schule schon gegeben? Da kommen so viele zusammen, dass die Polizei unmöglich herausfiltern kann, wer sich durch unsere Behandlung dermaßen verletzt fühlen kann, dass er noch Jahre später zuschlägt.«

Kapitel 46

»Wer sind Sie?«, donnerte es in der großen Aula an Eriks Ohr.

Erschrocken drehten sich Erik und Esther um und sahen sich einem großen, kräftigen Mann mit schwarzen Haaren und Vollbart gegenüber, dessen rotunterlaufene Augen böse funkelten. Eine furchteinflößende Erscheinung.

»Wir sind von der Polizei und müssen mit Dr. Franzen über die Schüler und Lehrer sprechen, die er auf seiner Liste aufgeführt hat«, antwortete Erik und las die Namen vor: »Lara Ferringer und Dominik Jost …«

»Dr. Franzen wollte an dem freien Tag nicht extra herkommen, um Ihnen Rede und Antwort zu stehen. Sie müssen schon mit mir Vorlieb nehmen.«

»Auch gut.«

Das Blitzen in den Augen des großen Mannes wurde stärker. Dr. Bellhaus studierte die Polizeiausweise und sagte zu Esther: »Jetzt erkenne ich Sie wieder.«

Esther nickte nur und steckte ihren Dienstausweis wieder ein.

»Ist der Tod eines weiteren Kollegen immer noch keinen Besuch Ihres Dienststellenleiters wert?«

Betreten schaute Erik drein. Schnur hatte ihm eindeutig bekundet, dass es ihm widerstrebe, mit dem näselnden und sich ständig wiederholenden Schulleiter Dr. Franzen zu sprechen. Dass Erik nun direkt auf das Fernbleiben Schnurs angesprochen wurde, machte ihn nervös. Damit hatte er nicht gerechnet.

Es war Esther, die für ihn antwortete: »Unser Dienststellenleiter muss koordinieren. Er kann derzeit die Dienststelle nicht verlassen.«

Erik staunte, wie geschickt Esther lügen konnte, weil Schnur sich lieber mit einer Leiche als mit dem Schulleiter beschäftigte. Er war zu Gerichtsmedizin gefahren.

Dr. Bellhaus wirkte sofort besänftigt und murrte: »Ihre Kollegen haben uns in den letzten Tagen regelmäßig beim Unterricht gestört, um uns mit Fragen zu bombardieren. Deshalb haben wir den Unterricht ausfallen lassen.«

»Nur deshalb?«, fragte Erik.

Erschrocken schaute Bellhaus ihn an und verneinte: »Natürlich nicht. Was unserer Kollegin Mathilde Graufuchs widerfahren ist, hat uns allen den Boden unter den Füßen weggezogen. Ein Kollege könnte noch eine Tat im Affekt sein. Aber zwei?«

»Deshalb sind wir hier«, erklärte Erik. »Der zweite Mord an einer Kollegin Ihrer Schule wirft neue Fragen auf.«

Dr. Bellhaus nickte schicksalsergeben und führte die Polizeibeamten in sein Büro im ersten Stock. Der Raum war groß, was für Dr. Bellhaus nur geeignet erschien. Die Fenster ließen viel Licht herein, aber auch Wärme. Der große Mann setzte sich hinter seinen Schreibtisch aus massivem Eichenholz. Dieser Tisch wirkte, als sei er extra stabil angefertigt worden, um einem Mann wie Dr. Bellhaus standzuhalten. Auch die Schränke und Regale bestanden aus Massivholz, was den beiden Beamten sofort ins Auge stach.

»Ich hoffe, ich kann Ihnen weiterhelfen«, schnaufte er. »Mir liegt viel daran, dass Sie diesem grausamen und sinnlosen Morden ein Ende bereiten.«

»Uns liegt auch viel daran«, gab Esther zu verstehen. »Wir sind bei unseren Ermittlungen auf Namen von ehemaligen Schülern dieser Schule gestoßen, die nicht auf der Liste stehen, die uns Dr. Franzen zur Verfügung gestellt hat.«

Neugierig horchte Bellhaus auf. »Sie sprachen vorhin von Lara Ferringer und Dominik Jost«, erinnerte er.

»Stimmt. Auf diese beiden werden wir auch noch zu sprechen kommen. Aber zuerst möchte ich von Ihnen etwas über Yannik Hoffmann und Fred Recktenwald wissen.«

Das Staunen im Gesicht des stellvertretenden Direktors war groß. Er schnaufte und gab zu: »Tut mir leid. Diese Namen sagen mir nichts.«

»Haben Sie keine Datei in Ihrem Computer, in der die Namen der ehemaligen Schüler abgespeichert sind?«, fragte Esther mit Engelsgeduld.

»Ach, stimmt ja.« Dr. Bellhaus fasste sich an den Kopf. »Diese Tragödien in unserem Haus verwirren mich mehr, als ich geahnt hätte.«

Sofort ließ er den Rechner hochfahren.

Sie verharrten schweigend, während sich das Brummen des Computers in die Länge zog. Dann begann Dr. Bellhaus mit seinen dicken Fingern auf der Tastatur zu hämmern. Nach wenigen Sekunden kam eine Reaktion: »Yannik Hoffmann habe ich gefunden. Er hat das Abitur nach dem zweiten Versuch geschafft. Er ist seit zwei Jahren nicht mehr bei uns. Wie hilft Ihnen das weiter? Ist der Mann verdächtig?«

»Nein«, wehrte Erik schnell ab. »Wir wollen nur wissen, warum er beim ersten Mal das Abitur nicht geschafft hat.«

»Sein Punktedurchschnitt reichte nicht aus.«

»In welchem Fach?«

»In zwei Fächern: Deutsch und Geschichte.«

»Wer waren die Lehrer?«

Dr. Bellhaus erblasste. Es gelang ihm nicht, die Namen auszusprechen. Hörbar schnappte er nach Luft, bevor er fragte: »Sehen Sie darin etwa das Motiv, die Kollegen zu töten?«

»Was wir sehen und ermitteln, dürfen wir Ihnen nicht sagen, was Sie sicherlich verstehen«, erwiderte Esther mit einem Charme, der dem stellvertretenden Schulleiter jegliche Möglichkeit des Widerspruchs raubte. Lächelnd honorierte er Esthers Erklärung.

»Und was können Sie uns über Fred Recktenwald sagen?«

»Wie ist der richtige Vorname dieses Mannes?«, fragte Bellhaus. »Fred hört sich für mich nach einem Rufnamen an.«

»Ferdinand Recktenwald«, antwortete Esther.

Dr. Bellhaus schaute wieder auf seinen Bildschirm. Doch mit Bedauern meinte er: »Hier ist dieser Name nicht erfasst. Wann hat Ferdinand Recktenwald unsere Schule besucht?«

»Das war von 1978 bis 1984.«

»Das ist vierundzwanzig Jahre her.« Dr. Bellhaus brüllte fast. »Unsere Daten reichen nur zehn Jahre zurück.«

»Aber Sie haben doch ein Archiv«, stellte Erik mehr fest, als er fragte. Seine Ungeduld wuchs.

»Ja. Aber da gibt es ein Problem.« Dr. Bellhaus räusperte sich. »Unser Schulgebäude wurde im Jahr 1991 durch übermäßige Regenfälle stark beschädigt. Das war zum Glück in den Schulferien passiert und zwar an einem Wochenende. Als der Hausmeister seinen Dienst wieder antrat, war der Schaden sehr groß. Es hatte hauptsächlich die Räume betroffen, wo unser Archiv gelagert war. Sämtliche Akten sind durch Nässe zerstört worden.«

»Wie kann es in ein Archiv reinregnen?«

»Ganz einfach. Die Platten der Außenmauern sind eingestürzt. Das

Archiv war sozusagen ungeschützt dem lang anhaltenden Regen ausgesetzt.«

Erik nickte, ohne zu verstehen, wovon Dr. Bellhaus sprach.

»Damit wollen Sie uns sagen, dass es keine Akten mehr über die Zeit vor 1991 gibt«, schaltete sich Esther ein, die ebenfalls erstaunt war.

»Richtig. Also kann ich Ihnen über Fred Recktenwald keine Informationen geben«, brummte Dr. Bellhaus. »Und an einen Schüler mit diesem Namen kann ich mich auch nicht erinnern. Vermutlich war er nicht mein Schüler.«

»Was unterrichten Sie?«

»Politik und Englisch.«

Esther bedankte sich und ließ sich von Dr. Bellhaus den Weg zu dem Klassenzimmer beschreiben, wo ihre nächste Befragung stattfinden sollte.

*

Der Lärm der Schüler drang laut durch die geschlossene Tür.

Erik und Esther warfen sich einen gequälten Blick zu. Wie laut würde es erst drinnen sein?

Die Schulklasse war extra an diesem freiem Tag in die Schule bestellt worden, weil die Polizei ihnen Fragen zum Verlauf der Teufelsburgführung stellen wollte. Das schien ihnen nicht sonderlich zu gefallen.

»Ich kann unseren Chef immer besser verstehen«, schnaufte Erik bei dem Gedanken, jetzt in diesen Raum zu gehen. »Leichen halten den Mund.«

Esther trat mutig voran und klopfte an.

Nichts.

Wieder klopfte sie, dieses Mal lauter.

Immer noch nichts.

»Ich schätze, die hören uns nicht, weil sie so laut sind«, spekulierte Erik. »Wir könnten ja wieder gehen und Schnur berichten, dass uns niemand reingelassen hat.«

»Feigling!«

Dieses Mal öffnete Esther schwungvoll die Tür und trat ein.

Schlagartig verharrte alles in Stille.

Dreißig kleine Kinder mit großen Augen starrten die beiden Polizeibeamten an.

Der Lehrer, ein großer, kräftiger Mann, der vor den Schülern wirkte wie Gulliver, der nach einem Schiffbruch im Land der Zwerge gelandet war, stellte sich an Markus Bollwisch vor und erklärte: »Es tut mir leid, dass die Schüler so laut sind. Eigentlich ist heute schulfrei. Sie sind nur gekommen, weil Sie Ihre Fragen beantworten müssen.«

Esther wandte sich an die Schüler und begann zu sprechen: »Ich bin Kriminalkommissarin Esther Weis. Das ist mein Kollege Kriminalkommissar Erik Tenes. Wir müssen euch ein paar Fragen zu euren Schulausflug zur Teufelsburg stellen.«

Die Schüler nickten eifrig.

»Wann seid ihr zur Teufelsburg aufgebrochen?«

»Das war erst am Nachmittag. Leider«, sprach ein Junge. »Normalerweise haben wir nachmittags frei. Aber unsere Lehrerin hatte keinen anderen Termin mehr bekommen.«

Esther nickte und lächelte dem Jungen aufmunternd zu. Stolz erwiderte er das Lachen.

»Und wie lange seid ihr dort gewesen?«

Gemurmel ging durch die Klasse, bis einer die Hand hob und antwortete: »Also, die Führung ging über eine Stunde, weil die Lehrerin den Mann, der uns alles erklärt hat, immer wieder unterbrochen hat.«

»Mirco«, ermahnte der Lehrer.

»Lassen Sie den Jungen bitte sprechen«, schaltete sich Esther schnell ein. Sie wollte verhindern, dass der Lehrer die Schüler davon abhielt, wichtige Details zu erzählen, nur weil sie peinlich waren.

»Ist ja wahr«, wehrte sich der Junge, der sich durch Esthers Einmischung stark fühlte. »Der Mann hat echt einen guten Vortrag gehalten. Er war sogar witzig. Unsere Lehrerin hat ihn behandelt, als würde sie ihn kennen.«

»Wie hat sie ihn behandelt?«

»Sie hat ihn beschimpft«, ertönte eine helle Stimme aus dem Hintergrund.

»Und wie hat der Mann darauf reagiert?«

»Er hat darauf bestanden, dass sie ihn mit ›Sie‹ anspricht. Aber das wollte unsere Lehrerin nicht machen.«

Esther staunte. Mit einer derartig brisanten Information hatte sie nicht gerechnet.

»Und wie ging der Streit aus?«

»Der Mann hatte seine nächste Führung. Er hat sich schnell verabschiedet und ist zu der anderen Gruppe gegangen.«

»Und wie seid ihr nach Hause gekommen?«

»Mit dem Schulbus.«

»War eure Geschichtslehrerin mit euch im Bus?«

Schweigen trat ein. Die Schüler tauschten Blicke untereinander, bis der Lehrer sich einschaltete und mit donnernder Stimme aufforderte: »Ihr sollt antworten, wenn die Polizei euch etwas fragt.«

Damit erreichte er genau das Gegenteil. Jetzt wagte sich niemand mehr den Mund aufzumachen.

»Das haben Sie toll hingekriegt«, murrte Esther. »Wie wäre es, wenn Sie mal nett zu den Schülern sind?«

Gekicher ging durch den Raum.

Esther wandte sich wieder den Schülern zu und wiederholte ihre Frage.

Nun wagte sich ein Junge zu sprechen. Sein Gesicht lief dabei hochrot an vor Aufregung. »Die Lehrerin ist nicht mit uns gefahren.«

»Ist das üblich, dass die Lehrerin euch allein zur Schule zurückfahren lässt?«

»Nein. Aber der Busfahrer hat gesehen, wie sie in den Bus der anderen Gruppe eingestiegen ist. Daraufhin meinte er, müsste er nicht mehr länger warten.«

»Und ihr habt euch nichts dabei gedacht?«

Jetzt lief der Junge dunkelrot an.

Esther ahnte die Antwort schon. Die Kinder waren froh darüber, ohne Aufsichtsperson zu sein.

Sie bedankte sich bei den Schülern und verließ das Klassenzimmer zusammen mit ihrem Kollegen wieder.

Kaum war die Tür ins Schloss gefallen, schimpfte sie Erik an: »Du warst mir ja eine große Hilfe! Wie viele Fragen hast du gestellt? Keine einzige! Oder habe ich etwas überhört?«

Kapitel 47

Menschenmassen tummelten sich auf dem Kopfsteinpflaster der Saarbrücker Altstadt. Junge Frauen zeigten viel Haut, die Jungs liefen mit Schlabberhosen und umgekehrten Schirmmützen herum. Einige trugen Turban, andere Sonnenhüte und Sonnenbrille. Ein buntes Durcheinander herrschte in der prallen Mittagshitze, ein Anblick, der Jürgen Schnur sofort gute Laune vermittelte. Nur, wie sollte er unter diesen vielen Menschen die eine ausmachen, die er suchte?

Doch seine Frage war schnell beantwortet. Schon sah er einen Rotschopf, der in der Sonne leuchtete. Dazu einen Arm, der hektisch winkte. Mit schnellen Schritten ging er darauf zu.

Ann-Kathrin Reichert hatte einen Tisch vor dem Café Langenfeld im Schatten für sie freigehalten. Perfekter ging es nicht. Als er sich dem Tisch näherte, stand sie auf, nahm ihn in die Arme und küsste ihn überschwänglich. Schnur ließ sich diese stürmische Begrüßung nur zu gern gefallen – katapultiere sie ihn doch emotional in seine Sturm- und Drangzeit zurück, als er noch Junggeselle gewesen war.

Als sie sich voneinander lösten, fixierte sie ihn mit ihren grünen Augen und sagte: »So möchte ich meine Mittagspause öfter verbringen.«

»Ich auch.«

Sie setzten sich und suchten sich etwas von der Speisekarte aus.

»Ist unser Streit wieder beigelegt?«, fragte die Staatsanwältin, während sie auf das Essen warteten.

Schnur schaute sie eine Weile an und überlegte, bis er endlich antwortete: »Ich habe mich falsch verhalten und du hattest recht. Ist es das, was du hören willst?«

»Nein.«

»Was willst du denn?«

»Ich will nicht, dass unsere Beziehung schon nach kurzer Zeit Ehe-Charakter bekommt. Wir sind nicht verheiratet, also sollten wir uns auch so benehmen.«

Schnur gefiel dieser Vergleich. »Du bist so herrlich verdorben. Und das als Staatsanwältin.«

»Ich fühle mich geschmeichelt.«

»Ich gebe zu, dass mir deine Vertrautheit mit Forseti einen Stich versetzt hat. Da schaffe ich es nicht, locker zu bleiben.«

Ann-Kathrin schnurrte: »Eifersüchtig?«

»Und wie!«

»Das macht mich an. Schade, dass hier so viele Leute sind.«

»Schicken wir sie alle nach Hause.«

Ann-Kathrin brach in schallendes Gelächter aus. Als sie sich wieder beruhigte, meinte sie: »Hier klappt das leider nicht so gut wie auf deiner Dienststelle.«

»Erinnere mich bitte nicht an meine Arbeit«, murrte Schnur. »Denn es wartet noch ein leckeres Dessert auf uns.«

»Ich weiß. Die Gerichtsmedizin.« Sie lehnte sich vor und strich ihm über die Wange.

Schnur schmolz unter ihren Fingern.

»Warum rasierst du dir immerzu deinen schönen Bart weg? Ich finde, Rot steht dir, mein kleiner Barbarossa.«

Damit hatte sie ihn sofort wieder in die Realität zurückversetzt. Er richtete sich auf, als ihre Pizza serviert wurde.

»Während ich esse, überlege ich mir eine passende Antwort«, wich er aus, was Ann-Kathrin mit einem frechen Grinsen honorierte.

Ein Gitarrenspieler baute in einer Ecke sein Instrument mit einem Mikrophon auf und begann zu spielen. Hinzu kamen die sommerlichen Temperaturen, der strahlend blaue Himmel und das fröhliche Stimmengewirr. Auch der Anblick des im 19. Jahrhundert geschaffenen Stadtzentrums von Saarbrücken, das überwiegend aus Gebäuden des Frühklassizismus bestand, rundete das verträumte Bild ab. Die Saarbrücker Altstadt besaß den Charakter einer für den Tourismus herausgeputzten kleinen Insel inmitten der großen Stadt, was diesem Fleckchen einen besonderen Charme vermittelte. Kopfsteinpflaster, enge Gassen, viele kleine Cafés und Restaurants – all das verstärkte den Eindruck von mediterraner Atmosphäre.

Schnur fühlte sich rundum wohl – so gefiel ihm das Leben.

Während sie ihre Pizza aßen, warfen sie immer wieder verstohlene Blicke auf die Menschen um sich herum, die sich so ausgelassen gaben, wie man es nur im Sommer beobachten konnte.

»Unsere Mittagspause könnte ewig dauern«, schwärmte Schnur und spülte seinen letzten Bissen mit einem kühlen Bier hinunter.

»Stimmt. Die Aussicht auf eine halb mumifizierte Leiche könnte meine Laune ebenfalls trüben«, stimmte Ann-Kathrin zu.

»Schön, wie du das sagst«, murrte Schnur und bezahlte die Rechnung.

Kapitel 48

Fred Recktenwald stand am Saarbrücker Bahnhof. Der nächste Zug nach Saarlouis ging erst in einer Stunde. Das war eine lange Zeit. Zeit, in der er über alles nachdenken konnte. Und das viele Nachdenken machte alles nur noch schlimmer.

Hinzu kam der Fahrkartenschalter.

Ein Ticket aus dem Automaten zu ziehen wäre eine gute Sache gewesen. Aber er hatte nicht genügend Kleingeld. Also musste er zum Schalter gehen, sich dort in die Schlange stellen und geduldig warten, bis er an die Reihe kam. Dabei fühlte er sich angestarrt. Die Blicke der Menschen bohrten sich in ihn hinein.

Sah man ihm an, dass er von der Polizei kam?

Ständig schaute er an sich herunter, konnte aber nichts Auffälliges feststellen. Auch einen Blick in den Spiegel wagte er. Sein Gesicht sah normal aus – wie immer. Keine Spur davon zu sehen, dass sie ihm mit einem Wattestäbchen im Mund herumgefuchtelt hatten. Wie auch? Er bildete sich nur ein, dass alle ihm ansahen, von wo er kam. Doch dann fiel sein Blick auf seine Fingerkuppen. Er erschrak. Sie schimmerten immer noch schwarz von dem Zeug, mit dem sie ihm die Fingerabdrücke genommen hatten.

Wie ein Brandmal!

Hastig rannte er auf die Bahnhofstoilette. Doch dort musste er fünfzig Cent einwerfen, um bis ans Waschbecken zu gelangen. Was nun? Der Weg nach Saarlouis war weit. Er musste mit dem Zug fahren. Trotzdem kamen ihm diese fünfzig Cent wie Wucher vor. Lieber kramte er ein Tempotaschentuch aus seiner Hosentasche und rieb sich damit über die Fingerkuppen. Je fester er rieb, umso besser ging die schwarze Farbe ab. Nach wenigen Minuten leuchten seine Fingerkuppen rot – aber nicht mehr schwarz.

So fühlte er sich besser.

Er atmete tief durch und ließ sich wieder das Bild dieses Kriminalkommissars mit der hübschen rothaarigen Frau durch den Kopf gehen. In enger Vertrautheit hatten sie zusammen an dem Tisch im Schatten gesessen – hatten ihn nicht bemerkt, obwohl er dicht daran vorbeigegangen war. Sowas nannte sich Polizei.

Fred lachte in sich hinein.

»Sie wünschen?«

Fred erschrak. Die Dame am Schalter rief ihn in die Gegenwart zurück. Schnell bestellte er sein Fahrticket, nahm das Kleingeld entgegen und eilte zum Bahnsteig.

Ansagen durch die Lautsprecher schallten über den großen Platz. Züge wurden angekündigt, und fast gleichzeitig ertönte das Quietschen von Stahl auf Stahl, während sie einrollten. Fred konnte die Ansagen nicht verstehen, weil sie viel zu verzerrt klangen. Er musste die Anzeigetafeln lesen, um seinen Zug nicht zu verpassen.

Aber eine Stunde blieb eine Stunde.

Verdrießlich kehrte er in die untere Etage zurück und suchte dort einen Imbiss auf. Nach Hamburgern stand ihm nicht der Sinn. Auch nicht nach Chinesisch. Zum Glück wurde an einem Kiosk auch normale Rostwurst angeboten. Mit dem Kleingeld, das er an dem Ticketschalter herausbekommen hatte, bezahlte er die völlig überteuerte Wurst und stellte sich an die Seite, um beim Essen die vielen Menschen, die herein- und herausströmten, beobachten zu können.

Seine Gedanken führten ihn unweigerlich wieder zu dem Gespräch mit dem netten Polizeibeamten. Sie tappten im Dunkeln. Sie ahnten, dass ein ehemaliger Schüler hinter den Taten steckte, konnten ihm aber nichts nachweisen.

Genau das hatte er vorausgesehen.

Er spürte einen Triumph, wie er es noch nie erlebt hatte. Ihm gelang es, die schlaue Polizei zu überlisten. Wer hätte das gedacht? Seine beiden ehemaligen Lehrer Andernach und Graufuchs bestimmt nicht. Der Tod dieser beiden Menschen fühlte sich befreiend an. Es hätte schon viele Jahre früher passieren sollen. Aber damals war Mirna Voss noch nicht in der Schule gewesen. Damals hatte niemand ahnen können, dass sie die gleiche schlechte Behandlung würde erfahren müssen wie er.

Jetzt konnte eigentlich nichts mehr schiefgehen.

Soweit Fred wusste, wollte Mirna einen neuen Versuch wagen. Recht so! Sie war intelligent, da brauchte sie das Abitur. Jetzt stand ihr nichts mehr im Weg.

Fred aß seine Wurst auf und kehrte zum Bahnsteig zurück.

Da fiel ihm ein Name ein, der sich als weiteres Hindernis für Mirna herausstellen könnte: Der Mathematiklehrer Günter Laug.

Und Manfred Dobler, den Englischlehrer durfte er nicht vergessen. Der kleine Glatzkopf, der seinen Mangel an Körpergröße gerne mit Bedeutung ausgeglichen hätte, was ihm aber niemals gelungen war. Auch diese beiden waren damals kein Deut besser als Bertram Andernach oder Mathilde Graufuchs gewesen. Laug war meistens schlecht gelaunt gewesen und hatte unausgeglichen gewirkt, was schon damals den Eindruck hinterlassen hatte, er könne Alkoholiker sein. Seine miese Laune hatte er am liebsten an Fred ausgelassen. Und Dobler hatte es sich zum Hobby gemacht, sich am Versagen seiner Schüler zu weiden, weil er sich dadurch neben ihnen größer fühlte. Neben Fred hatte er sich riesig gefühlt, dabei maß Dobler bestimmt zehn Zentimeter weniger.

Und, wenn Fred richtig informiert war, unterrichteten beide noch heute an der Schule.

Kapitel 49

Sie stiegen in den Dienstwagen und fuhren zum Institut für Gerichtsmedizin nach Homburg. Die Fahrt legten sie schweigend zurück, weil sie beide wussten, was sie dort erwartete. Die gute Stimmung, die noch vor wenigen Minuten auf dem St. Johanner Markt geherrscht hatte, war wie weggeblasen. Kaum hatten sie die Unikliniken erreicht, ihren Wagen abgestellt und die Sektionsräume betreten, fühlten sie sich von einem Todeshauch eingehüllt, der an die Sterblichkeit der Menschen erinnerte. Sämtliche Tische waren mit Leichen belegt und umlagert von Gerichtsmedizinern, die redeten, diktierten, Gehirne abwogen, Bauchhöhlen öffneten, Organe entnahmen – und das alles gleichzeitig.

»Ich werde mich niemals daran gewöhnen«, stellte Schnur verdrossen fest, als er das sah.

»Das spricht für dich«, erkannte Ann-Kathrin. »Sonst müsste ich noch befürchten, du könntest nekrophil werden.«

Entsetzt schaute Schnur seine Begleiterin an. Erst als er ihr schelmisches Lachen sah, erkannte er, dass es ihr glänzend gelungen war, ihn auf den Arm zu nehmen.

Dr. Thomas Wolbert winkte sie herbei. Neben ihm stand der forensische Entomologe Dr. Wedick, dessen Auftreten auf der Teufelsburg Jürgen Schnur noch lebhaft in Erinnerung war. Die beiden Spezialisten standen vor einem Tisch in der Ecke. So hatten die Polizeibeamten zumindest das Glück, nicht von allen Seiten von Leichen umgeben zu sein. Doch ihre Erleichterung sollte nicht von langer Dauer sein. Der Anblick von Mathilde Graufuchs hatte sich nicht gebessert, seit sie von der Teufelsburg zur Uniklinik in Homburg gebracht worden war.

»Nicht so schüchtern«, begrüßte Dr. Wolbert die beiden und lachte. »Wir haben sämtliche Nekrophagen von der Leiche entfernt – also sieht sie doch gar nicht mehr so schlimm aus.«

»Dabei sollten wir den Wert unserer kleinen Helfer besser zu schätzen wissen«, warf Dr. Wedick ein, wobei er sich stoisch immer wieder die Brille von der Nasespitze zur Nasenwurzel hochschob. »Durch die Nekrophagen können wir nämlich errechnen, wie lange die Frau an dieser Stelle gelegen hat, was auf keinem anderen Weg möglich ist.«

»Das heißt, dass Sie das Ergebnis schon berechnet haben«, wandte die Staatsanwältin ein, während Schnur hoffte, dass er schnell zur Sache kam.

»Ich kann euch schon mal mit Sicherheit sagen, dass Mathilde Graufuchs nicht erschossen wurde«, begann Dr. Wedick. Seine roten Haare leuchteten in den gekachelten Räumen mit der Haarpracht der Staatsanwältin um die Wette. Mit seinen grünen Augen blitzte er Ann-Kathrin durch die Brillengläser an, die seinen Blick nicht minder funkelnd erwiderte.

»Und die Einschusswunde?«, fragte sie.

»Das war keine Einschusswunde. Ich konnte dieses Loch eindeutig als Mistkäferfraß identifizieren. Die sommerlichen Temperaturen haben die Tote zumindest stellenweise mumifiziert. Dadurch bekam der Käfer eine Chance, sich genau an den Stellen einzunisten.« Zum Beweis schwenkte der Entomologe zu jeder Aussage, die er machte, ein Foto herum, das seine Worte bezeugen sollte.

Schnur verzichtete daraufzuschauen.

»Unsere Maden stammen hauptsächlich von der grünen Lucilia-Fliege. Nach langen Studien haben wir häufiger die Beobachtung gemacht, dass bei extremer Hitze die Lucilia-Fliege die aktivere ist, da sie sie Sonne mehr liebt als ihre Verwandte, die Calliphora-Fliege.«

Wieder die entsprechenden Fotos dazu, die Schnur nichts sagten, außer dass sie Ekel in ihm hervorriefen.

»Wann ist Mathilde Graufuchs gestorben?« Diese Frage interessierte ihn viel mehr als die besonderen Vorlieben der Schmeißfliegen und ihrer Verwandten.

»Die Madenlänge ist noch sehr gering und ihre Farbe immer noch sehr hell, was gute Rückschlüsse zulässt. Hinzu kommt, dass keine leeren Puppenhülsen von vorherigen Generationen am Leichenliegeort gefunden worden sind. Also kann die Todesdauer nicht sehr lange gewesen sein.«

»Auf gut deutsch?«

»Sie starb in den Nachmittagsstunden des vorangegangenen Tages.«

Schnur schnappte nach Luft.

Ann-Kathrin staunte über seine heftige Reaktion. Sie konnte nicht wissen, dass er sich nur wenige Meter von Mathilde Graufuchs entfernt aufgehalten hatte, als sie qualvoll zu Tode gekommen war.

Dr. Wedick setzte zu einem langen Vortrag an, wie er zu dieser Erkenntnis gelangt war. Aber Schnur hörte nicht mehr hin. Er sah sich ständig in der Nähe der Burg, wo sie einem Mädchen geholfen hatten, das den Abhang hinuntergestürzt war. Niemand wäre auch nur im Geringsten auf den Gedanken gekommen, das keine zwanzig Meter weiter ein Mensch mit dem Tod rang.

Als die dunkle Stimme des Gerichtsmediziners Wolbert ertönte, schaute Schnur endlich wieder auf. »Mathilde Graufuchs ist erstickt. Den Strick um ihren Hals hat sie sich durch die Versuche, sich von den Fesseln an den Händen zu befreien, selbst nach und nach zugezogen. Und dass sie an ihren Fesseln heftig gezogen hat, ist an den Einblutungen der Haut an den Handgelenken deutlich festzustellen.«

Schnur hatte Mühe, sich nicht zu übergeben.

»Der Knebel besteht übrigens aus dem Futterstoff von Mathilde Graufuchs' Rock. Er wurde sozusagen improvisiert. Der hat ihr das Atmen zusätzlich erschwert. Hinzu kommen Hitze und die daraus folgende Dehydrierung. Keine schöne Art zu sterben.«

Wieder trat eine bedeutungsvolle Pause ein, bis Dr. Wolbert sagte: »Aber das Schlimmste kommt noch.«

Ann-Kathrin Reichert und Jürgen Schnur starrten den Mann erschrocken an.

»Was kann noch schlimmer sein?«, fragte die Staatsanwältin.

»Die Tatsache, dass Mathilde Graufuchs noch gelebt hat, als ihr die Krähen die Augen ausgepickt haben. Das erkennt man an den Einblutungen am Rand der Augenhöhlen, die nur dann entstehen, wenn noch Vitalfunktionen vorhanden sind.«

Die kleine Runde an dem Seziertisch in der Ecke hüllte sich in Schweigen. Nur die Geräusche, die von den anderen Tischen ausgingen, waren zu hören. Und diese Geräusche trugen nicht dazu bei, dass es für die Polizeibeamten angenehmer wurde.

Schnur schluckte verdächtig oft. Aber er blieb standhaft und stellte seine nächste Frage: »Wie lange war Mathilde Graufuchs insgesamt an dieser Eisenstrebe gefesselt?«

»Wir haben alle möglichen Auswertungen durchgeführt, können aber trotzdem nur ungefähre Angaben machen«, gab Dr. Wolbert zu. »Also nach dem fast nicht vorhandenen Mageninhalt und nach dem Stadium der Dehydrierung könnte man davon ausgehen, dass sie womöglich in den frühen Morgenstunden, als es noch kühler war, dort gefesselt wurde.«

»Oder am Mittwoch, als sie mit der Schülergruppe dort war?«, bohrte Schnur weiter.

Dr. Wolbert nickte und meinte: »Das wäre auch möglich.«

Kapitel 50

Erik schnaufte. Er hielt eine Hand vor die Augen, um besser den Schulhof in dem grellen Sonnenlicht überblicken zu können.

»Bist du dir sicher, dass du die drei hier gesehen hast?«, fragte er verdrossen.

»Ganz sicher. Ich ahne auch, wo wir sie finden.«

Esther steuerte zielstrebig das Versteck an, in dem sie Lara Ferringer schon einmal angetroffen hatte.

Erik folgte ihr.

Volltreffer! Dort standen sie und rauchten.

Mirna Voss leistete Lara Ferringer und Dominik Jost Gesellschaft.

»Hier kommt mein Retter«, flötete sie und blies den Rauch direkt in Eriks Gesicht.

»Warum Retter?«, fragte Erik verwirrt und hustete.

»Du hast doch den bösen Lehrer-Mörder gefasst. Oder?«

»Wer sagt denn sowas?« Erik stutzte.

Alle schauten Mirna überrascht an.

»Ich weiß, dass ihr Fred Recktenwald mitgenommen habt.«

Erik spürte, wie ihm ganz heiß wurde. Mirna war gerade dabei, falsche Behauptungen aufzustellen. Wem hatte sie schon alles davon erzählt?

»Wir haben nur den Zeugen befragt, der die Tote gefunden hat«, wehrte er hastig ab. »Mehr nicht.«

»Klar. Ich glaube auch an den Weihnachtsmann.« Mirnas Blick strotzte vor Schalk.

»Komm bitte mit.« Erik griff Mirna am Arm und ging mir ihr auf den Gebäudekomplex zu, in dem die Turnhallen untergebracht waren.

»Was soll das, deinen Nachbarn zweier Morde zu beschuldigen?«, fragte er böse. »Das ist Verleumdung der übelsten Art. Was hat dir dieser Mann getan?«

»Ich beschuldige ihn nicht nur, ich bin mir sogar sicher, dass er dahintersteckt«, behauptete Mirna stur. »Als Bertram Andernach getötet wurde, war er nämlich nicht zuhause.«

»Woher weißt du das?«

»Ich bin um ein Uhr in Picard aufgebrochen, weil es mir allein zu langweilig wurde. Yannik hat mich abgeholt. Bevor ich das Haus verlassen habe, konnte ich gerade sehen, wie er sich heimlich auf sein Grundstück geschlichen hat.«

»Dann muss Yannik ihn auch gesehen haben«, stellte Erik fest. »Der Eingang zu Fred Recktenwalds Haus liegt nämlich direkt neben deinem.«

»Eben nicht«, widersprach Mirna. »Es gibt noch einen Schlupfwinkel an anderem Ende des verwahrlosten Grundstücks. Dort stiehlt er sich immer dann rein, wenn er nicht beobachtet werden will. Aber ich konnte ihn sehen, weil das Fenster auf der Rückseite meines Hauses genau darauf zeigt.«

Nun horchte Erik auf. Dieses Detail war interessant – und nicht nur das, es war brandheiß. Es würde bedeuten, dass Fred Recktenwald in diesem Punkt gelogen hatte.

»Warum hast du uns das nicht schon viel früher gesagt?«, fragte er. »Du hast mir immer nur ausweichend geantwortet. Damit hast du wichtige Fakten zurückgehalten.«

»Ich wollte doch nicht, dass du so schnell mit deiner Arbeit fertig bist und wieder aus meinem Leben verschwindest.« Mirnas Lächeln traf Erik bis ins Mark. Er wandte seinen Blick ab, schon spürte er ihre Hand an seiner Wange. »Ich hoffe, du bist mir nicht böse.«

»Ob ich dir böse bin oder nicht, ist hier nicht relevant«, schimpfte er. »Es geht darum, dass du uns Informationen vorenthalten hast. Warum hast du mit keinem Wort erwähnt, dass du ihn in dieser Nacht gesehen hast? Du hast genau gewusst, nach wem wir suchen – hast uns aber hingehalten.«

Mirna schaute Erik nachdenklich an, bevor sie meinte: »Wird Fred Recktenwald jetzt verhaftet?«

»Nein. Wenn überhaupt, dann wird er festgenommen«, korrigierte Erik. »Nur, warum sollte er die Lehrer ermorden?« Er schaute Mirna an. Ihre schwarzen Haare glänzten in der strahlenden Sonne, ihre großen, dunklen Augen leuchteten in dem blassen Gesicht, als sie antwortete: »Vielleicht, weil er in mich verliebt ist.«

Erik verschluckte sich fast vor Schreck. Er schaute Mirna prüfend an. Doch nichts an ihr verriet ihm, dass sie scherzte.

»Du hast mich die ganze Zeit an der Nase herumgeführt«, murrte er und ärgerte sich mehr über sich selbst als über Mirna. Ihm hätte von Anfang an klar sein müssen, dass sie ein übles Spiel mit ihm trieb.

»Ich führe dich nicht an der Nase herum«, gurrte Mirna. »Niemals käme ich auf den Gedanken, es mir mit dir zu verscherzen.«

»Und warum tust du es dann? Wir suchen hier einen gefährlichen Menschen, der vor Mord nicht zurückschreckt, wie du wohl gesehen hast. Und du hast nichts Besseres zu tun, als der Polizei Informationen vorzuenthalten.«

»Das habe ich nicht getan«, wehrte sich Mirna und versuchte sich weiterhin Erik aufzudrängen. »Ich hatte es einfach nur vergessen. Es ist mir erst jetzt wieder eingefallen.«

»Unterschätze mich nicht!«

»Aber das ist die Wahrheit.« Mirnas Gesicht rötete sich vor Aufregung.

»Ich habe dich für intelligenter gehalten.« Mit diesem Worten ließ er sie einfach allein zurück, steuerte seine Kollegin an.

»Können wir fahren?«, fragte er hastig.

Esther hatte Mühe ein Grinsen zu unterdrücken, als sie antwortete: »Wir können. Ich bin hier fertig.«

Sie steuerten den Dienstwagen in einem Tempo an, dass Esther Erik kaum folgen konnte.

»Was ist denn los mit dir?«, fragte sie entrüstet. »Hat dich diese Mirna aus dem Konzept gebracht?«

Abrupt blieb Erik stehen und fragte: »Was soll diese Frage?«

Esther spürte, dass sie zu viel gesagt hatte. Also nahm sie sich vor, ab sofort zu schweigen.

»Was wird unter den Kollegen über mich und Mirna spekuliert?«, fragte Erik in einem schroffen Tonfall weiter.

»Gar nichts«, log Esther unbeholfen.

»Das wird ja immer schöner.« Erik setzte seinen Weg zum Auto fort. »Habt ihr schon Wetten abgeschlossen, wie langes es dauern wird, bis ich endlich den gleichen Fehler wie Bernhard mache?«

Sie stiegen ein und fuhren los. Lange Zeit herrschte bedrücktes Schweigen im klimatisierten Auto, bis Esther endlich einen Anfang machte: »Ich habe von Lara Ferringer und Dominik Jost erfahren, dass Recktenwald in die Schule gekommen ist und Bertram Andernach zur Rede stellen wollte, weil er Mirna so mies behandelt hat.«

Erik horchte auf.

»Das Ganze verlief natürlich nicht gerade heldenhaft, weil Recktenwald als Nachbar überhaupt keine Befugnisse hat, sich als Mirnas Vormund aufzuspielen.«

»Und Mirna?«, fragte Erik. »Wollte sie denn überhaupt, dass er so etwas veranstaltet?«

»Nein. Es war ihr angeblich *megapeinlich*.«

»Was ist passiert?«

»Andernach hat Recktenwald lächerlich gemacht, weil er ihn als seinen ehemaligen Schüler erkannt hat, der damals keine besonders große Leuchte war.«

»Das ist wirklich megapeinlich«, erkannte Erik. »Für Andernach hatte Recktenwald tatsächlich ein Motiv.«

Esther nickte.

»Und ich habe gerade von Mirna erfahren, dass er – entgegen seiner Behauptung – in der besagten Nacht nicht zuhause war. Damit haben wir ihn.«

»Nicht so hastig, lieber Erik«, bremste Esther. »Mirna ist ebenfalls eine Verdächtige. Denn sie kann mit dieser Behauptung wunderbar von sich selbst ablenken.«

»Wie soll Mirna einen Neunzig-Kilo-Mann an einem Strick aufknüpfen und hochziehen?«

»Sie hatte Helfer«, wiederholte Esther die Theorie, die Schnur schon aufgestellt hatte. »Dominik Jost profitiert vom Tod der beiden Lehrer. Ebenso Lara Ferringer. Und Yannik Hoffmann war explizit an diesen beiden Lehrern gescheitert. Oder hast du unser Gespräch mit Dr. Bellhaus schon vergessen?«

Kapitel 51

Der Lärm erinnerte ihn an das Treiben auf einem Jahrmarkt. Laute Stimmen, die sich gegenseitig übertönten, schallten Jürgen Schnur im Flur der Kriminalpolizeiinspektion entgegen, als er von seinem zermürbenden Besuch in der Gerichtsmedizin zurückkehrte. Neugierig steuerte er das Zimmer an, aus dem der Lärm drang. Es war das Büro von Anton. Mehrere Besucher hielten sich dort auf und sprachen gleichzeitig. Die Kollegen Anton und Andrea saßen mit geröteten Gesichtern gegenüber und hatten Mühe, das Gespräch an sich zu reißen.

Durch Schnurs Eintreten verstummten alle gleichzeitig.

»Was ist hier los?«, fragte der Dienststellenleiter.

»Wir haben den Busfahrer des Schulbusses und die Gruppe vorgeladen, die nach Mathilde Graufuchs' Schulklasse zur Führung der Teufelsburg gekommen ist«, antwortete Anton und fächelte sich mit einen Blatt Papier Luft zu. »Und hier sind sie.«

»Warum alle gleichzeitig?«

Darauf konnte Anton nichts sagen. Verunsichert fächelte er noch wilder mit seinem Blatt Papier.

»Wer von Ihnen ist der Busfahrer?« Diese Frage richtete Schnur an die Besucher, die alle dem Dialog zwischen den Polizeibeamten neugierig gelauscht hatten.

Ein großer, kräftiger Mann mit einem spärlichen Haarkranz und einer Gesichtsröte, die sich über seine gesamte Glatze zog, hob die Hand. Als Schnurs Blick auf ihn traf, schien er zu schrumpfen. Und als Schnur feststellte: »Sie haben also eine Schulklasse ohne ihre Lehrerin zur Schule zurückgefahren?«, schrumpfte er noch mehr. »Bekamen Sie keine klare Anweisung, nur dann zurückzufahren, wenn alle vollzählig im Bus sitzen?«

Der Busfahrer rieb sich nervös über seine kahle Stelle am Kopf und antwortete: »Wir haben über eine Stunde im Bus gesessen und gewartet. Ich hatte die Schüler mehrere Male durchgezählt. Sie waren vollzählig. Die Liste der Namen hatte mir die Lehrerin im Bus gelassen. Und als ich sah, wie die Lehrerin bei dieser Gruppe«, er zeigte auf drei älteren Damen und zwei ältere Herren, »in den Minivan eingestiegen ist, dachte ich, dass sie sich anders entschieden hätte.«

»Bei uns ist keine Mathilde Graufuchs mitgefahren«, meldete sich sofort ein Herr aus der Minivan-Gruppe zu Wort.«
»Das ist sie aber. Ich habe deutlich gesehen, wie sie bei Ihnen eingestiegen ist.«
»Warum sollten wir eine Fremde mitnehmen?«
»Das weiß ich doch nicht. Es hätte doch sein können, dass Sie sich kennen.«
»Wir haben aber niemanden mitgenommen.«
Schnur hob beide Hände, um das Streitgespräch zu beenden. Schlagartig verstummten sie und schauten ihn erwartungsvoll an.
»Was geschah, bevor Sie in den Minivan eingestiegen sind?«
»Wir haben uns von dem Touristenführer verabschiedet.«
»Von Fred Recktenwald?«
»Genau der«, antwortete eine große, schlanke Dame.
»Ist Ihnen etwas an Fred Recktenwald aufgefallen, während er seinen Vortrag gehalten hat?«
»Was sollte uns da auffallen?«
»War der Touristenführer nervös, hat er ständig in eine andere Richtung geschaut, oder hat er Ihnen bestimmte Stellen nicht gezeigt, oder ist er zwischendurch einfach mal weggegangen?«
»Nein«, lautete die einstimmige Antwort.
Die große, schlanke Dame fügte an: »Im Gegenteil: Er war lustig, hat uns immer wieder zum Lachen gebracht. Er hat uns alles gezeigt, was wir sehen wollten.«
»Und wie verlief der Abschluss Ihrer Besichtigung?«
»Wie so etwas abläuft.« Der Tonfall klang etwas ungläubig. »Wir sind in unseren Bus eingestiegen – ohne eine fremde Frau mitzunehmen – und sind nach Hause gefahren.«
»Ist Fred Recktenwald noch auf dem Gelände der Teufelsburg zurückgeblieben?«
Eine Frau mit langen, grauen Haaren und einem bunt geblümten, viel zu weiten Kleid antwortete: »Nein. Er hat mit uns das Gelände verlassen und das Gittertor abgeschlossen.«
»Und dann sind beide Busse gleichzeitig weggefahren?«
»Ja.«
Schnur stand vor einem Rätsel.
Sein Blick fiel wieder auf den Busfahrer, der sich während des Ge-

sprächs ein wenig erholt hatte. Seine Gesichtsfarbe sah wieder normal aus.

»Wie gut kennen Sie Mathilde Graufuchs?«, fragte Schnur.

Der Busfahrer schnaubte wie ein Pferd, als er antwortete: »Ich kenne sie nur von einigen Busfahrten für ihre Schüler.«

»Haben immer Sie diese Busfahrten übernommen?«

»Nicht immer. Aber immer öfter.« Er lachte über seinen Witz. Aber keiner stimmte ein.

»Also wussten Sie ziemlich genau, wie Mathilde Graufuchs aussieht.«

»Ja. Eine alte Frau, die ihre Haare immer hochgesteckt trug. Ihre Kleidung sah immer gleich aus, als hätte sie immer dasselbe graue Kostüm an. Aber vermutlich hatte sie mehrere Kostüme dieser Art gehabt.«

Plötzlich geriet Bewegung in die Reisegruppe. Eine große, schlanke Dame richtete ihr Wort an Schnur: »Ich glaube, ich weiß, was passiert ist.«

»Jetzt machen Sie mich aber neugierig«, gestand Schnur. »Dann wissen Sie ja mehr als die Polizei.«

Darüber musste die Reisegruppe lachen.

Schnur beobachtete die Besucher und stellte fest, dass diese Menschen sehr ausgelassen wirkten. Wenn man so seinen Lebensabend verbringen konnte, waren die Zukunftsaussichten gar nicht so schlecht. Es gefiel ihm, wie sie sich gaben, was sie unternahmen, wie sie sprachen und wie gern sie lachten.

»Das meinte ich natürlich nicht«, gab die Dame zu. »Ich habe nur gerade an die Fotos von unserer Tour gedacht. Zufällig sind sie noch in meiner Tasche, weil ich vergessen habe, sie auszusortieren.«

Schnur nickte geduldig.

»Und wissen Sie was?«

Schnur grinste und schüttelte den Kopf.

»Unsere Rosi«, sie zeigte auf die Frau, deren Haare lang und grau über die Schultern fielen, »ist die Frau, die der Busfahrer mit Mathilde Graufuchs verwechselt hat.«

Jetzt hatte Schnur Mühe, nicht zu verblüfft auszusehen. Diese sogenannte Rosi sah für ihn aus wie ein Hippie-Mädchen, das vierzig Jahre lang vergessen worden war.

Doch diese Aussage brachte neuen Schwung in die Unterhaltung.

Plötzlich erinnerten sich alle wieder daran und sprachen auch gleichzeitig, sodass Schnur kein Wort verstand.

»Bitte der Reihe nach«, rief er, woraufhin Rosi erklärte: »Ich habe an dem Tag meine Haare hochgesteckt, weil mir die Hitze unerträglich war. Außerdem hatte ich zur Feier des Tages ein graues Kostüm getragen.«

Um ihre Aussage zu beweisen, hielt sie Schnur ein Foto entgegen. Darauf war die Reisegruppe deutlich zu erkennen. Auch Rosi! Sie sah verändert aus, wie Schnur schnell feststellte. Mit den hochgesteckten grauen Haaren und dem Kostüm sah sie tatsächlich Mathilde Graufuchs zum Verwechseln ähnlich.

Hier hatten sie die Antwort auf die Frage, warum der Busfahrer die Schulklasse ohne die Lehrerin zur Schule zurückgefahren hatte.

Kapitel 52

Leise fiel die Tür hinter Erik ins Schloss. Angenehme Kühle umfing ihn. Doch der Blick auf die vielen Stufen, die er nach oben steigen musste, ließ ihn ahnen, bald wieder ins Schwitzen zu kommen. Der Aufzug stand vor ihm, die Tür offen. Aber er trotzte ihm. Dieser Bequemlichkeit wollte er sich nicht hingeben. Er befürchtete, sonst steif und kraftlos zu werden. Seine Schritte schallten durch das leere Treppenhaus. Seine Gedanken wanderten – wie jedes Mal, wenn er nach einem langen Tag diese Treppen hinaufstieg – zu Anke Deister.

Er hatte immer noch nichts von ihr gehört. Oder gelesen. Weder ein Anruf noch eine SMS von ihr erhalten. Aber auch er hatte sich bisher gesträubt, sich bei ihr zu melden. Ständig meldete sich ein kleiner Gegenspieler in seinem Kopf, der ihm signalisierte, Anke einfach zappeln zu lassen. Was war er für ein Mann, der einer Frau ewig hinterherlief.

Diese Frage beschäftigte ihn wirklich.

Wie lange arbeiteten sie schon zusammen? Sechs Jahre! In dieser Zeit waren sie fast täglich zusammen, hatten viele Stunden gemeinsam verbracht. Sogar viele Stunden ihrer Freizeit. Er hatte sich im Laufe der Zeit immer mehr zu ihr hingezogen gefühlt. Aber niemals ein Wort darüber verloren. Warum eigentlich?

Wovor hatte er Angst gehabt?

Abgewiesen zu werden?

Das war es vermutlich. Und genau deshalb wagte er sich auch jetzt nicht, bei ihr anzurufen.

Vielleicht war aber auch der Empfang nach Frankreich total schlecht. Das war eine Erklärung, die ihm besser gefiel.

Das könnte auch die Erklärung dafür sein, warum sie sich nicht bei ihm meldete. Vermutlich hatte sie es sogar schon bei ihm versucht, war aber nicht durchgekommen.

Ein Gefühl von innerer Wärme hüllte ihn ein. Dabei verdrängte er die leise Stimme, die ihm sagen wollte, dass er sich nur selbst froh machte.

Die nächste Etage lag vor ihm. Der nächste Seufzer entfuhr ihm.

Seit wann grübelte er so intensiv über seine Gefühle für Anke nach?

Seit sie fort war? Oder hatte es einen ganz anderen Grund? Nämlich Mirna Voss?

Egal, was er ermittelte – am Ende landete er immer wieder bei ihr. Viele Hinweise deuteten auf diese junge Frau, deren Rolle er bei den Lehrermorden selbst nicht verstand. Und doch wehrte sich alles in ihm, in ihr eine Verdächtige zu sehen. Lag es daran, dass Mirna ihm gefiel? Ihre ständigen Annäherungsversuche schmeichelten ihm. Dabei wusste er nur zu genau, wohin so etwas führen konnte. Bernhard Diez arbeitete jetzt als Nachtwächter.

Erst auf der obersten Stufe im fünften Stock spürte er, dass etwas anders war. Er schaute sich um. Mirna war nicht da.

In den letzten Tagen hatte er sich schon an ihren Anblick auf dem obersten Treppenabsatz gewöhnt. Ihre geschickten Versuche, in seine Wohnung hineingelassen zu werden, reizten ihn sogar. Er sah es als Spiel an – ein Spiel mit dem Feuer.

Dabei müsste er schlauer sein und die Finger davon lassen. Seine ambivalenten Gefühle für Mirna blieben trotzdem. Mit solchen unüberlegten Fehltritten hatte er sich damals seine Versetzung von Köln nach Saarbrücken selbst eingehandelt. Hatte keine Gelegenheit ausgelassen, seine Unfähigkeit zu beweisen. Es war kein Zufall, dass man ihm im Polizeipräsidium in Köln nicht behalten wollte. Damals hatte er für sich selbst Entschuldigungen gesucht. Dass er alkoholabhängig war, hatte er erst eingesehen, als seine Frau und seine Tochter durch sein Verschulden verunglückt waren. Auf vereisten Straßen waren sie zu einem Arzttermin gefahren, eine Fahrt, die Erik hätte übernehmen sollen. Doch er war betrunken gewesen, hatte das Ausmaß der Gefahr nicht erkannt. Erst als sie im Straßengraben gefunden und von Feuerwehrmännern aus den Wrackteilen herausgeschweißt worden waren, hatte er begriffen, was er an seiner Frau wirklich gehabt hatte.

Immer hatte sie zu ihm gehalten. Hatte ihm seine Sauferei verziehen. Besser wäre es gewesen, sie hätte ihm einen ordentlichen Tritt in den Hintern verpasst. Dann wäre sie noch am Leben. Und er ein glücklicher Familienvater.

Aber was war er heute?

Ein einsamer Mann, der sich nach der Nähe eines lieben Menschen sehnte und dabei Gefahr lief, eine falsche Entscheidung zu treffen.

Erik betrat seine Wohnung, ließ die Tür hinter sich ins Schloss fallen und steuerte die vierzig Quadratmeter an, die sein Reich darstellten. Wieder landeten seine Gedanken bei Mirna. Einerseits konnte es für ihn nur gut sein, dass sie ihn in Ruhe ließ. Andererseits beschäftigte in die Frage, ob sie gerade wieder etwas ausheckte – jemanden zu einer kriminellen Handlung verleitete. Er glaubte doch tatsächlich so etwas wie Sorgen um sie zu spüren.

Seine Tochter wäre heute im gleichen Alter wie Mirna.

Diese Erkenntnis traf ihn unvermittelt und mit aller Härte. Sie machte ihm deutlich, wie alt er inzwischen war. Für Mirna ein alter Mann. Er könnte tatsächlich ihr Vater sein.

Er riss die Fenster weit auf und ließ frische Luft herein, damit seine Gedanken wieder klar wurden. Dieser Abend bot eine besonders schöne Aussicht. Spiegelungen des Sonnenuntergangs funkelten auf dem bewaldeten Hügel des Eschbergs. In den Fenstern der Häuser inmitten des vielen Grüns leuchteten gelbe, orange und rote Lichtblitze auf. Erik betrat den kleinen Balkon und genoss den Anblick. Er beschloss, dort zu Abend zu essen. Inzwischen hatte er sich an die einsamen Stunden nach Feierabend gewöhnt. Der Balkon vermittelte ihm ein Gefühl von Naturnähe, von Lebendigkeit, die ihn die vielen Stunden im Auto oder im Büro vergessen ließ. Tief atmete er durch, bevor er zurückkehrte und etwas Tiefgefrorenes in die Mikrowelle stellte. Innerhalb von fünf Minuten war sein Essen fertig. Was für ein Luxus!

Die Geräusche des Abends beruhigten ihn, lullten ihn sogar ein. Nach seinen Ćevapčići lehnte er sich zurück, schloss die Augen und entspannte sich. Es dauerte nicht lange, bis ihn die Müdigkeit übermannte. Bevor er auf dem Balkon einschlief, schlurfte er durch die Balkontür. Schon stand er vor dem Bett. Seine kleine Wohnung ließ ihm nicht viel Bewegungsspielraum. Das hatte den Vorteil, dass alles dicht beieinander lag, aber auch den Nachteil, dass er Mühe hatte, nicht über die einzelnen Möbelstücke zu stolpern. Die Verpackung seines Ćevapčići entsorgte er sorgfältig, damit die Fliegen nicht auf die Idee kamen, seine Wohnung zu besiedeln. Dann zog er sich aus und warf sich nackt aufs Bett.

Nach und nach wurde sein Körper von einer angenehmen Strömung erfasst. Sie zog ihn mit sich, bis er tiefer und tiefer sank und sich sanft in das dunkle Nichts hineinfallen ließ. Wellen von Wärme durchströmten seinen Körper. Er fühlte sich wie auf einem Karussell, das sich langsam drehte. Vor seinen Augen tanzten Bilder, die sich immer mehr zu einem verworrenen Brei vermischten, bunte Farben blitzten auf und verschwanden, bevor sie mit neuer Kraft wieder auftauchten. Sein Körper fühlte sich ekstatisch an, seine Beine, seine Arme, seine Lenden wurden von Hitze erfasst, in seinem Kopf begannen sich die Bilder zu überschlagen, bis er von einem Rausch erfasst wurde, der so gut war, dass er niemals enden sollte. Er bewegte sich. Tat er das wirklich? Seine Beine streckten sich, spreizten sich. Er fühlte Verlangen nach mehr, er verfiel in Trance. Die Wärme wurde übermächtig, verteilte sich in stoßweisen Wellen über seinen ganzen Körper.

Plötzlich erkannte er, dass er Haut auf seiner Haut spürte.

Seine Sinne wollten sich nicht losreißen, doch sein Verstand begann störend dazwischenzufunken. Erik wollte das nicht. Er wollte genießen, sich gehen lassen, das Hochgefühl so lange festhalten wie nur möglich.

Doch die Haut auf seiner Haut machte es ihm unmöglich.

Er schlug die Augen auf, sah eine Hand, die seinen erigierten Penis umfasste, und eine nackte Frau, die sich gerade auf ihn setzte und seinen Penis einführen wollte.

Erschrocken schaute er in das Gesicht der Frau: Es war Mirna!

Sie sah gefährlich verführerisch aus. Ihre dunklen Augen glitzerten voller Lust und Siegesgewissheit, ihre Hände bewiesen ein Geschick, das Erik fast in den Wahnsinn trieb. Ihr Körper war die perfekte Einladung. Pralle Brüste mit hervorstehenden Brustwarzen streiften seine Haut. Eine schlanke Taille, die in sanft geschwungene Hüften überging, die sich rhythmisch bewegten. Die Schamhaare wegrasiert. Ein Anblick, der ihn alles vergessen ließ, alle guten Vorsätze, alle Tabus, alle Verpflichtungen, jegliche Moral – einfach alles.

Doch dann spürte er etwas, das ihn warnte.

Mit einem Ruck warf er sie von sich herunter. Erst dann erkannte er, dass er mit Mirna nicht allein war. Hinter ihm stand jemand.

Yannik Hoffmann stand am Fußende des Bettes mit einem hämischen Grinsen und seinem Handy in der Hand, das er gezielt auf Erik richtete. Als er den Blick des Polizisten bemerkte, drückte er hastig einige Tasten an dem kleinen Mobiltelefon.

In Sekundenschnelle stürzte sich Erik auf ihn und riss ihm das Handy aus der Hand. Er las deutlich die Mitteilung »Datei wird versendet.«

In seiner Verzweiflung drückte er mehrmals auf den roten Knopf. Die Mitteilung »Senden nicht möglich« tauchte auf. Erik drückte noch mal die rote Taste. Das Display auf dem Handy gelangte in seinen Ursprungsmodus zurück.

Yannik Hoffmann versuchte verzweifelt, Erik das Handy abzunehmen, doch es wollte ihm nicht gelingen. Mit wenigen Schritten war Erik im vorderen Bereich seiner Wohnung, wo er sich ein Handtuch schnappen konnte, das er sich um die Hüften band.

»Was fällt euch ein?«, schrie er. »Ich hoffe, ihr verschwindet jetzt aber ganz schnell wieder.«

»Ich krieg zuerst mein Handy«, plärrte Yannik Hoffmann.

»Sei froh, wenn du nicht im Knast landest«, brüllte Erik ihn so laut an, dass der junge Mann vor Schreck kein Wort mehr herausbrachte. Eilig rannte Yannik zur Wohnungstür.

Mirnas Stimme ertönte: »Willst du mich hier allein zurücklassen?«

»Die Scheiße war deine Idee«, schimpfte Yannik und rannte hinaus.

Mirna hatte sich inzwischen ihre Shorts und ihr Top übergezogen. Mit langsamen Schritten trat sie auf Erik zu, der ihr stoisch den Weg nach draußen zeigte.

»Du bist der erotischste Mann, den ich je gesehen habe«, flötete sie und zog ihm flink das Handtuch weg.

Zum Glück gelang es ihm trotzdem, seine wegweisende Hand hartnäckig in Position zu halten.

Mit einem Schmollmund verließ Mirna seine Wohnung.

Im Nu hatte sich Erik angezogen, seinen Autoschlüssel geschnappt und die Wohnung verlassen. Er nahm die Treppe. Der Aufzug war ihm zum langsam.

Sein neuer Wagen zeigte zum Glück ein sportliches Talent, denn der Kavaliersstart hätte nicht besser gelingen können. In nur wenigen Sekunden gelangte er schon zur ersten Ampel, die zu seiner Freude um diese Uhrzeit noch ausgeschaltet war.

Die Uhr zeigte gerade mal halb fünf an und der Tag war schon dabei zu erwachen. Die Sonne zeigte sich rot am östlichen Horizont und versprühte tatsächlich schon Wärme. Dieser Sommer sollte ihm eigentlich gefallen, weil das genau das Wetter war, das er liebte. Aber leider vermieste ihm so manches die Freude daran. Ständig kehrten seine Gedanken zurück zu Mirna, die seinen Schlaf gnadenlos ausgenutzt hatte, um ihn zu verführen.

Meine Güte, stöhnte Erik. Wie nah war sie dran gewesen? Er konnte es immer noch nicht fassen. Er hatte ernsthaft überlegt, es geschehen zu lassen. Er rieb sich mit einer Hand durch das Gesicht, als könnte er damit seine Verzweiflung wegwischen. War es richtig, was er jetzt tat?

Er wusste es nicht. Er wusste nur, dass sein erster Gedanke Bernhard Diez galt, weil der ehemalige Kollege besser als jeder andere verstehen konnte, was Erik gerade durchmachte. Erik schaffte es einfach noch nicht, darüber nachzudenken, welche Auswirkungen es auf seine berufliche Situation hätte, wenn er Jürgen Schnur von diesem Debakel erzählen würde. Zu genau erinnerten sich alle in der Abteilung noch daran, warum Bernhard Diez nicht mehr bei ihnen arbeitete. Wollte Erik das auch riskieren?

Sämtliche Ampeln in der Egon-Reinert-Straße waren ausgeschaltet. Was für in Luxus. Erik konnte ungehindert hindurchjagen. Umso schneller stand er vor Bernhards Wohnung in der Deutschherrenstraße. Von unten aus konnte Erik kein Licht in den Fenstern seiner Wohnung stehen. Aber das musste nicht viel heißen. Immerhin war schon Dämmerung hereingebrochen.

Auf sein Klingeln reagierte niemand.

Nervös stellte Erik den Knopf auf Dauerklingeln, bis endlich der Türsummer ging. Zwei Stufen auf einmal nehmend stürmte er hinauf in den fünften Stock.

Bernhard stand in Unterhose in der Tür. Als er Erik sah, ließ er die Tür offen und trat ins Innere zurück.

»Scheiße, Mann! Was willst du?«

»Zieh dir was an, dann reden wir«, bestimmte Erik. »Mit nackten Männern rede ich nicht so gerne.«

»Wenn du mir in der Zwischenzeit ein paar Liter Kaffee kochst. Anders kriegst du mich um diese Zeit nicht wach. Immerhin habe ich bis vor einer halben Stunde Nachtwache geschoben.«

Das hatte Erik total vergessen. Aber es tat ihm trotzdem nicht leid, dass er Bernhard aus dem Schlaf gerissen hatte. Er brauchte jetzt einen Freund, der zusätzlich auch technisches Know-how hatte. Und das war eben Bernhard.

Zielstrebig steuerte er die Küche an. Eine große Kaffee-Pad-Maschine fiel ihm sofort ins Auge. Also würde einem Kaffee – oder vielleicht sogar zwei – nichts im Wege stehen. Die Bedienung war einfach. Wasser auffüllen, Pad einlegen und Knopf drücken. Ein Knacken kündigte an, dass die Maschine lief. Jetzt fehlten nur noch Tassen. Erik öffnete die Schränke und fand Kondome, Playboy-Zeitschriften und Computerspiele. Aber keine Tassen. Einer Eingebung folgend zog er eine Schublade aus einem kleinen, unscheinbaren Seitenschränkchen und Bingo: Dort waren die Tassen. Sogar zwei saubere Exemplare darunter. Er zog eine heraus und las die Aufschrift »Ohne mich ist alles doof«. Sofort musste Erik schmunzeln. Die Suspendierung vom Polizeidienst hatte Bernhards Ego nicht geschadet. Die zweite war neutral. Die nahm er für sich selbst.

Als er mit zwei dampfenden Kaffeetassen zurückkehrte, saß Bernhard am Tisch und rieb sich immer noch die Augen in dem Bemühen, wach zu werden. Seine Nase erschnüffelte den Duft von Kaffee, schon ging es ihm besser. Nachdem er sich mehrere Male den Mund an dem heißen Zeug verbrannte hatte, forderte er Erik auf, seine Geschichte zu erzählen.

Erik begann zu erzählen. Es dauerte eine Weile, bis er die ganze Geschichte losgelassen hatte. Zum Abschluss atmete er noch einmal tief durch und schaute in Bernhards Gesicht.

Was er da sah, beruhigte ihn augenblicklich. Keine Geringschätzung, kein hämisches Lachen, nichts. Sein Gesicht drückte lediglich Besorgnis aus.

»Und was ist mit dem Handy, das du da in einer Hand hältst?«

»Das ist das Handy, das ich Yannik Hoffmann abgenommen habe.«

Bernhard nahm es an sich und sah sofort, dass es noch eingeschaltet war. »Das ist praktisch. Jetzt hängen wir das Teil an meinen Computer und schauen uns mal an, welche Verbindungen dieser Yannik hatte. Und vielleicht bekommen wir auch heraus, wo er den peinlichen Film hingeschickt hat.«

Er ließ den Rechner hochfahren, suchte in einer Kiste voller Kabelsalat, bis er das richtige hatte, und steckte es in die dafür vorgesehene Buchse im Handy, das er über einen USB-Anschluss mit dem Computer verband.

Bernhard musste nicht lange suchen, schon lief in aller Deutlichkeit der Film auf dem Bildschirm. Mit Ton.

Erik glaubte, sein Kopf müsste ihm platzen, so schämte er sich.

Es dauerte nicht lange, da stieß Bernhard seinen ersten Kommentar aus: »Wow! Was für ein Weib!« Er schaute Erik an und sprach aus, was ihn beschäftigte: »Solche prallen Möpse und so ein Knackarsch – und du konntest widerstehen? Ich ziehe vor dir den Hut.«

»Danke. Jetzt fühle ich mich direkt besser«, murrte Erik.

Bernhard ließ von seinen Bemerkungen ab und sagte stattdessen: »Dieses Filmchen hat eine verdammt gute Bildqualität! Damit hätten die beiden dich vernichten können.«

»Haben sie das nicht?« Erik schöpfte neue Hoffnung.

»Soweit ich das sehen kann, nicht.«

»Aber sie wollten«, stellte Erik klar. »Kannst du herausfinden, wo Yannik den Film hinschicken wollte?«

Bernhard hackte auf der Tastatur und las einige Daten ab, bis er antwortete: »Nein. Klappt nicht. Tut mir leid. Dafür musst du den Netzbetreiber kontaktieren.«

»Warum will Mirna mich vernichten?«, fragte Erik verzweifelt, ohne auf eine Antwort zu hoffen.

Trotzdem konnte Bernhard ihm eine geben. »Sie will dich unglaubwürdig machen.«

Erschrocken schaute Erik seinen Kollegen an. »Unglaubwürdig?«

»Ja. Vermutlich bist du in dem Fall an etwas dran, von dem sie nicht will, dass du dahinterkommst.«

Erik überlegte eine Weile, bis ihm sein letztes Streitgespräch mit Mirna einfiel. Sein abschließender Vorwurf hatte gelautet *»Ich habe dich für intelligenter gehalten.«* Sollte das ausreichen, ihm derart zuzusetzen?

»Welche Richtung haben eure Ermittlungen angenommen?«, fragte Bernhard in Eriks Gedanken.

»Keine bestimmte. Mirna Voss und Yannik Hoffmann gehören zu den Verdächtigen. Ebenso Fred Recktenwald.«

»Und wen hältst du für den Mörder: diese Mirna oder diesen Fred Recktenwald?«

Erik überlegte eine Weile, bis er zugab: »Mirna hat ihr Abitur nicht geschafft, weil die nötige Punktzahl in den Fächern von Bertram Andernach und Mathilde Graufuchs fehlten. Ich traue ihr inzwischen alles zu. Fred Recktenwald ist seit vierundzwanzig Jahren von dieser Schule weg. Welchen Grund sollte er haben, nach so langer Zeit die Lehrer zu töten, die ihn damals genervt haben?«

»Eben.« Bernhard nickte. »Mirnas Motiv ist stärker. Und jetzt will sie erreichen, dass dir keiner glaubt. Mit diesem Video wäre ihr das gelungen. Auch die Polizei hätte dadurch Schaden genommen.«

Erik schüttelte sich bei dieser Vorstellung.

»Wie sind die beiden überhaupt in deine Wohnung gekommen?«

Erik zuckte die Schultern.

»War die Tür aufgebrochen?«, fragte Bernhard weiter.

»Nein.«

»Dann hatten sie einen Schlüssel.«

Erik verschluckte sich am Kaffee. Ganz plötzlich fiel ihm ein, bei welcher Gelegenheit Mirna an seinen Haustürschlüssel gekommen sein konnte. Warum hatte er nicht weiter darauf geachtet? Er könnte sich ohrfeigen.

»So wie du aussiehst, weiß du auch, woher sie den Schlüssel hat«, kommentierte Bernhard Eriks Reaktion.

Erik nickte und antwortete fast flüsternd: »Ich hatte irgendwann bemerkt, dass ein Wohnungsschlüssel gefehlt hat. Der einzige Zeitpunkt, an dem Mirna daran gekommen sein konnte, war, als wir im Flur zusammengestoßen sind. Dabei ist mir der ganze Schlüsselbund auf den Boden gefallen. Sie hat ihn aufgehoben.«

»Die Frau ist wirklich gefährlich.« Bernhards Blick haftete immer noch auf dem Film, der weiterhin über den Bildschirm lief. »Zum Glück konntest du dich beherrschen, was angesichts dieser geilen Teufelsbraut kaum zu glauben ist. Damit hast du deinen Job gerettet.«

»Soll ich unseren Vorgesetzten auf diesen Überfall ansprechen?«

»Auf jeden Fall! Du hast nichts Falsches getan. Jetzt zu schweigen wäre falsch.«

Kapitel 53

Fred Recktenwald fühlte sich desorientiert, als er die Augen aufschlug. Wo war er? Er schaute sich um, erkannte seinen alten Mahagoni-Schrank, daneben das Sideboard mit den vielen verschnörkelten Vasen. Dann eine weiße Tür, die offenstand.

Endlich kapierte er. Er war zuhause, in seinem Schlafzimmer und in seinem Bett.

Wie kam es, dass er sich so erschlagen fühlte?

Er setzte sich auf. Die Sonne schien bereits am strahlend blauen Himmel.

Oh Gott! Der Schreck fuhr ihm durch alle Glieder. Wie spät war es? Er musste zur Arbeit.

Mit einem Satz gelangte er ins Nebenzimmer, zog sich hastig seinen Anzug an, lief in die Küche, wo ein Waschbecken und ein Spiegel waren, um sich dort für den Tag frisch zu machen. Sein Anblick erschreckte ihn. Er hatte nicht gut geschlafen und das sah man seinem Gesicht auch an. Eingefallene Wangen, graue Gesichtsfarbe – noch grauer als seine Haare, die wirr vom Kopf abstanden.

Da reichte ein dünner Wasserstrahl nicht. Mehr gab der Wasserhahn aber nicht her, denn die Leitungen waren vermutlich zu dreiviertel schon zugerostet. Also begnügte er sich mit dem Wenigen und versuchte, aus sich einen ansehnlichen Kerl zu machen. Was er erreichte, deprimierte ihn nur noch mehr.

Er verließ sein Häuschen – sein Reich, warf einen Blick nach nebenan, ob Linus Kalkbrenner da war. War er nicht. Schade. Gerne hätte er sich mit ihm ausgetauscht. Im Zickzack passierte er die Hecken und Sträucher, die immer dichter über den mit Platten ausgelegten Weg wuchsen und deren Dornen immer gefährlicher wurden.

Auf der Dorfstraße angekommen, galt sein erster Gang dem Zeitungsrohr an Mirnas Haus. Mirna war nicht zuhause, das erkannte er sofort. Sie hatte sich verändert. Wenn er es sich genau überlegte, seit wann ihm das übermütige Verhalten an ihr auffiel, kam ihm die Antwort prompt: Seit Bertram Andernachs Tod. Das war gut so. Mirna sollte immer so lebensfroh bleiben, wie Fred sie kannte. Seit sie beim Abitur durchgefallen war, hatte sie der Lebensmut verlassen. Das hatte Fred innerlich geschmerzt. Aber jetzt gab es für Mirna eine zweite Chance.

Er zog die Zeitung aus dem Rohr und ein Artikel prangte ihm in dicken, fetten Buchstaben entgegen: »Lehrerin hat auf der Teufelsburg den Galgentod gefunden.«

Das las sich richtig gut. Fred schmunzelte. Galgentod! Es klang nach Grausamkeit, nach Hinrichtung, nach Folterqualen. Leider gab es von dieser Leiche keine Fotos. Schade, dachte Fred grimmig. Sie hat wirklich nicht mehr gut ausgesehen. Das wäre ein Sensationsfoto geworden. Schade, dass er sich mit technischen Geräten wie Fotoapparaten nicht auskannte. Aber Hauptsache war doch, dass Mathilde Graufuchs keine Schüler mehr quälen konnte.

Zufrieden machte sich Fred auf den Weg.

Erst als er die Felder erreichte, die bereits in der Hitze der Sonne schmorten, kam in ihm die Frage auf, ob die Teufelsburg von der Polizei schon freigegeben worden war. Es könnte durchaus sein, dass er gar nicht arbeiten musste. Hoffentlich hatte die Fördergemeinschaft der Teufelsburg dafür gesorgt, dass seine Termine abgesagt wurden. Sonst kämen diese Menschen umsonst und Mathilde Graufuchs hätte es sogar noch nach ihrem Tod geschafft, andere Menschen zu ärgern.

Während er weitermarschierte, tauchte das Gesicht des Hauptkommissars Jürgen Schnur vor seinem geistigen Auge auf. Die lebhafte Erinnerung daran, wie er einen intelligenten Blick aufsetzte, aber nichts kapierte. Dieser Hauptkommissar hielt Fred für unschuldig. Das hatte er deutlich gespürt. Freds Gesicht verzog sich zu einem zufriedenen Grinsen, das sich erst wieder verflüchtigte, als er den steilen Berg erklomm.

Oben angekommen sah er genau das, was er befürchtet hatte: Die Teufelsburg war gesperrt. Ein uniformierter Polizeibeamter stand am Eingang und ließ ihn nicht eintreten. Auch, nachdem Fred erklärt hatte, wer er war, blieb der Beamte stur.

Macht nichts, dachte Fred, kehrte um und suchte sich einen Baumstumpf in der Nähe. Dort schlug er die Zeitung auf und las den gesamten Artikel über den Leichenfund. Doch diesem Artikel gelang es innerhalb kurzer Zeit, seine gute Laune zu verderben. Kein Wort über den Zustand der Leiche. Kein Wort darüber, was für eine Hexe Mathilde Graufuchs war – im Gegenteil, als verantwortungsbewusste Lehrerin wurde sie hingestellt. Fred würde am liebsten seinem Impuls nachgeben und die Zeitung in tausend Fetzen reißen. Wie konnten diese Reporter nur so unverschämt sein?

Er schaute auf und sein Blick fiel wieder auf den Polizeibeamten, der wie ein Zinnsoldat am Eingang zur Teufelsburg stand und alle am Passieren hinderte.

Warum sinnlose Energie verschwenden, indem er die Zeitung zerriss, dachte sich Fred. Sogar die Reporter würden noch dahinter kommen, dass es kein Zufall war, dass gleich zwei Lehrer einer Schule ermordet worden waren.

Wenn nicht, gab es immer noch Mittel und Wege.

Und noch weitere Lehrer …

Kapitel 54

»Wir haben einen ersten Durchbruch erzielt«, lautete die frohe Kunde, als Erik das Büro der Kriminalpolizeiinspektion betrat. Sämtliche Kollegen waren in Hochstimmung. Sie wollten ihn mitreißen, was ihnen aber nicht gelang. Das Gegenteil war der Fall: Erik verband mit dieser Nachricht seine Entlarvung. Hatte er die Handy-Verbindung doch nicht richtig abgebrochen, als Yannik den brisanten Film versenden wollte?

Er hielt Yannik Hoffmanns Handy immer noch in der Hand. Es fühlte sich plötzlich ganz heiß an – so heiß, dass er Mühe hatte, es nicht fallen zu lassen.

Doch zum Glück erkannte er rechtzeitig, dass es um etwas ganz anderes ging. Die Art, wie die Kollegen an ihm vorbeiliefen, ihn nur kameradschaftlich anstießen, ließ ihn vermuten, dass nicht er Bestandteil dieses Durchbruchs war. Aber wirklich erleichtert fühlte sich Erik nicht. Mit dem brandheißen Handy musste er zu Jürgen Schnur, den er im Augenblick nirgends finden konnte. Sein Vorsatz, dem Vorgesetzten diese peinliche Geschichte zu gestehen, geriet von Sekunde zu Sekunde mehr ins Wanken, in der er Schnur nicht finden konnte. Vielleicht nahm er einfach diesen Durchbruch als Ausrede, um sein eigenes Anliegen in Vergessenheit geraten zu lassen. Zu günstig war die Gelegenheit.

Hastig schüttelte er über sich selbst den Kopf. Er musste standhaft bleiben. Er durfte sich nicht ablenken lassen – was er jedoch viel zu gerne täte. Der Gedanke, Schnur haarklein zu enthüllen, was in der Nacht mit ihm passiert war, trieb ihn fast wieder hinaus aus dem Gebäude. Was fiel ihm schwerer: Die Scham oder die Angst vor den Folgen?

Er wusste es nicht und das kam zu seiner Nervosität noch dazu.

»Komm mit in den Besprechungsraum!«, spornte Andrea ihn an. »Oder willst du hier Wurzeln schlagen?«

Erik raffte sich auf und folgte dem Tross, der aus Kollegen seiner Abteilung und den Mitarbeitern der *SokoLehrer* bestand. Der Besprechungsraum war innerhalb von Sekunden voll. Die Aufregung steigerte sich. Von Schnur keine Spur.

Erik musste in sich hineinlachen.

Seit Jürgen Schnur zum Dienststellenleiter aufgestiegen war, hatte sich eine Verwandlung in ihm vollzogen. Er zeigte gute Führungsqualitäten, was ihm vorher niemand zugetraut hätte. Und er verstand es, alle Aufmerksamkeit auf sich zu lenken. Dieses Szenario gab dem neuen Ermittlungsstand eine besondere Bedeutung. Da war es am Ende egal, was der Durchbruch war. Die Sensation machte die Wichtigkeit.

Jürgen Schnur betrat den Raum. Er war in Begleitung der Staatsanwältin Ann-Kathrin Reichert. Die Gerüchte um die beiden kursierten schon fleißig in der Abteilung. Das war ein Punkt, den Erik seinem Vorgesetzten abzog. Er selbst kannte sich damit aus. Hatte er doch ebenfalls Affären als verheirateter Mann gehabt. Aber Eriks damalige Ausgangssituation war wohl kaum mit der von Jürgen Schnur zu vergleichen. Schnur war immer Herr der Lage. Erik vermutete, dass er auch jetzt genau wusste, wie er seine Affäre mit der Staatsanwältin einschätzen musste. Jedenfalls hoffte Erik das für seinen Vorgesetzten.

Schnur hob beide Hände, womit er die aufgeregte Menge zum Schweigen brachte.

»Es hat sich wohl schon herumgesprochen, dass wir mit unseren Ermittlungen weitergekommen sind«, begann er, worauf es unruhig im Raum wurde.

»Und jetzt wüssten wir auch gerne, welchen Durchbruch wir erzielt haben«, rief Anton durch das Stimmengewirr, wobei er Mühe hatte, seine Stimme gegen die anderen abzuheben.

»Darauf komme ich noch, wenn wir uns wieder beruhigt haben.«

Sofort verstummten alle. Die Stille war erschreckend – stand sie doch im krassen Gegensatz zu dem Lärm, der noch Sekunden zuvor geherrscht hatte.

»Wir haben das Seil untersucht, mit dem Bertram Andernach erhängt wurde«, begann Schnur. Alle sahen aus, als hätten sie mehr erwartet. »Das Seil war neu, weshalb die Kollegen der *SokoLehre*r die Möglichkeit hatten, herauszufinden, wo es verkauft worden ist. Außerdem war es nicht schwer, den Käufer zu identifizieren, denn er ist in dem Geschäft ein Stammkunde.«

»Und den haben wir ermittelt?«, fragte Esther, die sichtlich enttäuscht wirkte.

»Genau das«, bestätigte Schnur.

»Das nennst du Durchbruch?«

Schnur lachte.

Erst jetzt merkten sie, dass er sein Spielchen, alle auf die Folter zu spannen, unbeirrt weitergespielt hatte. Buh-Rufe ertönten, gegen die sich Schnur mit erhobenen Händen wehrte.

»Ich gebe zu, das war nur die Zugabe. Mit der wollte ich anfangen.«

»Und was ist jetzt die Hauptsensation?«

»Wie wir wissen, haben wir an der Leiche von Bertram Andernach eine Fremd-DNA gefunden.«

Allgemeines Nicken.

»Jetzt haben wir an der toten Geschichtslehrerin ebenfalls eine Fremd-DNA gefunden.«

Gemurmel entstand.

»Und siehe da, beide DNA-Proben sind identisch.«

Das Gemurmel schwoll an.

»Und wir haben einen Namen dazu.«

Nun wurde es wieder richtig laut. Es dauerte eine Weile, bis es Andrea gelang, ihre Stimme gegen die anderen zu erheben: »And the winner is … tatatat … Trommelwirbel.«

Alle lachten. Die Ausgelassenheit entstand durch das Gefühl, einen schwerwiegenden Fall zum Ende gebracht zu haben.

Schnur lachte und meinte: »Wie schön, euch so glücklich zu sehen.«

»Du hast es wirklich gut drauf, uns alle froh zu machen«, rief Andrea. »Du hättest Talkmaster werden können.«

»Stimmt! Dann wäre ich jetzt reich und berühmt.«

»Jetzt pack endlich aus, sonst bist du arm und krank, wenn wir mit dir fertig sind«, warnte Anton, womit er wieder eine neue Lachsalve provozierte.

Schnur zeigte dem Mitarbeiter den erhobenen Zeigefinger, was eine Drohgebärde sein sollte.

Alle verstummten.

»Also: Der Mann, der den Strick gekauft hat …«

»Wir wollen den Namen zur DNA«, riefen die Kollegen, was Schnur mit den salbungsvollen Worten honorierte: »Den bekommt ihr, wenn ihr mir zuhört.«

Wieder wurde es ruhig im Besprechungssaal.

»Denn derjenige, der den Strick gekauft, hat ist derselbe: Unser gesuchter Mann heißt Fred Recktenwald.«

*

Die *SokoLehrer* wurde aufgelöst.

Andrea Westrich und Erik Tenes bekamen den Auftrag, Fred Recktenwald zur Kriminalpolizeiinspektion zu bringen. Schnur wollte sich auf die Befragung vorbereiten.

Das war der richtige Augenblick für Erik.

Wie ein Schuljunge fühlte er sich. Und Schnur kam ihm in diesem Augenbick wie ein übergroßer Lehrer vor, der furchteinflößenden Respekt genoss. Eriks Innerstes war so aufgewühlt, seine Scham so groß, dass er begann, nach Notlösungen zu suchen. Bestimmt gab es einen Weg ohne diese Bloßstellung. Jetzt, da Fred Recktenwald der Täter war. Erik erkannte seinen Schlupfwinkel. Erleichterung machte sich breit.

Doch ausgerechnet in diesem Moment stellte Schnur ihm die alles entscheidende Frage: »Was hast du auf dem Herzen?«

»Äh …«

»Du siehst nicht gut aus«, stellte Schnur fest. »Deine Zurückhaltung ist mir schon in unserer Besprechung aufgefallen. Und deine Anwesenheit in meinem Büro – anstatt im Dienstwagen auf dem Wag nach Saarlouis zu Fred Recktenwald – sagt mir, dass du mit mir reden willst.«

Schnur wirkte auf ihn wie jemand, der ihn sowieso durchschaute. Deshalb kam Erik zu dem Schluss, dass es jetzt zu spät für einen Rückzieher war. Also setzte er sich seinem Vorgesetzten gegenüber, legte Handy und DVD auf seinen Schreibtisch und begann zu berichten.

Schnur war ein guter Zuhörer. Das stellte Erik schnell fest. Er wurde während seines peinlichen Geständnisses nicht einmal unterbrochen. Erst als er fertig war, schaute Schnur auf und sagte: »Echt stark, dass du damit zu mir kommst.«

Erik spürte, wie sein Gesicht noch röter wurde.

»Du tust das Richtige«, versicherte Schnur schnell und fügte an: »Deine Offenheit mir gegenüber nimmt Mirna Voss und Yannik Hoffmann die Macht über dich – oder über den gesamten Polizeiapparat. Denn irgendein Ziel haben sie damit verfolgt.«

Erik nickte nur. Er spürte, wie er zitterte.

»Ist das das Handy, mit dem Yannik Hoffmann dich gefilmt hat?«

»Ja.«

Schnur nahm es in die Hand und stellte erstaunt fest: »Es ist ja eingeschaltet.«

»Ich hatte nur darauf geachtet, dass ich die Verbindung unterbreche. Aber dadurch, dass es noch eingeschaltet ist, konnte Bernhard den Film herunterladen und auf DVD brennen.«

»Du weißt ja, wie gut ich mich mit Technik auskenne«, bekannte Schnur. »Ich habe ein Handy, das sieht fast genauso aus. Nur noch Bilder, anstatt Wörter. Und Touch-Screen. Ich kann auf meinem Handy sogar ein Navigationsgerät einstellen. Nur telefonieren kann ich nicht mehr damit.«

Erik musste trotz seiner unglücklichen Situation lachen.

»Also werden wir das Handy zu unseren Technikern bringen müssen ...«

Erik schnappte nach Luft.

Schnur schüttelte den Kopf und meinte: »Das muss sein. Denn wir müssen die Daten von dem Handy sichern und es Yannik Hoffmann wieder zurückgeben. Eigentlich dürften wir gar nicht im Besitz dieses Handys sein.«

»Das weiß Yannik Hoffmann aber nicht«, wandte Erik ein.

»Das ist auch gut so.« Schnurs Augen leuchteten. »Wir sichern die Daten als Beweis gegen ihn und du gibst ihm das Handy zurück. Solange er keine Beschwerde einlegt, können wir die Daten verwenden.«

»Das wird gelingen. Ich war heute Nacht ganz schön wütend und hab ihn das spüren lassen.«

»Klar. Er ist sich sehr wohl darüber im Klaren, was er da getan hat. Also wird er keine Anzeige gegen uns stellen. Der Schuss könnte nach hinten losgehen.«

»Aber auf meine Kosten.« Eriks Euphorie löste sich schlagartig wieder in Nichts auf.

Schnur rieb sich in gewohnter Weise über sein rasiertes Kinn und überlegte eine Weile. Plötzlich riss er die Augen auf, hob den Zeigefinger hoch und stieß aus: »Ich hab's!«

»Schieß los.«

»Unser guter alter Theo Barthels ist der Leiter der KTU, in der auch die Techniker arbeiten. Auf seine Diskretion können wir uns verlassen.«

»Kann er auch am Computer arbeiten?«

»Solche speziellen Sachen natürlich nicht. Aber er wird dem Kollegen schon sagen, was er zu tun hat.«

Erik spürte, wie sich ein Lächeln auf sein Gesicht schlich. Schnur half ihm nach dieser Nacht doch tatsächlich aus der Patsche.

»Danke, Kumpel«, rief er aus. »Dafür darfst du mich auch *Langer* nennen.«

Schnur grinste schief und entgegnete: »Und du darfst mir einen Rasierapparat schenken, damit ich meinen roten Bartwuchs zu jeder Gelegenheit stutzen kann.«

»Mach ich, Barbarossa.«

Kapitel 55

Sofort spürte Günter Laug, dass etwas anders war. Er stand vor dem großen Gebäude des Max-Planck-Gymnasiums und hörte, was er nicht hörte: Schülergeschrei.

Ein Blick auf die Uhr verriet ihm, dass er ausnahmsweise pünktlich war. Lag es daran?

Er näherte sich dem Gebäude, drückte gegen die Eingangstür. Zu. Da fiel es ihm ein: Es war Samstag.

Zum Glück gehörte er zu der Spezies der »Dinosaurier« dieser Schule, die inzwischen ganz schön rar geworden war. Unter den Relikten gab es außer ihm nur noch Manfred Dobler, den kleinen Wichtigtuer. Ihnen oblag das Privileg, über einen Schlüssel zum Schulgebäude zu verfügen. Er zog den Schlüsselbund aus seiner Hosentasche, suchte den richtigen heraus und sperrte auf. Er betrat das leere Schulgebäude. Die Stille war gespenstisch. So hatte er diese Hallen noch nicht erlebt. Normalerweise ließ die große Anzahl von Schülern im Alter zwischen elf und achtzehn Jahren das majestätische Gebäude eher wie eine Räuberhöhle erscheinen, der die dort angestellten Lehrer nicht viel entgegenzusetzen hatten. Die einzigen, denen es gelungen war, die wildgewordene Bande von Schülern in den Griff zu bekommen, hatten dafür mit ihrem Leben bezahlt.

Laug rümpfte die Nase.

Immer schon hatte er sich an den Methoden der beiden gestört. Ihre Autorität hatte sich am Ende jedoch als wesentlich effektiver erwiesen als sein »Laissez-faire«-Unterrichtsstil. Trotzdem erschien ihm seine Methode einfacher. Er machte sich nicht die Mühe, die Schüler zu erziehen. Daran hatte er gar kein Interesse. Wenn es mal ganz dick kam, griff er zum Alkohol. Damit konnte er sich schützen, ja abschirmen. Die Angriffe der Schüler prallten dadurch an ihm ab. Aus Aufsässigen wurden Kleinmütige, weil sie keinen Blitzableiter für ihre Aggressionen fanden. Aber war das die eigentliche Aufgabe eines Lehrers?

Laug ließ die Tür ins Schloss fallen und trat auf der gegenüberliegenden Seite wieder hinaus. Jetzt stand er im Schulhof, der durch seine gähnende Leere viel zu groß wirkte.

Über eine Änderung seiner Lehremethoden nachzudenken, dafür war es zu spät. Lieber überlegte sich Laug, was er jetzt mit dem angebrochenen Tag anfangen sollte. Sein Blick fiel auf die neue Turnhalle. Schon hatte er eine Idee.

Der Schlüssel war ein Generalschlüssel. Damit kam er in alle Gebäude. Und die Schlüssel zu den einzelnen Räumen innerhalb der Turnhalle hatte ihm vor einiger Zeit schon der Hausmeister anvertraut. Die gute alte Seele Ernst Plebe. Mit ihm hatte Laug einen Verbündeten gehabt. Aber wie es aussah, war auch diese Zeit vorbei. Plebe würde nicht mehr als Hausmeister an dieser Schule arbeiten.

Nichtsdestotrotz waren seine Vorräte noch hier.

Laugs Laune wurde immer besser. Warum sollte er nach Hause gehen, wo ihn ein leerer Kühlschrank und ein leerer Keller erwarteten. Hier war der Kühlschrank randvoll mit kühlem Bier. Einen besseren Grund, den Tag in der Turnhalle zu verbringen, gab es nicht.

Mit beschwingten Schritten eilte er über den Sportplatz und steuerte die silbrig glitzernde Halle an.

Er schaute sich um wie ein Dieb.

Unsinn, dachte er sich.

Und doch wäre es besser, wenn niemand sah, wie er sich an einem freien Tag in die Turnhalle schlich. Einen Ruf hatte er nicht mehr zu verlieren. Aber das Bier könnte entdeckt und entfernt werden, bevor er die Gelegenheit bekommen hatte, es zu trinken. Und das wäre das Schlimmste, was sich Laug in diesem Augenblick vorstellen konnte.

Es war niemand in der Nähe. Er lauschte, hörte auch nicht das geringste Geräusch, außer den Vögeln, die trotz Hitze munter zwitscherten.

Hastig sperrte er auf, betrat die Halle und sperrte hinter sich wieder zu. Nun musste es ihm nur noch gelingen, unbemerkt an der gläsernen Wand entlang zum Innern zu gelangen. Mit schnellen Schritten eilte er durch den kurzen Flur zu den Kabinen, die alle durch Verbindungstüren mit der großen Turnhalle verbunden waren.

Endlich fühlte er sich sicher.

Und seine Vorfreude machte ihm diesen Ausflug zu einem richtigen Erlebnis.

Kapitel 56

Das Surren des Audi A 6 schwoll an. Erik spürte, wie sich seine Muskeln immer mehr anspannten, bis sie verkrampften. Ängstlich suchte er den Dienstwagen nach Sicherheitsvorrichtungen ab. Zum Glück fand er den Beifahrerairbag und ein Kopfairbagsystem, das beim Seitenaufprall schützen sollte. Aber wirklich beruhigen konnte ihn das nicht. Er tastete nach dem Haltegriff über der Seitentür, fand ihn und griff hastig zu.

Andrea drehte sich zu ihm um und lachte. »Kann es sein, dass du Angst hast?«

Erik schwieg.

»Typisch Macho«, murrte sie. »Ihr Männer glaubt wirklich, ihr seid die einzigen, die Auto fahren können.«

»Ich sage doch gar nichts«, wehrte sich Erik schwach. Aber seine zerfurchte Stirn verriet ihn.

»Ich bin früher Tourenwagen-Rennen gefahren«, erklärte Andrea mit bissigem Unterton. »Und habe sogar eine Meisterschaft gewonnen.«

»Wann war das?«

»In den Achtzigern.«

»Und da soll eine Frau mitgefahren sein?« Erik konnte sein Erstaunen nicht verbergen.

»Das war damals die absolute Sensation.« Andrea lachte bei der Erinnerung daran. »Es hieß immer, Westrich am Steuer. Mein Vorname wurde mit keinem Wort erwähnt. Und als ich dann durch die Zielgerade kam, ausstieg und den Helm auszog, war das Staunen natürlich groß.«

Erik staunte ebenfalls. Er hätte Andrea wirklich alles zugetraut – nur das nicht. »Und warum hast du damit aufgehört?«

»Ich wurde schwanger.«

Das erklärte alles.

Erik lachte verlegen, löste die Hand von dem Haltegriff und ließ sie auf seinen Schoß zurücksinken. Andrea hatte ihm mit dieser Geschichte tatsächlich die Angst genommen.

»Ich gebe zu, dass ich nicht auf die Idee gekommen wäre, dass du früher Autorennen gefahren bist«, gab Erik nach einer Weile zu.

»Ihr haltet mich alle für die Mutti der Abteilung.«
Erik fühlte sich ertappt, weil es genauso war.
»Aber das ist in Ordnung. Das kommt wohl daher, dass ich sogar älter bin als unser Chef. Aber auch ich war mal jung.«
»Tja, wir haben wohl alle unsere Vergangenheit«, seufzte er, wobei ihm klar war, dass seine eigene weitaus weniger rühmlich war.
Sie verließen die Autobahn, fuhren noch wenige Meter und bogen in die breite Straße ein, die sie in das Dorf Picard führte.
Dort war alles menschenleer. Die Sonne brannte auf den Asphalt und hielt die Dorfbewohner in ihren Häusern. Außer ihrem Audi A6 fuhr kein einziges Auto durch das Dorf. Nur wenige waren am Straßenrand geparkt. Von weitem sahen sie einen roten Opel Corsa mit Vollgas wegfahren.
»Fahr schneller!«, rief Erik. »Ich will das Autokennzeichen sehen.«
Andrea gab Gas. Die Beschleunigung drückte sie beide tief in die Sitze. Doch der Abstand war zu groß. Der Opel Corsa bog nach links ab, schon war er aus dem Sichtfeld verschwunden.
»Soll ich die Verfolgung aufnehmen?« Andreas Kampfgeist war erwacht.
»Nein.« Erik hingegen hatte von Abenteuern zurzeit die Nase voll. Er wollte sich streng an seine Anweisungen halten und jegliche Ausbrüche vermeiden. Die Loyalität seines Chefs am Morgen hatte ihm gut getan. Deshalb wollte er sie nicht überstrapazieren.
Sie parkten in der kleinen Einbuchtung vor dem Grundstück, das zu Fred Recktenwalds Haus gehörte. Die überhängenden Sträucher boten Schatten.
Als sie ausstiegen, wurden sie von der Hitze regelrecht erschlagen. Der Kontrast zum klimatisierten Auto war gewaltig.
Im Spießrutenlauf zwischen den dicht zusammenstehenden Hecken hindurch näherten sie sich dem Haus. Das Buschwerk und die Bäume schafften es tatsächlich, die größte Hitze von diesem Fleckchen Erde fernzuhalten. Angenehme Temperaturen herrschten dort, die jedoch abrupt endeten, als sie auf die kleine, ungepflegte Veranda stiegen, um an die Haustür anzuklopfen.
Niemand öffnete.
Sie näherten sich dem benachbarten Teil des Hauses. Sie betätigten die Klingel. Aber auch dort öffnete niemand. Das Fenster neben der

Haustür stand offen. Jedoch konnten sie sich nicht davorstellen, um hineinzusehen, weil es direkt über einem tiefen Kellereingang lag. Erik beugte sich so weit über die kleine Mauer, die die Treppe einrahmte, um einen Blick zu erhaschen. Das einzige, was er sehen konnte, waren Anzeichen dafür, dass dort jemand wohnte. Ein Tisch stand vor dem Fenster, auf dem ein Handtuch lag, das benutzt aussah. Mehr gab es nicht zu sehen.

»Was tun wir jetzt?«, fragte Andrea enttäuscht. »Schnur hat gut reden *Bringt Fred Recktenwald hierher*. Wo sollen wir ihn auftreiben?«

»Vielleicht ist er zur Teufelsburg gegangen«, spekulierte Erik. »Das ist sein Arbeitsplatz. Es könnte doch sein, dass er neugierig ist und wissen will, was die Polizei dort oben macht.«

Sie kehrten im Zickzackkurs zurück zum Auto, fuhren durch den oberen Teil des Dorfes Picard und stießen nach nur wenigen Kilometern auf die Metzer Straße, die sie nach Oberfelsberg zur Teufelsburg führte.

Im Sonnenschein sahen die Felder verträumt und schön aus. Das Korn war bereits abgemäht, die kurzen Stoppeln leuchteten gelb. Die Maisfelder standen in voller Pracht und schimmerten Dunkelgrün. Eine große Reitanlage tauchte auf. Pferde grasten auf den umliegenden Koppeln.

Sie durchfuhren Felsberg, erklommen den kurvenreichen Berg, bis sie rechts in einen schmalen Schotterweg einbogen. Der Eingang der Teufelsburg wurde von einem Polizeiposten streng bewacht. Der Kollege wirkte, als nehme er seine Aufgabe sehr wichtig, denn seine Haltung wurde sofort abwehrend, als Andrea und Erik sich ihm näherten. Erst als die beiden ihre Ausweise zeigten, entspannte er sich.

»War Fred Recktenwald heute Morgen schon hier?«, fragte Erik.

»Ja. Aber als ich ihn nicht reingelassen habe, ist er wieder gegangen.«

»Wie lange ist das jetzt her?«

»Bestimmt schon zwei Stunden.«

»Jetzt sind wir so weit, wie wir waren«, murrte Andrea. »In der Zeit könnte er überall hingegangen sein.«

»Eben nicht«, widersprach Erik. »Die Richtung, aus der wir gekommen sind, hat er nicht eingeschlagen, sonst wäre er uns begegnet.«

»Toll! Damit schließen wir eine von hundert Möglichkeiten aus.«

»Die Kollegen der Spurensicherung haben hier alle Wege nach Fußspuren abgesucht«, meldete sich der Kollege zu Wort, der den Eingang zur Teufelsburg bewachte. »Und dabei ist ihnen aufgefallen, dass die meisten Abzweigungen in Sackgassen führen, weil die Waldwege durch umgestürzte Bäume unbegehbar geworden sind.«

»Ja und?«

»Es gibt nur einen Weg, der hinunter ins Tal führt. Fred Recktenwald kann nur dort entlang gegangen sein.«

»Du bist gut, Kumpel«, rief Erik aus und ließ sich den Weg zeigen. Er stellte sich als schmaler Pfad heraus, der mit einem brüchigen Holzgeländer abgegrenzt war und zum Teil aus Stufen bestand.

»Ich muss Sie aber warnen«, fügte der Beamte grinsend an. »Wenn Sie den Weg runtergehen, müssen Sie ihn auch wieder hochgehen, um an ihr Auto zu kommen. Und ich kann Ihnen versichern, es geht steil nach unten.«

Erik nickte und schon begann er, die ersten Stufen des Abstiegs zu nehmen. Andrea folgte ihm unter Murren. Lange Zeit hörten sie nur den Wind, der in den Bäumen raschelte, die Vögel, die munter trällerten, und ihre eigenen Schritte begleitet von ihrem Schnaufen, bis Andrea rief: »Und was tun wir, wenn wir Recktenwald hier auftreiben?«

»Wir begleiten ihn nach oben«, antwortete Erik, dessen Abstand zu Andrea immer größer wurde.

»Kannst du bitte mal langsamer machen«, lautete Andreas nächste Frage.

»Als Tourenrennfahrerin müsstest du aber sportlicher sein«, frotzelte Erik.

»Das ist lange her. Heute bin ich Mutti mit Leib und Seele – und dazu die Mutti der Abteilung.«

Jetzt musste Erik lachen, was ihn zum Anhalten zwang. Er schaute der Kollegin zu, wie sie sich mühsam die Stufen hinab bewegte. Es war ihre Natürlichkeit, die ihn faszinierte. Nichts an ihr wirkte aufgesetzt, zickig oder selbstsüchtig. Das gab ihm das Gefühl, dass Andrea eine gute Besetzung für ihre Abteilung war. Ihre Vergangenheit bewies, dass sie kein Kind von Traurigkeit war, und ihre Einstellung zu ihrer heutigen Position, dass ihre Lebenserfahrungen sie positiv geformt hatten. Fast könnte er sie darum beneiden, denn ihre Ausgeglichenheit war genau das, was ihm fehlte.

»Warum schaust du mich so an?«, fragte sie, als sie direkt vor ihm stand.

Sie war groß, fast so groß wie er, und ihr rundliches Gesicht vermittelte wie immer den Eindruck von guter Laune, obwohl es gerade gerötet und verschwitzt aussah.

»Weil mich deine Vergangenheit fasziniert«, antwortete Erik ehrlich. »Es ist immer wieder erstaunlich, was sich hinter den Gesichtern der Menschen verbergen kann.«

Andrea lachte. »Gehst du jetzt unter die Philosophen?«

»Du hast mich gefragt, ich habe geantwortet.«

»Touché!«

Sie setzten ihren Weg fort, bis sie endlich im Tal ankamen. Die linke Seite wurde von Laubwald gesäumt. Die rechte offenbarte sich ihnen mit großen Feldern, die in Rechtecke aufgeteilt und durch Feldwirtschaftsstraßen voneinander getrennt wurden. Am unteren Ende eines abgemähten Wiesenstreifens sahen sie ein Auto stehen. Erik schirmte seinen Augen mit der Hand ab und stieß ein lautes Stöhnen aus: »Das darf nicht wahr sein.«

»Wer ist das?«, fragte Andrea, die ebenfalls versuchte, etwas zu erkennen.

»Das ist der rote Opel, den wir eben in Picard gesehen haben.«

»Was macht dich so sicher?«

»Ich habe gerade gesehen, wie zwei Männer in den Opel eingestiegen sind. Der eine davon war Recktenwald. Er trug seinen seltsamen Nadelstreifenanzug. Und dazu seine grauen Haare – unser Mann ist unverkennbar.«

»Und wer ist der andere?«

»Wenn ich das wüsste.«

»Und was machen wir jetzt?«

»Wir rufen unseren Vorgesetzten an, damit er eine Fahndung rausgibt.«

Kapitel 57

Menschen über Menschen saßen in der Abendsonne vor den Lokalen der Saarlouiser Altstadt. Die Stimmung war ausgelassen, es wurde laut geredet und gelacht. Fred Recktenwald war erfüllt von Stolz, während er neben Linus Kalkbrenner durch die schmalen Gassen schlenderte. Sie steuerten den »Siebten Himmel« an der Kreuzung an, den Mittelpunkt der Altstadt.

Sie gingen hinein, weil auf der Terrasse vor der Tür kein Platz mehr frei war. Kühle und Dunkelheit schlug ihnen entgegen. Die leere Theke lud sie regelrecht dazu ein, sich dort niederzulassen.

Linus bestellte für sie beide ohne zu fragen Bier vom Fass.

Inzwischen war Fred es gewöhnt, nicht gefragt zu werden. Aber dass ausgerechnet Linus diese Geste zeigte, machte ihn stutzig. Hatte sich etwas zwischen ihnen verändert?

»Was ist los mit dir?«, rief Linus und lachte Fred dabei so herzlich an, dass Fred sich sofort schäbig vorkam, weil er an Linus gezweifelt hatte. Als Antwort hob er sein Glas an und prostete Linus zu.

Sie tranken in hastigen Zügen.

Linus bestellte sofort zwei neue.

»Was hast du auf der Teufelsburg gemacht?«, fragte er. »Nach dem Leichenfund müsste dieser Ort für die Untersuchungen der Polizei abgesperrt sein.«

»Ist er ja auch«, bestätigte Fred. »Ich hatte gehofft, dort etwas zu erfahren. Aber der Wachmann am Eingang war so verschlossen wie eine Auster.«

»Warum interessierst du dich so für den Fall?«

»Weil mich die Polizei mit nach Saarbrücken zu ihrer großen Kriminalpolizeiinspektion mitgenommen und zu dem Mord an Mathilde Graufuchs ausgefragt hat«, antwortete Fred nach einer Weile.

»Und? War es schlimm?«

»Nein.« Fred spürte, dass ihm das Thema unangenehm wurde.

»Haben sie dich bedroht? Oder geschlagen?«

»Nein.«, wehrte Fred lachend ab. »Im Gegenteil. Der Chef von dem Verein war sogar richtig freundlich.«

»Also ist es genauso, wie ich immer sage: Bullen haben keine Ahnung.« Linus klopfte Fred lachend auf die Schulter und fügte an: »Erinnerst du dich noch an früher, wie wir immer ›Räuber und Gendarm‹ gespielt haben?«

»Klar erinnere ich mich.«

»Mach es heute genauso.«

»Ich bin immer von den Gendarmen gefangen worden«, wandte Fred ein.

»Dann musst du es heute besser machen.«

Die beiden Männer lachten herzhaft und prosteten sich zu.

»Und außerdem«, sprach Linus weiter, »uns soll es doch recht sein, dass diese verdammten Pauker endlich mal ihre gerechte Strafe bekommen haben.«

Freds Lachen wurde zögerlicher.

»Was ist?« Linus hatte seine Zurückhaltung bemerkt. »Siehst du das anders?«

»Nein. Du hast völlig Recht«, gab Fred zu und trank in hastigen Schlucken. »Es ist einfach kein gutes Gefühl, im Visier der Polizei zu sein.«

»Das bist du nicht mehr lange.«

»Was macht dich so sicher?«

Linus schaute Fred lange an, bevor er antwortete: »Weil du nichts getan hast. Einen Unschuldigen bringen sie nicht hinter Gitter.«

»Danke, Linus.« Fred war richtig gerührt. »Du vertraust mir bedingungslos. Es ist wieder wie damals – du hast schon immer zu mir gehalten.«

Linus honorierte Freds Worte mit einem Lächeln. »Damals«, sinnierte er. »Die gute alte Zeit.«

Wieder bestellte er Bier. Fred konnte schon nicht mehr zählen, das wievielte!

»Das Beste an dieser Zeit warst du«, stellte er klar.

»Klar! Ich habe immer die schlimmsten Streiche ausgeheckt.«

»Du hattest immer gute Ideen, wie wir die Lehrer reinlegen können«, lobte Fred.

»Erinnerst du dich noch, wie wir uns unter dem Lehrerpult versteckt und abgewartet haben, dass der Lehrer endlich diese lästigen Klassenkameraden hinauswirft?«, fragte Linus in Erinnerungen versunken.

»Und wie! Ich hatte hinterher eine Woche lang Rückenschmerzen.«

»Daran wollte ich dich nicht erinnern.«
»Sondern?«
»Daran, dass wir nur deshalb dem eingebildeten Klassenbesten die Hausaufgaben aus dem Ranzen klauen konnten. Das Gesicht, das der Schnösel gemacht hat, als es hieß, die Hefte abzugeben, werde ich nie vergessen.«
»Und dass ausgerechnet der Streber nachsitzen musste«, fügte Fred belustigt an.
»Dazu kam, dass der eingebildete Sack endlich mal eine schlechte Note bekam«, trug Linus genüsslich bei. »War das ein gutes Gefühl.«
Fred erinnerte sich an diese Zeit, als wäre es gerade erst passiert. Das war einer ihrer vielen Lausbubenstreiche, die irgendwann trotz aller Raffinesse aufgefallen waren. Das Ergebnis war fatal. Auf Mathilde Graufuchs' Wunsch hatte Bertram Andernach eine Lehrerkonferenz abgehalten. Dort hatten sie beschlossen, Linus und Fred in unterschiedlichen Klassen unterzubringen. Das letzte halbe Jahr war für Fred zu seiner schwersten Zeit in der Schule geworden. Die Mittlere Reife hatte er dadurch nicht geschafft. Und das, obwohl sie ihrem Ziel schon so nahe waren.
Fred spürte wieder einmal, wie ihn die Erinnerungen beschäftigten. Dabei hatte er heute sein Leben im Griff. Warum also grämte er sich noch damit?
Er schaute auf, wollte etwas zu Linus sagen. Doch der war nicht mehr allein. Eine Frau stand neben ihm. Fred hatte nicht gesehen, wann sie gekommen war. Dafür sah er umso deutlicher, dass es für ihn Zeit wurde zu gehen. Die Innigkeit der Beiden ließ keinen Zweifel daran, wie für sie der Abend ausgehen würde.
Schnell trank Fred sein Bier aus und trat hinaus. Die Stühle auf der Terrasse waren alle hochgestellt. Er schaute auf seine Armbanduhr und staunte. Er hatte nicht bemerkt, wie die Zeit vergangen war. Zu angeregt hatte er sich mit Linus unterhalten. Schade, dass Linus so oft nach Rüsselsheim musste. Wenn es nach Fred ginge, könnte er immer hier bei ihm in Picard bleiben.
Seine Schritte waren anfangs leicht schwankend. Doch die Bewegung und die gute Luft machten seinen Kopf wieder klar. Mit jedem Kilometer, den er sich seinem Haus näherte, fühlte er sich sicherer auf den Beinen. Die letzten Meter legte er nicht wie gewohnt durch die Dorfstraße, sondern durch die hintere »Kleinwies« zurück. So näherte

er sich seinem Haus von der Rückseite. In der Dunkelheit war es sogar für Fred fast unmöglich, den Schlupfwinkel in den wild wuchernden Sträuchern zu sehen. Mit langsamen Schritten ging er die Hecken ab, bis er das Loch entdeckte. Gebückt trat er hinein und schlich sich wie ein Dieb an sein eigenes Haus heran. Ein Lachen überkam ihn, weil ihm dieses Versteckspiel so gut gefiel.

Doch das Lachen verging ihm.

Vor seinem Haus sah er einen Schatten, der nicht dorthin gehörte. Er verharrte an seinem Platz und wartete. Der Schatten bewegte sich. Fred erkannte, dass ein Mann dort stand. Was wollte er hier? Wollte er Fred überfallen?

Der Mann drehte sich um und näherte sich ihm.

Freds Herz schlug ihm bis zum Hals.

Fast gleichzeitig hörte er ein Geräusch ganz dicht neben sich. Der Schreck fuhr ihm durch alle Glieder. Wie viele trieben sich auf seinem Grundstück herum?

Er schaute sich um und sah gerade noch, wie sich ihm eine schemenhafte Gestalt näherte. Er wollte den Fluchtweg antreten. Diese Bewegung verriet ihn.

»Fred Recktenwald …«, mehr hörte Fred nicht mehr, schon hatte er sich durch die Hecken zur Straße »Kleinwies« durchgeschlagen. Zum Glück kannte er sich gut aus. Er steuerte das Grundstück direkt daneben an, als er hinter sich Schritte hörte. In seiner Panik stürzte er sich in die dichten Hecken und wartete ab.

Mit Taschenlampen leuchteten zwei Männer über die Straße.

Fred zitterte vor Angst. Wenn sie den Strahl in seine Richtung hielten, würden sie ihn sofort sehen können. Seine Angst wurde immer größer.

Doch dann warf der eine Mann den Lichtstrahl auf den anderen und Fred konnte erkennen, dass es Polizisten waren. Das hatte nichts Gutes zu bedeuten. Lange verharrte er ganz still und starr. Die Männer entfernten sich immer mehr, bis sich Fred sicher genug fühlte, um weiter durch das Gestrüpp zu robben. Dabei musste er tatsächlich an seine Kinderzeit denken, als sie dieses dämliche Spiel »Räuber und Gendarm« gespielt hatten. Damals hatte er immer verloren. Er kroch tiefer in die Hecken, machte sich ganz klein, in der Hoffnung, unsichtbar zu sein. Plötzlich erfasste ihn der grelle Lichtschein einer Taschenlampe. Frustriert senkte er den Kopf. Wie es aussah, hatte er schon wieder verloren.

Kapitel 58

Totenstille trat ein, als Fred Recktenwald begleitet von zwei Polizeibeamten der Bereitschaftspolizei am Sonntagmorgen die Flure der Kriminalpolizeiinspektion betrat. Die Beamten starrten auf den Hauptverdächtigen im Fall der beiden ermordeten Lehrer. Aber die erwartungsvolle Neugier wich schnell einem Gefühl der Enttäuschung. Fred Recktenwald sah nicht nur unscheinbar, er sah auch harmlos aus. Seine grauen Haare standen wild vom Kopf ab, das einzige, was verwegen an ihm wirkte. Anstelle des lächerlichen Anzugs mit den breiten Längsstreifen trug er ein T-Shirt und Jeans, worin er noch dünner wirkte. Die Unterarme bestanden fast nur aus Haut und Knochen.

Fred wurde in das Vernehmungszimmer geführt. Widerstandslos ließ er es mit sich geschehen. Unsicher wirkte sein Blick, den er auf den Boden richtete, um nur ja niemanden ansehen zu müssen.

Schnur, Andrea, Esther und Erik saßen im Raum daneben, dessen Wand zum Vernehmungszimmer durch einen Spiegel getrennt war. So konnten sie den Verdächtigen im Auge behalten, während sie sich beratschlagten.

Kriminalrat Forseti trat hinzu.

»Gute Arbeit«, lautete Forsetis Gruß. »Wir werden mit der Befragung warten, bis die Staatsanwältin dabei ist.«

Allgemeines Nicken war die Antwort.

»Solange können Sie mich bitte darüber unterrichten, was wir bis jetzt an Informationen über Fred Recktenwald haben.«

Jürgen Schnur wollte gerade zu sprechen beginnen, als die Staatsanwältin das Zimmer betrat.

»Das sind ja gute Nachrichten«, rief sie begeistert. »Ich kann es kaum noch erwarten, den Lehrer-Mörder kennenzulernen.«

Sie warf einen Blick durch die Scheibe. Alle beobachteten die rothaarige Frau gespannt. Das einzige, was sie sagte, war: »Oh.«

»Was heißt ›Oh‹?«, fragte Schnur.

»Das heißt, dass ich mir den Mann anders vorgestellt habe.«

»Wie? Mit krummer Nase, bösem Blick und langen Zähnen?«

Alle lachten. Nur Forseti nicht.

»Ich hätte einen kräftigeren Mann erwartet«, gab Ann-Kathrin zu.
»Wollen wir beginnen?«, drängte Schnur, rieb sich die Hände und betrat begleitet von der Staatsanwältin das Vernehmungszimmer.
Das erste, was Fred Recktenwald zu den eintretenden Beamten sagte, war: »Wer ersetzt mir meinen Anzug?«
Schnur setzte sich dem Mann zuerst einmal gegenüber und meinte: »So, wie die Dinge nun liegen, werden Sie für lange Zeit ihre Längsstreifen gegen Querstreifen eintauschen müssen. Sie brauchen Ihren Anzug also nicht mehr.«
Das ließ seinen ersten Anflug von Aufsässigkeit sofort im Keim ersticken. Schon fast hilfesuchend schaute er das Gespann Jürgen Schnur und Ann-Kathrin Reichert an.
»Sie wissen, warum Sie hier sind?«
»Nein.«
»Sie sind verdächtig, die Lehrer Mathilde Graufuchs und Bertram Andernach getötet zu haben.«
Schweigen.
Fred Recktenwald sagte kein einziges Wort dazu.
Verwirrt schaute die Staatsanwältin Jürgen Schnur an.
»Ich habe Sie beide gesehen«, erwähnte der Verdächtige stattdessen.
Sofort fühlten sich die Angesprochenen unwohl. Ann-Kathrin überlegte fieberhaft, wo er sie gesehen haben könnte, während Schnur inständig hoffte, dass Forseti nicht mehr auf der anderen Seite der Scheibe stand und zuhörte.
»Sie haben vor dem Langenfeld-Café gesessen«, sprach Fred Recktenwald weiter. »Ich wollte Sie begrüßen, aber …«
»Wir sind jetzt hier im Vernehmungsraum der Kriminalpolizeiinspektion Saarbrücken, weil Sie verdächtig sind, zwei Morde begangen zu haben.« Endlich erwachte Schnur aus seiner Erstarrung und fiel Fred Recktenwald ins Wort. »Sie sind bereits über Ihre Rechte aufgeklärt worden. Stimmt das?«
Fred Recktenwald nickte.
»Gut. Dann kommen wir zu der Befragung, die ich auf Band aufnehmen werde.«
Schnur las die Namen der Anwesenden vor und begann mit der ersten Frage: »Wo waren Sie in der Nacht vom Sonntag, dem 17. August zum Montag, dem 18. August gegen ein Uhr?«

»Zuhause.«

»Wir wissen, dass das nicht stimmt«, wandte Schnur ein. »Wir haben eine Aussage von einem Zeugen, der gesehen hat, wie Sie gegen ein Uhr nach Hause kamen.«

Recktenwald riss die Augen weit auf.

»Also, Herr Recktenwald«, mischte sich die Staatsanwältin ein. »Sie haben hier und jetzt die Gelegenheit, ihre Falschaussage zu berichtigen. Das könnte sich positiv auf Ihr Urteil auswirken.«

»Welches Urteil?«, fragte Fred Recktenwald. »Ich bin unschuldig. Ich habe nichts getan. Warum sollte ich verurteilt werden?«

Schnur schaute in seine Akte, bevor er sagte: »Wir haben Ihre DNA an beiden Tatorten gefunden ...«

»Sie haben sich abgesprochen, stimmt's?«, fragte Recktenwald, ohne auf Schnurs Erklärung zu achten. »Sie haben ja viel Zeit dafür gehabt. Hecken Sie Ihre Pläne nachts aus und gehen am Tag auf unschuldige Leute los?«

Schnur fühlte sich überrumpelt. Ebenso die Staatsanwältin. Das Gespräch nahm einen Verlauf, den niemand vorhersehen konnte. Trotzdem versuchte Schnur zu retten, was nicht mehr zu retten war, indem er sagte: »Wir wissen, dass Sie im Jahr 1974 – im Alter von vier Jahren – einen schweren Unfall hatten. Sie sind vom Traktor gefallen und mit dem Kopf auf den harten Boden aufgeschlagen.«

»Was hat das damit zu tun?«, fragte Fred, sichtlich erschrocken.

»Sind Sie seit damals noch mal am Kopf untersucht worden?«

»Ich bin nicht verrückt, wenn Sie darauf anspielen wollen ...«

Plötzlich ging die Tür auf – etwas, das während einer Vernehmung wirklich nur im äußersten Notfall geschah.

Alle Augen schwenkten in diese Richtung.

Dieter Forseti stand dort. Sein Blick sprach Bände.

»Hauptkommissar Schnur! Würden Sie bitte kommen?«

Schnur erhob sich und verließ verärgert den Vernehmungsraum. Im Flur erwartete ihn genau das, was er befürchtet hatte.

»Ihre Unbedachtheit hat Ihnen lediglich eingebracht, dass der Verdächtige Sie nicht mehr respektiert«, erklärte er den Grund für die Störung. »Deshalb werde ab sofort ich die Vernehmung fortsetzen.«

Schnur blieb keine andere Wahl, als sich wieder in die Rolle des Beobachters zu fügen. Er unterdrückte seine Wut und steuerte den

Raum an, in dem seine Mitarbeiter standen, die alles mit verfolgt hatten.

Keiner sagte ein Wort. Das war auch besser so. Schnurs Laune war nämlich auf dem Tiefpunkt. Da könnte es passieren, dass er seine gute Kinderstube vergaß.

»Ich knüpfe wieder an das Thema DNA an«, begann Forseti, nachdem er die Formalitäten auf dem Band neu aufgenommen hatte. »Ihre DNA wurde an beiden Tatorten gefunden.«

»Was ist DNA?«

Mit dieser Frage gelang es Fred, sogar den stets bedachten und gefassten Kriminalrat Forseti ins Stottern zu bringen.

»DNA … Der genetische Fingerabdruck …«

Die Staatsanwältin sprang rettend ein. Sie erklärte dem Verdächtigen, welche Bedeutung das Laborergebnis für die Ermittlungen hatte, und wie unwiederbringlich seine DNA am Tatort ihn direkt mit beiden Taten in Verbindung brachte.

Damit gelang es Ann-Kathrin, die erste Reaktion aus Recktenwald herauszulocken. Wie versteinert saß er da und stammelte: »Aber, ich bin unschuldig …«

»Sagen das nicht alle?«, fand Forseti seine Sprache wieder. »Kennen Sie die elementare Kausalitätskette?«

Recktenwald schaute den Kriminalrat an, als spräche er Suaheli.

»Das bedeutet in Ihrem Fall: Motiv, Gelegenheit, Mord.«

Fred Recktenwalds Gesicht wirkte schlagartig eingefallen und grau. Seine Haare hingen stumpf an seinem Kopf, seine Augen wirkten wässrig und trüb.

»Welches Motiv sollte ich haben?«, fragte er fassungslos. »Dass mich diese beiden Lehrer vor vierundzwanzig Jahren mal schikaniert haben?«

»Wir wissen, dass Sie erst vor einem Jahr ein Gespräch mit Bertram Andernach geführt haben, das darin endete, dass der Lehrer Sie wieder – wie damals – beleidigte und bloßstellte«, antwortete Forseti. »Und zwar haben Sie Ihre Kompetenzen überschritten, weil Sie sich für Ihre Nachbarin einsetzten, was Ihnen nicht zusteht.«

Fred nickte.

»Und Mathilde Graufuchs hatte Sie noch am Tag, bevor sie ermordet wurde, mit einer Schulklasse auf der Teufelsburg besucht und Sie vor der Klasse denunziert. Das sind starke Motive.«

»Und welche Gelegenheit hatte ich?«

»Sie sind eindeutig als Käufer des Stricks identifiziert worden, mit dem Bertram Andernach erhängt wurde.«

»Der ist mir gestohlen worden.«

Forseti beachtete den Einwand nicht, sondern sprach weiter: »Außerdem sind Sie der einzige, der die Gelegenheit hatte, Mathilde Graufuchs auf der Teufelsburg festzuhalten. Denn dort konnten Sie die Lehrerin in einem Loch verstecken, bis die letzten Touristen gegangen sind, und sie dann an der Stelle fesseln, wo sie zwei Tage später gefunden wurde. Wir haben Spuren von Mathilde Graufuchs in einem dieser Erdlöcher gefunden.«

»Das sind keine Erdlöcher, das waren früher die Lagerstätten für verderbliche Lebensmittel«, klärte Fred auf.

»Das mag sein. Jedenfalls wurde diesmal eine Frau darin versteckt, um sie später zu töten.«

»Aber ... das habe ich nicht gemacht ... Sie wissen doch ... alle haben Mathilde Graufuchs weggehen sehen ...«

»Da hat Ihnen das Glück in die Hände gespielt, damit Sie Ihr Vorhaben auch problemlos in die Tat umsetzen können. Eine Frau, die Mathilde Graufuchs ähnlich sah, haben alle weggehen sehen, während das Opfer in einer finsteren Grube auf der Teufelsburg von Ihnen festgehalten wurde. Nur Sie konnten wissen, wo sich derartige Verstecke auf der alten Burg befinden. Deshalb kommen auch nur Sie für diese Tat in Frage.«

Fred schnappte nach Luft.

»Wenn Sie glauben, Sie können sich durch Schweigen aus der Affäre ziehen, muss ich Sie enttäuschen«, sprach Forseti weiter. »Sie sind in der Nacht von Sonntag auf Montag um halb eins am Gebäude des Max-Planck-Gymnasiums gesehen worden. Das ist die genaue Todeszeit des Deutschlehrers Bertram Andernach. Weiterhin gibt es Zeugen, die Sie eine halbe Stunde später in Ihr eigenes Haus haben schleichen sehen. Außerdem beweisen die genauen medizinischen Berechnungen im Fall Mathilde Graufuchs, wie lange sie auf der Burg an diesem Platz gefesselt war. Und die Berechnungen ergeben den Zeitpunkt, zu dem Sie die letzten Touristen dort verabschiedet haben.«

Fred sagte nichts mehr.

»Glauben Sie mir, Sie tun sich einen Gefallen, wenn Sie über Ihre

Taten reden. Damit zeigen Sie Reue, was vor dem Gericht immer einen guten Eindruck macht.«

Alle Bemühungen des Kriminalrats, ihn zu einem Geständnis zu bewegen, scheiterten.

Ann-Kathrin erhob sich nach einer Weile mit den Worten: »Fred Recktenwald, Sie werden morgen dem Haftrichter vorgeführt.«

Damit war die Vernehmung beendet.

Schnur stand auf der anderen Seite der verspiegelten Wand, schloss die Augen und rieb sich verzweifelt über sein rasiertes Kinn. Er hatte Fred Recktenwald noch so viel fragen wollen. Nun würde er dafür keine Chance mehr bekommen. Forseti hatte sich des Falls nicht nur angenommen, er hatte ihn Schnur regelrecht aus der Hand gerissen.

Tatenlos sah Schnur zu, wie Fred Recktenwald abgeführt wurde.

Kapitel 59

Jürgen Schnur und Erik Tenes saßen allein im Büro des Dienststellenleiters. Die anderen Kollegen waren in den Feierabend gegangen, um den Rest des Sonntags noch genießen zu können. Beide hatten dampfende Kaffeetassen vor sich auf dem Schreibtisch und starrten in die schwarze Brühe. Von Euphorie über einen gelösten Fall war ihnen nichts anzumerken.

Schnur räusperte sich und meinte: »Der Techniker hat alles aus dem Handy und der Sim-Karte herausgeholt, was für dich gefährlich werden könnte und was wir womöglich hätten weiterverwenden können.«

Erik schwieg – wusste er auch gar nicht, was er zu dem peinlichen Thema hätte sagen können.

»Der Film bestätigt genau das, was du erzählt hast.«

Schon wieder spürte Erik Scham.

»Und der Adressat, an den der Film gehen sollte, war Yannik Hoffmanns E-Mail-Konto. Es sieht also danach aus, als hätten Mirna Voss und Yannik Hoffmann diesen Plan allein geschmiedet. Und wenn man den Anfang und das Ende von diesem Film wegschneidet, stellt er dich so dar, als würde alles mit deinem Einverständnis geschehen. Wie gut, dass wir alles sehen konnten.«

»Warum sagst du mir das?«

»Wir können nur vermuten.« Schnur kratzte sich am Kinn. »Mit so einem Film wärst du erpressbar geworden. Aber du hast eine Entschlossenheit bewiesen, die ich dir hoch anrechne.«

Erik sollte sich jetzt besser fühlen. Nur warum gelang ihm das nicht?

»Hey, alter Junge«, rief Schnur plötzlich lauter. »Du bist aus dem Schneider. Du solltest dich freuen und nicht Trübsal blasen.«

»Ich mache Luftsprünge«, gestand Erik mit einem Elan, der jedem Faultier zur Ehre gereicht hätte.

»Du hast dich in dieser Angelegenheit korrekt verhalten, sodass wir Schlimmeres abwenden konnten«, sprach Schnur weiter, der Eriks Niedergeschlagenheit nicht verstand. »Und außerdem sieht alles danach aus, als hätten sich die beiden einen privaten Spaß erlaubt. Jetzt, nachdem wir Fred Recktenwald gefasst haben, können wir sicher sein, dass

Mirna Voss nichts mit dem Fall zu tun hat.« Schnur überreichte Erik das Handy und fügte an: »Das kannst du Yannik Hoffmann zurückgeben, damit er nicht auf den Gedanken kommt, etwas wegen des fehlenden Handys zu unternehmen.«

»Mach ich«, murmelte Erik und erhob sich vom Stuhl.

»Was ist mit dir?«, fragte Schnur nachdenklich.

Erik schaute seinen Vorgesetzten und Freund eine Weile an, bis er seine Bedenken aussprach: »Einerseits freue ich mich, dass ich in dieser heiklen Angelegenheit aus dem Schneider bin.«

»Aber?«

»Andererseits bin ich mit der Auflösung unserer Lehrermorde nicht glücklich.«

»Warum?«

»Mir ist Mirnas Rolle bei dieser Angelegenheit nicht ganz klar. Irgendetwas hat sie mit diesem Video bezweckt. Mich erpressbar zu machen heißt doch, dass sie von mir etwas erzwingen wollte.«

»Und was glaubst du, was das sein könnte?«

»Dass wir Fred Recktenwald verhaften, was meine Zweifel an der Schuld dieses Mannes verstärkt«, antwortete Erik prompt. »Deshalb fühle ich mich wie eine Marionette in Mirnas Spiel.«

»Wie kommst du darauf, dass Mirna diesen Mann hinter Gittern sehen will?«

»Sie hat es mir selbst gesagt.«

»Dann hat sie ihn schon vor uns verdächtigt?«

»Genau das macht mir Sorgen.«

»Ach was! Du siehst Gespenster, weil dieses Weib deine Sinne verwirrt hat.« Schnur lachte.

»Hast ja recht«, gab Erik zu und wandte sich zur Tür. »Wenn ich sentimental werde, muss ich zum Frisör umschulen.«

»Gute Idee! Dann komme ich immer zum Rasieren.«

Kapitel 60

Selten saß Schnur sonntags an seinem Schreibtisch. Und doch saß er hier. Er fühlte sich bleischwer. Seine Gedanken kreisten um die Festnahme – um das gute Ergebnis ihrer akribischen Ermittlungsarbeit.

Aber er konnte sich nicht daran erfreuen.

Dabei erging es ihm genauso wie Erik, wenn auch aus anderen Gründen.

Ständig erinnerte er sich an die Vernehmung, die so gründlich versiebt worden war. Er hatte das Feld räumen müssen – freimachen für Dieter Forseti, der natürlich genau die Dinge angesprochen hatte, die sich Schnur für eine andere Gelegenheit hatte aufsparen wollen.

Für Schnur war der Fall nämlich alles – nur nicht klar.

Fred Recktenwald war ein Erfolg. Aber nicht seiner. Seine Empfindungen gegenüber diesem Mann waren so konträr, wie er es noch nie einem Verdächtigen gegenüber erlebt hatte. Einerseits ärgerte sich Schnur über seinen eigene Unvorsichtigkeit, sich mit der Staatsanwältin mitten in der Saarbrücker Altstadt zu treffen. Dort nicht gesehen zu werden, war ein Ding der Unmöglichkeit. Nur, dass es ausgerechnet Fred war, der sie beide nicht nur gesehen, sondern auch beobachtet hatte, das übertraf seine kühnsten Erwartungen. Niemals hätte Schnur für möglich gehalten, dass ein stiller, verunsicherter Mann wie Fred über den überfüllten Marktplatz der Saarbrücker Altstadt gehen würde. Aber jetzt war es zu spät. Der Verdächtige hatte Schnur auf eine Weise und zu einem Zeitpunkt bloßgestellt, wie es nicht ungünstiger hätte kommen können. Seine Glaubwürdigkeit war dahin. Und Forseti gehörte nicht zu der Sorte, die einen Lapsus großzügig übersah. Egal, ob der Fehltritt privater oder dienstlicher Natur war. Schnur hatte sich damit einen Fauxpas geleistet, der ihn mehr kosten würde als eine Vernehmung mit einem Hauptverdächtigen.

Auch Ann-Kathrin überlegte, den Fall an einen Kollegen abzugeben. Denn Freds Beobachtung musste nicht unbedingt in jedem Gerichtssaal erwähnt werden, der für den noch kommenden Prozess aufgesucht werden musste.

Zu Schnurs Schreck fiel ihm ein, dass ausgerechnet Forseti ein Auge auf die Staatsanwältin geworfen hatte. Mehr Wasser konnte man seinem ärgsten Feind nicht auf Mühle geben. Schnur sollte schon mal neue Pläne schmieden, seinen Lebensstandard einschränken und sich auf Hartz IV einstellen.

Aber das war nicht alles, was ihn grämte. Es wollte ihm einfach nicht gelingen, in Fred Recktenwald einen brutalen Mörder zu sehen.

Warum war Norbert Kullmann nicht hier?

Verzweifelt rieb er sich über sein Kinn. Und zu seinem Pech stellte er auch noch fest, dass die ersten Bartstoppeln wieder durchkamen. Er griff in seine Schreibtischschublade, wo der kleine elektrische Rasierer lag, und wollte dem ersten Wuchs den Garaus machen, als sein Telefon klingelte.

Erstaunt hob er ab. Seine Frau meldete sich. Schnur hatte Mühe, nicht den Hörer fallen zu lassen.

»Seit wann ist deine Arbeit so wichtig, dass du sonntags arbeiten musst?«

Der Tonfall verriet alles. Ihre Ehe bröckelte. Und Schnur war schuld daran. Immer hatte er seine Familie an vorderste Stelle gerückt. Egal, welche Karriereversprechen ihm gegeben worden waren. Für ihn galt zuerst die intakte Familie.

Bis Ann-Kathrin in sein Leben trat.

Er brauchte zu lange mit der Antwort. Das merkte er erst daran, als es Klick in der Leitung machte. Seine Frau hatte aufgelegt.

Das durfte er nicht zulassen. Er musste sich zusammenreißen, musste sich wieder seiner Frau zuwenden, die trotz zwei Kindern und einem Alter von über fünfzig Jahren immer noch bildhübsch war.

Hastig begann er zu wählen.

Doch wer sich dann am anderen Ende meldete, ließ ihn ernsthaft an seinem Verstand zweifeln. Die erotische, dunkle, rauchige Stimme von Ann-Kathrin drang an sein Ohr. Er schaute auf das Display seines Telefons. Dort erkannte er, dass er ihre Nummer gewählt hatte, anstatt die von zuhause.

Soweit war es schon mit ihm: Das Wählen der Telefonnummer seiner Geliebten war schon zum Automatismus geworden.

Vergessen waren alle guten Vorsätze. Jetzt galt es nur, dieser Frau näher zu kommen. Wie ein verliebter Pennäler fühlte er sich, als er mit wildem Herzklopfen ein Date mit ihr vereinbarte.

Kapitel 61

Leise Stimmen drangen durch das Treppenhaus.

Erik ahnte schon etwas. Und mit jeder Stufe, die er höher und höher stieg, um in den fünften Stock zu seiner Wohnung zu gelangen, wurden die Stimmen lauter. Oben angekommen sah er sich vor Mirna Voss und Yannik Hoffmann.

Sofort kam ihm ein guter Einfall.

Er nahm Yanniks Handy aus seiner Hemdtasche und sagte: »Wir machen einen Tausch: Ich bekomme meinen Wohnungsschlüssel zurück und du dein Handy.«

»Ich habe deinen Wohnungsschlüssel nicht«, kam es unfreundlich von Yannik. Er wollte nach dem Handy greifen, doch Erik zog seine Hand zurück: »So nicht! Ich sagte: Handy gegen Wohnungsschlüssel. Egal, wer von euch beiden den hat.«

Mirna versuchte sich an Eriks Körper anzuschmiegen, doch Erik widerstand ihrem Annährungsversuch. Ihre ganze Erscheinung war wieder einmal eine einzige Sünde. Das Top so kurz, dass der untere Teil ihrer Brüste darunter hervor lugte. Die Hot Pants so hochgeschoben, dass die Hälfte ihres Pos zu sehen war. Erik durfte jetzt nicht daran denken, was er in der Nacht alles von ihr zu sehen bekommen hatte. Mirna war schärfer als alles, was er bisher erlebt hatte. Und in seiner Sturm- und Drangzeit in Köln hatte er eine Menge zu sehen bekommen.

»Ich habe jetzt lange genug gewartet«, brummte er betont unfreundlich, um sich diese Frau auf Abstand zu halten. »Wenn ihr nicht einverstanden seid – bitte! Dann muss ich mich um ein neues Schloss kümmern und Yannik sich um ein neues Handy.«

Endlich gelang es ihm, eine Reaktion aus den jungen Leuten herauszukitzeln. Zornig brüllte Yannik Mirna an: »Gib ihm verdammt noch mal den Schlüssel! Was willst du damit? Du hast dein Vergnügen gehabt.«

Mirna zog eine Schnute, während sie unentwegt ihren Blick auf Erik haften ließ. »Ich bin nicht wirklich zu meinem Vergnügen gekommen«, gurrte sie. »Ich will nämlich noch viel mehr.«

»Und ich will meinen Wohnungsschlüssel.« Erik ging nicht auf ihre Verführungstaktik ein.

Mirna bemerkte seine Standhaftigkeit. Mit enttäuschtem Gesichtsausdruck zog sie den Schlüssel aus der Hosentasche ihrer Hot-Pants und reichte ihn Erik.

Als Gegenleistung händigte Erik das Handy an Yannik aus, der daraufhin mit einem abfälligen Schnauben in seiner Wohnung verschwand.

Erik sperrte seine eigene Wohnungstür auf, trat in seine Vierzig-Quadratmeter-Bude und warf die Tür hinter sich zu.

Dass die Tür sehr verzögert ins Schloss fiel, bemerkte er nicht.

Er legte seinen Autoschlüssel auf den Tisch und riss sich das Hemd vom Leib. Die kühle Luft auf seiner Haut tat gut. Tief atmete er durch, öffnete gerade den Reißverschluss an der Hose, als er etwas hörte, was nicht in seine kleine Wohnung passte. Er hielt in der Bewegung inne.

»Bevor du dich weiter ausziehst, sage ich dir, dass du nicht alleine bist.«

Erschrocken drehte sich Erik um. Vor ihm stand Mirna und grinste ihn frivol an. Mit zwei Fingern griff sie nach ihrem kurzen Top und schob es nach oben. Keck hüpften ihre Brüste mit steil aufgerichteten Brutwarzen vor seinen Augen.

Erik atmete tief durch, wollte weggucken, aber seine Augen blieben hartnäckig an dem erotischen Anblick haften.

Ein lautes Hämmern donnerte gegen seine Wohnungstür.

»Wer ist das?«, fragte er. »Dein Freund Yannik?«

Mirna zog ihr Top herunter und brummte mürrisch: »Woher soll ich das wissen?«

»Wolltest du mich wieder reinlegen?«, brüllte Erik fast vor Wut. »Sollte die Tür für deinen Kameramann offen bleiben?«

»Nein! Was denkst du von mir?«

»Ich bin's, Andrea«, schallte es durch die geschlossene Tür. »Mach bitte auf, ich höre deutlich, dass du da drin bist.«

Erleichtert ging Erik durch den schmalen Flur zur Tür und ließ die Kollegin eintreten.

Fast gleichzeitig huschte Mirna hinaus.

»Was tust du denn hier?«, fragte Erik, nachdem er sich davon überzeugt hatte, dass die Tür richtig ins Schloss gefallen war.

»Ich war zufällig in der Gegend und dachte mir ...«

»In dieser Gegend ist keiner zufällig«, fiel ihr Erik ins Wort. »Es sei denn, du bist ein Junkie oder gehst auf den Russen-Strich.«

Andrea merkte, dass ihre Taktik fehlgeschlagen war. Also antwortete sie ehrlich: »Ich habe gesehen, wie Yannik Hoffmann in Begleitung von Mirna Voss das Haus betreten hat. Und da ich eine Ahnung habe, aber nichts genaues weiß – weil ihr Männer gut zusammenhaltet – habe ich einfach mal abgewartet, was passiert.«

»Und was ist passiert?«

»Du bist kurze Zeit später gekommen. Und da dachte ich mir, ich ...«

»... störe die beiden«, vollendete Erik den Satz.

»Genau.« Andrea nickte. »Und? Habe ich gestört?«

»Nein«, murte Erik. »Oder doch! Oder ... Ach was! Danke. Du bist genau im richtigen Augenblick gekommen.«

Andrea lachte, als sie Eriks verzweifeltes Gesicht sah. Sie setzte sich an den Tisch, der am Fenster stand.

»Gern geschehen«, meinte sie.

»Warum tust du das? Du kennst mich doch kaum.«

»Ich muss einen Menschen nicht jahrelang kennen, um ihn zu mögen«, antwortete Andrea.

Erik eroberte den Kühlschrank und stellte zwei Flaschen Mineralwasser auf den Tisch, bevor er sich ihr gegenübersetzte.

Eine Weile geschah nichts. Sie schwiegen sich an und genossen die Aussicht. Unter dem blauen Himmel war die Sicht so klar wie selten, sodass sie es ihnen ermöglichte, Einzelheiten der verschiedenen Formen der Hochhäuser zu erkennen.

Bis Andrea das Schweigen brach: »Seit ich nach meiner langen Auszeit in Berlin zurückgekommen bin, sehe ich, dass hier so einiges im Argen liegt.«

»Ach ja?« Erik stutzte.

»Du wirkst haltlos auf mich. Dabei sollte dein Leben und was du daraus gemacht hast, dich stärken. Was treibt dich an?«

Erik fühlte sich durchschaut von einer Kollegin, die er erst seit wenigen Tagen kannte. Andreas mandelförmige Augen konnten nicht nur Wärme ausstrahlen. Wie es schien, konnten sie auch tief blicken. Gerade jetzt blickten sie ganz tief in Eriks Innerstes, was er jedem zu verbergen versuchte.

Andrea lachte, als Erik sie wortlos anstarrte, und meinte: »Du musst nicht mit mir darüber reden. Das verstehe ich, weil wir uns doch eigentlich gar nicht kennen.«

»Ich …«, stammelte Erik. »Ich glaube, ich habe noch nie mit jemanden darüber gesprochen. Deine offene Art …«

»… schockiert dich?«, beendete Andrea den Satz.

»So hart wollte ich es nicht ausdrücken.«

»Vielleicht ist es gut für Anke und dich, dass ihr eine Weile getrennt seid.«

Erik schnappte nach Luft.

»So ist euer Abstand groß genug und jeder kann in Ruhe darüber nachdenken, was der andere ihm wirklich bedeutet.«

»Das glaubst aber auch nur du«, brummte Erik.

»Warte nur ab. Wenn sie wieder zurück ist, wird sich zwischen euch etwas Entscheidendes verändern.«

Erik widersprach nicht, weil er sehnlichst wollte, dass sich etwas zwischen ihm und Anke änderte. Weil er darauf hoffte dass Anke endlich seine Gefühle erwidern würde. Dabei konnte »etwas Entscheidendes« aber auch eine andere Richtung annehmen, nämlich dass sie sich nichts mehr zu sagen hatten. Und davor hatte er Angst. Darum drehten sich ständig seine Gedanken.

Er schaute auf Andrea, die »Mutti der Abteilung«. Sie weckte das Gefühl in ihm, sein ganzes Leben vor ihr ausbreiten zu wollen – und das, weil sie ihn mehr durchschaute, als er sich selbst. Sowas war ihm noch nie passiert und er fühlte sich peinlich berührt. Aus Verlegenheit lachte er.

Sie erwiderte sein Lachen, trank von ihrem Sprudel und meinte: »Eigentlich wollte ich mit dir über Jürgen Schnur und die Staatsanwältin sprechen.«

»Oh.«

»Haben die beiden ein Verhältnis?«

»Ich weiß nicht mehr als du.«

»Das glaube ich dir nicht. Du hängst doch ständig mit dem Chef zusammen.«

»Dann hast du einen falschen Eindruck«, wehrte Erik ab. »Jürgen beichtet mir nicht, was er privat tut.«

Andrea schnaufte und lenkte ein: »Okay. Ich glaube dir.« Sie atmete tief durch und fügte an: »Ich bin einfach nur besorgt um ihn. Er ist der geeignete Mann für den Posten als Dienststellenleiter. Aber Kriminalrat Forseti kann ihm schaden. Jürgen wäre besser beraten, er würde seinen Vorgesetzten nicht unterschätzen.«

»Das tut er auch nicht. Nur, was tun, wenn die Gefühle mit einem durchgehen?«, wandte Erik ein und sah wieder Mirnas pralle Brüste vor seinen Augen hüpfen.

»Du solltest ihn nicht darin unterstützen, sondern ihn davon abhalten.«

»Und wie soll ich das machen?«

»Keine Ahnung«, gestand Andrea, lachte verlegen und trank wieder von ihrem Mineralwasser. »Weißt du, ich kenne Jürgen schon sehr lange. Er ist der Intelligenteste unter uns.« Als Erik sein Gesicht verzog, fügte sie hastig an: »Jürgen war auf der Uni und hatte mit dem Jura-Studium begonnen.«

»Begonnen?«

»Zunächst. Leider wurde seine Frau – damals noch seine Freundin – viel zu früh schwanger. Jürgen war pflichtbewusst, hat geheiratet und sich einen Job gesucht, um seine Familie zu ernähren. Später hat er auf der Abendschule das Examen nachgeholt. Warum er sich nach den Strapazen bei der Polizei beworben hat, das wissen wir nicht. Oder hat er inzwischen etwas dazu gesagt?«

»Ich wusste von Schnur bisher sehr wenig, stelle ich gerade fest«, gab Erik zu. »Woher weißt du das alles so genau?«

»Ich habe zur gleichen Zeit bei der Polizei angefangen wie er. Ich hatte die Stelle bekommen, weil damals ein neues Projekt ins Leben gerufen wurde, auch Frauen in den Polizeidienst einzustellen. Das war mein Privileg. Und Jürgens Privileg war sein Examen.«

»Interessant, mal etwas aus Jürgens Vergangenheit zu erfahren. Damit hat er immer ganz schön hinterm Berg gehalten«, gab Erik zu.

»Er gehört zu den bescheidenen Menschen, die es nicht für nötig halten, mit ihrer Bildung zu protzen«, erklärte Andrea und lächelte verträumt. »Ich war damals ganz schön verknallt in ihn. Vermutlich gerade deshalb. Aber er war ja sowas von verheiratet, als er zur Polizei kam.«

»Wie bitte? In unseren Jürgen Schnur verknallt?« Erik lachte.

»Klar! Wir waren auch mal jung.«

Erik gab zu, dass er nicht so weit gedacht hatte. Sofort entschuldigte er sich für seine taktlose Bemerkung und fügte schnell an, um von sich abzulenken: »Dafür, dass er mit einem Jura-Studium zum Polizeidienst gekommen ist, hat es aber lang gedauert, bis er endlich zum Hauptkommissar befördert worden ist.«

»Stimmt. Er hat sich viele Jahre nur auf seine Familie konzentriert. Dadurch ist ihm wohl so manche Chance auf Beförderung entgangen. Umso mehr wundert es mich, dass er jetzt seine Familie, für die er so viel auf sich genommen hat, durch eine Affäre mit der Staatsanwältin riskiert.«

»Und nicht nur die Familie«, stellte Erik klar. »Seine Position ist auch gefährdet. Forseti ist ihm nicht wohlgesonnen, weil er selbst scharf auf Ann-Kathrin ist.«

Andrea schüttelte erschrocken den Kopf. »Als ich nach meiner langen Abwesenheit hierher zurückgekommen bin, war ich ganz schön schockiert, als ich gesehen habe, wer hier jetzt der Boss ist. Dieter Forseti muss wirklich gute Beziehungen haben, dass er von Wiesbaden nach Saarbrücken kommt und hier bei uns eine Blitzkarriere hinlegt.«

»Seinem Charme hat er das bestimmt nicht zu verdanken«, gab Erik zu verstehen.

»Vermutlich Beziehungen«, mutmaßte Andrea. »In solchen Ämtern wie dem Innenministerium geht es heutzutage doch nur mit Beziehungen.«

Kapitel 62

Der Schulhof war immer noch gähnend leer. Montagmorgen ohne Schulsorgen, reimte Günter Laug in Gedanken und lachte sich ins Fäustchen. Wie lange die Schüler wohl noch um die Lehrer trauerten, die ihnen im Grunde genommen egal waren?

Ihm konnte das nur recht sein. Er hatte den Schlüssel, der ihm den Zutritt in die Sporthalle gewährte, wo er außer Kampftrinken keinem anderen Sport frönte.

Mit Vorfreude und beschwingten Schritten schlenderte er durch die pralle Sonne am Sportplatz vorbei. Einige Baufahrzeuge und der Wohnwagen der Bauarbeiter standen noch am Rand des großen Platzes, dabei waren die Arbeiten schon lange beendet. Die Turnhalle selbst wurde von vielen Bäumen und Sträuchern auf der einen Seite eingerahmt. Die Sonne kam jedoch von der anderen. Diese Bauweise war Günter Laug schon immer ein Rätsel gewesen, denn so konnte die Sonne ungehindert durch die großen Glasscheiben eine unerträgliche Hitze in den Räumen der Turnhalle erzeugen. Zum Glück lag das Zimmer des Hausmeisters zur anderen Seite.

Die letzten Meter wurden für ihn die schwersten. Die Sonne brannte unbarmherzig und reflektierte die Hitze vom Asphalt. Er fühlte sich geblendet, dass alles vor seinen Augen schwarz flimmerte.

Plötzlich hörte er etwas.

Er zuckte zusammen, wich einige Schritte nach hinten aus. Hier durfte außer ihm niemand sein. Es war schulfrei. Und der Hausmeister entlassen.

Sein Herz schlug wie wild, während er sich im Schutz der braunen Hauswand der alten Turnhalle aufhielt. Der Mörder war gefasst. Das war die erste Nachricht, die er an diesem Tag aufgenommen hatte. Wer also konnte ihm noch auflauern?

Er reckte seinen Kopf um die Ecke, um zu sehen, ob sich jemand in den Hecken zwischen der alten und der neuen Turnhalle versteckt hielt. Aber er sah niemanden.

Was sollte er tun?

Nur fünf Meter lagen zwischen ihm und dem erlösenden Kühlschrank, der das köstliche Bier beherbergte.

Er rieb sich die Augen. Dann schaute er hoch und sah einen Schatten hinter der Hausecke der neuen Turnhalle verschwinden.

Sein Herz schlug wie wild. Er war tatsächlich nicht allein. Es dauerte eine Weile, bis sich seine Gedanken wieder beruhigten und er sich einen Plan zurechtlegte. Wenn er richtig gesehen hatte, hatte sich der Schatten vom Eingang entfernt.

Er lauerte, verharrte. Seine Nerven flatterten. Sein Durst wurde immer größer.

Lange hörte er nichts mehr. Wenn er hier nicht verdursten wollte, musste er sich etwas einfallen lassen.

Er schaute sich um. Nichts zu sehen.

Das war der richtige Zeitpunkt. Jetzt oder nie, dachte Günter Laug. Der andere war vermutlich längst verschwunden. Denn wer hielt es freiwillig in dieser Hitze aus? Mit großen Schritten steuerte er die gläserne Eingangstür an. Sie lag in einem Windschutz, der ihm Schatten spendete. So konnte er das Schlüsselloch sehen, ohne geblendet zu werden.

Plötzlich wurde es ganz dunkel.

Vor Schreck ließ Laug den Schlüssel fallen. Zitternd bückte er sich danach, als könnte ihn dieses kleine Ding noch retten, da spürte er schon eine Hand an seiner Schulter.

Sie riss ihn hoch und drehte ihn um.

Laug wollte gar nicht sehen, wer das war. Vermutlich hatte er die Nachricht vom gefassten Lehrermörder falsch verstanden. Seine Konzentration litt in letzter Zeit, was er der enormen Hitze zuschob.

Ein Ruck fuhr durch seinen Körper. Erschrocken riss er die Augen weit auf und starrte in das Gesicht von Manfred Dobler.

»Hey, alter Junge«, plärrte der Kollege mit Begeisterung in seiner Stimme. Seine Augen leuchteten mit seiner Glatze um die Wette. »Warum setzt du eine Miene auf, als ginge es dir gerade an den Kragen? Der Mörder ist gefasst! Wir sind in Sicherheit. Das ist doch ein Grund zu feiern.«

Günter Laug konnte in diesem Augenblick nicht die gleiche Freude empfinden. Viel zu viel Angst hatte er gerade durchgestanden. Am liebsten würde er den kleinen kahlköpfigen Mann ungespitzt in den Boden stampfen – aber dazu fehlte ihm leider die Kraft. Also blieb ihm nichts anderes übrig, als ebenfalls Freude über den Ermittlungserfolg der Polizei zu zeigen. Dabei spürte er, wie seine Kehle mehr und mehr nach einem erfrischenden Bier dürstete. Hoffentlich würde Dobler schnell wieder verschwinden. Er durfte auf keinen Fall erfahren, was Laub hier wirklich wollte.

»Was willst du eigentlich in der Turnhalle?«, stellte Dobler die Frage, die Laug gerade befürchtet hatte. Aber zum Glück kam er nicht dazu, zu antworten. Das übernahm der Kollege schon selbst: »Komm! Lass uns in die Altstadt einen trinken gehen.«

»Ich bin pleite«, gab Laug seine Bedenken gegen den verlockenden Vorschlag preis.

»Das ist kein Problem. Ich lade dich ein.« Die Freude des Kollegen Dobler war unerschütterlich, wie es aussah.

Plötzlich war ihm der Kollege sympathisch. Denn der Aussieht auf ein kühles Bier in einer gepflegten Kneipe konnte er nicht widerstehen. Hastig willigte er ein, bevor er in dieser unbarmherzigen Hitze vertrocknete.

Kapitel 63

Fred Recktenwald saß im Vernehmungsraum und wartete. Ein Polizeibeamter stand in seiner Nähe und bewachte ihn.

Schnur eilte durch den Flur und steuerte sein Büro an, als sein Blick durch die offenstehende Tür in das Zimmer fiel.

Überrascht hielt er an und schaute auf den dasitzenden Mann.

Andrea begegnete ihm im Flur. Anstelle eines Grußes fragte er: »Warum sitzt unser Hauptverdächtiger im Vernehmungsraum?«

»Er wird gleich zur Untersuchungshaft im Lerchesflur gebracht. Wir warten auf unser Einsatzfahrzeug.«

Schnur atmete tief durch, sagte aber nichts. Er spürte eine große Niedergeschlagenheit, die er vor seiner Mitarbeiterin nicht zugeben wollte.

»Wo ist Erik?«, stellte Andrea eine Frage, die Schnur von seinen Gedanken ablenkte.

»Er hat sich heuten einen Tag freigenommen. Der Fall ist abgeschlossen, da sprach nichts dagegen.«

»Recht hat er«, murmelte Andrea und verschwand wieder in ihrem Büro.

Als Schnur sich unbeobachtet fühlte, betrat er den Vernehmungsraum und setzte sich mit seiner Tasche unter dem Arm dem Hauptverdächtigen gegenüber.

Fred wirkte noch dünner als vorher. Das Gesicht so grau wie seine Haare. Die Wangen eingefallen. Die Arme spindeldürr. Der Hals wie ein schmaler Strich. Alles an diesem Mann wirkte verloren. Seine Augen glänzten trübe, als habe er sich aufgegeben.

»Sie werden jetzt in Untersuchungshaft zum Lerchesflur gebracht«, sprach Schnur.

Keine Reaktion.

»Sie bekommen dort eine Einzelzelle. Niemand kann Ihnen zu nahe kommen.«

Immer noch keine Reaktion.

»Außerdem bekommen Sie einen Anwalt gestellt.«

Weiter Schweigen.

Eine Weile schaute Schnur den Mann an. Das war keine Gleichgültigkeit, was ihm entgegenschlug. Das war Apathie.

Schnur spürte, dass er hier nicht weiterkam. Im Gegenteil. Freds Reaktion verwirrte ihn. Er hatte schon einige Täter in den Räumen der Kriminalpolizeiinspektion erlebt. Aber dieser hier stellte alles bisher Erlebte in den Schatten. Warum konnte er nicht toben, schreien oder sonst etwas tun, um ihn von seiner Unschuld zu überzeugen? Damit käme Schnur zurecht. Aber Teilnahmslosigkeit! Gab Fred sich auf? Weil er schuldig war oder weil er unschuldig war?

Schnur schüttelte den Kopf, rieb sich über sein rasiertes Kinn, bis ihm ein neuer Gedanke kam: Der Sturz vom Traktor, als Fred vier Jahre alt gewesen war.

»Sie haben sich als Kind am Kopf schwer verletzt«, setzte er vorsichtig an, weil Freds Reaktion in der Vernehmung heftig ausgefallen war. Doch jetzt saß er nur teilnahmslos da.

»Sind seit damals neue Untersuchungen gemacht worden?«, fragte Schnur weiter.

Immer noch keine Antwort.

»Reden Sie doch! Vielleicht finden die Ärzte dort etwas, was Ihnen helfen könnte, dass Ihr Urteil milder ausfällt.«

Nichts.

»Glauben Sie mir, dass es sich immer günstig auf Sie auswirkt, wenn die Ärzte durch eine Untersuchung feststellen, dass in Ihrem Fall eine Besonderheit vorgelegen hat. So etwas wie Schuldunfähigkeit wegen einer *krankhaften seelischen Störung* bedingt durch ein hirnorganisches Leiden.«

Fred Recktenwald schien ihn überhaupt nicht zu bemerken.

Resigniert erhob sich Schnur und ließ den Hauptverdächtigen allein im Vernehmungsraum zurück.

Auf seinem Schreibtisch türmte sich die Arbeit. Der Fall der Lehrermorde war an einen anderen Staatsanwalt übergeben worden. Deshalb musste er sämtliche Berichte neu schreiben.

Als Schnur den Namen las, wurde ihm mulmig.

Dr. Uwe Crohnwald war bekannt für seine gnadenlosen und harten Urteile. Hatte es wirklich so kommen müssen?

Während er die Berichte diktierte, hörte er mit halbem Ohr, wie die Kollegen den Hauptverdächtigen abholten. Alles verlief still und leise –

so wie alles an Fred Recktenwald. Kein Brüllen, keine Gegenwehr, aber auch kein Wimmern und kein Bitten und Betteln. Innerhalb weniger Sekunden fiel die Tür zum Korridor ins Schloss und alles war erledigt.

Alles ging weiter, als habe dieser Zwischenfall nie stattgefunden. Als sei Fred Recktenwald nie hier gewesen.

Schnur setzte für seinen Bericht neu an, weil er unkonzentriert war. Doch auch dieser Versuch scheiterte, weshalb er das Band zurückspulte und wieder einen neuen Versuch unternahm.

Was war nur mit ihm los?

Müde und unmotiviert griff er nach dem Telefonhörer und wählte Kullmanns Handynummer. Es überraschte ihn schon nicht mehr, den Spruch »Der Teilnehmer ist vorübergehend nicht zu erreichen. Versuchen Sie es später noch einmal« zu hören.

Wütend knallte er den Hörer zurück auf die Gabel.

Diese Wut staute sich in ihm an, wollte ihn gar nicht mehr loslassen, bis er eine Idee hatte.

Wie von der Tarantel gestochen erhob er sich von seinem Platz, verließ das Büro und das Gebäude. Auf dem Parkplatz steuerte er sein Privatfahrzeug an und fuhr los.

Vor Kullmanns Haus geriet seine Entschlossenheit ins Wanken. War es richtig, einfach dort aufzutauchen? Aber nun war er schon so weit gegangen, nun wollte er nicht unverrichteter Dinge wieder zurück. Also stieg er die vielen Treppenstufen nach oben und klingelte.

Martha öffnete. Sie lachte, als sie ihren Besucher sah, und bat ihn herein.

In der Küche stellte Schnur sofort fest, dass Norbert Kullmann nicht zuhause war. Enttäuscht ließ er sich auf einen Stuhl am Tisch sinken, an dem Martha damit beschäftigt war, Gemüse zu schneiden.

»Norbert ist wieder mal in Frankreich«, erklärte Martha überflüssigerweise.

Schnur nickte.

»Wo ist Lisa?«, fragte er.

»Im Kindergarten. Ich habe die Betreuung jetzt ganz allein«, erklärte Martha stolz. »Und ich mache es gern.«

»Deshalb das gesunde Essen«, stellte Schnur schmunzelnd fest.

»Wie kann ich dir helfen?« Die kleine, rundliche Frau schaute Schnur aus großen, dunklen Augen an, denen nichts verborgen blieb. Er kannte

Martha bestimmt schon genauso lange wie Kullmann. Sie hatte damals eine Kneipe ganz in der Nähe des ehemaligen Landeskriminalamtes geführt, in der sie gutes saarländisches Essen zu guten Preisen angeboten hatte. Damals hatten alle Kollegen mit Begeisterung dort ihre Mittagspausen verbracht, denn von Marthas Portionen wurden alle satt – auch der größte Vielfraß.

Als Kullmann am Tag seiner Pensionierung bekannt gegeben hatte, dass er Martha heiraten würde, war die Überraschung gelungen. Aber der Schachzug war geschickt gewesen, dachte Schnur jedes Mal, wenn er Martha sah. Eine bessere Lebenspartnerin hätte Kullmann nicht finden können. Denn Martha war nicht nur eine gute Wirtin und Köchin. Sie war für Kullmann eine wunderbare Gefährtin, die ihn in allem unterstützte, was er tat. Auch seine Angewohnheit, trotz Pensionierung immer wieder Polizeiarbeiten zu verrichten, nahm sie geduldig in Kauf, obwohl es schon so manches Mal gefährlich für ihn geworden war.

Genauso verhielt es sich jetzt.

Kullmann hatte Anke nach Frankreich begleitet, ein Schritt, den Martha niemals in Frage gestellt hätte.

Schnur dagegen schon, weshalb er sich in diesem Augenblick direkt schäbig vorkam. Sein Motiv, mit Kullmann zu sprechen, war schon so etwas wie ein Hilfeschrei, weil er mit seiner Arbeit nicht mehr weiterkam. Bisher war Kullmann immer da gewesen. Nie wurde darüber nachgedacht, dass es eigentlich ein Glücksfall für sie war, einen erfahrenen Mann wie Kullmann unter ihnen zu haben. Nie wäre jemand auf die Idee gekommen, dass der ehemalige Kriminalist auch mal eigene Wege gehen könnte.

Bis jetzt.

Nur mühsam gelang es Schnur, seine Bitte vorzutragen: »Ich muss unbedingt mit Norbert sprechen, weil ich in dem Fall, den wir zurzeit bearbeiten, nicht mehr weiter weiß.«

Martha antwortete schmunzelnd: »Hast du ihn über Handy nicht erreichen können?«

»Nein.«

»Ich gebe dir eine Festnetznummer in Frankreich, wo ich ihn immer anrufe. Ich kann dir aber nicht versprechen, dass er gerade dort ist.«

»Macht nichts.« Schnur spürte Hoffnung aufkeimen. »Einen Versuch ist es wert.«

Martha wählte eine lange Nummer, dann überreichte sie ihm den Hörer.

Es tutete lange durch.

Schnurs Hoffnung sank.

Plötzlich hörte er ein Rascheln. Dann ein Brummen, das er eindeutig als »Kullmann« zu erkennen glaubte.

Schnur meldete sich zögerlich.

Sofort klang die Stimme deutlicher. Er hatte tatsächlich Norbert Kullmann am Apparat. Schnur würde am liebsten einen Luftsprung machen vor Erleichterung.

»Wie kann ich dir helfen, Jürgen?«, lautete schon gleich Kullmanns erste Frage.

Schnur fühlte sich so ertappt, dass er am liebsten im Boden versunken wäre. Seine ganze Taktik, die er sich zurechtgelegt hatte, um Kullmann nicht das Gefühl zu vermitteln, dass er ihn nur anrief, weil er ihn brauchte, war gescheitert.

»Nicht so schüchtern, Jürgen.« Kullmann lachte. »Martha hat mir schon berichtet, an welchem Fall du arbeitest. Und dass du schon mehrere Male versucht hast, mich zu erreichen.«

Schnur gab sich geschlagen. Edelmütige Motive für seinen Anruf bei Kullmann in Frankreich konnte er wohl nicht mehr vorbringen. Also berichtete er seinem ehemaligen Chef von den beiden Lehrermorden, von den Zusammenhängen und dem Verdächtigen, den sie in Untersuchungshaft genommen hatten.

Kullmann brummte gelegentlich dazwischen, ein Zeichen dafür, dass er noch in der Leitung war. Dann fragte er »Und du glaubst nicht an die Schuld deines Verdächtigen?«

»Stimmt. Besser hätte ich es nicht sagen können«, gestand Schnur.

»Was habt ihr, was gegen ihn spricht?«

»Seine DNA-Spuren wurden an beiden Tatorten gefunden. Und er wurde an beiden Tatorten zur jeweiligen Tatzeit gesehen.«

»Das sieht wirklich danach aus, dass ihr den Richtigen festgenommen habt. Ihr habt neben Indizien auch einen erdrückenden Beweis.« Ein Rascheln, dass Schnur befürchten musste, die Leitung würde unterbrochen. Aber dann hörte er wieder die Stimme seines ehemaligen Chefs: »Ich staune über deine Zweifel.«

Schnur lachte verlegen und gab endlich zu, was ihn bedrückte: »Der

Verdächtige wirkt auf mich so unschuldig, dass ich plötzlich anfange, sogar unsere hochmoderne Kriminaltechnologie anzuzweifeln. Er hatte als Kind einen Unfall – ist vom Traktor gefallen und hatte sich am Kopf verletzt – genauer gesagt am Gehirn. Je nachdem, welche Areale dort verletzt worden sind, kann es zu massiven Persönlichkeitsveränderungen bis hin zur Unfähigkeit für Emotionalität oder unverhältnismäßiger Aggressionsbereitschaft führen. Das wäre die einzige Möglichkeit, die Grausamkeit mit der anschließenden Gefühlskälte zu erklären, wie er sie im Bezug auf diese beiden Taten an den Tag legt. Aber das ist natürlich nur eine Vermutung.«

»Das ist der berühmte Strohhalm, nach dem man greift, wenn man nicht mehr weiter weiß«, präzisierte Kullmann.

»Klingt noch schlimmer als es ist«, gab Schnur zu.

»Du kannst veranlassen, dass sein Kopf unter ein Kernspin kommt, dann hast du mehr Gewissheit über sein Krankheitsbild«, schlug Kullmann vor.

»Da ist leider noch ein Problem.«

»Und das wäre?«

»Forseti hat die Befragung und die Festnahme durchgeführt. Wenn ich ihm ins Handwerk pfusche, sitze womöglich ich hinterher in Untersuchungshaft.«

»Das ist wirklich ein Problem«, gab Kullmann zu.

Eine Weile herrschte Stille in der Leitung, die sich dermaßen in die Länge zog, dass Schnur schon wieder befürchtete, die Leitung sei tot. Doch dann hörte er: »Diese Lehrermorde sind in Saarlouis passiert?«

Schnur staunte über diese Frage. Hatte er das nicht gerade eben erst erwähnt?

»Von Martha wusste ich bereits, dass du in deinem Fall nicht mehr weiterkommst. Deshalb habe ich mir meine Gedanken über diese kleine Stadt gemacht.«

»Ich wollte keinen Reiseführer.«

Kullmann lachte und meinte: »Saarlouis ist ein kleines Städtchen. Wenn ich mich recht erinnere, vierzigtausend Einwohner.«

»Und was hat das mit unserem Fall zu tun?«

»Ganz einfach«, brummte Kullmann. »Dadurch ist die Stadt überschaubar. Mir ist nämlich wieder etwas eingefallen, was mit deinem Fall zu tun haben könnte.«

Schnur spürte Hoffnung aufkeimen. »Und was?«
»Um sicher zu sein, brauche ich noch einige Informationen.«
»Und welche?«
»Dein Verdächtiger ist von einer Adoptivmutter großgezogen worden?«
»Ja.«
»Und ihr habt keine Papiere finden können, die etwas über den Namen des Jungen aussagen, bevor er adoptiert wurde?«, vergewisserte sich Kullmann weiter.
»Genau so ist es.«
»Habt ihr in umliegenden Krankenhäusern nach Geburten von Jungen in dieser Zeit nachgefragt?«
»Haben wir.«
»Und nirgends ist die Geburt dieses Kindes bekannt?«
»Worauf willst du hinaus?«, stellte Schnur etwas zu ungeduldig eine Gegenfrage.
Kullmann lachte und meinte: »Nur Geduld! Ich weiß, wovon ich rede.«
»Daran zweifle ich auch nicht.«
»Dann will ich dir sagen, an welches Ereignis ich mich erinnert habe: Im Juni 1968 wurden Babys vor der Saarlouiser Kirche ausgesetzt. Zwei Jungen, Zwillinge, die erst vor kurzem entbunden worden waren.«
Schnur fühlte sich wie elektrisiert. Das war es. Das war ein Volltreffer! Er spürte, dass dieser Hinweis seine gesamten Ermittlungen über den Haufen warf.
Zwillinge! War die DNA bei Zwillingen nicht identisch?
»Was weißt du über die beiden Jungen?«, fragte er hastig.
»Das musst du herausfinden. Für etwas wirst du ja bezahlt«, murrte Kullmann. »Wir wurden damals hinzu gerufen, um die Mutter der Kinder zu finden. Am Körbchen der Buben hing ein Schild, auf dem zwei Namen standen.«
»Welche Namen?«
Kullmann überlegte eine Weile und gab zu: »Sie wollen mir nicht mehr einfallen.«
Eine Weile herrschte Stille in der Leitung, bis Kullmann nachhakte: »Wie heißt der Hauptverdächtige in eurem Fall?«
»Fred Recktenwald.«

»So ein Mist«, schimpfte Kullmann mit sich selbst. »Es will mir nicht einfallen, welche Namen die Mutter für die Jungen aufgeschrieben hatte.«

»Kannst du mir sagen, wer die Mutter war?«

»Wir fanden sie, aber zu spät. Sie hatte sich in der gleichen Nacht das Leben genommen.«

Kapitel 64

Die Sonne schien auf sein Gesicht. Seine Decken waren weit fortgestrampelt, nackt und frei lag Erik da und gab sich dem trügerischen Gefühl hin, im Urlaub zu sein und an einem Strand zu liegen. Das einzige, was nicht so ganz in seine Schwärmereien passte, war der gedämpfte Verkehrslärm, der einfach nicht abreißen wollte. Trotz aller Bemühungen, die Geräusche als Meeresrauschen zu interpretieren, störte er sich doch an dem sich ständig wiederholenden Hupen, den knarrenden Mofas und dem aufdringlichen Tuten der LKWs im Rückwärtsgang.

Lange hielt er es nicht mehr aus. Er erhob sich, zog sich Boxershorts an und schlurfte die wenigen Meter in seine Kochnische, wo er die Kaffeemaschine bediente.

Während der Kaffee kochte, stellte er sich unter die Dusche. Das war für Erik schon immer die beste Gelegenheit zum Nachdenken. Das Rauschen des Wassers brachte Klarheit in seinen Kopf. Als würde das Wasser alle unnötigen Gedanken einfach fortwaschen.

Ach, wenn nur alles so einfach wäre.

Seufzend setzte er sich nach der ausgiebigen Dusche mit seiner Kaffeetasse auf den Balkon und ließ seine Lebensgeister nach und nach zurückkehren.

Fred Recktenwald war der Täter. Er war gefasst. Ein gutes Ergebnis, wenn man bedachte, welche Brisanz die Lehrermorde schon hatten.

Und trotzdem blieb das Gefühl, einen Sieg errungen zu haben, aus. Er schüttelte den Kopf und beschloss, nicht mehr über Fred Recktenwald nachzudenken. Jetzt war sein Tag. Er musste über sich selbst nachdenken. Das sollte ihm wichtiger sein.

Trotzdem blieb dieser grauhaarige, dünne Mann, der diese große Hilflosigkeit ausgestrahlt hatte, beharrlich in seinem Kopf.

Das Telefon klingelte.

Mit der irrationalen Hoffnung, es könnte Anke sein, kehrte Erik in seine kleine Wohnung zurück, steuerte das Telefon an und meldete sich.

»Gott sei Dank, dass ich dich erreiche«, schallte es schrill durch den Hörer.

Es war Mirna Voss.
»Was ist los?«, fragte Erik ungeduldig.
»Du musst unbedingt zu mir nach Saarlouis kommen«, lautete die Antwort.
»Mirna, was soll das?«, brummte Erik unfreundlich. »Ist dir nicht mal der Gedanke gekommen, dass ich von dir die Schnauze voll habe?«
»Erik, das meinst du doch nicht ernst?« Mirnas Stimme klang weinerlich. »Ich wollte dir doch nichts Böses. Wollte doch nur ein bisschen Spaß mit dir haben.«
»Ich verstehe unter Spaß etwas anderes.«
»Ist es dir also scheißegal, wenn mir etwas zustößt?«
»Was soll dir zustoßen?« Erik wurde ungeduldig. Er überlegte ernsthaft, aufzulegen.
»Ich bin am Max-Planck-Gymnasium. Yannik hat mich hier abgesetzt, weil ich dachte, dass heute der Unterricht wieder weitergeht. Aber es ist absolut niemand hier. Ich bin ganz allein. Ich habe Angst.«
»Vor wem?«
»Du weißt doch selbst, was hier alles passiert ist«, hauchte Mirna.
»Der Täter ist gefasst.«
»Na toll! Was macht dich so sicher, dass Fred wirklich der Täter ist?«
Erik erwiderte nichts. Was ging es Mirna an, wie er über das Ermittlungsergebnis dachte?
»Ich fürchte mich.« Das klang wie ein Flehen.
»Blödsinn!« Erik blieb standhaft. »Wenn sich hier einer fürchtet, dann ich mich vor dir.«
»Ich bin hier ganz allein an der Turnhalle. Ständig höre ich Geräusche, als sei noch jemand hier.« Nun ging Mirnas Stimme in ein leises Schluchzen über.
»Was tust du an der Turnhalle?«
»Ich habe Schatten gesucht. Aber genützt hat es mir nichts. Ich wollte mich gegen die Tür lehnen und da hat sie nachgegeben.« Mirna hielt kurz inne. Dann fügte sie an: »Und das, obwohl niemand hier ist. Da stimmt doch was nicht.«
Das gab Erik zu denken.
Sollte die Tür zur Turnhalle offenstehen, ging es dort tatsächlich nicht mit rechten Dingen zu. Aber deshalb seinen Chef anrufen – diese Blöße wollte er sich nicht geben. Denn Mirnas Aussage wollte er nicht so

einfach Glauben schenken. Lieber schaute er selbst nach, bevor er die Pferde scheu machte.

»Okay! Ich bin gleich bei dir.«

Er legte auf, zog sich an und steuerte seinen BMW an, der ihn in kürzester Zeit nach Saarlouis brachte.

Das Schulgebäude lag verlassen da – genauso, wie Mirna es beschrieben hatte. Erik parkte vor den Turnhallen, stieg aus und wartete einige Sekunden, bis er sich an den Temperaturunterschied zwischen seinem Wageninnern und draußen gewöhnt hatte. Die Hitze war enorm, und das schon seit Tagen. Eigentlich ein Sommer ganz nach seinem Geschmack. Nur warum wollte es ihm nicht gelingen, sich daran zu erfreuen?

Mit schweren Schritten steuerte er die enge Passage zwischen der alten und der neuen Turnhalle an, die zum Sportplatz führte, der direkt an den Schulhof angrenzte.

Das Geräusch, das er hörte, passte nicht zu dem leeren Schulhof. Erschrocken drehte sich Erik um. Doch da war es schon zu spät.

Mirna sprang auf seinem Arm, presste ihre Lippen auf seine und küsste ihn mit einer Leidenschaft, die Erik überrumpelte.

»Was soll das?« Mit Mühe gelang es ihm, sich von ihr zu befreien. »Du hast mich schon wieder reingelegt.«

»Nein.« Mirna zog einen Schmollmund. »Ich bin ganz allein. Und ich bin so froh, dass du gekommen bist, weil ich mich gefürchtet habe.«

»Danach sah deine Begrüßung aber gerade nicht aus.«

Mirna streckte die Zunge raus, leckte sich genüsslich über die Lippen und schnurrte: »Lass uns reingehen. Hier draußen kommen wir ja um vor Hitze.«

Sie stieß die Tür auf und verschwand im Inneren.

Erik rief: »Verdammt, Mirna. Du musst vorsichtig sein.«

Statt einer Antwort hörte er ein unterdrücktes Stöhnen aus dem Innern der Turnhalle.

»Komm sofort wieder raus!«, befahl er erschrocken

Keine Antwort.

Der Schritt vom grellen Sonnenlicht in die Dunkelheit der Turnhalle ließ Erik für einige Sekunden fast erblinden. Er sah Mirna nicht kommen, spürte nur ihre Hände, die ihn umklammerten.

Langsam gelang es ihm, wieder Konturen zu erkennen. Er befreite sich aus ihrer Umarmung. Im gleichen Moment bildete sich etwas in seinem Augenwinkel ab, was seine Aufmerksamkeit auf sich lenkte.

»Was ist?«

»Wir sind nicht allein«, flüsterte er und schob Mirna hinter ein Turngerät, das wie ein großer Baukasten aussah.

»Blödsinn. Der versoffene Laug hat einfach nur vergessen abzusperren.« Mirna wehrte sich gegen seinen starken Griff, aber vergebens.

»Woher willst du das wissen?«

»Jeder hier weiß, dass er in den hinteren Räumen irgendwo seinen *streng geheimen* Biervorrat hat.«

Endlich hatten sich Eriks Augen an das schummrige Licht in der Turnhalle gewöhnt. Dann erkannte er es. Mitten in der großen Halle saß jemand auf einem Stuhl.

Er wollte nicht glauben, was er da sah.

Es war der Mathelehrer Günter Laug.

Die Hände und Füße an den Stuhl gefesselt – mit einer Bierflasche im Mund.

Hastig stürmte Erik auf den Mann zu. Er lebte noch, das konnte Erik deutlich erkennen. Günter Laug zuckte am ganzen Körper und rollte seine Augen in alle Richtungen.

»Ich helfe Ihnen«, rief er und wollte ihm die Flasche aus dem Mund ziehen.

Plötzlich legte sich ein Schatten über ihn und den Mathelehrer. In der gleichen Sekunde spürte Erik einen heftigen Schlag auf den Hinterkopf.

Kapitel 65

»Wir brauchen Informationen aus Saarlouis im Jahr 1968!« Mit diesen Worten stürmte Jürgen Schnur ins Büro der Kriminalpolizeiinspektion.

Andrea hatte die Tür zu ihrem Zimmer offenstehen. Ohne sich von ihrem Platz zu erheben, rief sie: »Sag nur, unser ehemaliger Chef konnte aus dem fernen Frankreich den entscheidenden Hinweis geben?«

Schnur war so überrascht, dass er abbremste, sich umdrehte und auf sie zutrat mit der Frage: »Woher weißt du, dass ich mit Kullmann gesprochen habe?«

»Ich sehe es dir an.«

»Du solltest deine hellseherischen Fähigkeiten für unsere Ermittlungen einsetzen«, murrte Schnur. »Anstatt bei deiner Analyse über mein Verhalten.«

»Bloß nicht sauer sein!«

»Schon gut«, beschwichtigte Schnur sofort wieder und fügte an: »Du musst Akten aus Saarlouis anfordern …«

»Geht nicht. Forseti hat mich bis zum Hals mit Arbeit eingedeckt«, fiel sie ihm ins Wort.

Vorbei der Augenblick der Zuversicht. Verärgert fragte er: »Welche Arbeit brummt er dir auf? Er ist nicht mehr der Dienststellenleiter. Hat er das vergessen?«

»Nein. Ich muss für einen Prozess, in dem Forseti aussagen wird, alle Unterlagen zusammensuchen und einen Bericht dazu schreiben. Da die Angelegenheit schon eine Weile zurückliegt, brauche ich ein bisschen Zeit, bis ich alles zusammen habe.«

Diese Antwort beruhigte Schnur. Hatte er doch tatsächlich angenommen, dass Forseti sich nun in seine Abteilung drängen und Schnurs Aufgaben übernehmen wollte. Da war Schnur wohl zu voreilig mit seinen Vorwürfen gewesen.

Eilig stürmte er in Esthers Büro und erklärte der Kollegin: »Im Jahr 1968 sind zwei Babys in Saarlouis vor der Kirche ausgesetzt worden.«

Staunend fragte Esther: »Was hat das mit uns zu tun?«

»Es könnte entscheidend für unsere Lehrermorde sein.«

»Aber unser Mörder ist Fred Recktenwald.«

»Immer nur das Offensichtliche glauben«, gab Schnur aufgebracht zurück. »Ist bequemer.«

»Was willst du damit sagen?«

»Als früher im alten Griechenland Blitze am Himmel auftauchten, hielt man sofort Zeus dafür verantwortlich«, sagte Schnur anstellte einer Antwort. »Und warum? Es war das Offensichtliche. Aber am Ende war die Lösung ganz anders.«

»Du glaubst nicht an Recktenwalds Schuld?«, fragte Esther verunsichert.

»Ich würde es so ausdrücken: Ich bin mir nicht ganz sicher. Aber um sicher zu gehen, müssen wir alles über die Babys herausfinden – wer sie waren, wer sie adoptiert hat, welche Namen sie vorher und welche nachher hatten und wo die beiden heute sind.«

Esther seufzte und machte sich an die Arbeit.

Schnur stürmte in sein Büro, riss das Fenster auf, um die stickige Luft des Tages raus zu lassen. Dann suchte er die Ordner heraus, die die Lehrermorde betrafen. Kullmanns Information machte ihm unmissverständlich klar, dass er irgendwo bei den Ermittlungen einen Fehler gemacht hatte.

Kapitel 66

Starke Schmerzen rüttelten ihn wach. Eriks Kopf dröhnte. Er wollte sich umschauen, konnte seinen Kopf nicht bewegen. Etwas an seinem Hals hinderte ihn daran. Er versuchte, danach zu greifen. Plötzlich wurden seine Hände gepackt und nach unten gedrückt.

Ein Gesicht tauchte plötzlich ganz dicht vor ihm auf. Das Gesicht eines Mannes mit blonden Haaren und einem Blick, der an Wahnsinn grenzte.

Wer war das?

Und überhaupt: Wo war Erik?

Er erinnerte sich nicht.

Oder doch?

Im Hintergrund sah er Sprossen an Wänden und Turngeräte. Er lag auf dem Boden der Turnhalle. Das nackte Wellblechdach, die Stahlstreben, die Fensterreihe direkt unterhalb der Decke, durch die trübes Licht hereinkam. Wie lange war er schon hier?

Er wollte sich erheben, doch der blonde Mann drückte ihn nieder und meinte hämisch: »Nix da, du Schwein! Hättest deine Finger von meiner Tochter lassen sollen.« Seine Augen funkelten ihn dabei siegessicher an.

»Tochter?« Erik stutzte. Sein dröhnender Schädel machte es ihm nicht gerade leichter, zu verstehen, wovon der Fremde sprach.

»Ja. Mein Kind hast du angetatscht, du Schwein.«

Erik glaubte sich im falschen Film. Hastig stammelte er: »Du hast den Falschen! Ich haben niemanden …«

»Ruhe!«, brüllte der Mann. »Außerdem hast du mich mitten in meiner Arbeit gestört.«

Erik stöhnte. Mirna Voss! Jetzt fiel es ihm wieder ein, wo er war und warum. Dieses Weib! Er war gewarnt worden, hatte aber nicht darauf gehört. Hatte es besser gewusst. Und jetzt lag er hier, einem Wahnsinnigen ausgeliefert. Ob es der Wahrheit entsprach, was dieser Kerl von sich ließ, konnte und wollte Erik gar nicht wissen. Trotzdem schlich sich ein weiteres Bild in sein Gedächtnis: Der Mathelehrer Günter Laug mit einer Bierflasche im Mund!

War das die Arbeit, bei der er diesen Wahnsinnigen gestört hatte?

Panik ergriff ihn. Er musste zusehen, wie er hier wieder heil herauskam. Er versuchte, seine Hände freizukämpfen, was jedoch mit höhnischem Gelächter honoriert wurde. Eriks Panik wandelte sich in Wut. Umso kraftvoller kämpfte er gegen seinen Gegner an.

Schon spürte er den nächsten heftigen Schlag – dieses Mal auf die Schläfe. Vor seinen Augen tanzten bunte Sterne, bis sie mit der Finsternis verschmolzen.

Kapitel 67

Überhastet zog Schnur den ersten Ordner aus dem Schrank, als könnte dieses Aktenstück etwas dafür. Erst als ihm die Halterung darin abbrach und sämtliche Papiere in einem heillosen Durcheinander durch das ganze Zimmer flogen, erkannte er, wie blödsinnig er sich aufführte. Schlagartig war seine Wut verraucht und Verzweiflung machte sich in ihm breit. Er setzte sich auf den Boden und begann alles zu sortieren.

»Soll ich dir helfen?« Mit dieser Frage stand Esther in der Tür.

»Nein. Kümmere dich um die Adoptiv-Sache in Saarlouis.« Was Schnur für sich behielt, war die Absicht, dass er sich für seinen Fehler in dieser Ermittlungsangelegenheit selbst bestrafen wollte.

»Soll ich dir helfen?«

Schnur stutzte. Hatte er diese Frage nicht gerade erst gehört und beantwortet? Er schaute hoch und in das Gesicht von Andrea.

»Nein. Kümmere dich um die Angelegenheit von Forseti.«

Er blieb hartnäckig. Und darauf war er stolz.

Wenigstens etwas, worauf er stolz sein konnte. Denn sein Versagen bei diesen Ermittlungen beschäftigte ihn mehr, als er jemals vor seinen Mitarbeitern zugeben würde.

»Soll ich dir helfen?«

Langsam wurde es Schnur zu bunt. Wie oft musste er diese Frage noch hören. Dieses Mal stand Anton in der Tür. Fehlte also nur noch Erik.

Sich schon auf für das vierte *Soll ich dir helfen* wappnend, sortierte er weiter. Aber das vierte Mal traf nicht ein. Erst als der Ordner wieder aussah wie vor dem sinnlosen Wutanfall, erhob sich Schnur vom Boden und steuerte Eriks Büro an.

Leer.

»Weiß jemand von euch, wo Erik heute steckt?«

»Der hat heute frei.«

»Das geht nicht«, bestimmte Schnur. »Ich brauche hier jeden. Er muss seinen freien Tag verschieben.« Hastig nahm er sein Handy aus der Tasche und versuchte darauf die eingespeicherte Nummer des Mitarbeiters zu finden. Aber wie er erwartet hatte, fand er noch nicht einmal die Telefon-Funktion auf diesem kleinen komplizierten Gerät.

»Kennt jemand von euch Eriks Handynummer auswendig?«, fragte er.
Esther trat mit ihrem eigenen Handy auf ihn zu, drückte einige Tasten und hielt ihm die Nummer entgegen.
»Würdest du ihn auch bitte gerade anrufen, wenn du schon seine Nummer abrufbereit hast?«
»Was ist los mit dir?«, fragte Esther und drückte auf die grüne Taste zum Wählen. »Bisher dachte ich, deine Launen zu kennen. Aber seit deinem Telefonat mit Kullmann bist du unmöglich.«
Schnur funkelte Esther nur böse an.
Sie horchte eine Weile in ihr Handy und sagte dann: »Nichts. Nur die Mailbox.«
»Versuch es später noch mal«, befahl Schnur.
Esther wollte gerade in ihr Zimmer zurück, als Schnur sie aufhielt: »Hast du in Saarlouis etwas in Erfahrung bringen können?«
»Ach so. Stimmt ja.« Esther griff sich an den Kopf, drehte sich zu Schnur um und antwortete: »Das Jugendamt von Saarlouis hat keine Akten mehr aus dieser Zeit. Dafür habe ich einen Polizeikollegen aus Saarlouis an die Strippe bekommen, der schon sehr lange dort arbeitet. Er wusste sogar noch von dem Fall der beiden Kinder. Es waren Jungen, sagte er. Zwillinge.«
»So viel habe ich auch schon gewusst.«
»Er sucht die Akten, die bei der Polizei angelegt worden sind heraus. Er vermutet nämlich, dass sie dort noch etwas darüber haben.«
»Gute Arbeit! Und wann können wir mit einer Antwort rechnen?«
»Er wollte sich sofort auf die Suche machen.«
Zufrieden nickte Schnur, kehrte in sein Büro zurück und fing an, die Akten über die Lehrermorde zum wiederholten Mal durchzulesen. Je akribischer er alles las, umso schwerer fiel es ihm, sich zu konzentrieren. Er las und las und las und fand absolut nichts, was auf ein Versäumnis hinwies.
»Der Polizist aus Saarlouis hat sich gemeldet.«
Das war die Nachricht, auf die Schnur gehofft hatte.
»Und?«
»Er hat mir die Kopien der Akte zugefaxt«, begann Esther und fuhr fort: »Es waren tatsächlich zwei Jungen, die am 3. Juni 1968 vor der Kirche in Saarlouis in einem Korb gefunden wurden. An dem Korb war ein Zettel angeklebt, auf dem standen die Namen *Ferdinand* und

Friedolinus. Und auch ein Hinweis, wer welcher sein soll. Außerdem waren die Babys gut eingewickelt, also so, dass ihnen nicht so schnell etwas zustoßen konnte. Aber es war deutlich, dass die Nabelschnur bei beiden nicht fachmännisch abgetrennt worden war. Die Baby sahen so aus, als seien sie irgendwo privat auf die Welt gekommen.«

Schnur rieb sich verzweifelt über sein Kinn.

»Damals wurde in sämtlichen Krankenhäusern nachgefragt – nirgends sind diese Zwillinge entbunden worden. Auch die Hebammen im Umkreis konnten nicht weiterhelfen. Leider fand man in der gleichen Nacht eine junge Frau, die sich in der Saar ertränkt hatte. Sie war die Mutter der beiden. Das konnte zweifelsfrei festgestellt werden.«

»Wer hat die Buben adoptiert?«

»Ferdinand wurde von der Grundschullehrerin in Picard adoptiert. Sie hieß Marlene Recktenwald. Mittlerweile verstorben.«

»Und der andere Junge?«

»Friedolinus wurde von einer Lehrerin der Schule im Vogelgesang in Saarlouis adoptiert. Sie hieß Anita Kalkbrenner – auch schon tot.«

»Merkst du was?«, fragte Schnur.

»Nein. Was?«

»Beide wurden von Lehrerinnen adoptiert.« Schnur schaute Esther vielsagend an. »Dort könnte vielleicht ein tief verwurzelter Hass auf Lehrer liegen.«

»Stimmt. Aber wie hilft uns das weiter?« Esther stutzte.

»Eigentlich gar nicht«, gab Schnur zu. »Oder gibt es Auffälligkeiten bei dem Dahinscheiden der beiden Mütter?«

»Nein. Marlene Recktenwald starb an Krebs und Anita Kalkbrenner war mit ihrem Auto verunglückt. Zweifelsfrei ein Unfall«, las Esther aus den Papieren vor. Als Schnur nichts mehr sagte, fragte sie: »Warum brauchtest du so dringend diese Unterlagen?«

»Ich habe den Verdacht, dass wir den falschen Mann haben«, gestand Schnur.

»Daher deine schlechte Laune.« Esther verstand.

»Hast du noch mal versucht, Erik zu erreichen?«

»Ja. Immer die Mailbox.«

»Scheiße«, fluchte Schnur so laut, dass Anton und Andrea herbeigelaufen kamen. »Erik weiß noch gar nichts davon, dass wir den Falschen festgenommen haben.«

»Aber wir wissen es doch auch nicht«, gab Andrea zum Besten. »Nur weil dir Fred Recktenwald als Verdächtiger nicht gefällt, muss das noch lange nichts an den Tatsachen ändern.«

»Da hast du auch wieder Recht«, gab Schnur zu. »Trotzdem hätte ich jetzt gern ein Lebenszeichen von Erik.«

Kapitel 68

Seine Luft wurde knapp. Erik spürte einen quälenden Druck am Hals. Er fuhr sich mit beiden Händen dorthin. Was er ertastete, löste eine panische Angst in ihm aus.

Eine Schlinge war um seinen Hals gelegt.

Plötzlich spürte er einen schrecklichen Schmerz, als wollte ihm jemand das Genick brechen. Mit beiden Händen griff er unter den Strick, wollte ihn losreißen, doch er packte es nicht. Er spürte, dass er an diesem Strick mit seinem gesamten Gewicht hochgezogen wurde. Seine Füße strampelten, während er verzweifelt versuchte, seinen Hals aus der Schlinge zu befreien. Unter seinen Füßen tauchte etwas Festes auf. Hastig stellte er sich darauf. Der Druck am Hals ließ nach. Er schaute nach unten und sah, dass er mit einem Fuß auf dem schmalen Holz eines Barrens stand. Schnell schob er den anderen Fuß direkt dahinter.

Da fiel sein Blick auf einen Mann, der ihn hämisch anlachte.

Wie Schuppen fiel es Erik von den Augen. Warum hatte er nicht schneller geschnallt, wer dieser Mann war? Vor ihm stand der angebliche Professor, mit dem sich Mirna an der Uni in Saarbrücken auf dem Parkplatz gestritten hatte. Erik hatte Mühe, darüber nicht die Nerven zu verlieren. Er musste zusehen, dass er den Mann zur Vernunft bringen konnte, wollte etwas sagen, aber kaum setzte er dazu an, wurde der Druck auf den Strick stärker und kein Ton kam heraus.

»Du sollst die Klappe halten!« Lautes Lachen hallte durch den hohen, großen Raum. »Jetzt, wo du gesehen hast, in welcher Situation du dich befindest, kann ich dir versichern, dass ich der einzige bin, der hier redet.«

Der Druck wurde noch stärker.

Erik umklammerte verzweifelt die Schlinge. Seine Füße gelangten nur noch mit den Zehenspitzen auf den schmalen Barren.

»Weißt du, du könntest Mirnas Vater sein. Oder Großvater?«

Erik wollte nicht hinhören. Aber das gelang ihm nicht. Dieser Mann sprach dafür viel zu laut.

»Aber keine Hemmungen, meine Tochter anzutatschen, du alter geiler Sack.«

Erik versuchte, sich nur auf seine Atmung zu konzentrieren. Er durfte jetzt nicht darüber nachdenken, dass Mirna ihn vermutlich von Anfang an verarscht hatte – dass alles, was dieses junge Ding ihm vorgemacht hatte, ein abgekartetes Spiel war.

»Aber ich kann dir versichern, ich passe gut auf meine Tochter auf.«

Erik stieß ein Stöhnen aus.

»Als dieser Bertram Andernach meiner Tochter genau dasselbe angetan hat wie mir vor vierundzwanzig Jahren – da habe ich rot gesehen. Da konnte ich doch nicht einfach zusehen. Oder wie siehst du das?«

Erik konnte ihm nicht antworten – so gerne er das auch täte. Egal, wie verfahren seine Situation war, dieses Gespräch schien interessant zu werden.

»Du weißt überhaupt nicht, mit wem du es zu tun hast«, stellte der Mann doch tatsächlich in genau diesem Augenblick fest. Ein hämisches Lachen folgte darauf, dass es Erik in den Ohren schmerzte.

»Ich bin nicht nur Mirnas Vater – ich bin Fred Recktenwalds Zwillingsbruder.«

Erik spürte Schwindel aufkommen. Dabei wusste er nicht, woran das lag: an dieser Enthüllung oder an der knappen Luft.

»Dümmer als die Polizei erlaubt«, ertönte es nun wieder hämisch. »Ihr habt den Falschen verhaftet. Fred kann keiner Fliege was zuleide tun. Und den steckt ihr in den Knast. Ich habe getan, was nötig war. Fred hat lediglich mit dem Lehrer sprechen wollen, was nur eine neue Blamage nur Folge hatte. Aber das, was diese dreckigen Lehrer wirklich verdient haben, haben sie von mir bekommen.«

Erik wünschte sich, dieser Kerl würde endlich den Mund halten. Seine Beherrschung schwand dahin. Aber genau die war es, die ihn vielleicht am Leben halten konnte. Wenn er überhaupt eine Chance hatte.

»Ich weiß, das Wissen um die Aussichtslosigkeit deiner Situation macht das Spiel zu einer echten Nervenzerreißprobe«, sprach der Mann weiter, als habe er Eriks Gedanken gelesen. »Deshalb wollte ich auch, dass du an dir runter blicken kannst. Jetzt wollen wir mal sehen, wie lange es dir gelingt, dein erbärmliches Leben zu retten.«

Schon wieder spürte Erik Panik aufkommen. Das war das letzte, was jetzt passieren durfte.

»Und ich will dir auch nicht vorenthalten, wer dein Mörder ist.« Wieder dieses schreckliche Lachen. »Gestatten, mein Name ist Friedolinus

Kalkbrenner. Ehemaliger Hilfsarbeiter bei Opel in Rüsselsheim. Heute aktiver Lehrermörder mit einer Erfolgsquote von hundert Prozent. Mal sehen, ob Bullenmorde genauso viel Spaß machen. Ich bin für neue Genres immer offen.«

Kapitel 69

»Friedolinus Kalkbrenner wohnt in Rüsselsheim, in der Virchowstraße.« Mit dieser Information kehrte Esther in Schnurs Zimmer zurück. »Ich habe dort angerufen, aber der Telefonanschluss existiert nicht mehr.«

»Klingt nicht gerade gut«, erkannte Schnur.

»Weiter habe ich herausgefunden, dass Friedolinus Kalkbrenner bei Opel als Hilfsarbeiter gearbeitet hat. Inzwischen ist er entlassen worden.«

»Also hat er genug Zeit, sich hier bei uns herumzutreiben«, gab Schnur zum Besten.

»Ja. Die Entfernung von Rüsselsheim nach Saarlouis legt er in gerade mal anderthalb Stunden zurück. Also ein Klacks.«

»Hatte Erik nicht mal einen Mann erwähnt, der mit einem roten Opel Corsa weggefahren ist, dessen Autokennzeichen nicht aus dem Saarland stammte?«

Esther überlegte eine Weile, konnte sich aber nicht erinnern.

»Ich werde zu Fred Recktenwald auf den Lerchesflur fahren und ihn nach seinem Bruder fragen«, beschloss Schnur.

»Glaubst du ernsthaft, er gibt jetzt zu, dass sein Bruder hinter den Morden steckt, nachdem er womöglich dazu bereit ist, für ihn in den Knast zu gehen?«, fragte Esther.

»Du hast Recht«, gestand Schnur seiner Mitarbeiterin zu. »Sollte Friedolinus Kalkbrenner unser Täter sein, dann erfahren wir das nicht von seinem Bruder.«

Stille trat ein.

Schnur rieb sich nervös über sein Kinn. Diese Situation gefiel ihm nicht.

»Versuch es noch mal bei Erik«, befahl er.

Esther drückte auf ihrem Handy die Wahlwiederholung. Wieder ertönte nur die Mailbox.

»Und bei ihm zuhause?«

»Dasselbe«, antwortete Esther.

»Vielleicht hat es Mirna Voss geschafft, ihn zu verführen und wir machen hier umsonst die Pferde scheu«, spekulierte Schnur.

»Was willst du damit sagen?«

»Dass wir zuerst zu seiner Wohnung in der Brauerstraße fahren, bevor wir hier alle in Panik ausbrechen.«

Kapitel 70

»Weißt du, was das Schöne an deiner Situation ist?« Die Stimme seines Mörders klang aufreizend zufrieden. »Du wirst deine Stellung bald nicht mehr halten können.«

Erik ahnte, dass Friedolinus Kalkbrenner Recht hatte.

»Dann wirst du nämlich zu Schwindelattacken neigen. Und diese Attacken bringen es mit sich, dass deine Füße zu zittern beginnen. Deine Füße – deine einzige Verbindung zu dem bisschen Leben, was du noch hast.«

Erik hoffte, dass er bald aufhörte zu sprechen.

Aber da hoffte er vergebens. »Und dann werden Krämpfe deinen Körper schütteln. Du wirst die Kontrolle über dich verlieren. Deine Hände werden sich nicht mehr schützend um die Schlinge legen können. Und deine Füße werden dich nicht mehr tragen können. Und dann wird der Tod durch Erhängen für dich die reinste Erlösung werden. Du wirst dich danach sehnen. So wie dein Kumpel hier.«

Erik traute seinen Sinnesorganen nicht mehr. Roch er tatsächlich den süßlichen Gestank des Todes oder bildete er sich das nur ein, weil Friedolinus Kalkbrenner davon gesprochen hatte.

Aber das wollte er nicht wissen. Was ihn viel mehr beschäftigte, war die Frage, ob er wirklich an diesem Strick in der Turnhalle enden würde. Sollte der nächste Tote, den die Schüler an dieser Schule fanden, er selbst sein? Und das nur, weil er einer zwanzigjährigen Frau auf den Leim gegangen war? Wenn er könnte, würde er sich selbst in den Hintern treten. Aber das würde ihn zu viel Kraft kosten. Lieber konzentrierte er sich auf die Schlinge um seinen Hals, die schon verdächtig eng geworden war.

»Weißt du, ich habe nicht schlecht gestaunt, als ich diesen versoffenen Mathelehrer nach all den Jahren lebend hier angetroffen habe. Bisher habe ich nicht gewusst, dass ein Mensch so lange saufen und dabei überleben kann.« Friedolinus Kalkbrenners Lachen zerrte an Eriks Nerven. Seine Füße begannen bereits zu zittern. »Vermutlich konserviert der Alkohol. Dafür, dass Günter Laug auch einer dieser Lehrer war, die sich einen Spaß daraus gemacht haben, uns Kinder zu schikanieren, dachte ich mir, helfe ich bei seinem Sterben einfach nach, bevor er noch mehr Schüler mit seiner Sauferei in den Wahnsinn treibt.«

Erik grauste. Warum erzählte er das?

»Damit wollte ich erreichen, dass ihr Schlappschwänze erkennt, dass ihr mit Fred den Falschen verhaftet habt.«

Das war wohl die Antwort.

»Aber dann kommt ausgerechnet so ein Schlappschwanz mit meiner Tochter hier rein. Eigentlich bist du selbst schuld an deinem Dilemma. Darüber solltest du mal nachdenken. Hast ja Zeit genug dafür.«

Kapitel 71

Die Tür zum Korridor des Mietshauses in der Brauerstraße erwies sich für Jürgen Schnur und Esther Weis als kein großes Hindernis. Nachdem auf das Klingeln bei Erik nichts passiert war, hatten sie eben auf andere Klingelknöpfe gedrückt, bis der Summer ohne groß nachzufragen eingeschaltet wurde.

»Soweit wären wir schon mal«, sagte Schnur und erschrak, als er hörte, wie laut seine Stimme durch das Treppenhaus schallte.

»Sagt uns das nicht, dass Erik gar nicht in seiner Wohnung ist?«, fragte Esther, die daraufhin ihre Stimme dämpfte, während sie die vielen Treppen nach oben stiegen.

»Nein. Sollte er mit Mirna Voss zusammen sein, ist es gut möglich, dass er die Klingel gar nicht gehört hat.«

Oben angekommen, lauschte Schnur zunächst an der Wohnungstür.

»Ich höre gar nichts«, gab er zu. »Das ist jetzt wirklich nicht gut.«

Er klingelte.

Nichts.

Er klingelte Sturm.

Immer noch nichts.

Er hämmerte gegen die Tür.

Das einzige, was sich regte, war die Tür zur Nachbarwohnung. Yannik Hoffmann tauchte ihm Flur auf und schaute die beiden Polizeibeamten fragend an.

»Wissen Sie, ob Erik Tenes zuhause ist?«, fragte Schnur.

»Er ist irgendwann weggefahren und nicht mehr zurückgekommen.«

Beunruhigt hakte Schnur nach:

»War er mit Mirna Voss zusammen?«

»Nein. Er war allein.«

Mit diesen Informationen mussten sie sich zufrieden geben.

Während sie die vielen Treppen wieder hinuntergingen, erklärte Schnur: »Das sehe ich jetzt als Notfall an. Egal, was am Ende dabei herauskommt. Ich will nicht verantworten müssen, dass Erik etwas passiert.«

»Soll ich eine Fahndung nach Friedolinus Kalkbrenner einleiten?«

Sie erreichten die Brauerstraße. Schnur ging um die Hausecke zum Parkplatz und sah, dass Eriks Auto nicht da war. Daraufhin befahl er: »Ja, tu das! Außerdem überprüfen wir den Handy-Standort von Eriks Handy. Und geben eine Suchmeldung raus. Ebenso nach seinem Auto. Weiß jemand das Kennzeichen von seinem neuen BMW?«

Esther schluckte. Sie hatte noch gar nicht gewusst, dass Erik ein neues Auto besaß.

»Macht nichts. Andrea wird es wissen«, spekulierte Schnur, während er versuchte, sein Handy zu bedienen.

»Ich schlage vor, du fährst und ich telefoniere«, wandte Esther ein, als sie Schnur auf dem kleinen Mobiltelefon herumdrücken sah.

Schnur willigte ein.

*

Ein verräterisches Klimpern war zu hören. Aber Erik konnte nicht sehen, was dieses Geräusch verursachte. Er regte sich, erreichte aber nichts damit.

»Du willst wissen, was ich in meinen Händen halte.«

Dieser Mistkerl konnte Gedanken lesen! Erik wurde sich seiner Hilflosigkeit mit jedem Wort, das dieser Wahnsinnige aussprach, mehr bewusst, weil er nichts entgegensetzen konnte, nichts sagen konnte, nichts tun. Einfach nur aushalten und hoffen.

»Das ist dein Autoschlüssel. Einen schönen Wagen hast du. Da du den nicht mehr brauchen wirst, nehme ich ihn mit.«

Erik konnte nur ein leichtes Schnauben ausstoßen.

»Und dein Handy auch. Das könnte deinen Kollegen deinen Standpunkt verraten. Und da ich ja ein schlaues Kerlchen bin – was die dummen Lehrer zu spät erkannt haben – werde ich das irgendwo entsorgen. Ich will doch keinen Ärger haben.« Er lachte über seinen Witz.

Erik schloss verzweifelt die Augen.

Plötzlich hörte er ein lautes Kreischen. Er zuckte zusammen.

Scheiße!, dachte er. Damit hatte sich die Schlinge noch ein Stück mehr zugezogen. Hastig versuchte er, sie zu weiten. Es gelang ihm nicht.

Da hörte er, was seinen Schrecken ausgelöst hatte. Es war Mirnas Stimme.

Sie schrie: »Was soll das? Was tust du Erik an?«

»Halt die Klappe!« Das war die Stimme des vermeintlichen Zwillingsbruders, was Erik einfach nicht verstehen konnte. Lag es an seiner ausweglosen Situation oder daran, dass dieser Mann Fred Recktenwald gar nicht ähnlich sah?

»Der Kerl wollte dich vergewaltigen.«

»Du spinnst doch«, widersprach Mirna. »Lass Erik da runter, sonst ...«

»Sonst was?« Friedolinus Kalkbrenners Stimme ging in Lachen über. Während Mirna unverständliches Zeug schrie, lachte der Mann immer wilder und verrückter.

Erik konnte vernehmen, dass sich die beiden entfernten. Es dauerte nicht lange, da hörte er eine Tür ins Schloss fallen und Ruhe kehrte ein.

Sie hatten ihn verlassen und hier in dieser mörderischen Position zurückgelassen.

Erik wurde schwindelig bei dem Gedanken. Wenn seine Kräfte nachließen, dann erhängte er sich selbst.

*

Als sie im Büro der Kriminalpolizeidirektion eintrafen, rief Anton aus einem Zimmer: »Ich habe etwas über die Mutter der Zwillinge herausgefunden ...«

»Ich brauche nur Hinweise, die uns verraten, wo Erik stecken könnte«, fiel ihm Schnur ins Wort.

»Eben«, meinte Anton in einem so bestimmten Tonfall, dass Schnur aufhorchte. »Die Mutter war eine Maria Ladwein. Sie hat in dem Haus gewohnt, das heute Fred Recktenwald von der Stadt Saarlouis mietet.«

Diese Information brachte Schnur nun doch zum Staunen.

»Und außerdem hat sie dort ihre Babys entbunden. Das ist damals zweifelsfrei festgestellt worden, weil sie nach ihrer Entbindung nichts mehr weggeräumt oder saubergemacht hat. Sie hat die Babys zur Kirche getragen und den Rest wissen wir.«

»Okay! Ruft die Kollegen in Saarlouis an, dass sie das Haus in Picard inspizieren. Wir müssen jede Möglichkeit in Betracht ziehen.«, wies Schnur an.

Anton eroberte das Telefon.

»Infomiert sämtliche Polizeistationen über Eriks Verschwinden. Und erklärt auch gleich den Zusammenhang zu dem gesuchten Friedolinus Kalkbrenner.«

Diese Aufgaben übernahm Esther.

»Andrea, du fügst Eriks Autokennzeichen und alle Merkmale seines Autos bei, damit auch nach dem Wagen Ausschau gehalten wird.«

Andrea nickte.

Auf Schnur Schreibtisch klingelte das Telefon.

Alle erstarrten vor Schreck, als würde dieses Geräusch Unheil verkünden. Wie gelähmt standen alle im Flur und schauten ihrem Chef nach, wie er überstürzt an den Apparat hastete und abhob. Nach wenigen »Mmh« und »Hah« legte er wieder auf und berichtete: »Eriks Handy ist gefunden worden.«

»Wo?«

»In einem Müllcontainer in Beaumarais.«

»Worauf warten wir noch?«, fragte Anton.

Doch Schnur verstand es, seinen Eifer zu bremsen: »Du bleibst hier und koordinierst alle Daten und Angaben, die hier eintreffen, damit keine Wege umsonst gemacht werden. Esther, du bleibst bei Anton.« Auf das Murren der Kollegin fügte der Vorgesetzte an: »Das ist für den Fall, dass es neue Erkenntnisse gibt und ihr rausfahren müsst.« Diese Erklärung ließ Esthers Murren verstummen. »Andrea wird mich begleiten. Wir fahren nach Saarlouis und hoffen, dass der Ort, an dem das Handy gefunden wurde, ein Hinweis für uns ist.«

»Saarlouis?«, fragen Esther und Anton wie aus einem Mund.

»Beaumarais liegt genau zwischen Saarlouis und Picard.«

*

Die Ruhe empfand Erik als besonders schrecklich. Da waren ihm die gehässigen Bemerkungen seines Widersachers fast noch lieber gewesen, denn die hatten ihn von seinen zermürbenden Gedanken abgehalten.

Er spürte, wie seine Hände zu zittern begannen. Dabei machte er den Fehler, sich ständig auf das Zittern zu konzentrieren. Er musste sich selbst Mut zureden. Aber es wollte ihm nicht gelingen.

Es wurde immer dunkler, seine Panik immer größer, seine körperliche Verfassung immer schlechter. Es kam tatsächlich genauso, wie es Friedolinus Kalkbrenner ihm prophezeit hatte.

Sein Atem wurde hastig. Das musste er verhindern, denn er bekam nicht genug Luft. Die Schlinge engte seine Luftröhre bereits ein. Er versuchte zu zählen, um sich zu beruhigen. Das klappte nur bedingt, denn ständig verzählte er sich, worüber sich ärgerte. Plötzlich glaubte er, lachen zu müssen. Aber es wurde nur ein merkwürdiges Pfeifen. Welche Probleme er gerade hatte? Als wäre es von Bedeutung, dass er sich verzählte.

Er versuchte zu erkennen, ob das Tageslicht schwand. Oder ob es an seinen Augen lag. Es wurde immer dunkler. Sein Sichtfeld engte sich immer mehr ein, seine Sehfähigkeit begann zu leiden.

Brach die ewige Dunkelheit über ihn herein?

*

Auf dem Weg nach Saarlouis hörten sie immer wieder neue Meldungen über Funk. Alle Polizeibeamten waren mobilisiert worden, um Erik zu suchen. Aber Ergebnisse hatten sie bisher noch keine. Andrea saß am Steuer und fuhr mit halsbrecherischer Geschwindigkeit, während Schnur auf dem Beifahrersitz in den Akten las, die die Lehrermorde und die Brüder Ferdinand und Friedolinus beinhalteten. Verzweifelt suchte er dort nach Hinweisen.

»Das Haus in der Dorfstraße in Picard ist leer. Weder Spuren von Verwüstung noch sonst etwas, was auf Friedolinus Kalkbrenners Aufenthalt mit Erik als Geisel hinweist.« Das war die Mitteilung, die Anton rüberschickte, als Andrea gerade die A620 verließ und in Richtung Saarlouis abbog.

»Wohin?«

»Zu dem Haus in Picard«, wies Schnur an.

»Aber dort ist Erik doch nicht.«

»Das habe ich auch verstanden. Ich will jetzt den Weg von diesem Haus bis zu dem Müllcontainer abfahren. Vielleicht gibt uns irgendetwas auf dieser Strecke einen entscheidenden Hinweis.«

Andrea gehorchte, setzte den Blinker und bog links ab.

»Haben wir Mirnas Haus schon überprüft?« Erst jetzt fiel Schnur dieses Haus ein.

»Warum Mirnas Haus?«

»Erinnerst du dich nicht mehr daran, wie du zusammen mit Erik nach Picard gefahren bist, um Fred Recktenwald zu sprechen?«, stellte Schnur darauf eine Gegenfrage.

Andrea fasste sich an den Kopf und stieß aus: »Klar! Der rote Opel und die merkwürdige Begegnung am Saarbrücker Unigelände.«

»Genau.«

»Du glaubst, dass dieser angebliche Prof der Zwillingsbruder von Fred Recktenwald war!«

»Wieder mal ein Volltreffer«, brummte Schnur.

»Mirnas Haus wurde bisher mit keinem Wort erwähnt.«

Sofort griff Schnur nach dem Funkgerät und gab seine neue Anweisung heraus mit dem Zusatz, dass er selbst in Kürze dort eintreffen würde.

Sie erreichten das Haus, das von vielen Polizeiautos, von uniformierten Polizeibeamten und von schwarz gekleideten Sondereinsatzbeamten umgeben war. Dieses Aufgebot wurde von umstehenden Schaulustigen umzingelt, die unbedingt wissen wollten, was Mirna Voss mal wieder angestellt hatte.

*

Die Dunkelheit lastete schwer auf Erik. Er strengte sich an, ruhig und regelmäßig zu atmen. Dabei achtete er darauf, seine Nerven zu beruhigen, was angesichts des Duftes, der ihm in die Nase stieg, nicht leicht war. Inzwischen wusste Erik, dass es Verwesungsgestank war. Es konnte nur der Mathelehrer sein, der hier irgendwo in seiner Nähe vor sich hin schimmelte. Bei dieser Hitze dauerte die Zersetzung einer Leiche nicht lang.

Schnell versuchte Erik, an etwas anderes zu denken. Doch es gelang nicht. In seinem Kopf breiteten sich schreckliche Bilder aus. Bilder von Knochen, an denen noch Fleischfetzen hängen, Bilder von Schädeln, in denen graue Hirnmasse wabert, Bilder von knochigen Fingern, die nach seinem Hals greifen und zudrücken. Das Grauen breitete sich in ihm aus. Die Luft, sie reichte nicht aus. Seine Augen waren weit aufgerissen und doch war alles schwarz. Seine Beine zitterten, seine Finger hingen nur noch unter der Schlinge, sie wurden nach und nach immer enger eingequetscht. Seine Füße spürten den lebenserhaltenden Barren nicht mehr, auf dem der stand.

Oder hoffte er nur noch, dass er noch darauf stand?

Er versuchte, an der Schlinge zu zerren. Es war keine Kraft mehr da. Er spürte eine Hoffnungslosigkeit durch seinen Körper strömen, die ihm auch das letzte Quäntchen Kraft raubte.

Fühlte sich sein Gesicht nass an?

Vermutlich ja.

Aber war es wirklich so traurig, von dieser Welt zu gehen? Doch, das war es.

Er hatte noch so viel tun, noch so viel sagen wollen.

*

Als Andrea nicht ebenso wie Schnur aus dem Dienstwagen ausstieg, bückte sich der Vorgesetzte und schaute durch die Türöffnung ins Wageninnere. Er sah die Kollegin mit dem Handy telefonieren, wobei sie aufgeregt herumfuchtelte.

Als sie aufgelegt hatte, fragte er: »Was ist los?«

»Ich habe eine Fahndung nach dem roten Opel herausgegeben.«

»Andrea! Du bist eine Wucht«, brüllte Schnur in einer Lautstärke los, dass alle aufblickten. »Diesen Opel hatte ich ganz vergessen.«

Sofort befragte er alle Kollegen, die zusammen mit dem Sondereinsatzkommando vor Mirnas Haus bereitstanden, um in das Haus einzudringen, ob sie einen solchen Wagen gesehen hatten. Aber wie zu befürchten war, hatte niemand auf einen roten Opel geachtet.

»Was sollen wir jetzt tun? Dieses Haus stürmen?«, fragte der Leiter des Sondereinsatzkommandos.

Schnur nickte.

In Sekundenschnelle waren sämtliche Zimmer, Winkel und Ecken des Hauses sichergestellt, aber weder Mirna Voss noch Friedolinus Kalkbrenner noch Erik Tenes waren dort anzutreffen.

»Noch mehr solcher Volltreffer und ich laufe Amok«, knurrte Schnur, dessen Nerven an einem seidenen Faden hingen.

»Warte lieber ab, bis wir den Opel gefunden haben«, riet Andrea. »Wenn der uns nicht weiterhilft, dann darfst du Amok laufen.«

*

Seine Kräfte schwanden. Seine Arme und Beine gehorchten ihm nicht mehr. Sein Verstand versagte ihm auch den Dienst. Erik sah nur noch eine Lösung: Sich aufgeben.

Alles, was Friedolinus Kalkbrenner prophezeit hatte, traf ein.

Seine Beine begannen unkontrolliert zu zittern. Erik konnte sie nicht mehr stillhalten – egal, wie sehr er es auch versuchte. Seine Hände wollten nicht mehr die Schlinge halten, um noch ein wenig Luft durch die Luftröhre zu lassen. Auch sie gehorchten ihm nicht mehr. Das Zittern ging durch seinen gesamten Körper. Er fühlte sich wie eine Gliederpuppe, bei der kein Gelenk zum anderen passte. Alles wackelte und wurde immer heftiger, bis sich seine Fußballen plötzlich total zusammenkrampften. Er konnte sie nicht mehr auf dem schmalen Stück Holz des Barrens halten. Sie glitten ihm weg.

Erik rutschte von dem Barren und hing in der Schlinge.

Das Zittern, das seinen gesamten Körper erfasste, merkte er nicht mehr.

*

»Die Tür ist offen!«, schrie Andrea und riss sie gleichzeitig auf.

»Halt! Wir müssen zuerst sichern«, rief ein Beamter der Bereitschaftspolizei.

Doch Andrea Westrich und Jürgen Schnur waren schon in der großen Turnhalle. Sie hatten den roten Opel Corsa, der auf Friedolinus Kalkbrenner zugelassen war, an der Turnhalle des Max-Planck-Gymnasium gefunden, woraufhin sie sofort mit Großaufgebot zur Schule gefahren waren.

Wie aufgescheuchte Hühner irrten sie durch die Flure, bis sie in die große Turnhalle gelangten.

Was sie dort sahen, übertraf alles Erwartete. Dort hing Erik an einem langen Seil, das an der hohen Decke befestigt war. Sein ganzer Körper wurde von Krämpfen geschüttelt.

Im rechten Augenwinkel nahm Schnur noch etwas war. Dort saß jemand auf einem Stuhl. Aber das registrierte er kaum.

Was er sah, war Erik.

»Er lebt noch!« Seine Stimme überschlug sich. Wie von Furien gehetzt rannte er auf den Barren zu, wollte draufspringen, doch die Kollegen der Bereitschaftspolizei waren schneller. Sie stießen Schnur zur Seite, erklommen die schmalen Barren zu zweit. Einer hob Eriks Körper an, der andere schnitt das Seil durch. Doch kaum war der Strick abgetrennt, fiel Eriks Körper in rasender Geschwindigkeit in Richtung Boden. Aber auch daran hatten die Kollegen gedacht. Zu mehreren standen sie dort, fingen ihn auf und legten ihn sachte auf den Boden.

Jetzt erst konnte sich Schnur seinem Mitarbeiter nähern.

Eriks Augen waren geschlossen. Von seinem Zittern war nichts mehr zu sehen. Reglos lag er da. Schnur kniete sich vor ihn, entfernte die tödliche Schlinge und fasste nach seinem Puls. Er fühlte nichts. Seine Hände zitterten. Sollte Erik hier qualvoll gestorben sein, weil er, der große Dienststellenleiter, bei den Ermittlungen einen Fehler gemacht hatte? Das durfte nicht wahr sein. Schnur spürte eine Hoffnungslosigkeit, die ihn zerriss.

Dann spürte er noch etwas. Eine Hand, die seine beiseiteschob. Er schaute auf und in das Gesicht eines Kollegen der Bereitschaftspolizei.

Im Hintergrund murmelte jemand: »Der Krankenwagen ist schon unterwegs.«

Dann kann der Satz, auf den Schnur gehofft hatte: »Erik lebt. Ich habe seinen Puls deutlich gespürt.«

Im gleichen Augenblick kamen Sanitäter und ein Notarzt mit einer Krankenbahre hereingelaufen. Sie steuerten zuerst den Mann auf dem Stuhl an. Den hatte Schnur in seiner Aufregung vergessen. Erst jetzt registrierte er auch den Geruch, der von diesem Mann schon ausströmte. Leichengeruch.

»Hier ist der Patient«, rief er. »Für den können Sie nichts mehr tun.«

Die Bewegungen, die folgten, wirkten gut einstudiert. Erik wurde auf die Bahre gehoben, mit einer Sauerstoffmaske versorgt und mit einigen Untersuchungsgeräten versehen. Mit all diesen Apparaten und mit bellenden Befehlen des Notarztes trugen sie ihn im Laufschritt hinaus.

»Wie geht es ihm? Wo bringen Sie ihn hin?« Schnur lief hinter den Sanitätern her.

»Er hat höchstwahrscheinlich einen Sauerstoffverlust erlitten«, sagte der Arzt. »Deshalb muss er sofort im Krankenhaus auf eventuelle Schäden untersucht werden. Überleben wird er, das ist mal klar. Wir wissen nur noch nicht, wie.«

»Wo bringen Sie ihn hin?«

»In die Elisabeth-Klinik, hier in Saarlouis.«

Das Martinshorn des Krankenwagens ertönte.

Schnur konnte von nun an nichts mehr tun, außer dem Krankenwagen hinterherzuschauen. Er fühlte sich so hilflos, dass er am liebsten hinterher gefahren wäre und an Eriks Krankenbett gewacht hätte. Aber das stand ihm nicht zu. In der Turnhalle hatte es noch ein Opfer gegeben. Darum musste er sich kümmern, obwohl er nicht wusste, ob er in der Lage sein würde, diesen Fall weiter zu bearbeiten.

Plötzlich tauchte Andrea neben ihm auf. Sie legte ihre Hand auf seine Schulter und befahl: »Hör auf, dir ständig vorzuwerfen, du hättest einen Fehler gemacht!«

Schnur grummelte nur mürrisch.

»Das hast du nicht. Kriminalrat Forseti hat dir den Fall abgenommen. Du hattest überhaupt keine Möglichkeit mehr, noch irgendetwas zu unternehmen. Forseti ist an dieser Scheiße schuld.«

Damit gelang es Andrea sogar, Schnur ein Lächeln zu entlocken. »Wie schön du das sagst. Damit könnte ich wirklich besser leben. Aber die Vorarbeit, alles, was zu dieser idiotischen Festnahme geführt hatte, kam von mir.«

»Von uns!« Wieder wusste es Andrea besser. »Trotzdem dürfen wir nicht vergessen, dass wir hier ein Mordopfer haben.«

»Wer ist es?«

»Günter Laug, der Mathelehrer.«

»Okay! Du wirst jetzt Erik ins Krankenhaus folgen und mich über jede Neuigkeit unterrichten.« Andrea nickte. Aber Schnur war noch nicht fertig: »Außerdem wirst du dafür sorgen, dass Erik rund um die Uhr bewacht wird. Sollte der Mistkerl erfahren, dass Erik noch lebt, könnte es sein, dass er sein Versäumnis nachholen will.«

»Du glaubst doch nicht ...« Andrea schaffte es gar nicht, die Frage zu Ende zu stellen.

»Ich will nicht noch einen Fehler machen. Das ist alles.« Schnurs Lächeln wirkte verkrampft.

Er schaute der Kollegin nach, wie sie im Eilschritt die Turnhalle verließ, bevor er sich auf den Toten konzentrierte.

Günter Laug war mit Händen und Füßen an den Stuhl gefesselt. Der Kopf war nach hinten gebeugt. In seinem Hals steckte eine leere Bierflasche.

Dr. Thomas Wolbert, der Gerichtsmediziner war gerade angekommen. Auch er besah sich den Toten und meinte: »Wenn die Flasche voll war, als sie ihm in dieser Haltung in den Mund gesteckt wurde, dann ist er an der schnell hereinlaufenden Flüssigkeit erstickt.«

»Kein schöner Tod«, merkte Schnur an.

»Nein. Aber das sollte wohl in allen Fällen so sein«, merkte der Gerichtsmediziner an.

»Wie meinst du das?«

»Ich habe festgestellt, dass hinter dieses Todesfällen etwas Symbolisches steckt.«

»Etwas Symbolisches?« Schnur stutzte.

»Bertram Andernach sagte man nach, dass er seine Schüler bestrafte, indem ihre schlechten Leistungen zur Schau stellte. Und er wurde mit heruntergelassener Hose aufgefunden – eine Zurschaustellung also.«

Schnur konnte nicht widersprechen.

»Und Mathilde Graufuchs demoralisierte ihre Schüler, indem sie ihnen androhte, sie aus ihrem Gedächtnis zu streichen. Das Gleiche wurde mit ihr gemacht: Sie wurde auf der Teufelsburg gefesselt und vergessen.«

»Du solltest unter die Profiler gehen«, schlug Schnur ehrfürchtig vor und fügte an: »Und bei Günter Laug ist auch unschwer zu erkennen, worauf der Mörder anspielt. Wenn Friedolinus Kalkbrenner unser Mörder ist, dann hat er Günter Laug auch schon als Trinker erlebt und die Folgen des Suffs abgekommen.«

»Ich werde anhand der Laborergebnisse feststellen, wie fortgeschritten sein Alkoholismus schon ist«, meinte Dr. Wolbert.

»Gut. Ich werde mich jetzt um diese mörderischen Zwillinge kümmern«, verkündete Schnur. »Du brauchst mich hier ja nicht mehr.«

Dr. Wolbert lachte und meinte: »So nett ist mir von euch schon lange keiner mehr gekommen, dass er mir das ganze Feld allein überlässt.«

Kapitel 72

Am frühen Dienstagmorgen fand sich Schnur zwischen Wänden voller grellbunter Bilder. Das war genau das, was Schnur von einem Gefängnis nicht erwartet hätte. Er saß allein auf einem der unbequemen Stühle und wartete auf Fred Recktenwald. Die Zeit kam ihm endlos lange vor. Schnur spürte eine Ungeduld in sich, die für seine Konzentration schädlich sein konnte. Aber jeglicher Versuch, sich innerlich zu beruhigen, scheiterte an den Gemälden mit ihren rastlosen Motiven. Er hatte in seiner Verzweiflung vergessen, Forseti über diesen Schritt zu informieren. Bei dem Gedanken, wie der Kriminalrat wohl reagieren würde, sobald er davon erfuhr, fühlte sich Schnur noch rastloser.

Sollte er einfach umkehren mit dem Argument, etwas Wichtiges sei dazwischengekommen? Doch genau in diesem Augenblick ging die Tür auf und Fred Recktenwald trat begleitet von einem Vollzugsbeamten herein.

Vergessen war der Gedanke, unauffällig zu verschwinden.

Fred Recktenwald sah noch blasser aus. Seine grauen Haare standen wirr vom Kopf ab, seine Augen waren gerötet. Zum Glück musste er keine Gefängniskleidung tragen. In seiner Jeans mit Hemd wirkte er natürlicher als in seinem merkwürdigen Nadelstreifenanzug, den er immer mit Überzeugung getragen hatte.

»Wir haben endlich von Ihrem Zwillingsbruder Friedolinus Kalkbrenner erfahren«, begann Schnur, nachdem sie sich begrüßt hatten.

Recktenwald riss die Augen weit auf.

»Warum haben Sie uns Ihren Bruder verschwiegen?«

Recktenwald starrte Schnur nur an.

»Wir wissen jetzt auch, dass Friedolinus Kalkbrenner der Mörder ist. Nicht Sie.«

Damit entlockte er Fred endlich eine Reaktion. »Lassen Sie meinen Bruder in Ruhe! Er hat nichts getan.«

»Leider wissen wir es besser. Er hat nämlich in der letzten Nacht den Lehrer Günter Laug ermordet.«

»Günter Laug?«

»Den Mathelehrer.«

»Ich weiß, wer Günter Laug ist«, gab Fred unfreundlich zurück. »Aber das kann nicht sein. Günter Laug ist durch mich gestorben. Sie haben ihn erst jetzt gefunden.«

»Warum tun Sie das für Ihren Bruder?«

Mit dieser Reaktion des Polizeibeamten hatte Fred nicht gerechnet. Er sank in seinem Stuhl zusammen und starrte Jürgen Schnur nur an.

»Ihr Bruder hat seine Wohnung in Rüsselsheim vor einem Monat gekündigt, weil er seine Arbeit bei Opel verloren hat«, erzählte Schnur. »Sie haben für ihn die zweite Hälfte Ihres Hauses freigehalten, damit er eine Bleibe hat, wenn er nach Saarlouis zurückkommt. Das hat er getan – vor einer Woche. Und genau vor einer Woche haben die Lehrermorde begonnen. Jetzt will ich von Ihnen wissen, was der Auslöser für Friedolinus Kalkbrenner war, die Lehrer zu töten. Dass es seine Erlebnisse aus der Schulzeit waren, können Sie mir nicht weismachen.«

»Halten Sie Linus da raus!«, befahl Fred noch mal. »Ich habe die Lehrer getötet. Nicht er.«

»Warum tun Sie das für ihn? Er würde Sie hier im Knast schmoren lassen – im Gegenzug dazu sind Sie bereit, für Ihren Bruder in den Knast zu gehen.«

Eine Weile geschah nichts. Nur die Geräusche aus der Gefängnisanstalt drangen leise zu ihnen durch. Bis sich Fred räusperte und sagte: »Sie wissen nicht, wie das Leben aussieht, wenn man keinen Menschen auf der Welt hat.«

Schnur staunte. Er hatte mit allem gerechnet – nur nicht damit.

»Es stimmt, dass ich als Kind auf den Kopf gefallen bin. Und das war schlimmer, als es nach außen hin aussah. Ich habe lange gebraucht, bis ich mich wieder integrieren konnte. Aber meine Adoptivmutter hat keine Ruhe gegeben. Sie wollte nach außen alles ganz normal aussehen lassen. Wollte allen zeigen, dass ich so gesund und intelligent wie jedes andere Kind im Dorf sei. Deshalb schickte sie mich ins Gymnasium. Damit hat sie mich gnadenlos überfordert.«

Eine Pause trat ein.

Schnur beschloss, ruhig zu sein, um damit sein Gegenüber zum Weitersprechen zu animieren. Sein Plan ging auf.

»Im Gymnasium wurde es richtig schlimm. Alle merkten, dass ich für die Anforderungen zu doof war. Nur einer hielt zu mir.«

»Friedolinus Kalkbrenner.«

»Richtig. Er hat mir bei den Hausaufgaben geholfen. Bei den Arbeiten haben wir immer so gesessen, dass ich bei ihm abschreiben konnte. So habe ich mich bis in die zehnte Klasse durchgemogelt. Nur leider hat es mit der Mittleren Reife nicht geklappt, weil wir Mathilde Graufuchs' Zorn auf uns gezogen hatten. Die alte Hexe hatte gemerkt, dass es nicht mit richtigen Dingen zugegangen ist. Aber sie kam nicht dahinter, wie wir es angestellt haben. Da hat sie einfach bei Bertram Andernach beantragt, dass er uns trennt. Und der Deutschlehrer war von der Idee natürlich begeistert. Sofort kamen wir in verschiedene Klassen.«

»Sind Ihnen durch die Trennung die beiden Lehrer Andernach und Graufuchs erspart geblieben?«

Fred Recktenwald lachte freudlos und antwortete: »Nein. Daran änderte sich nichts. In der Prüfung bin ich total durchgerasselt. Die Mittlere Reife habe ich nicht geschafft. Und ohne Linus habe ich auch keinen weiteren Versuch unternommen, weil es sinnlos gewesen wäre. Dafür war Linus der Intelligente. Beim zweiten Anlauf hat er dem Abschluss geschafft.«

»Wussten Sie voneinander, dass Sie Brüder sind?«

»Ja. Linus hat es herausbekommen. Er ist eben ein schlauer Fuchs.«

»Aber, wie kommt es, dass Sie eineiige Zwillinge sind, aber so unterschiedlich aussehen?«

»Das hat mit meinem Unfall zu tun«, antwortete Fred. »In meinem Gesicht waren mehrere Knochen gebrochen. Nachdem die zusammengeflickt waren, sah ich verändert aus. Hinzu kommt auch, dass ich total dünn geblieben bin. Ich kann essen, so viel ich will, es ändert nichts. Auch treibe ich keinen Sport, weil ich keine Kondition habe. Linus hingegen hat immer Sport gemacht, weshalb er viel kräftiger ist als ich.«

»Und Ihre Haare?« Diese Frage kam Schnur nur schwer über die Lippen. Aber jetzt wollte er es genau wissen.

»Vor meinem Unfall war ich blond – genau wie mein Bruder. Aber schon in der Grundschule wurden meine Haare grau. Meine Adoptivmutter ist mit mir zu Ärzten gegangen, weil sie wissen wollte, was man dagegen tun kann. Aber da gab es nichts. Die Vermutung lautete, dass das Ergrauen meiner Haare eine Folge meines schweren Schocks nach dem Unfall sein könnte. Genaueres wusste niemand.«

»Haben Sie nie darüber nachgedacht, Ihre Haare zu färben?« Schnur stutzte. »Ich frage das nur, weil Ihre Haare sehr auffällig sind und Sie auch verraten haben.«

Fred lachte freudlos und meinte: »Alles habe ich versucht – glauben Sie mir! Aber nichts hat geholfen.«

»Wir fahnden nach Linus Kalkbrenner, weil er Günter Laug ermordet hat und einen Mordversuch an meinem Mitarbeiter Erik Tenes unternommen hat. Können Sie mir sagen, wo er hingeht, wenn er sich verstecken muss?« Schnur musterte sein Gegenüber genau, während er das sagte.

»Einen Mordversuch an Erik Tenes?« Fred riss die Augen weit auf.

»Richtig. Um ein Haar wäre es ihm gelungen. Wir konnten den Kollegen in letzter Sekunde retten.«

Die Auskunft schien Freds Widerstand in Nichts aufzulösen. Er schaute Schnur mit großem Entsetzen an und sagte nach einer Weile: »Wissen Sie, Mirna ist seine Tochter. Sie wird der Grund sein, warum er solche verrückten Dinge tut.«

Jetzt war es an Schnur zu staunen. Mit allem hatte er gerechnet. Nur nicht damit.

»Wie soll das gehen? Wieso ist Mirna seine Tochter?« Dass die Frage dämlich klang, erkannte Schnur erst, als sie raus war.

»Als Linus damals erfahren hat, dass seine Freundin schwanger wurde, hat er sich aus dem Staub gemacht. Niemand erfuhr etwas davon, dass er der Vater war, womit er sich teure Alimente sparen konnte.«

»Hat Mirnas Mutter da mitgespielt?«

»Irina war so eine ... Sie wissen schon«, stammelte Fred und errötete.

»Nein. Ich weiß nicht.«

»Sie nahm es mit den Männern nicht so genau. Vermutlich wusste sie selbst nicht, wer der Vater war.«

»Und woher wusste Ihr Bruder, dass er der Vater war, wenn es selbst die Mutter nicht wusste?«

»Es war sehr leicht, das festzustellen«, behauptete Fred. »Zunächst einmal die verblüffende Ähnlichkeit.«

»Ähnlichkeit?« Schnur stutzte. In seinem Kopf schwirrte Eriks Beschreibung über den Mann, den sie für Friedolinus Kalkbrenner hielten und der war blond. »Mirna hat schwarze Haare.«

»Die sind gefärbt. In Natura ist Mirna hellblond wie ein Engel.«

»Und woran war es noch festzustellen?«

»Mirna war ein Zwillingsbaby. Nur leider ist das zweite Kind bei der Geburt gestorben. Dieser Hinweis und Mirnas Ähnlichkeit zu Linus haben keinen Zweifel daran gelassen.«

»Sie meinen, weil Zwillinge gerne Zwillinge weitervererben?«

»Richtig.«

»Aber dann müsste Mirnas Mutter doch auch gewusst haben, wer der Vater ist.«

»Nein. Niemand weiß von Linus und mir. Nur Sie. Und das ist schon erstaunlich«, gab Fred zu.

Schnur legte eine kurze Pause ein. Dieses Gespräch war wesentlich informativer, als er sich erhofft hatte. Nur kam er damit immer noch nicht Friedolinus Kalkbrenner auf die Spur.

Plötzlich knallten zwei Schüsse, dann kam der Aufruf »Achtung, Achtung, hier ist die Polizei. Legen sie sich flach auf den Boden, die Hände hinter den Kopf. Widerstand ist zwecklos.«

Fred sprang von seinem Stuhl auf.

Der Vollzugsbeamte, der den Gefangenen hereingeführt hatte, stürmte in das Zimmer.

Schnur saß wie gelähmt auf seinem Stuhl. Er hatte die Erklärung für dieses Chaos.

»Mein Handy!«, rief er sofort entschuldigend. »Ich vermute, mein Sohn hat wieder mal daran herumgespielt.«

Der Vollzugsbeamte ging mit mürrischem Gesicht wieder hinaus.

Fred ließ sich lachend auf seinen Stuhl zurücksinken.

Schnur erhob sich und versuchte abzuheben. Hoffentlich fand er den richtigen Knopf an diesem verdammten Ding. Der Name Andrea leuchtete auf. Er drückte hastig darauf herum, bis er die Stimme der Kollegin hörte.

»Gibt es Neuigkeiten von Erik?« Vorsichtshalber stand Schnur auf und entfernte sich einige Meter von Fred.

»Ja. Er ist über den Berg. Du brauchst dir um ihn keine Sorgen zu machen.«

»Haben die Untersuchungen nichts ergeben?«

»Nein. Alles ist im grünen Bereich. Er muss nur noch aufwachen.«

»Ist er im künstlichen Koma?«

»Nein. Er wurde für kleinere Eingriffe nur ruhiggestellt. Aber jetzt habe ich ein anderes Problem«, lenkte Andrea vom Thema ab. »Forseti will hier im Krankenhaus vorbeikommen. Was soll ich ihm sagen, wo du bist?«

Jürgen überlegte eine Weile. Er kam schneller in die Bredouille als erwartet.

»Sag die Wahrheit.«

»Wir könnten ihm doch sagen, dass Fred Recktenwald nach dir gefragt hat«, schlug Andrea vor. »Dann bist du aus dem Schneider.«

»Und wenn Forseti das überprüft, bin ich arbeitslos«, hielt Schnur dagegen.

Andrea verstummte.

Plötzlich hörte Schnur ein lautes Räuspern hinter sich. Genervt schaute er auf den grauhaarigen Mann, der mit erhobener Hand dort saß wie ein Schüler, der etwas zum Unterricht beitragen wollte.

»Moment mal, Andrea!« Schnur schaute den Mann an, der daraufhin sagte. »Ich werde bestätigen, dass Sie auf meinen Wunsch hierhergekommen sind.«

Wie vom Donner gerührt schaute Schnur von seinem Handy auf den Häftling. Was passierte gerade mit ihm?

»Wie können Sie auf diese Entfernung mithören?«, fragte er fassungslos.

»Sie haben Ihr Handy auf Lautsprecher gestellt.« Fred lachte und fügte an: »Ich weiß schon, warum ich diese Dinger nicht mag.«

Schnur fühlte sich so blamiert wie schon lange nicht mehr. Wenn er nicht bald einen Kurs über die Bedienung dieser modernen technischen Geräte besuchte, konnte er sich selbst einmotten.

»Hast du gehört?«, fragte er in sein Handy.

Statt einer Antwort hörte er nur Lachen. Zumindest gab es eine, die sich köstlich über sein Missgeschick amüsieren konnte.

Erst als Andrea sich beruhigt hatte, meinte sie: »Sieh es positiv! So zieht der Kelch an dir vorüber.«

Schnur beendete das Gespräch, schaute Fred an und fragte: »Warum tun Sie das für mich?«

»Weil ich Sie gut leiden kann. Sie sind als Bulle viel zu nett.«

»Danke für die Blumen. Trotzdem werden Sie noch eine Anklage wegen Behinderung der Justiz von uns bekommen. Das liegt nämlich nicht in meiner Hand.«

»Warum? Ich habe die Morde gestanden und bleibe auch dabei.«

»Die Mühe können Sie sich sparen. Die Fahndung nach Ihrem Bruder läuft. Und unsere Untersuchungen laufen auf Hochtouren. Wir werden herausfinden, welcher von Ihnen beiden Bertram Andernach und Mathilde Graufuchs ermordet hat. Und spätestens dann kommt die Klage wegen Behinderung der Justiz. Nur mit dem Unterschied, dass sie dann noch härter ausfallen kann, weil Sie allen Verwarnungen zum Trotz bei Ihrer Falschaussage bleiben.«

Fred nickte resigniert und flüsterte: »Ich gebe zu, dass ich auch hier gescheitert bin.«

»Sie nicht. Ihr Bruder«, hielt Schnur dagegen. »Morde zu begehen ist nicht heldenhaft. Was Sie versucht haben, dagegen schon.«

Damit gelang es dem Kriminalhauptkommissar, Fred Recktenwald ein Lächeln aufs Gesicht zu zaubern, wodurch der Mann sofort wieder lebendiger und sympathischer aussah.

»Jetzt können Sie Ihrem Bruder nur noch helfen, indem Sie uns helfen. Seine Flucht macht nämlich alles noch schlimmer. Was glauben Sie, wo er sich verstecken will?«

»Bei sich zuhause in Rüsselsheim«, schlug Fred vor.

»Diese Wohnung hat er gekündigt, weil er bei Opel entlassen worden ist.«

»Dann wissen Sie mehr über meinen Bruder als ich.«

»Fällt Ihnen sonst nichts mehr ein?«

»Höchstens die Wohnung von Yannik Hoffmann in Saarbrücken. Dort fühlt sich Mirna wie zuhause.«

Schnur bezweifelte das zwar, weil diese Wohnung direkt neben Eriks Wohnung lag, gab die Adresse aber trotzdem seinen Kollegen durch. Sicher ist sicher, dachte er sich.

Kapitel 73

Andrea saß an Eriks Krankenbett und schaute auf den schlafenden Mann. Seine Hände waren am Rand des Bettes festgebunden, weil er immer wieder versuchte, seine Bandagen vom Hals zu reißen.

Das sah schrecklich aus.

Die Ärzte hatten ihr erklärt, diese Maßnahme sei wichtig, weil er sich selbst schwere Verletzungen am Kehlkopf zufügen könnte. Der obere und vordere verknöcherte Rand des Schildknorpels am Kehlkopf waren durch den Druck der Schlinge eingedrückt worden, wodurch sogar die Stimmlippen in Mitleidenschaft gezogen worden waren. Auch das Zungenbein hatte leichte Einrisse aufgezeigt, weshalb es für die Heilung wichtig war, dass der Hals erschütterungsfrei blieb. Nach Aussage der Ärzte könnte Erik ersticken, sollte das Zungenbein durchbrechen und in die Luftröhre gelangen.

Seufzend wanderte Andreas Blick wieder auf die Bandage am Hals. Welche Tortour hatte er über sich ergehen lassen müssen? Der Gedanke machte sie schwermütig. Bisher war Erik noch nicht aufgewacht, was die Ärzte der Narkose zuschrieben, die sie ihm geben mussten, weil sie kleinere Eingriffe am Kehlkopf und am Hinterkopf machen mussten.

Die Frage, wie jemand den großen und starken Erik überwältigen konnte, war damit beantwortet. Der Täter hatte ihn von hinten k.o. geschlagen. Danach hatte Erik vermutlich immer noch nicht aufgegeben, was ein Hämatom an der Schläfe verriet. Der Riss in der hinteren Schädelwand sprach für rohe Gewalt.

Zum Glück beschränkten sich auch dort die Verletzungen nur auf den Knochen. Die Dura Mater, die äußerste Hirnhaut, lag schützend zwischen dem Knochen und dem Gehirn, weshalb sämtliche Untersuchungen – ob Computertomographie, EEG oder Kernspintomographie – keinerlei Befunde wie Blutungen oder Contre-coup am Gehirn gezeigt hatten. Blieb nur zu hoffen, dass Erik kein seelisches Trauma erlitten hatte. Aber das wäre erst dann festzustellen, wenn Erik wieder sprechen konnte – sich äußern konnte, was passiert war und wie er sich dabei fühlte.

Und darauf wartete und hoffte Andrea.

Dass Erik endlich aufwachte und ihr sagte, mit ihm sei alles in Ordnung.

Aber leider würde das schon aus dem einfachen Grund nicht so bald passieren, weil Erik wegen seiner Verletzung an den Stimmbändern in der nächsten Zeit nicht sprechen durfte.

Schon wieder entfuhr Andrea ein Seufzen. Dieses Mal so laut, dass die Tür aufging.

Sie schämte sich. Hoffentlich hatte sie damit keine Schwester aufgeschreckt. Sie versuchte, nicht hochzuschauen, weil sie befürchtete, dass die Schwester mit ihr schimpfen würde, weil sie sich so auffällig benahm. Doch die Stimme, die ertönte, kam Andrea vertraut vor. Also hob sie doch den Kopf, um nachzusehen. Das war keine Schwester – der Besucher war Jürgen Schnur.

*

»Wie geht es ihm?«, fragte Schnur zur Begrüßung. Andreas Verfassung hatte er zum Glück nicht bemerkt.

Sie gab ihrem Vorgesetzten alles wieder, was die Ärzte über Eriks Zustand gesagt hatten.

Schnur sah mit jedem Wort zerknirschter aus. Nachdem Andrea geendet hatte, fragte er: »Wissen wir, wie lange Erik in dieser aussichtslosen Situation zwischen Barren und Schlinge gestanden hat?«

»Nein. Aber seine körperliche Verfassung verrät, dass es länger war, als für einen Menschen eigentlich zumutbar. Seine Muskulatur ist an Armen und Beinen total übersäuert, was seine Blutwerte verraten. Das ist ein Zeichen für eine lange Überanstrengung.«

Schnurs Blick wanderte zu dem Kollegen. Sein Gesicht war eingefallen und seine Sonnenbräune den dunklen Schatten eines beginnenden Bartes gewichen. Seine sonst immer muskulösen Arme lagen dünn und kraftlos in den Fesseln, die sie ans Bettgestell fixierten. Ein Anblick, der Schnur noch mehr zusetzte.

Rasch wandte er den Blick ab, schaute lieber auf das Fenster. Aber auch dort sah er nichts Berauschendes. Der blaue Himmel wurde nach und nach von schwarzen Wolkenbergen zugezogen.

»Braut sich ein Gewitter zusammen?«, fragte er.

Andrea schaute ebenfalls raus und meinte: »Sieht so aus.«

»Vielleicht fühle ich mich deshalb so elend.« Aber über diese Mutmaßung musste Schnur selbst lachen. Es gelang ihm einfach nicht, sich von Schuld freizusprechen, seit er wusste, dass sie den Falschen festgenommen hatten. Und die Tatsache, dass Erik so hilflos in diesem Krankenhausbett lag, machte seine Selbstvorwürfe nicht besser.

»Hat irgendjemand – außer uns –Erik mal besucht?«, fragte Schnur.

»Wer sollte denn kommen?«, hielt Andrea dagegen. »Die Mutter lebt in Köln und hat kein Auto. Die Brüder sind in alle Winde zerstreut und wissen vermutlich noch nicht einmal, dass Erik im Krankenhaus liegt. Und die Kollegen sind alle im Einsatz, um Friedolinus Kalkbrenner zu schnappen.«

»Es hätte ja sein können, dass er inzwischen endlich mit Anke Deister gesprochen hat.«

»Ich werde mit ihr sprechen«, schlug Andrea schnell vor. »Vermutlich weiß sie noch gar nicht, was passiert ist.«

»Du magst Erik sehr, stimmt's?«, fragte Schnur staunend.

Andrea nickte.

»Wie kommt das? Ihr kennt euch doch erst ein paar Tage.«

»Erik ist ein sehr tiefgründiger Mensch, den man einfach mögen muss«, antwortete Andrea und schaute dabei auf den schlafenden Mann. »Auf seiner Seele lastet etwas, daran hat er schwer zu nagen. Und das ist wohl auch der Grund, warum es ihm so schwer fällt, den Schritt auf Anke zuzugehen. Aber ich bin zuversichtlich, dass er das Richtige tun wird.«

»Weißt du, was ihn so beschäftigt?«

»Nein. Du?«

»Es steht in seiner Personalakte.«

»Ich will es aber nicht von dir hören, sondern von ihm selbst.«

»Und du glaubst, dass er es dir anvertrauen wird?«

»Ich bin mir ganz sicher.«

Schnur lächelte, das erste Lächeln seit langem.

Plötzlich ertönten zwei Schüsse, dann kam der Aufruf »Achtung, Achtung, hier ist die Polizei. Legen sie sich flach auf den Boden! Die Hände hinter den Kopf! Widerstand ist zwecklos!«

Andrea schaute sich erschrocken im Krankenzimmer um. Doch als ihr Blick auf Schnur fiel, hatte sie die Antwort: Mit hochrotem Gesicht nestelte er sein Handy aus der Hemdtasche. »Ich werde meinen Sohn irgendwann wirklich verhaften«, knurrte er mit hochrotem Gesicht und drückte wieder einmal sämtliche Knöpfe, bis der Gesprächspartner laut im Krankenzimmer zu hören war.

»Wir haben den BMW Ihres Kollegen Erik Tenes gefunden.«

»Wo und wie? War jemand drin?«

»Das Auto ist zwischen Von-der-Heydt und Riegelsberg von der Autobahn abgekommen, über die Leitplanken geflogen und einen Hang hinuntergestürzt. Drin saß ein Mann. Eine Frau lag unter dem Wagen. Der Mann wurde mit dem Hubschrauber zum Winterberg-Krankenhaus geflogen. Für die Frau kam jede Hilfe zu spät.«

Kapitel 74

Schnur fühlte sich wie ein ruheloser Geist. Seit Stunden überschlugen sich seine Gedanken. Seine Beschäftigung mit Toten hatte sich zu einer Beschäftigung mit Kranken gewandelt. Die Bilder seines Mitarbeiters Erik spukten noch in seinem Kopf, da sah er sich auch schon dem nächsten Patienten im nächsten Krankenhaus gegenüber.

Linus Kalkbrenner.

Der Mann, von dessen Existenz sie viel zu lange nichts gewusst hatten.

Der Mann, der nach seiner Entdeckung für die Polizei ein gefährliches Phantom geworden war.

Der Mann, der an Eriks desolatem Zustand schuld war.

Der Mann, den Schnur wirklich in jede Hölle hätte schicken wollen.

Nun saß er direkt vor Friedolinus Kalkbrenner. Doch was er sah, war ein Häufchen Elend in weißen Kissen. Ein Vater, der gerade seine Tochter verloren hatte.

Schnurs Hass verwandelte sich in Sekundenschnelle in Trostlosigkeit. Hatte dieser Fall wirklich so enden müssen?

Kalkbrenner öffnete die Augen.

Eine Weile starrten sich die Männer nur an. Feindseligkeit schwang zwischen ihnen. Dieses Gespräch würde nicht so verlaufen, wie Schnur sich das wünschte. Aber seit wann waren auf frischer Tat ertappte Mörder freundlich?

»Was ist mit meiner Tochter?«

Das war genau die Frage, auf die Schnur liebend gern verzichtet hätte.

Aber seine Antwort kam so zögerlich, dass Kalkbrenner schon verstand. Sein Gesicht fiel in sich zusammen. Tränen liefen über seine Wangen.

Lange Zeit geschah nichts.

Schnur wartete ab. Er wollte jetzt und hier ein Geständnis von diesem Mann, wollte den Fall abschließen und wieder nach vorne schauen. Also würde er nicht vorher das Krankenzimmer verlassen. Laut den Ärzten des Winterberg-Krankenhauses hatte sich der erste Verdacht auf Querschnitt-Lähmung nicht bestätigt. Kalkbrenner war mit einigen Knochenbrüchen davongekommen, während Mirna Voss diesen Unfall nicht überlebt hatte. Die Kollegen waren schon dabei, den Unfall zu rekonstruieren, weil man Mirna unterhalb des zertrümmerten Wagens gefunden hatte. Nun galt zu klären, ob es nur ein Unfall war oder ob sich zwischen Vater und Tochter während der Fahrt ein tödlicher Streit abgespielt hatte.

Auch das sollte Schnur in einem Gespräch mit Kalkbrenner klären.

Also harrte er geduldig aus, bis der Mann endlich von allein zu sprechen begann: »Ist es wirklich wahr, dass meine Mirna tot ist?«

Schnur nickte und rieb sich über sein Kinn. Deutlich spürte er die Barstoppeln darauf.

»Ihre Tochter lag unter dem Auto. Wie konnte das passieren? Hatten Sie Streit im Wagen bekommen?«

»Ach was. Mirna hatte die Fensterscheibe ganz aufgemacht. Der elektrische Scheibenheber hat sie total angetörnt.«

»Aber deshalb fliegt man doch nicht aus dem Auto.«

»Sie war nicht angeschnallt«, gestand Kalkbrenner. »Sie hat sich nie angeschnallt. Hat immer großkotzig behauptet, sie lebe autark. Das hat sie jetzt davon.«

»Wohl kaum. Wäre ihr Vater kein Mörder auf der Flucht gewesen, hätte ihr das erspart bleiben können«, hielt Schnur dagegen.

Eine Weile geschah nichts. Schnur befürchtete schon, er hätte mit seiner Anschuldigung Kalkbrenners Redefluss gestoppt. Aber zum Glück war es nicht so.

»Wissen Sie? Jetzt, wo meine Tochter tot ist, war alles umsonst.« Er lachte freudlos. »Alles! Einfach alles!«

»Was alles?«

»Ich wollte, dass Mirna es mal besser im Leben hat als ich. Hilfsarbeiter ist wohl kaum ein erstrebenswertes Leben. Als ich erfuhr, dass sie an demselben Deutschlehrer gescheitert war wie ich damals, da ging mir der Gaul durch. Mirna ist schlau. Verdammt schlau. Das hat sie von mir. Und dass sie durchs Abi gerasselt war, das lag nicht an ihr, das lag an Andernach. Der hat Menschen zerstört, die ihm nicht passten. Für den gab es schon immer nur sich selbst. Wenn ich schon damals geahnt hätte, dass dieser Dreckskerl mir so viele Jahre später wieder den gleichen Ärger machen würde, hätte ich ihn schon vor über zwanzig Jahren in der Aula aufgehängt.«

»Hat Ihr Bruder Fred Recktenwald Ihnen dabei geholfen?«

»Nein! Warum?«

»Er wurde in der Tatnacht an der Schule gesehen.«

»Ich habe ihn dorthin bestellt, damit er sich Bertram Andernach ansieht, wie er da hängt. Aber der Feigling ist weggerannt und hat gekotzt.«

»Und die Geschichtslehrerin?«

Jetzt lachte Kalkbrenner richtig gehässig. »Die Alte hat auch nur das gekriegt, was sie verdient hat. Sie hatte Mirna gedemütigt, weil sie angeblich aus schlechten Familienverhältnissen kommt. Meinte, solche Menschen sollte man aus dem Gedächtnis streichen. Da habe ich der Alten mal gezeigt, wie das ist, wenn man jemanden aus dem Gedächtnis streicht.«

»Sie haben Mathilde Graufuchs also auf der Teufelsburg an dieser Eisenstrebe gefesselt und dort vergessen?«

»Richtig! Sah doch gut aus, die Alte, als Sie sie gefunden haben.«

Schnur räusperte sich. Den Anblick wollte er sich nun wirklich nicht ins Gedächtnis rufen.

»Hat Günter Laug Ihnen auch etwas angetan, dass er so qualvoll sterben musste?«

»Er war schon damals ständig besoffen und hat uns nur angepöbelt. Als ich gesehen habe, dass der Typ immer noch säuft, war mir klar, dass sich daran nichts geändert hat. Es ging nicht an, dass er heute meine Tochter anpöbelt.«

»Warum haben Sie solange damit gewartet, die Lehrer zu töten, die an Mirnas Scheitern schuld waren? Die Abiturprüfungen sind schon im April gemacht worden.«

»Ich hatte erst nach meiner Entlassung bei Opel davon erfahren. Als ich kein Geld mehr für meine Wohnung in Rüsselsheim hatte, bin ich zurück zu meinem Bruder gezogen, der mir die Hälfte dieses Hexenhauses freigehalten hat. Vorher ist kein Ton zu mir durchgesickert.«

»Und warum wollten Sie meinen Kollegen töten?« Das war die Frage aller Fragen. Eigentlich saß Schnur nur deshalb so standhaft auf diesem Platz und hörte sich Kalkbrenners grässliche Geschichten an.

»Das war einfach nur Pech. Er war zur falschen Zeit am falschen Ort.«

»Also war Mirna nicht Ihre Komplizin bei diesen Taten?«

»Ach was! So cool wie sie sich gibt – oder gegeben hat …« Für einen kurzen Augenblick schluckte Kalkbrenner und unterdrückte seine

Tränen, bevor er weitersprach: »Mirna hätte da nie mitgemacht. Ihre Klappe groß aufreißen, das konnte sie wahrlich. Aber zur Tat schreiten, das war noch nie ihr Ding. Aber das Abi hätte sie beim zweiten Versuch spielend geschafft – jetzt, wo diese Lehrer keinen Schaden mehr anrichten können.«

Epilog

Seit einigen Tagen wurden tagsüber die Fesseln an Eriks Händen entfernt. Auch seine Stimme kam langsam wieder, obwohl sie sich immer noch krächzend anhörte. Er hatte inzwischen alles berichtet, was ihm in den letzten Stunden vor seiner Rettung widerfahren war. Bei der Erinnerung daran hatte Erik immer noch Mühe, seine Scham zu unterdrücken. Er hatte sich aufgegeben. Das Gefühl zog ihn runter. Einfach aufgegeben. Hatte aufgehört zu kämpfen. Die Taktik seines Angreifers war aufgegangen. Und das beschämte ihn zutiefst. Alles was dieser Linus Kalkbrenner ihm prophezeit hatte, war eingetroffen.

Bis auf seinen Tod.

Eriks Kollegen waren schneller, als Linus Kalkbrenner kalkuliert hatte. Nur deshalb lag er jetzt in diesem Krankenbett und lebte noch. Die Augen hielt er geschlossen, weil er sein Umfeld nicht sehen wollte. Ein Krankenhauszimmer war für ihn unvorstellbar. Schon beim Betreten eines Krankenhauses als Besucher befiel ihn für gewöhnlich ein quälendes Gefühl von Ohnmacht und Übelkeit. Die Gerüche, die Geräusche, die Betriebsamkeit – alles im Dienste am kranken Menschen.

Der kranke Mensch, zu dem er plötzlich selbst geworden war.

Doch ein Geräusch vernahm er, das passte nicht in den Ablauf einer Krankenhausroutine.

Lachen. Tuscheln. Kichern.

Er öffnete die Augen und sah Jürgen Schnur, Esther Weis, Andrea Westrich und Anton Grewe.

Erik staunte.

Aber das waren noch nicht alle.

Plötzlich tauchte hinter Anton noch jemand auf: Bernhard Diez.

Alle freuten sich mit Erik über seine Genesung. Erik konnte nicht glauben, was er da gerade erlebte.

Seit er in Saarbrücken lebte und arbeitete, hatte er sich immer allein – ja sogar einsam gefühlt. Doch hier sah er, dass er nicht wahrgenommen hatte, wer wirklich für ihn da war. Auch wenn diese Menschen nicht mit ihm verwandt waren, so waren sie doch seine Familie.

Sie umarmten ihn und gratulierten ihm zu der Heldentat, für die sich

Erik bis vor wenigen Minuten noch geschämt hatte. Aber während er sich die Eindrücke anhörte, die seine Kollegen von seiner letzten Aktion gewonnen hatten, glaubte er fast zu erkennen, dass er mit sich selbst viel zu hart ins Gericht gegangen war. Vielleicht war er doch kein Feigling. Womöglich war seine Reaktion ganz normal unter diesen Extrembedingungen.

Ein Grinsen schlich sich auf sein Gesicht.

Da lag er als Patient im Krankenhaus, der gerade erst knapp seinem Tod entronnen war, und der nachts immer noch mit seinen Händen ans Bett gefesselt wurde, damit er im Schlaf nichts an seinem verletzten Hals anrichten konnte, und fühlte sich einfach nur glücklich. Wohlige Wärme durchströmte seinen Körper, während seine Kollegen ihm von ihrer Aufregung und ihrer Angst um ihn berichteten.

Sein Blick blieb an Bernhard Diez haften. Was tat er hier? Arbeitete er nicht als Nachtwächter, weil er vom Polizeidienst suspendiert worden war?

Bernhard hatte die Frage in Eriks Augen sofort verstanden und antwortete: »Jürgen Schnur hat es geschafft. Das Verfahren gegen mich wurde eingestellt. Ich bin wieder mit im Boot.«

Das war eine Nachricht, die Erik fast ein Lachen entlockt hätte, würden seine Stimmbänder nicht so heftig dagegen protestieren. Also brachte er nur ein undefinierbares Quäken heraus und streckte dem Kollegen den erhobenen Daumen entgegen.

»Friedolinus Kalkbrenner wurde inzwischen für drei Lehrermorde und einen versuchten Mord an einem Polizeibeamten angeklagt«, begann Schnur mit seinem Bericht über den Abschluss des Falls. »Fred Recktenwald wird davonkommen, obwohl er von den Taten wusste.«

»Wie das?«, krächzte Erik.

»Ich habe ein gutes Wort für ihn eingelegt. Seine Hirnschädigung, die inzwischen durch ein Kernspin nachgewiesen wurde, und seine Verwandtschaft zu Friedolinus Kalkbrenner waren ausschlaggebend dafür, dass man ihm sein Schweigen nachsieht. Er kann wieder als Touristenführer auf der Teufelsburg arbeiten.«

Erik lächelte, wusste er doch, warum Schnur diesem Mann geholfen hatte. Er selbst hatte ähnliche Empfindungen für Fred Recktenwald gehabt. Dieser Mann wirkte hilflos und schutzbedürftig. Aber auf keinen Fall wie ein Mörder.

Plötzlich ging die Tür auf.

Alle Augen schwenkten in diese Richtung.

Im Türrahmen stand Anke Deister.

»Ich glaube, wir müssen jetzt gehen«, befahl Schnur, der sofort erkannte, dass hier jeder überflüssig war, der nicht Anke Deister hieß.

An der Tür gab es einige Begrüßungen und Umarmungen, bevor die Tür zufiel und Anke allein mit Erik in dem Krankenzimmer zurückblieb.

Erik konnte sie nur anstarren, als habe er sie noch nie gesehen. Anke war so schön, dass es ihm den Atem verschlug. Ihre dunklen Haare glänzten, ihre Augen leuchteten. Ihre Gesichtsfarbe war gebräunt, was nach diesem Sommer kein Wunder war.

»Kaum lasse ich dich allein, gerätst du in Lebensgefahr«, meinte sie zur Begrüßung.

Erik schaute sie so schuldbewusst an, dass Anke laut loslachte.

Da stand sie vor ihm, lebendig, froh und frech, wie er sie kannte und liebte, und er war nicht in der Lage, ein Wort mit ihr zu sprechen. Obwohl er glücklich war, war er der Verzweiflung nahe. Er wollte ihr so viel sagen.

»Ich bin heilfroh, dass alles gut ausgegangen ist«, sprach sie weiter. »Als ich erfahren habe, was mit dir passiert ist, bin ich sofort zurückgekommen.«

Erik traute seinen Ohren nicht.

»Ich habe mir gedacht, dass ich hier gebraucht werde.« Ankes Augen funkelten. »Die Franzosen kommen auch ohne mich klar.«

Erik nickte zustimmend.

»Bei dir bin ich mir nicht so sicher.«

Der Seitenhieb musste sein. Aber Erik steckte ihn liebend gerne ein.

Er streckte die Hand nach ihr aus, die Anke ergriff.

— ENDE —

Plötzlich ging die Tür auf.

Alle Augen schwenkten in diese Richtung.

Im Türrahmen stand Anke Deister.

»Ich glaube, wir müssen jetzt gehen«, befahl Schnur, der sofort erkannte, dass hier jeder überflüssig war, der nicht Anke Deister hieß.

An der Tür gab es einige Begrüßungen und Umarmungen, bevor die Tür zufiel und Anke allein mit Erik in dem Krankenzimmer zurückblieb.

Erik konnte sie nur anstarren, als habe er sie noch nie gesehen. Anke war so schön, dass es ihm den Atem verschlug. Ihre dunklen Haare glänzten, ihre Augen leuchteten. Ihre Gesichtsfarbe war gebräunt, was nach diesem Sommer kein Wunder war.

»Kaum lasse ich dich allein, gerätst du in Lebensgefahr«, meinte sie zur Begrüßung.

Erik schaute sie so schuldbewusst an, dass Anke laut loslachte.

Da stand sie vor ihm, lebendig, froh und frech, wie er sie kannte und liebte, und er war nicht in der Lage, ein Wort mit ihr zu sprechen. Obwohl er glücklich war, war er der Verzweiflung nahe. Er wollte ihr so viel sagen.

»Ich bin heilfroh, dass alles gut ausgegangen ist«, sprach sie weiter. »Als ich erfahren habe, was mit dir passiert ist, bin ich sofort zurückgekommen.«

Erik traute seinen Ohren nicht.

»Ich habe mir gedacht, dass ich hier gebraucht werde.« Ankes Augen funkelten. »Die Franzosen kommen auch ohne mich klar.«

Erik nickte zustimmend.

»Bei dir bin ich mir nicht so sicher.«

Der Seitenhieb musste sein. Aber Erik steckte ihn liebend gerne ein.

Er streckte die Hand nach ihr aus, die Anke ergriff.

— ENDE —

Die Autorin Elke Schwab hat das Max-Planck Gymnasium als realen Handlungsort der Geschehnisse in ihrem Krimi ausgewählt, um einen engeren Lokalbezug zu schaffen. Zudem war sie selbst Schülerin auf dieser Saarlouiser Schule und verknüpft an ihre Zeit dort (1975–1980) durchweg positive Erinnerungen, die sie zur Auswahl eben jener Schule motiviert haben.

Elke Schwab
Kullmanns letzter Fall
Ein Saarlandkrimi

355 Seiten
ISBN 978-3-936950-71-7
11,90 €

Der unaufgeklärte Fenstersturz Luise Spenglers sollte eigentlich Kullmanns letzter Fall vor dem Ruhestand sein. Doch ein Polizistenmörder macht seiner Regie einen Strich durch die Rechnung. Der Polizist Nimmsgern wird am Schwarzenberg erschossen. Darauf ein weiterer Kollege. Auf der Dienststelle geht die Angst um. Die schlechte Stimmung belastet die Arbeit. Kullmann scheint die Fäden der Ermittlung aus den Händen zu verlieren. Sogar seine engste Mitarbeiterin, die Pferdeliebhaberin Anke Deister verliert das Vertrauen. Erkennt er die Gefahr noch rechtzeitig, in der seine Mitarbeiter und er schweben?

Wegen der authentisch geschilderten Tatorte fühlt der Leser sich direkt heimisch, ohne durch aufdringliches Lokalkolorit genervt zu werden. Und nicht-saarländische Krimi-Fans dürfen sich über die sorgfältigen Charakterstudien und die gründlich ausgeleuchtete Motivation freuen. Elke Schwab ist auf dem besten Weg, ihren Ruf als saarländische Jacqueline Berndorff zu festigen.
Saarbrücker Zeitung

Elke Schwab
Hetzjagd am grünen See

296 Seiten
ISBN 978-3-936950-95-3
12,90 €

Die enthauptete Leiche liegt mitten im Forstrevier von Harald Steiner auf dem Limberg. Ursprünglich wollte der ehemalige Leiter eines SEK als Waldhüter von seinem letzten, auf tragische Weise misslungenen Einsatz Abstand gewinnen. Doch die Vergangenheit verfolgt ihn bis in die Tiefen des dichten Dschungels von Wallerfangen: Der Tote war in Steiners letztem Fall ein wichtiger Zeuge. Deshalb hält Hauptkommissar Jürgen Schnur seinen ehemaligen Kollegen für verdächtig. Für Steiner beginnt der Kampf gegen einen unheimlichen Mörder, der mit weiteren Bluttaten den großen Wald zu seinem Spielplatz und ihn selbst zur Marionette macht. Was dann ans Tageslicht kommt, übertrifft alles Erwartete.

Elke Schwab, in einer Jägerfamilie aufgewachsen, lässt ihre Leser in gewohnt spannender Weise erschauern. Brillant recherchiert und mit viel Lokalkolorit erzählt, lässt der Thriller zugleich Raum zum Schmunzeln über die Menschen rund um den Limberg, auch wenn man nicht in der Region lebt.

Elke Schwab
Das Skelett vom Bliesgau

282 Seiten
ISBN 978-3-941657-14-4
12,90 €

Kriminalkommissarin Anke Deister wird bei einem Ausritt von ihrem Pferd abgeworfen und landet auf einem Skelett – ein Fall für die Kriminalpolizei. Alle Indizien sprechen dafür, dass es sich dabei um die Knochen des Schriftstellers Ingo Landry handelt, der fünf Jahre zuvor bei Kullmann als vermisst gemeldet wurde. Der Fall scheint bereits so gut wie gelöst – bis eine weitere Leiche auftaucht, die ebenfalls als Ingo Landry identifiziert wird. Doch zu wem gehört dann das Skelett? Und wo war der Schriftsteller all die Jahre? Anke Deister, Erik Tenes und Ruheständler Kullmann machen sich auf die Suche nach Antworten und stoßen bei ihren Ermittlungen auf Schriftsteller, die bereit sind, für ihren Erfolg alles zu riskieren.

In Das Skelett vom Bliesgau erzählt Elke Schwab spannend, ironisch und mit vielen Überraschungsmomenten von Krimiautoren und Polizisten an Schauplätzen in Saarbrücken, Saarlouis und der Biosphärenregion Bliesgau.

Weitere Krimis im Conte Verlag